HEYNE <

Das Buch

Wer war der tote Mann unterm Hochsitz und warum musste er sterben? Franza und Flipper beißen sich an diesem Fall fest. Und ein bisschen auch an Kommissar Felix Tixel, dessen apfelrunder Bizeps Franza in Versuchung führt. Die verbotenen Ermittlungen führen das Duo nicht nur ins Unterholz, sondern auch auf manchen Holzweg ? Und plötzlich geraten sie selbst ins Visier des Mörders. Die auf den Scheibenwischer aufgespießte Krähe spricht eine deutliche Sprache. Franza lässt sich davon nicht einschüchtern. Sie möchte den Mörder apportieren – für den Kommissar. Der findet das allerdings gar nicht gut. Denn ohne es zu ahnen weckt Franza schlafende Hunde.

Alle Vögel fliegen hoch ist der erste Roman um das unschlagbare Team Franza und Flipper.

Die Autorin

Michaela Seul, mit diversen Literaturpreisen ausgezeichnete Bestseller-Autorin und Ghostwriterin, hat sich auf Spaziergängen mit der vierbeinigen rabenschwarzen Luna zu diesem Kriminalroman inspirieren lassen. Gassi gegangen wird im Fünfseenland, dem Wohnort der in München geborenen Autorin. Michaela Seul hat zahlreiche Bücher veröffentlicht, unter dem Namen Shirley Seul auch Ratgeber, Sachbücher, Memoirs.

Michaela Seul

Alle Vögel fliegen hoch

Franza und Flipper ermitteln

Kriminalroman

WILHELM HEYNE VERLAG
MÜNCHEN

MIX
Papier aus verantwortungsvollen Quellen
FSC® C014496

Verlagsgruppe Random House FSC-DEU-0100
Das für dieses Buch verwendete FSC®-zertifizierte Papier *Holmen Book Cream* liefert Holmen Paper, Hallstavik, Schweden.

2. Auflage
Originalausgabe 11/2011

Redaktion: Susann Rehlein
Printed in Germany 2012
Umschlaggestaltung: © Eisele Grafik Design, München
Satz: Greiner & Reichel, Köln
Druck und Bindung: GGP Media GmbH, Pößneck

ISBN 978-3-453-43608-4

www.heyne.de

1

Die Leiche traf mich nicht unvorbereitet. Ich hatte mit ihr gerechnet. Schon seit Jahren, genauer gesagt seit drei Jahren. Wer einen Hund hält, muss mit einer Leiche rechnen. So steht es häufig in der Zeitung, Stichworte: Hundebesitzer, Wald, Spaziergang, Leichenfund. Ich hätte also eigentlich nicht überrascht sein dürfen. Ich hätte mir mehr Souveränität von mir gewünscht. *Aha, jetzt bin ich also dran.* Ein wenig früh vielleicht; andere Menschen halten jahrzehntelang Hunde, bevor sie ihre Leiche finden, bei mir geschieht es eher, dafür geht es in anderen Kapiteln langsamer, zum Beispiel in der Liebe, da bewegt sich gar nichts, aber das ist ein Thema, das ich am liebsten ignoriere. Die Leiche jedenfalls konnte ich nicht übersehen, weil Flipper sie nicht überroch. Flipper drehte völlig durch. So hatte er sich noch nie benommen.

Die Hand ragte aus dem Gestrüpp. Drei Finger. Nein, zweieinhalb. Und Flipper war dabei, eine Gewebeprobe zu entnehmen.

So kannte ich ihn nicht. So wild und knurrend, so völlig außer sich, mit gesträubtem Fell und gebleckten Zähnen, die Lefzen zurückgezogen bis zu den Ohren.

»Hierher!«, befahl ich, meine Stimme beschämend dünn.

Aus Angst vor Jägern war ich Flippers Bellen panisch entgegengerannt. Er wildert nicht. Ich weiß das – aber wissen es auch die Jäger? Flipper gehorcht aufs Wort. Außer in Liebesangelegenheiten. Doch das hier konnte ja wohl keine Liebe sein, auch wenn die lange Flipperzunge wie zum Abschied, letzter Gruß, über die grüngraue Masse leckte, unter der vielleicht die Trümmer eines Jochbeines knorpelten. Jetzt erst bemerkte ich, dass es hier widerwärtig stank. In leeren Augenhöhlen räkelten sich Maden, Maden, Maden. Der Speck war weg. Wo einmal eine linke Wange gewesen sein mochte, grinste mich ein weißlicher Knochen an, keine Ahnung, warum ich *Grinsen* dachte. Darunter schimmerten gelbliches Fettgewebe und bräunliche Muskulatur, und ich weiß nicht, warum mir dieser Professor mit dem Hut in den Sinn kam, der die Toten plastiniert; ich überlegte sogar eine Weile, wie er hieß. Dabei fiel mir das Surren und Sirren auf. Es wurde immer lauter, und ich wunderte mich, dass es mir nicht schon zuvor aufgefallen war. Fliegen. Dutzende, Hunderte, Tausende. Die Leiche war ein Mann, ich vermutete es wegen der Schuhgröße. Gewesen – musste es heißen. Gewesen wie verwesen. Der Körper lag da – ein schlafender Haufen Lumpen. Und stank. Stank bestialisch und schlief so tief, dass ihn die Ameisen nicht störten, die sich an ihm gütlich taten. Sein Leib war aufgedunsen. Er spürte es nicht. Auch nicht die Dornen, von denen er umrankt war im wild wuchernden Brombeergestrüpp. Nicht die Armee der Käfer, die durch die bräunlichen Felder oberhalb seines Kiefers marschierte. Schwarze Flüssigkeit, Blut wie Brombeergelee, vielleicht aber auch Fäulnis, klebte an seiner grüngrauen Stirn und in den dunkelbraunen dichten Haaren. Schwarze

Käfer, schwarze Fliegen, schwarze Ameisen. Tausende von schwarzen Beinen auf der Haut. Flink, emsig, unerbittlich. Er spürte es nicht. Wie ich. Ich schaute bloß. Lieber hätte ich weggeschaut, aber ich konnte mich nicht bewegen. Vielleicht schaute ich auch gar nicht lange. Vielleicht war es nur ein Sekundenbruchteil. Der längste Sekundenbruchteil meines Lebens. Erst als mir bewusst wurde, dass ich vorsichtig durch den Mund atmete, erreichte mich das Grauen, ich sog es ein mit seinem Brechreiz erregenden herben, süßsauren, scharfen, schneidenden Gestank. Unermüdlich kreisten die Fliegen. Mit gleichmütigem Sirren und Surren starteten und landeten sie auf dem angefressenen Gesicht und dem aufgeblähten Leib voll bräunlicher Riesenblasen, dessen grünlich schimmernde Arme wie Stöcke aus einem schwarzen T-Shirt ragten. *Kein Haus, kein Auto, kein Boot* stand in gelber Schrift darauf. Und darunter, klein und rot: *aber geil*! Eine Fliege krabbelte über meine Lippen. Ich drehte mich weg und kotzte in die Büsche.

Als ich auch noch die Butterbreze losgeworden war, die ich nach dem Training gefrühstückt hatte, und mich in einigermaßen erträglichem Geruchsabstand befand, setzte Flipper sich auffordernd vor mich. Er wartete auf ein Lob. Er hatte schließlich etwas geleistet. Das hier war kein Stöckchen oder Ball, das war eine richtig fette, beziehungsweise faule Beute. Außerdem hatte Flipper sich vorbildlich verhalten. Erst mal bellen. Aufsehen erregen. Die Umgebung auf die Gefahr aufmerksam machen. Hilfe holen. Das ist die Basis in jedem Selbstverteidigungskurs. Nicht umsonst hat Flipper an Dutzenden solcher Kurse teilgenommen. Als Nächstes sollte er den roten Knopf drücken, der ihn mit dem U-Bahn-Fahrer verbinden würde. Aber da war kein Knopf. Und der einzige irgendwie Bevollmächtigte weit und breit war ich: seine Vorgesetzte. Die ziemlich kopflos herumstand. Mein Herz schlug viel zu schnell und meine Augen brannten vom Salz meines Schweißes. Ich schwitzte, als hätte ich ein paar hundert Crunches in der Sauna absolviert, dabei befand ich mich im Schatten. Es war zwar warm, aber nicht heiß wie an den vergangenen Tagen, nachts hatte es heftige Gewitter gegeben, in München sogar mit Hagel. Flipper musterte mich leicht beunruhigt. Seine Sensoren meldeten wahrscheinlich Alarmstufe Rot. Die gab es in der Tat, so lange er mich mit der Gewebeprobe auf der Zunge anlächelte.

Ich kramte in meinem Rucksack nach einem Taschentuch, hielt Flippers Zunge fest, besser gesagt: versuchte, sie festzuhalten, sie flutschte mir durch die Finger, und Flipper schaute mich empört an. Er war schließlich kein Kleinkind. Fehlte gerade noch, dass ich auf das Taschentuch spuckte und seine Backen abrieb. Wie unhöflich aber auch. Warum schleckte ich ihm nicht kameradschaftlich übers Maul? Keine Manieren, die Menschen!

Es tut mir leid, dachte ich und wusste, dass die Entschuldigung ankam. Mit Flipper brauche ich nicht laut zu reden. Er weiß, was ich denke. Natürlich habe ich mir das Reden deshalb nicht abgewöhnt, doch manchmal ist es sehr angenehm, darauf zu verzichten. Zum Beispiel, wenn Magensäure in der Kehle Tango tanzt. Ich rieb mit dem Taschentuch auf Flippers Zunge herum, wobei ich leider mit dem feuchten rosaroten Schlabberteil und dessen grünlichem Belag in Berührung kam. Ich musste noch mal in die Büsche.

Hoffentlich würde ich bald aufwachen. So lange dauerten Träume normalerweise nicht. Oder dieser Typ da im Gestrüpp sollte aufwachen. Das alles war doch nicht echt. Irgendjemand hatte die lebensgroße Lumpenpuppe bei Drehschluss vergessen, ein Praktikant wahrscheinlich, der rasch zu seinen Kumpels wollte, und so hatte er die Requisite in den Sträuchern liegen lassen. War ja nicht seine. Gehörte dem Sender. War ja nicht sein Auto. Gehörte Papa. Auf junge Leute war kein Verlass, die hatten alles andere im Sinn, bloß nicht ihren Job, das war völlig normal, und außerdem war diese Szene sowieso nicht real. Wobei das mit dem bestialischen Gestank erschreckend realistisch roch.

Ich wollte damit nichts zu tun haben. Ich wollte einfach nur mit meinem Hund spazieren gehen. Und wenn ich irgendwann mal eine echte Leiche finden würde, dann würde ich mich professioneller benehmen, schließlich war ich vorbereitet. Ich wusste, dass man damit rechnen muss, als Hundebesitzerin. Ich lebte nicht hinterm Mond! Ich war eine Großstädterin, 33 Jahre alt, mit einem Körperfettanteil von 20 Prozent, trotz meiner Schokoladensucht oder gerade deshalb, denn wenn ich einen anderen Beruf hätte als Fitness- und Selbstverteidigungstrainerin, könnte ich mir so viel Schokolade gar nicht erlauben, Schokolade erbricht sich übrigens unangenehm zäh. Mir wurde schwarz vor den Augen.

Als ich wieder zu mir kam, saß Flipper, das Gesicht ein konzentriertes Dreieck, als wäre er gerade mit der euklidischen Geometrie befasst, aufrecht neben mir. Die Ohren hatte er gespitzt, also angehoben, denn spitzen ist nicht möglich, wenn man zwei solche weichen Lappen wie eine Trendfrisur neben dem Gesicht hängen hat, die sich beim Laufen noch dazu leicht einrollen. Flippers linker Lappen schimmert ein wenig rötlich, der rechte schwarz und und er ist etwas kleiner als der rote. Um das zu erkennen, muss man Flipper sehr nah kommen, so nah, wie nur ich es darf, zum Beispiel beim Ohrenkraulen. Das liebt er über alles. Am schönsten findet er es, wenn ich ihm gleichzeitig zwei Finger sanft in die Ohren stecke und kreisend massiere. Da schnurrt er wie eine Katze. Das darf ich keinesfalls sagen und nicht mal denken, denn Katzen sind das Vorletzte. Danach kommen nur noch Chihuahuas in roten Mäntelchen, während er die in grünen Mäntelchen geradezu liebt, was mir zu denken gibt.

Über mir war nichts außer dem blauen Himmel und Flippers klugem Gesicht. Mitfühlend schaute er mich an und vielleicht ein wenig besorgt. Normalerweise lege ich mich nicht ins Gras. Ein Tröpfchen Speichel flog auf meine Wange, als Flipper sich über die Lefzen leckte. Ich schrie so gellend, dass mir die Ohren wehtaten, und Flipper bellte sofort los, und so hockten wir beide im Gras, er bellte, und ich schrie, und es war klar: Dies ist ein Notfall.

Es kam bloß niemand. Obwohl wir den Notfall im Landkreis Starnberg ausriefen, das ist nah bei München, aber es war Dienstagmittag und kein Wanderer und keine U-Bahn in Sicht, und mein Handy funkte in ein Loch.

Flipper schaute nach oben. Gott hilf? Und welcher Gott? Darüber konnten wir uns noch nie einigen. Mein Wort ist Gesetz. Er denkt nicht, ich lenke. Oder so ähnlich. Jedenfalls brachte Flipper mal wieder Gott ins Spiel, das macht er gern, wenn mein Thron wackelt, und ich folgte seinem Blick und entdeckte den Hochsitz. Meine Unaufmerksamkeit beunruhigte mich, es war äußerst unwahrscheinlich, dass der eng an eine Fichte geschmiegte Jägerstand in den letzten paar Minuten aus den Brombeeren geschnellt war, augenscheinlich war der Mann von diesem Hochsitz gefallen, gesprungen, gestürzt ... worden. Drei Krähen saßen auf dem maroden Gestänge und beobachteten uns mit schräg geneigten Köpfen. Mir fiel ein, dass ich sie vorhin gehört hatte. Ihr dunkles heiseres Krächzen passte nicht in die üppige, aufgeplatzte, fast schon schwülstig blühende Landschaft. Knallgrüne Wiesen mit knallgelbem Löwenzahn ...

Flipper hob eine Pfote. Naturbeschreibungen sind nicht nach seinem Geschmack. Er markiert lieber gleich.

»Verstehe«, nickte ich. Es war einen Versuch wert, den ich eigentlich nicht unternehmen wollte, denn der Hochsitz wuchs aus dem Gestank empor. Vielleicht erspürte Flipper die Strahlung meines Netzbetreibers. Vorsichtig atmend und so schnell es mir möglich war, also sehr langsam und mit Füßen, die auf Eislöffelchengröße geschrumpft zu sein schienen, kletterte ich die wacklige Leiter empor, ohne nach unten zu blicken, und reckte mein Handy in die Luft. Flipper hatte recht. Im Display flackerte ein Strich. Sobald ich das Handy ans Ohr hielt, war er weg. Die Krähen auch. Ich hatte sie von ihrem Mittagstisch vertrieben. Nicht daran denken. Und nicht atmen. Also nicht durch die Nase; vorsichtig durch den Mund und nach vorne blicken. Welche Nummer überhaupt? 112? 110?

Flipper kratzte sich hinterm Ohr, wie immer, wenn er mich diskret darauf aufmerksam machen möchte, dass ich eine Führungsrolle innehabe. Führungspersönlichkeiten fragen nicht, die handeln: markieren.

Ich tippte 112 und dann 110. Nichts passierte. In meinem linken Augenwinkel tauchte eine Staubwolke auf, in der ein dunkler Geländewagen steckte, aber zu weit weg, viel zu weit weg – und da ..., das war näher: Ein bunter Fleck rechts der wilden Wiese. Ohne nachzudenken, ohne die Aussicht zu genießen über die gelben Teppiche, die sich lasziv vor den Alpen ausrollten, um in den nächsten Wochen roten Klatschmohn in den blauen Himmel zu knallen, hastete ich auf meinen Eislöffelchen die leicht morsch anmutende Leiter des Hochsitzes hinab, würgte und hustete, weil ich falsch geatmet hatte, und rannte Richtung bunter Fleck. Flipper in langen Sprüngen hinter mir, neben mir, ständig wedelnd, sprang in die Wiese und im Zickzack durch den Löwenzahn.

»Hallo, hallo!«, rief ich dem Radfahrer schon von weitem zu und wurde leiser, als ich erkannte, wer da näher kam. Es war kein Notarzt und auch kein Jäger oder Bauer, wie man erwarten könnte in diesem Umfeld, es war ein Kind, ein Junge.

»Hallo du!«

Er trat kräftig in die Pedale, stand sogar auf, um noch schneller voranzukommen. *Lass dich nicht ansprechen. Lass dir keine Bonbons anbieten. Auch nicht von Frauen.*

»Hallo du! Bleib doch mal stehen!«

»Nein!«, rief der Junge und blieb dann doch stehen, beziehungsweise wurde von Flipper stehen geblieben, und zwar so abrupt, dass er vom Rad flog. Im hohen Bogen in die Wiese. Und Flipper hinterher und warf sich flach ins

Gras neben das schlotternde Kind. Ich hob beide Arme hoch, als würde ich von einer Waffe bedroht. Alberne Haltung. Flipper schüttelte den Kopf. Ich ließ die Arme sinken. Normalerweise bin ich die Feinfühligere von uns beiden, auch wenn er mit Kindern besser kann, er liebt Kinder, und dass ich keine habe, wird er mir so lange nicht verzeihen, bis ich ihm welche ins Körbchen lege. Da schlägt der Labrador durch. Ab drei Stück wäre er versöhnt. Am besten wilde Jungs im Alter zwischen acht und zwölf Jahren. So wie dieser hier, dem der Übermut aus den blauen Augen blitzte, die semmelblonden Haare waren bloß Tarnung. Flipper stupste ihn an wie eine Beute. *Lust auf ein Spielchen?*, sah ich ihn fragen.

»Entschuldigung!«, brachte ich endlich heraus. »Ich wollte dich nicht erschrecken! Der Hund tut nichts!« O, wie hasste ich diesen Ausspruch. Der Junge enthob mich der Fortsetzung des Satzes, der da lautet: *Er will nur spielen*, und rollte sich über die Seite zum Sitzen: »Wie heißt er?«

»Flipper.«

»Aber Flipper ist ein Delfin.«

»Ja, auch.«

»Und warum heißt er dann Flipper, wenn er kein Fisch ist?«

»Er schwimmt sehr gut«, sagte ich.

»Ich auch«, sagte der Junge.

»Und wenn er ins Wasser springt, dann taucht er in Bögen auf und ab, wie Flipper eben«, versuchte ich den Namen zu rechtfertigen, der damit wenig zu tun hatte, aber das weiß fast niemand.

»Der See ist da drüben«, sagte der Junge zögernd, »wenn

ihr euch hier nicht auskennt, kann ich euch den Weg zeigen.«

Ich wunderte mich, dass ich entspannt mit einem Knirps im Gras plauderte, obwohl ich eine Leiche im Nacken hatte. Es war doch ein Traum. Gleich würde ich aufwachen. Ich würde frühstücken. Keine Butterbreze. Und dann würden wir in der Stadt bleiben. Wir würden München heute nicht verlassen. Morgen auch nicht. Die ganze Woche nicht. Wozu auch? In München konnten wir wunderschöne Spaziergänge unternehmen. Ich wohnte direkt an der Isar und da beginnen die Auen, wir konnten stundenlang den Fluss entlangstromern, aufwärts oder abwärts, wieso die Umwelt belasten und mit dem Auto fahren.

»Ich heiße Simon«, sagte der Junge.

»Franza«, sagte ich.

Flipper wedelte auffordernd.

»Ja, und das ist wie gesagt Flipper«, sagte ich noch einmal.

Flipper setzte sich. Der Junge stand auf. Flipper reichte ihm bis zum Bauchnabel.

»Ich hab auch einen Hund«, sagte Simon.

»Schön«, sagte ich.

»Ja, gell. Ich habe früher sogar drei Hunde auf einmal gehabt.«

»Sag mal, Simon, weißt du, ob es hier irgendwo Handyempfang gibt?«

»Ich krieg ein Handy zum Geburtstag.«

Interessant – und absolut logisch. Ohne Handy kein Empfang. »Würdest du mir einen Gefallen tun?«, fragte ich den Blondschopf.

»Was denn?«

Es gefiel mir, dass er nicht gleich ja sagte.

»Da vorne ist was Schlimmes passiert. Ich möchte nicht, dass du weiterradelst. Ich muss die Polizei rufen. Du sollst hierbleiben.«

»Was?«, fragte Simon und wurde schlagartig knallrot.

»Flipper, weg!«, befahl ich seine Nase aus dem Schritt des Jungen.

»Was ist passiert?«

»Das weiß ich nicht, also ..., ich meine ...«, ratsuchend schaute ich zu Flipper. Eine Leiche war passiert, und der Junge sollte so was nicht sehen, niemals! Er war doch nicht in Gefahr? Wenn der Mann nun nicht vom Hochsitz gefallen war ..., vielleicht steckte ein Messer in seinem Rücken oder eine Kugel ...

»Darf Flipper auf dich aufpassen?«, fragte ich.

»Was ist denn jetzt?«, quengelte Simon.

Ich erinnerte mich an meine Kindheit und den verhassten Spruch: Dazu bist du noch zu klein. Bestimmt hatte ich mir irgendwann geschworen, diesen Satz niemals gegen ein Kind zu verwenden.

»Wo sind wir hier überhaupt?«, fragte ich.

»Da ist der Starnberger See«, sagte Simon und zeigte nach links. »Und da«, er zeigte nach rechts »wohne ich.«

»Und wie heißt das hier?«

»Das ist der Weg zum See.«

»Wie heißt der Ort, wo du wohnst?«

»Daheim.« Simon grinste und fügte »Wampertskirchen« hinzu. Einen Moment lang vermutete ich, er wolle mich auf den Arm nehmen, doch es klang so geläufig, dass es wohl stimmte.

»Also sind wir jetzt zwischen Wampertskirchen und dem See?«, versicherte ich mich.

»Hast du dich verlaufen?«

»Nein.«

Simon ließ nicht locker. »Und was ist jetzt passiert?«

Ausnahmsweise hatte ich keine Kapazitäten frei, mir Geschichten auszudenken. »Da liegt ein Toter«, sagte ich.

Simon riss die Augen auf.

»Also er ist schon ziemlich tot«, versuchte ich ihn zu beruhigen.

»Aber das weiß man nie!«, rief er.

Ein John-Sinclair-Fan, erkannte ich. So eine Phase hatte ich vor der Pubertät auch mal.

Ich klopfte auf meinen Rucksack. »Hab geweihte Silberkugeln im Gepäck«, log ich mir die unverzichtbare Grundausstattung einer mit allen Weihwassern gewaschenen Geisterjägerin herbei.

»Puh!«, machte Simon.

»Und außerdem ist Flipper bei dir. Ich lasse auch meinen Rucksack da.«

Simon zog die Stirn in Falten. Seltsam sah das aus. So als würde er erwachsen spielen und auch als wüsste er schon ein bisschen, wie sich das Erwachsensein anfühlt – und das gefiel mir gar nicht. Flipper auch nicht. Er stupste den Jungen mit seiner kaltnassen Schnauze in die Kniekehle. Simon sprang zur Seite. »Das kitzelt!«

»Ich rufe die Polizei, und du bleibst mit Flipper hier und rührst dich keinen Millimeter von der Stelle. Am liebsten wäre es mir, ihr würdet euch da drüben im Gebüsch verstecken«, ich wies nach links, »und in Deckung bleiben!«

Simon schaute mich skeptisch an.

Auch Flipper war wenig begeistert. Er zog die Stirn in Falten. Ich allein wäre kaum auf die Idee gekommen, dass Simon meinen Rucksack durchsuchen könnte. Meine Glaubwürdigkeit stand auf dem Spiel. Flipper setzte sich am besten auf die Devotionalien, was er ohne Anweisung ausführte.

»Ob du wohl hierbleiben und auf Flipper aufpassen könntest?«, formulierte ich eine Bitte.

Die beiden tauschten einen Blick und nickten dann. Simon legte den Arm um Flipper. Flipper schleckte ihm über die Hand. Im Hundehimmel seufzte Lassie glücklich.

»Bin gleich zurück!«, rief ich und rannte los, Flipper bellte, ich wendete mich nach links, Flipper bellte wieder, ich lief nach rechts, den Blick auf das Handy. Während ich den Feldweg entlangraste, überlegte ich, ob ich den Jungen hätte mitnehmen sollen. Das fiel mir ein bisschen spät ein. Ich war nicht an Kinder gewöhnt. Flipper würde das schon schaukeln. Dann überlegte ich, was ich der Polizei sagen sollte. Ich musste meinen Namen sagen, wobei der nichts zur Sache tat, aber *mein Name tut nichts zur Sache* klänge verdächtig. Ich musste angeben, wo ich mich befand – Wampertskirchen? Irgendwo in der Nähe des Starnberger Sees, wahrscheinlich zwischen Berg, wo der König ertrunken ist oder wurde, und Münsing. In Etappen wollte ich bis zum Herbst das Ostufer erkunden. Im nächsten Sommer dann das Westufer. Der Starnberger See ist rund zwanzig Kilometer lang. Es gibt viel zu entdecken, hatte ich gedacht, als ich noch Lust auf Abenteuer hatte, weil ich nicht ahnte, welche Aggregatszustände Butterbrezen annehmen können. Die schöne Gegend hatte ich auskundschaften wollen. Wenn Flipper beim allmorgendlichen Gassigehen an der Buche anstatt der Eiche markierte, hieß das Landpartie. Darauf hatten wir uns nach zähen Verhandlungen geeinigt. Ich hätte es andersherum besser gefunden. Eiche Umland und Buche Stadt. Das klang für mich logisch. Buche wie Buch lesen und zwar zu Hause. Aber Flipper liest ja nicht. Also nicht in Büchern, nur an Buchen. Heute Morgen hatte Flipper eindeutig entschieden. Manchmal ist er ein wenig unentschlossen. Heute nicht. Heute hatte er genau gewusst, wohin er wollte. Zum Hochsitz. Ich konnte nichts, aber auch gar nichts dafür.

»Ich kann nichts dafür, dass ich das gefunden habe«, gab ich dann auch Auskunft, ohne zu wissen, wie ich *das* genau bezeichnen sollte. Die Leiche? Den Mann? Das Opfer? Den mit dem T-Shirt? Oder hieß er der Verunglückte, der Verunfallte, der Gestürzte ... der *Ermordete?* Ich wollte mich nicht bloßstellen. Ich wollte der Polizei auch keine Arbeit abnehmen. Ich wollte einfach keine Fehler machen. Ich war neu hier. Flipper war mein erster Hund. Ich hatte noch keine Erfahrung mit Leichen in Wäldern, auf Wiesen und Feldern. Ich wusste nicht, dass eine Leiche ihr Geschlecht verlor und es kaum zu erkennen war, ob Mann oder Frau, und woher diese bräunlichen Riesenblasen an der Haut kamen, die ich ganz bestimmt nicht aufstechen wollte. Ich wusste nicht, dass Leben so endet und gleichzeitig neu beginnt. Ich wusste ja nicht mal genau, wo ich mich befand, und wunderte mich, dass die anderen, von denen sich inzwischen immer mehr im Wald, auf dem Feldweg und in der Wiese tummelten, uns so schnell gefunden hatten. Vielleicht hatten sie mein Handy geortet, ich traute ihnen alles zu, schließlich kuckte ich im Fernsehen öfter mal Krimis, es bleibt einem ja kaum eine Wahl, auf allen Sendern rund um die Uhr Mordfälle. Die Polizeiinspektion Starnberg hatte mich zurückgerufen, als ich endlich ein Netz hatte, und länger mit mir gesprochen. Ich könnte mich durch Schreien und Winken bemerkbar machen, hatte mir ein Mann am Telefon geraten, der ständig meinen Namen wiederholte, was mich noch nervöser machte, »Frau Fischer, Sie können auch laut rufen, dann hören wir Sie.« Ich fand das genauso peinlich wie die Alternative »Frau Fischer, Sie können auch winken, vielleicht gehen Sie einfach zu der nächsten größeren Straße, Frau Fischer, wir picken Sie dort auf, Frau Fischer, bleiben Sie ganz ruhig, wir sind gleich bei Ihnen, Frau Fischer.« Es war mir wahnsinnig peinlich, dass ich die Orientierung verloren hatte. In diesem Moment bezweifelte ich sogar, mein eigenes Auto jemals wiederfinden zu können. Als der grünsilberne Polizei-BMW am Waldrand auftauchte, fühlte ich mich erschütternd sicher. In einer halben Stunde war ich um Jahrzehnte gealtert. Bis heute Mittag hatte ich mich für eine mutige junge Frau gehalten, die sich wohler fühlt, wenn die Polizei außer Sicht ist.

Kurz nach der Frau-Fischer-Schleife ertönte das Martinshorn eines Notarztes, später kamen weitere Autos, anfangs parkten sie auf dem breiten Feldweg, später irgendwo am Wald oberhalb des Hochsitzes. Die Insassen beachteten mich nicht, für mich waren zwei grün uniformierte Schutzpolizisten zuständig, welcher von ihnen mich so penetrant mit Frau Fischer angesprochen hatte, fand ich nicht heraus, da sie meinen Namen nun vergessen hatten. Die anderen Leute waren in Zivil: Jeans, Anzug, Sommerkleid und Kostüm, sie begrüßten sich wie alte Bekannte, redeten kurz miteinander und begannen zu arbeiten, wozu sich manche von ihnen zu Schneemännern verkleideten. Sie beugten sich über die Leiche, gingen mit gesenkten Köpfen um den Hochsitz, stiegen hinauf und beratschlagten in erträglichem Geruchsabstand.

Flipper saß aufmerksam im Schatten, und zwar in seiner Fernsehhaltung, mit überkreuzten Pfoten, allerdings ein wenig aufrechter. Er saß so da, als wäre dies alles sein Verdienst. Manchmal kniff er die Augen zusammen, dann wieder schüttelte er den Kopf, als könne er nicht begreifen, warum sie der Fährte, die unüberriechbar vor ihnen lag, nicht folgten.

Menschen eben.

Gelegentlich warf er mir einen triumphierenden Blick zu. Okay, okay, funkte ich zurück, du hast dir die Fernbedienung geschnappt, na und? Im Schatten sitzend hechelte er leicht und rhythmisch vor sich hin, gelegentlich tropfte Speichel ins Gras, und ich überlegte, was ich ihm zu Hause servieren könnte, damit die Gewebeprobe schnellstmöglich neutralisiert wäre.

»Ich kann nichts dafür, dass ich die Leiche gefunden habe, ich habe sie gar nicht gefunden, mein Hund hat sie gefunden. Ich bin bloß mitgegangen«, erklärte ich auf Nachfrage zum wiederholten Mal. Flipper kratzte sich hinterm Ohr und schaute peinlich berührt weg. Er mag das nicht, wenn ich so schwach und unentschlossen bin. Er bevorzugt eine starke Chefin, keinen weichen Eierstock. Ich im Übrigen auch. Dennoch rang ich mich schließlich durch zu »wir haben die Leiche gefunden«. Das stiftete Verwirrung, jetzt wollten sie wissen, wer *wir* sei. »Ich und mein Hund«, sagte ich. Flipper seufzte. »Mein Hund und ich«, korrigierte ich. Nun seufzten die Beamten. »Also ich«, wiederholte ich. Hier fehlte eindeutig das bürgernahe Verhandlungsgeschick mit einer Hundehalterin. Das wunderte mich. Ich war doch kein Einzelfall, wie ich in der Vergangenheit unzähligen Zeitungsmeldungen entnommen hatte. Ich entschied mich letztlich für die Variante: »Bei einem Spaziergang mit meinem Hund habe ich etwas unter dem Hochsitz entdeckt, wobei ich den Hochsitz erst später gesehen habe.«

»Das haben Sie mir schon mal gesagt«, sagte eine Polizistin zu mir. »Sie haben es mir sogar schon dreimal gesagt«, wurde sie unhöflich deutlich. »Geht es Ihnen nicht gut?«

Dein Freund und Helfer, dachte ich. *Deine Freundin und Helferin*, brachte ich es in die richtige Form, wodurch es sogleich an Kraft verlor. Der Freund hatte einen starken Oberarm mit stählernem Bizeps brachiali, die Freundin bloß eine Tasse lauwarmer Brühe parat und einen Kugelschreiber, mit dem ich eine Zeugenbelehrung inklusive einer Einverständniserklärung zur Aufnahme auf Tonträger unterzeichnet hatte.

»Sollen wir Sie zu einem Arzt begleiten? Der Notarzt ist ja leider schon weg.«

»Ich habe bereits am Telefon gesagt, dass die Leiche eine Leiche ist«, versuchte ich einen klaren, präsenten, geistig wachen Eindruck zu vermitteln, »also hätte es gar keinen Notarzt gebraucht.«

»Der Notarzt kommt immer mit«, erklärte mir die Beamtin. »Er muss den Totenschein ausstellen.«

»Und sich um die Leichenfinder kümmern?«, vollendete ich und dachte, dass *Leichenfinder* ein komisches Wort war, andererseits gehört es vielleicht zur Gruppe der Pfadfinder, die sich auch gern in Wäldern herumtrieben.

»Als normaler Mensch ist man ja nicht an den Anblick einer Leiche gewöhnt«, sagte die Beamtin freundlich. »Da kann man schon mal einen Schock bekommen, besonders wenn jemand im Freien aufgefunden wird und es in den Tagen davor so warm war wie zur Zeit. Das ist wirklich ein scheußlicher Anblick. Da müssen Sie sich gar nicht schämen, das ist ganz normal, wie gesagt, bloß blöd, dass der Arzt weg ist. Vielleicht möchten Sie aber auch ganz schnell zu einem vertrauten Menschen? Kann jemand Sie abholen? Reden hilft manchmal. Haben Sie jemanden angerufen?«

»Funkloch«, sagte ich knapp und überlegte, wen ich angerufen hätte, wenn ich jemanden hätte anrufen wollen. Mir fiel niemand ein. Platz eins war bei mir nicht besetzt. Während ich über Platz zwei bis fünf sinnierte, stupste Flipper an meine Dreiviertelsommerhose mit Sonnenblumenmotiven, eine peinliche Garderobe für diesen Anlass. Ich spürte seine nasse Schnauze so deutlich, als balanciere er einen angetauten Eiswürfel auf der Nase, und wurde selbst flüssig, beziehungsweise meine Tränen. Ich wunderte mich, wie tief der Tränenberg in mir stak, den ich als furchterregenden Koloss wahrnahm, und dachte an das Bild eines Eisberges, das ich kürzlich gesehen hatte. Nur der allerkleinste Teil war über dem Meeresspiegel sichtbar. Das Verderben lauerte im Untergrund. Genauso wie meine Tränen, und da sollten sie auch bleiben, alle. Ich würde hier und jetzt ganz bestimmt nicht heulen.

»Na, was bist du denn für ein hübscher Kerl?«, fragte die Polizistin mit unnatürlich hoher Stimme, in die Menschen sich hineinschrauben, die Angst vor Hunden haben. »Nein, ich hab nichts zu fressen dabei«, quittierte sie Flippers Begrüßungsschnuppern und redete unverdrossen weiter, um ihn sich zum Freund zu machen, damit er sie nicht zerfleischen würde. Flipper warf mir einen gequälten Blick zu. *Stell das ab*, interpretierte ich.

»Der ist lieb wie ein Stofftier«, sagte ich.

Flipper ließ sich ächzend vor meine Füße fallen.

»Ah ja, ja, natürlich, das sieht man ihm auch an, gell, du bist ein ganz ein lieber Kerl, ja, das habe ich gleich gesehen, dass du ein ganz ein lieber Kerl bist, gell, du.«

Flipper rollte sich zusammen, und die Frau erinnerte sich an ihren Job.

»Sollen wir Sie irgendwohin bringen? Zu Ihrem Mann? Ihrer Familie?«

Ich schüttelte den Kopf.

»Wir können auch das Kit rufen«, sagte sie, »unser Kriseninterventionsteam.«

»Nein, danke«, lehnte ich höflich ab und versuchte herauszufinden, ob ich vielleicht einen Schock hatte, aber ich spürte nichts – ein untrügliches Zeichen für einen Schock, wie ich am nächsten Tag im Internet recherchieren sollte.

»Sie können gehen«, wurde mir zuerst mehr befohlen, denn geraten, dann sagte einer, ich sollte bleiben, weil noch jemand mit mir sprechen wollte, dann sollte ich am nächsten Tag in die Dienststelle kommen und jetzt bitte warten.

Ich wunderte mich, dass niemand meine Identität anzweifelte. Ich hatte lediglich meinen Namen und meine Adresse genannt. Ich hatte keinen Ausweis bei mir. Auch der kleine Simon hatte keinen Ausweis bei sich gehabt. Aber er hatte den Polizisten sofort gehorcht; in seinem Alter gehörte das Weggeschicktwerden zur Tagesordnung. Er hatte den Toten nicht gesehen, dafür hatte Flipper gesorgt, der dem Jungen den Weg verstellte, sobald er auf einen Baum klettern wollte.

Das Gebiet um den Hochsitz war mit rot-weißen Plastikbändern mit der Aufschrift *Polizeiabsperrung* gesichert. Der Hochsitz selbst war das Ziel einer eingehenden Untersuchung von zwei Männern mit Hand- und Fußüberschuhen. Weißgekleidete, wie sie im Fernsehen an Tatorten ebenfalls auftauchen, hantierten mit Klebefolie an der Leiter herum. Es gab kleine Schildchen mit Nummern und einen Mann mit Vollbart, der fotografierte. Da die Schutzpolizei in grünen Uniformen steckte, spielte dieser Krimi in Bayern; in anderen Bundesländern agiert die Polizei in Blau. Ein Grüppchen Männer in Zivilkleidung stand neben der Leiche und besprach irgendetwas, drei der Männer hielten sich dabei die Hände vor das Gesicht. Ich selbst hatte mich mittlerweile fast daran gewöhnt, nur wenig und durch den Mund zu atmen. Dies war sozusagen die längste orale Pranayama-Atemübung meines Lebens, mir war schon schwindlig von so viel Kundalini-Energie; wahrscheinlich stand ich kurz vor der Erleuchtung.

Bis auf den bestialischen Gestank war alles genau wie im Fernsehen. Aber in echt war alles viel unechter als im Unechten; im Fernsehen. Es dauerte auch viel länger als im Fernsehen. Da wird so eine Tatortbegehung mit zwei, drei Kameraeinstellungen abgehandelt. Hier verbrauchten sie zwei, drei Stunden, wenigstens kam es mir so vor, aber auf mein Zeitgefühl konnte ich mich nicht verlassen, und ich vergaß auch, auf die Uhr zu schauen, ich vergaß zu trinken, und ich vergaß meine Pilatesstunde um sechzehn Uhr; zum ersten Mal in meinem Leben ließ ich eine Stunde unentschuldigt ausfallen. Wer mich kennt, weiß, was das bedeutet. Ich muss sehr durcheinander gewesen sein. Das Angenehme daran war, dass es mir selbst nicht auffiel.

Auf einmal ging ein Ruck durch die Truppe. Kurz davor hatte Flipper seinen Rücken gestreckt. Er hatte es als Erster gemerkt. Ein Alphatier trat auf. Er kam aus dem Wald, die Sonne im Rücken, eine Lichtgestalt, über den Feldweg auf uns zu, als wäre das sein Feldweg, sein Wald, sein Starnberger See. Dies war sein Fall, seine Leiche.

»Kriminalhauptkommissar Tixl. Sie sind die Auffinderin des Toten?«

Auffinderin, wiederholte ich innerlich. Das Wort wollte ich mir merken.

»Ja, das heißt, nein«, blieb ich bei der Wahrheit.

»Frau Fischer«, ergänzte der Beamte der Schutzpolizei, der den Kommissar zu mir geführt hatte.

»Frau Fischer«, wiederholte der Kommissar. Er war jünger als ein quotenträchtiger Fernsehkommissar. Mitte-Ende dreißig. Und er sah viel zu gut aus für einen erfolgreichen TV-Helden.

»Ja, das bin ich.«

Der Kommissar reichte mir die Hand.

»Haben Sie den Toten gefunden oder«, er machte eine Pause und drehte sich zu Flipper, der ihm sein Hinterteil entgegenstreckte. Flipper kann attraktive Männer nicht ausstehen, »Ihr Freund hier.«

Damit punktete der Kommissar natürlich.

»Flipper«, sagte ich.

»Servus, Flipper«, sagte er und punktete gleich noch mal. Die meisten Leute fragen an dieser Stelle nämlich nach, wie zuvor auch Simon. *Aha, Flipper, das ist doch ein Delfin.* Nach ungefähr zwanzigtausend Malen fand ich das nicht mehr originell. Vor allem, weil Flipper nichts dafür kann, dass er schwimmt wie ein Seehund.

Flipper deutete ein Wedeln an, das mit viel gutem Willen als höflich interpretiert werden konnte. Er hatte den Kommissar mittlerweile eingescannt. Überzeugt war Flipper nicht von der Kompetenz dieses Rudelführers, warum stand der so blöd in der Gegend herum, anstatt endlich die Nase auf den Boden zu senken und wie ein Hannover Schweißhund Witterung aufzunehmen?

»Fordern Sie Polizeihunde an?«, fragte ich das Erstbeste, was mir in den Sinn kam und verschwieg meinen Verdacht: dass Flipper von einer Liason mit einer staatlichen Spürnase träumte.

Der Kommissar musterte mich. Lang. Viel zu lang. »Wahrscheinlich liegt die Leiche schon ein paar Tage da. Je weniger Leute hier durchlaufen, desto besser. Es wird ohnehin kaum verwertbare Spuren geben.«

»Klar«, nickte ich.

»Nein, ich glaube, wir brauchen keine Hunde. Ist ja alles dran, so weit.«

»Zweieinhalb Finger fehlen«, verbesserte ich und hoffte, dass niemand auf die Idee käme, Flipper zu bezichtigen. Fleisch ist er gar nicht gewöhnt, würde ich ihn verteidigen, er kennt bloß Dosen- und Trockenfutter, und hoffen, dass niemand von Fingern auf Wiener Würstchen schließen würde.

Der Kommissar zuckte mit den Schultern. »Die finden wir nicht mehr. Wir können froh sein, dass es keine weiteren Fraßdefekte gibt.«

Fraßdefekte! Auch das Wort wollte ich mir merken.

»Schöner Kerl«, sagte der Kommissar und schaute zu Flipper. *Schöner Kerl*, dachte ich und schaute zum Kommissar. Er war groß und breitschultrig, hatte blaue Augen und ein Gesicht wie ein Marathonläufer – kantig und willensstark. Er trug einen 64-Stunden-Bart, und es fehlte ihm jede modische Weichheit und Melancholie, durch die sich besonders die derzeit angesagten Kommissare aus Schweden in den Vordergrund spielen. Er sah nicht aus, als würde er gerne Alkohol trinken, Opern oder Jazz hören und Schwierigkeiten beim Bedienen einer Waschmaschine haben, und er machte auch keinen resignierten Eindruck. Er sah eigentlich gar nicht aus wie ein Kommissar. Er sah aus wie ein richtig guter Typ. Er könnte mir auch in einem Sportstudio begegnen, wo sich sein Bizeps rundete, während er lässig seine Langhantel bestückte.

Flipper stellte sich zwischen mich und den Kommissar, den er weiterhin ignorierte. Der Kommissar grinste.

»Und du passt auf dein Frauchen auf?«, fragte er.

»Ich bin kein Frauchen«, sagte ich. »Ich bin hier die Chefin.«

Er ließ sich nicht einschüchtern. »Und, Chefin, kennen Sie den Toten?«

»Das bin ich schon mal gefragt worden.«

»Jetzt frage ich.« Sein Ton ließ keinen Zweifel aufkommen, dass allein dies relevant war.

»Nein.«

»Auch nicht von seiner Kleidung her? Manchmal erkennt man jemanden an der Kleidung.«

»Nein.«

»Haben Sie ihn sich richtig angeschaut?«

»Nein.« Ich räusperte mich. »Muss ich das?«

»Es ist besser, wenn Sie nicht genau hingeschaut haben. Viel sieht man ohnehin nicht.« Seine Stimme klang mitfühlend.

»Natürlich habe ich hingeschaut, sonst hätte ich ihn ja nicht gesehen«, stellte ich richtig. »Aber ich kenne ihn nicht. Ich kenne hier niemanden. Und dass es ein Mann ist, habe ich mir wegen der großen Schuhe zusammengereimt.«

Der Kommissar nickte. Aufmunternd sah es aus. Eigentlich hatte ich dem nichts hinzuzufügen. Doch ich redete weiter.

»Ich möchte den Toten wirklich nicht näher kennenlernen«, fuhr ich fort. »Ich komme ja nicht mal mit den Leuten klar, die ich bereits kenne, will sagen, ich kenne viel mehr Leute, als mir lieb ist, und die sind am Leben, da muss ich keine Toten kennenlernen, die ich doch nicht mehr kennenlernen kann.«

»Hm«, machte der Kommissar. Später sollte mir dieses Hm noch öfter einfallen. Klang es nicht so, als wüsste er mehr, als er mir in diesem Moment zumuten wollte? Und hatte ich mir selbst nicht bereits viel zu viel zugemutet mit diesem Fremden unterm Hochsitz, den ich angeblich nicht kannte, niemals kennenlernen wollte?

»Und von wo genau sind Sie gekommen?«

»Aus München.«

»Ihre Personalien haben die Kollegen notiert?«

»Ja.«

»Sie sind also hier spazieren gegangen und ... Was ist dann passiert? Wie sind Sie auf die Leiche aufmerksam geworden? Auch wenn Sie es den Kollegen schon erzählt haben, Frau Fischer, bitte erzählen Sie es mir noch mal.«

»Ich war auf dem Weg da drüben«, wies ich nach links. »Ich war letzte Woche schon mal hier. Die Gegend gefällt mir sehr gut.«

»Ja, das ist wirklich ein ganz besonders schönes Fleckchen Erde«, warf der Kommissar ein, als plauderten wir über diesen sagenhaften Mai, der sich als Hochsommer verkleidet hatte, einen Mai, der einem den Klimawandel sympathisch machte.

»Ja, und dann bellte Flipper wie verrückt. Ich dachte zuerst, er rennt hinter einem Hasen her, wobei er nie, nie, nie wildert.«

»Selbstverständlich nicht«, warf der Kommissar ein.

Ich entdeckte keinen Spott in seinen Augen.

»Er gehorcht aufs Wort«, fuhr ich fort, »deshalb lasse ich ihn ja auch frei laufen. Sein Bellen klang so ... anders ... irgendwie bedrohlich, so habe ich ihn selten gehört. Ich bin losgerannt«, ich wies mit ausgestrecktem Arm hinter mich, »den schmalen Weg in das kleine Waldstück hinein – und wenn ich darüber nachdenke, glaube ich, dass ich da schon etwas gerochen habe, ich meine, dieser Gestank ist ja unüberriechbar, aber in dem Moment war ich auf Flipper konzentriert. Er könnte wo reingetreten sein. Manchmal liegt Stacheldraht rum. Letztes Jahr hat er sich eine Kralle rausgerissen. Ich bin so schnell ich konnte zu seinem Bellen gerannt. Gesehen habe ich ihn erst später. Er stand ja im Gestrüpp. Tja und dann, dann habe ich das andere gesehen. Also ich habe vor allem die Hand bemerkt, das war …«, ich schluckte.

Der Kommissar drängte mich nicht. Er wartete einfach ab und legte mir sein Schweigen wie eine Decke um die Schultern. Da erst merkte ich, dass mir kalt war. Ich schüttelte mich. Die Decke fiel zu Boden.

»Und dann?«, hob der Kommissar sie auf, hielt sie zögernd in der Hand, als warte er auf ein Zeichen, ob er sie mir erneut um die Schultern legen dürfte.

»Dann habe ich versucht, die Polizei anzurufen, aber ich hatte kein Netz. Dann ist der Junge aufgetaucht.«

»Simon Brettschneider«, mischte sich einer der Schupos ein, während er zwei Männern, die einen Sarg trugen, den Weg wies.

»Grüß Gott«, nickten die Männer in den grauen Anzügen.

»Grüß Gott«, nickte der Kommissar zurück, und ich wusste mit absoluter Sicherheit, dass er aus der Gegend stammte, vielleicht sogar aus München. Ein Münchner verschluckt das Grollen, er grüßt mit scharfem S und Gott. Das Grü hört man nicht. Trotzdem ist es da. Ein gutturaler Schatten. Beim Kommissar stimmte der Sound. Hundert Pro.

Er wandte sich seinem Kollegen zu, der unaufgefordert rapportierte, während die beiden Sargträger die graue Kiste abstellten. Einer der Träger nutzte die Pause, sich eine Zigarette zwischen die Lippen zu stecken.

»Der Junge wohnt in Wampertskirchen. Hat nichts gesehen. War nur zufällig in der Nähe des Tatorts. Die Auffinderin hat ihn ferngehalten.«

Das Feuerzeug des Sargträgers funktionierte nicht. Mit einer Bewegung, als würde er einen Colt ziehen, warf ihm der Kommissar ein Feuerzeug zu. Der Bestatter war zu langsam, es fiel zu Boden. Flipper schaute mich fragend an. »Bleib«, sagte ich.

»Danke«, sagte der Kommissar zu dem grünen Schupo. Der Bestatter zündete seine Zigarette an und warf das Feuerzeug zurück. Es kam mir vor, als würde er absichtlich neben den Kommissar werfen, doch so schnell der im Ziehen war, so schnell war er auch im Fangen. Ein cooler Griff, und er hatte es. Während er es einsteckte, in die Hosentasche seiner schwarzen Jeans – ob er wohl rauchte, das passte gar nicht zu seinem sportlichen Aussehen – wendete er sich wieder mir zu.

»Und Sie haben den Jungen zufällig getroffen?«

»Er kam mit dem Fahrrad. Ich habe ihn gefragt, wo genau wir uns befinden und wo es ein Netz hat. Dann habe ich Flipper bei ihm gelassen und bin losgerannt – ja, und dann ging es ziemlich schnell, ich glaube, ich habe keine zwanzig Minuten gewartet, da waren Sie schon da.«

»Achtzehn Minuten«, korrigierte der Beamte, ehe er sich an die Mütze tippte und verschwand.

»Bei mir hat es leider länger gedauert«, gestand der Kommissar. »Es freut mich, dass Sie gewartet haben, Frau Fischer.«

Das klang so, als würde er sich persönlich darüber freuen, nicht bloß als Kommissar. Wahrscheinlich seine Masche zur Zeugenmotivation.

»Haben Sie an der Leiche irgendetwas verändert?«

Ich schüttelte den Kopf.

»Sie haben sie nicht angefasst?«

»Um Himmelswillen! Nein!«

»Ist Ihnen irgendetwas aufgefallen?«

»Nein.«

»Haben Sie etwas berührt oder ...«

»Ich war oben am Hochsitz. Ich dachte, dass ich da vielleicht ein Netz kriege.«

»Haben Sie dort etwas berührt oder verändert?«

»Ich bin die Leiter hoch und habe mich wahrscheinlich festgehalten. Genau weiß ich das nicht mehr. Sie werden bestimmt Fingerabdrücke von mir finden.«

Der Kommissar lächelte. In seinem linken Mundwinkel ging ein halber Mond auf.

»An verwittertem Holz lassen sich in der Regel keine Fingerabdrücke sichern«, erklärte er. Das Grübchen ging unter.

»Die Leiter ist doch recht marode, oder?«, bemühte ich mich mitzuarbeiten.

»Keine Sprosse ist angesägt«, sagte der Kommissar und wollte dann wissen: »Haben Sie außer dem Jungen noch jemanden gesehen?«

Wieder schüttelte ich den Kopf.

»Ist er eigentlich von selber runtergefallen oder ermordet worden?«, fragte ich.

Der Kommissar schaute in den Himmel, als würde er dort eine Antwort ablesen, und dann schaute er mich an. Seine

Augen waren blauer als der Himmel. Eigentlich mag ich blaue Augen nicht so gern, weil ich selber welche habe. *Ich könnte mir die Haare mal wieder dunkel färben, am besten schwarz*, dachte ich, weil blau und schwarz einen interessanten Kontrast bildet, wie ich am Kommissar viel zu deutlich wahrnahm, aber vielleicht blieb ich doch besser bei Saharablond, so wie ich auch nicht beabsichtigte, in behördlichen Fragebögen ein anderes Kästchen als ledig zu durchkreuzen.

»Sie sind also nicht aus der Gegend?«, fragte der Kommissar.

»Ich wohne in München«, erwiderte ich. Das Thema hatten wir bereits erörtert.

»Tagesfreizeit?«, wollte er wissen.

Ich fand das anzüglich. Wie in Kontaktanzeigen. Füllige Dame, gern mit großer Oberweite und Tagesfreizeit gesucht.

»Ich bin Yogalehrerin«, sagte ich, was nicht gelogen ist. Ich musste ja nicht ausführen, dass ich diverse Trainerinnenscheine habe. Yoga erschien mir passend. Atmen statt amoken.

»Und Sie haben tagsüber keinen Unterricht?«

»Vormittags und ab Spätnachmittag wieder.«

»Schön für Flipper.«

Ich nickte.

»Sieht man ja nicht oft, dass ein Hund ein braunes und ein blaues Auge hat«, sinnierte der Kommissar. »Er ist nicht taub, oder?«

»Auf mich hört er«, sagte ich und ordnete den Kommissar als Hundekenner ein. Blaue Augen konnten ein Hinweis auf Taubheit sein. Flipper gefiel diese Wertschätzung keineswegs. Er kehrte den Mastino Napoletano raus. Den Kommissar beeindruckte sein leises Grollen nicht.

»Da haben Sie es ja gut getroffen mit Ihrem Job.«

»Kommt drauf an.«

»Worauf?«

»Heute habe ich es nicht gut getroffen«, erinnerte ich ihn an den Grund unserer Bekanntschaft.

»Und machen Sie das öfter?«, fragte er.

»Leichen finden?«

»Nein, das ist wohl eher mein Job.«

»Und wie ist das so?«

Der Kommissar schaute mich nachdenklich an. Ob er Kontaktlinsen trug? Oder produzierte er dieses Südseeblau auf dem Grund seiner Seele?

»Ich meine, wie stecken Sie das weg?«, sagte ich und hatte absolut keine Idee, wie ich selbst das wegstecken sollte. Die Maden, die Fliegen. Die zweieinhalb Finger. Den Gestank. Die flaschengrüne Haut. Die braunen Beulen. Den matschigen Lumpenhaufen. Das angefressene Gesicht. Die Krater in den Augenhöhlen. Die Krähen. Die Käfer. Die Ameisen.

Wieder neigte der Kommissar den Kopf. Mir fiel auf, dass um ihn herum absolute Stille herrschte. Mit ihm bildete ich das Auge eines Hurrikans. Um uns herum wuselten die Ermittler, die Leiche wurde in den Sarg gelegt, dies war kein Ort des Friedens, doch im Bannkreis des Kommissars war alles gut und sicher.

»Ich kann Sie zu den Kollegen vom Kit ...«

»Nein, nein«, unterbrach ich ihn. »Ich komm schon klar. Es interessiert mich einfach, wie man als Profi mit so was umgeht.«

»Man gewöhnt sich dran«, erwiderte der Kommissar zögernd.

»Und wie geht das, sich daran zu gewöhnen?«

»Indem man sich zum Beispiel darauf konzentriert herauszufinden, warum etwas passiert ist. Bei einem Mord kann man sich einreden, man könnte dem Opfer helfen, indem man den Täter findet. Jedenfalls kann man versuchen, einen Hauch von Gerechtigkeit herzustellen.«

»Und ist das hier jetzt ein Mordfall?«

»Wenn es keinen Verdacht gäbe, würden wir zwei uns nicht unterhalten. Meine Kollegen vom K1 und ich rücken nur bei einem Kreuz in der dritten Spalte aus.«

»Dritte Spalte?«

»Wenn die Todesursache nicht geklärt ist. Morgen nach der Obduktion wissen wir mehr.«

»Kann es auch ein Unfall gewesen sein?«

»Im Moment kann es alles gewesen sein. Ein Schwächeanfall, ein Herzinfarkt ...«

»Aber so alt war er noch gar nicht!«

»Sie haben ihn sich doch genauer angeschaut?«

Ich zuckte zusammen. Genauso war es im Fernsehen. Kaum sagte man etwas ohne nachzudenken, klappte die Falle zu.

»Wegen des T-Shirts.«

»Ja, das stimmt. Ältere Menschen würden so was wohl nicht tragen, doch das ist eine Vermutung.«

Ich räusperte mich. »Ich finde es ... Also dass man in so einem T-Shirt stirbt, das ist irgendwie so ... so ... unpassend.«

»Der Tod, mit dem ich mich beschäftige, passt nie«, sagte der Kommissar ernst, »meistens verabredet man sich nicht mit ihm, man kann sich also auch nicht vorbereiten und angemessen kleiden.«

Die Liebe passt auch nie, dachte ich idiotischerweise, auf die Liebe kann man sich ebenfalls nicht vorbereiten, sie trifft einen wie der Blitz, also andere, mich natürlich nicht, ich war ja immun dagegen und unangemessen gekleidet, wo war eigentlich Flipper?

»Flipper!«, rief ich.

Der Kommissar ließ noch mal den halben Mond aufgehen, denn Flipper stand hinter mir.

»Ich wollte noch wissen«, sagte der Kommissar, »ob Sie öfter am Starnberger See unterwegs sind.«

»Kommt drauf an, welchen Baum Flipper morgens markiert«, blieb ich bei der Wahrheit, denn Polizisten lügt man besser nicht an.

2

Zwei Stunden später, im Fitnessstudio *Sportive*, umkreisten mich die Fliegen noch immer. Sie hatten sich mit ihren Saugrüsseln an mein Leben geploppt, und ich hatte sie mit nach München genommen. Ihr Summen und Brummen übertönte sogar die Musik, sodass ich lauter drehte und lauter, bis eine Schülerin, deren Namen ich vergessen hatte, obwohl ich mir die Namen aller meiner Kursteilnehmer merken möchte, bat: »Kannst du bitte leiser stellen?«

»Klar«, sagte ich lässig in mein Headset und drückte auf die Fernbedienung. Die Fliegen klatschten an die Spiegel, eklige, vollgefressene Monster. Meine Teilnehmerinnen hörten sie nicht und sahen nicht die Sprenkel, verdautes Leben. Sie warfen die Beine und Arme in die Luft, bunt gekleidete Marionetten. In ihren Augenhöhlen ringelten sich speckige Maden, von deren anmutig schlängelnder Beweglichkeit sich manche eine Scheibe hätte abschneiden können. Ich produzierte mich als Chefmarionette, ich machte vor, sie machten nach. So viel Mühe ich mir auch gab, mir fehlte Leichtigkeit, und das fehlte auch der Gruppe, die zwar marschierte und ihre Stepper enterte und die Gummibänder langzog ... doch ich schaffte es nicht, sie wirklich zu motivieren, und das ärgerte mich, denn darin bin ich besonders gut, deshalb sind meine Kurse voll, egal, was ich anbiete, mein

Unterricht ist immer ausgebucht, und ich habe drei Privatkunden, das will was heißen in meinem Job. Flipper, der natürlich überzeugt davon ist, dieser Erfolg sei nicht meinem Einsatz, sondern seinem zuzuschreiben, konnte meine heutige Vorstellung nicht mit ansehen. Während er sonst manchmal taktil unterstützt, auch mal durch die Gruppe läuft und hier und dort wedelt, wo die Begeisterung fehlt, oder seine kalte Schnauze in eine heiße Kniekehle stößt, um ein Tempo zu erhöhen, rollte er sich heute einfach ein, mit dem Rücken zu mir, so als wollte er mein Versagen nicht mit ansehen müssen.

Natürlich haben Hunde in Fitnesscentern Hausverbot. Das finde ich korrekt, und ich habe nie widersprochen. Flipper hat sich seine Ausnahmegenehmigungen selbst beschafft. In diesem Studio beim Ostbahnhof überzeugte er die Besitzerin, indem er ihr, ganz Kavalier, einige Äpfel apportierte, die aus einer gerissenen Papiertüte auf das Trottoir kullerten, und er schreckte auch nicht davor zurück, unter Einsatz seines Lebens todesmutig einen extrasauren giftgrünen Granny Smith von der stark befahrenen Orleansstraße zu retten. Seitdem gehört Larissa zu Flippers Fanclub, und obwohl sie sich selbst nichts Süßes gönnt, hält sie für Flipper stets ein Leckerli parat, das sie mir aushändigt, damit ich es ihm überreiche. Wenn Larissa einen Hund hätte, wäre der dick wie ein Mastschwein. Mir sind schon oft sehr dünne Frauen mit sehr dicken Hunden begegnet. Die Hunde kriegen all das, was die Frauen sich vom Munde absparen. Ich weiß, wovon ich spreche. Ich hatte auch mal eine Essstörung, kurz nach John Sinclair, in der Pubertät, von vierzehn bis fünfzehn. Danach bin ich sportsüchtig geworden, und das bin ich bis heute geblieben, wenn auch kontrolliert. Ich finde das gut so, gesünder als Drogen ist es allemal, und habe nicht vor, irgendetwas daran zu ändern. Ich bin glücklich damit, wie ich mein Leben eingerichtet habe. Eine Wohnung an der Isar, ein gutes Auskommen mit einer Tätigkeit, die mir Spaß macht, und viel Freizeit, um mit Flipper durch die Gegend zu streunen – ohne einen Mann, der mir das Leben vergällt. Männer sind das Gesprächsthema Nummer eins in Umkleidekabinen, egal ob bei der Osteoporosegruppe oder bei der Selbstverteidigung. Ich sage meistens nichts dazu, die anderen glauben wahrscheinlich, ich würde mich bedeckt halten, weil ich die Trainerin bin, mir ist das recht; ich spreche überhaupt wenig über mein Privatleben. Dafür höre ich gut zu, und was ich höre, bestärkt mich. Verlieben ist total gefährlich. Gefährlicher sogar als rauchen. All die Sprüche auf Zigarettenschachteln könnte man auf die Betten von frisch Verliebten gravieren: Verlieben fügt Ihnen und den Menschen in Ihrer Umgebung erheblichen Schaden zu. Verlieben macht sehr schnell abhängig: Fangen Sie gar nicht erst an! Verlieben kann zu einem langsamen und schmerzhaften Tod führen.

Das habe ich am eigenen Leib erfahren.

Abgehakt ist jetzt fünf Jahre amputiert, vollständig abgehackt inklusive Phantom habe ich ihn vor drei Jahren, als Flipper mich zwang, ihn zu adoptieren, sonst würde ich lebenslänglich unter einem schlechten Gewissen leiden und nie mehr froh und glücklich werden, was ich mir damals ohnehin nicht vorstellen konnte, da ich litt, als wäre mir was abgehackt worden. Ich gedachte nicht, mich noch mal in eine solche Gefahr zu bringen. Flipper hasst Veränderungen. Ich auch. Und nun wollte ich meine Dienstagsgruppe zurückhaben, nicht diese aufgetriebenen Leiber, die bei der Entspannungsübung alle dasselbe T-Shirt trugen: *Kein Haus, kein Auto, kein Boot – aber geil!*

Ich wollte strahlende Augen in erhitzten Gesichtern sehen, keine Krater, an deren Rand sich Maden räkelten. Vielleicht sollte ich mich wirklich mit geweihten Silberkugeln wappnen. Allerdings bräuchte ich dann auch eine Beretta wie der Geisterjäger John Sinclair.

Die Leichen erhoben sich, es wurde geklatscht, das kann ich überhaupt nicht ausstehen, es klatscht doch auch niemand, wenn man an der Käsetheke erfolgreich hundert Gramm Gorgonzola ausgehändigt bekommt, aber wahrscheinlich beklatschten sie sich selbst, weil sie ihren inneren Schweinehund besiegt hatten.

Mit dem Fahrrad fuhr ich nach Hause, Flipper mit seinem in Regenbogenfarben blinkenden Halsband rechts neben mir, flott wie ein Windhund, auch auf der Radfahrerabschussrampe Rosenheimer Straße, und ich dachte, dass der Tote einen solchen prallen Frühlingstag nie mehr erleben, keinen Sommer mehr erleben würde, nicht mehr die vom Asphalt aufsteigende Wärme spüren – dazu das Wummern aus den Autos, Blondinen mit Miniröcken und Eistüten, knackige Kerle mit Muscleshirts und blutigen Steaks.

Ob er in der Stadt gewohnt hatte oder auf dem Land?

Ich kannte ihn nicht, ich wusste nicht, ob ihm das alles fehlen würde, auch über dieses T-Shirt hatte ich mir noch keine eindeutige Meinung gebildet, ob es Humor zeigte oder Überheblichkeit, jedenfalls eine Portion Selbstbewusstsein, und das gefiel mir. Mit einem solchen T-Shirt U-Bahn fahren, das wäre ein offensives Training für meine Selbstverteidigungskurse, eine Abschlussprüfung sozusagen. Der Tote hatte seine Abschlussprüfung nicht bestanden.

Am Gasteig keiften sich zwei Autofahrer an. Z4 gegen A8. Ich hätte ihnen gern zugerufen, sie sollten sich lieber ihres Lebens freuen. Dass all die Leute gar nicht merkten, wie schön es war, am Leben zu sein – wahrscheinlich merkt man das erst, wenn man tot ist. Manchmal dachte ich auch an den Kommissar und wie er wohl seine Abendfreizeit gestaltete. Das dachte ich selbstredend in meiner Eigenschaft als verantwortungsvolle Bürgerin. Außerdem hätte ich gern gewusst, woran der Mann gestorben war. Irgendwie waren wir miteinander verbunden. Ob ich den Kommissar anrufen konnte, nach dem Motto: Ich wollte mich mal unverbindlich erkundigen? Im Fernsehen erfuhren Zeugen nie die Wahrheit, bloß die Zuschauer. Der Kommissar war lediglich ein Nebengeräusch in meinen Gedanken, weil ich dauernd an den Toten denken musste. Mein Kopf war schon ganz heißgelaufen; es hätte mich nicht gewundert, wenn ich eine Rauchwolke hinter mir hergezogen hätte.

Zum Runterkühlen kaufte ich mir ein Eis und ging damit zur Brücke am Deutschen Museum. Die Steine in der Stadt hatten Hitze gespeichert wie die Felder auf dem Land, brotwarm strahlten sie den Eisheiligen entgegen. So wie all der Pärchenterror. Arm in Arm lief er die Isar entlang und über die Brücke, er tauschte Küsse und kicherte – morgen würden diensteifrige Hunde die hoffentlich zusammengeknoteten Kondome apportieren – in den Auen. Ich schwang mich auf die Steinumfassung der Brücke.

»Langsam. Sehr langsam. Vorsichtig. Und hopp!«, lud ich Flipper ein, sich neben mich zu setzen. Der Sprung war gefährlich, doch wir hatten ihn an niedrigen Mauern ohne Abgrund geübt. Souverän landete Flipper neben mir.

»Gut gemacht«, lobte ich ihn.

Er drehte den Kopf weg. Ich überlegte, ob so ein Kommentar für ihn überflüssig war wie der Applaus am Ende meiner Stunden. Und ob das *Gut gemacht* nicht eher mir galt. Weil ich meinen Stolz auf ihn zelebrierte. Eine heiße Woge Zuneigung für Flipper überschwappte mich. Fast hätte ich ihm etwas von meinem Eis gegeben, das habe ich erst zweimal gemacht, einmal an meinem Geburtstag, einmal an seinem Findeltag. Eine Handvoll Tauben pickte neben uns auf dem Trottoir nach irgendetwas. Zwei fanden sich wild flatternd zum Liebesspiel.

Als ich die Autotür hinter mir hörte, wusste ich, für welches Filmgenre ich gecastet wurde.

»Guten Abend!«

Ich drehte mich nicht um. Auch Flipper schaute weiter geradeaus. Wir lassen uns nicht einschüchtern.

»Dürfen wir Sie bitten, herunterzukommen«, jetzt stand einer der beiden Streifenpolizisten neben mir. Um mich anzusehen, musste er sich weit vorbeugen.

»Wieso, ist das verboten?«

»Es ist gefährlich«, sagte der zweite Polizist.

»Ich sitze hier öfter«, erwiderte ich.

»Der Hund könnte abstürzen.«

»Der sitzt auch öfter da.«

»Bitte machen Sie keine Schwierigkeiten, und kommen Sie runter.«

»Ich mache keine Schwierigkeiten. Sie machen Schwierigkeiten«, stellte ich klar, während ich mich zu ihnen wandte und Flipper »Ab!«, befahl.

Er vollbrachte das Kunststück, sich auf der schmalen Mauer umzudrehen, wie immer schlug mein Herz dabei schnell und ich war bereit, sofort zuzupacken. Flipper landete sicher auf dem Trottoir.

»Toller Kerl«, sagte der eine Polizist, und der andere fragte: »Und wohin wollen Sie jetzt?«

»Geht Sie das irgendwas an?«

»Ich bin halt neugierig.«

Das gefiel mir. Ich mag neugierige Menschen. Ein Beamter, der zugibt, neugierig zu sein, zeigt sich bürgernah, auch wenn es verdächtig nach Deeskalationsseminar klingt. Dieses Bestreben wollte ich gerne positiv unterstützen.

»Ich bin auf dem Heimweg.«

»Und wo wohnen Sie?«

»Da vorne«, wies ich in Richtung Untergiesing, ein wenig zu gerade, denn eigentlich wohne ich in der Au, am Ende der Brücke, einmal rechts, einmal links.

»Also dann!«, verabschiedeten sich die Polizisten.

»Vorsichtig Flipper. Hopp!«, befahl ich ihm.

»Konzentriert euch auf euren Atem«, sagte ich am nächsten Morgen zu meiner Yogagruppe, »und nehmt wahr, wie er immer leichter fließt. Mit jedem Ausatmen gebt ihr Ballast ab und mit dem Einatmen tankt ihr neue Lebenskraft.

Genießt die Frische und Freude, die euch erfüllen. Lasst den Atem einfach geschehen, seid ganz da.«

»Konzentriert euch auf das Hier und Jetzt«, sagte ich am Abend, »seid ganz präsent in diesem Augenblick«, und war doch selbst aus dem Jetzt gekippt.

Neuerdings verlegte ich den Autoschlüssel und vergaß meine Karte im Geldautomaten, ich kaufte doppelt ein, aber nicht das, was ich brauchte, und ich konnte nicht schlafen, obwohl ich hundemüde war. Kaum schloss ich die Augen, fraßen sich Maden durch meine Lider, und Schwärme von Krähen verschatteten meinen Himmel.

Zum Glück musste ich mir keine Vorwürfe machen, zu spät gekommen zu sein. Ich hätte den Mann nicht mehr retten können, doch ich hatte ständig das Gefühl, etwas übersehen zu haben, genauso wie die Kommissare in den Krimis, die ich gerne las – die hatten zuweilen auch so ein Gefühl, und manchmal wusste ich als Leserin sogar, was sie übersehen hatten. Diesmal jedoch hatte ich keine Ahnung. Bis Donnerstagmorgen, acht Uhr, auf dem Weg zu *Fit in den Tag*, als ich hinter einem Geländewagen stand, wie sie im Münchner Stadtverkehr unverzichtbar zu sein scheinen. Meinen Ausflug ins Gebüsch hatte ich beim Kommissar bewusst unterschlagen. Den Geländewagen aber, den hatte ich vergessen. Am Nockherberg fuhr ich rechts raus, zückte mein Handy und fingerte die Visitenkarte des Kommissars aus meinem Portemonnaie. Nicht Tixl. Sondern Tixel.

»Bauer«, meldete sich eine sympathische Männerstimme. Ein Blick auf das Display zeigte mir, dass ich keine fünf, sondern eine acht als letzte Ziffer getippt hatte.

»Ja, guten Morgen, hier Franza Fischer, ist der Kommissar da?«

»Welcher?«

Ich überlegte angestrengt nach dem genauen Titel. »Kriminalhauptkommissar, glaube ich.«

»Da hamma mehrere.«

»Kriminalhauptoberkommissar?«

»Gibt's nicht.«

»Hm.«

»Wenn Sie mir den Namen des Kollegen sagen würden.«

»Tixel.«

»Ach, der Herr Tixel. Um was geht's denn?«

»Mir ist noch was eingefallen. Wegen dem Toten beim Hochsitz. Als ich die Polizei gerufen habe, ist eine Staubwolke vorbeigefahren.«

»Eine Staubwolke?«

»Mit einem Auto vorne dran. Ein Geländewagen. Dunkelgrün oder grau.«

»Und Ihr Name bitte?«

»Franza Fischer?«

»Und was ham Sie mit dem Fall zu tun?«

»Ich bin die Finder..., die Auffinderin des Toten.«

»Ach, die mit dem Hund.«

»Ja, Flipper. Also eigentlich hat der Hund ihn gefunden ... könnte ich jetzt mit dem Kommi... mit dem Herrn Tixel sprechen?«

»Der ist unterwegs.«

»Und wie kommen Sie so voran?«

»Wie bitte?«

»Ob Sie schon was wissen.«

Schweigen.

»Richten Sie ihm das aus?«, fragte ich gespielt munter.

»Ja. Sie haben eine Staubwolke gesehen, in der ein grüner oder grauer Geländewagen gefahren ist.«

»Ein dunkelgrüner oder grauer.«

»Ich wiederhole: dunkelgrün.«

»Genau. Aber vor der Staubwolke, nicht drinnen.«

»Kein Nummernschild?«

»Nein, ich war ja ewig weit weg. Ich stand ja oben auf dem Hochsitz.«

»Gut, Frau Fischer. Ich leite es weiter«, versprach der Beamte. Seine Stimme klang für mein Dafürhalten entschieden zu heiter.

»Du bist heute irgendwie komisch«, stellte meine Kollegin Lydia am Handy fest, mit der ich für Donnerstagmittag, *Tag zwei danach*, nannte ich ihn innerlich, an der Bar im *Fit in the City* verabredet war. Ich hätte es vergessen, wenn sie nicht angerufen und mich gebeten hätte, eine halbe Stunde später zu kommen. Ich konnte mir schon denken, warum. Lydia war unsterblich verliebt. Ihr aktueller Freund arbeitete als Bühnentechniker an der Oper und hatte Schichtdienst. Da musste man jede Minute nutzen, auch wenn dafür der Unterricht ausfiel. Wenn Lydia so weitermachte, würde sie bald pleite sein. Wieder mal ein abschreckendes Beispiel für mich, das ich genüsslich beobachtete. Zum Happy End würde sie heiraten und Pilates gegen Pfannkuchen tauschen.

»Geht's euch gut?«, fragte Lukas von der Saftbar, als er einen Eiweißshake vor mir auf den Tresen stellte. Mit *euch* meinte er Flipper, die meisten Leute benutzen nur aus Höflichkeit den Plural, sie könnten genauso gut fragen: Wie geht es ihm?, das ist mir bewusst. Und macht mir überhaupt nichts aus.

»Bisschen viel Arbeit in letzter Zeit«, sagte ich, um zu erklären, warum ich so beschissen aussah. Ich hätte nicht bei der Polizei anrufen sollen. Ich hatte mich lächerlich gemacht. *Ich habe eine Wolke gesehen!* Meine Haare hingen strähnig an mir runter, obwohl ich sie nach dem Unterricht am Morgen gewaschen hatte, meine Augen waren klein und gerötet, als hätte ich geheult und dabei sämtliches Strahleblau versalzen, und mein vorgestern noch wohldosierter Bronzeteint hatte sich über Nacht zu Leichenblässe verwässert.

»Ja, ich hab schon gehört, du hast ein paar Stunden von Lydia übernommen.«

»Nicht nur hier. Auch im *Vitalis* und im *Sportive* und bei Enzo«, zählte ich Argumente für mein schlechtes Aussehen auf. Etwas in mir wollte auf keinen Fall darüber sprechen, was mir zugestoßen war – beziehungsweise dem anderen –, gerade so, als würde es durch Aussprechen erst recht wahr, als gäbe es eine klitzekleine Möglichkeit, es ungeschehen zu machen, indem ich es ignorierte. Ich hätte nicht mal gewusst, wie ich es sagen sollte, welche Wörter ich benutzen sollte. Man fand einen Euro oder eine Handtasche, man fand einen Hund oder eine Katze, aber keine Leiche. Außerdem wollte ich nicht mit dieser Leiche in Verbindung gebracht werden. Das wäre nicht gut für mein Business, das Jugend, Gesundheit und Attraktivität verspricht, und auch Flipper sollte keinesfalls als Totengräber und Leichenhund gemieden werden. Der einzige Mensch, dem ich von meinem

Fund erzählen würde, war meine Bekannte Andrea. Am Sonntagabend würde ich sie am Flughafen abholen. Der tote Mann hätte nicht die geringste Auswirkung auf unsere Beziehung, da Andrea nicht zu meinen Kundinnen gehörte. Bei ihr durfte ich auch mal mies drauf sein oder eine Erkältung haben. Oder an Fraßdefekten leiden.

»Ach, da ist sie ja!«, rief Lukas.

»Du hast vorgestern meine Stunde vergessen!«, begrüßte Lydia mich entrüstet. Ihr Gesicht war knallrot, als hätte sie den Vormittag in der Sauna verbracht. So sah sie in letzter Zeit öfter aus. Peter hieß ihre Sauna. Peter hieß auch ihr Friseur, der für diesen Struwwellook verantwortlich war. Peter war anscheinend kein visueller Typ, sonst hätte er sie vielleicht darauf aufmerksam gemacht, dass sie ihr T-Shirt linksherum trug. *Excess* baumelte an ihrer Kehle wie ein Namensschildchen. Sie hatte Recht, und das war mir sehr, sehr unangenehm. Die versäumte Pilatesstunde war nicht meine, sie war von Lydia, das hatte ich verdrängt, da ich sie zum vierten Mal in Folge abgehalten hatte.

»Das tut mir leid«, stammelte ich und fächerte mir mit der Abendzeitung, die auf dem Tresen lag, Luft zu. Dabei entdeckte ich die Headline.

»Du hättest wenigstens anrufen können!«

Ich ließ die Zeitung neben mein Bein gleiten und klopfte sacht an meine Wade. Flipper verstand sofort.

»Das wollte ich ja! Mein Handy hatte kein Netz!«

»Erzähl mir doch nichts!«

Ich schwieg. Ich hatte nicht vorgehabt, Lydia etwas zu erzählen. Wenn sie mir nicht mal glaubte, dass das Handy kein Netz gefunden hatte, würde sie erst recht nicht glauben, dass ich eine Leiche gefunden hatte, besser gesagt: ein Opfer. So lautete die Bezeichnung im Regionalteil der Abendzeitung, die Flipper für mich aus dem Fitnessstudio transportierte.

Auf meiner Handymailbox bat eine Frauenstimme um einen Rückruf zur Terminvereinbarung, ich sollte einige Fragen beantworten, wenn möglich noch in dieser Woche.

Ich beschloss, am Montag anzurufen, frühestens, und ich würde den Kommissar selbst anrufen. Schließlich hatte er mir seine Karte überreicht, formvollendet cool zwischen Zeige- und Mittelfinger.

»Was der Kommissar wohl macht?«, fragte ich Flipper, als wir abends von *Fettkiller zwei* nach Hause fuhren; diesmal mit dem Auto, ich hatte unterwegs Mineralwasser gekauft. »Ob ihm ausgerichtet worden ist, dass ich angerufen habe?« Flipper drehte den Kopf weg und weigerte sich, meine Finger anzustupsen, die ich durch das Trenngitter steckte.

»Dann eben nicht«, sagte ich, »ist mir eigentlich auch lieber, er erfährt nichts davon, weil die Wolke bestimmt keine brauchbare Zeugenaussage war.« Versonnen beobachtete Flipper eine Pudeldame, die über den Zebrastreifen tänzelte. Was der Kommissar heute wohl machte?

Donnerstag – der Ausgehtag schlechthin. Und ich? Das Leben konnte so verdammt schnell vorüber sein! Jetzt war Mai. So prall, so fruchtig, so überirdisch. Und ich hockte jeden Abend nach dem Unterricht allein daheim. Wenn ich jetzt gleich tot wäre, bereute ich vielleicht all die Abende, an denen ich mit Flipper zu Hause geblieben war?

»Nein, ich habe nichts mit dir versäumt. War nur ne blöde Frage«, rechtfertigte ich mich. »Der wird schließlich von meinen Steuergeldern bezahlt. Da wird man sich wohl mal Gedanken machen dürfen.«

Wenn Flipper gekonnt hätte, davon bin ich überzeugt, hätte er mir einen Vogel gezeigt. Auch wenn ich selbst niemals auf die Idee gekommen wäre, den Kommissar anzurufen, ich musste es tun, als erzieherische Maßnahme, um Flipper daran zu erinnern, wo oben und wo unten war. Ich wählte die Nummer, die ich auswendig kannte. Ich wollte nicht darüber nachdenken. Ja, sicher, ich hatte das Kärtchen ein paarmal in der Hand gehabt, na und? Ich wollte nur mal kontrollieren, wie mit meinen Steuergeldern umgegangen wurde.

Ob Donnerstagabend überhaupt jemand anwesend war bei der Polizei in ... Fürstenfeldbruck.

»Tixel?«

Vor Schreck drückte ich den roten Knopf.

Flipper ächzte.

»Ja, ja«, knurrte ich ihn an, da klingelte mein Handy.

»Ja?«

»Sie haben bei mir angerufen?«

»Hallo«, sagte ich.

»Wer ist denn da?«

»Ich«, sagte ich. Schweigen.

»Hören Sie«, sagte er, »wir können uns jederzeit treffen, und ich sichere Ihnen zu, dass Sie ...«

»Ich wollte eigentlich nur wissen, ob Sie da sind.«

»Wie bitte?«

»Also weil doch Donnerstag ist.«

»Bitte, wer spricht? Bitte sagen Sie mir Ihren Namen.«

»Ich bin's.« Mir fiel ein, dass er nicht wissen konnte, wer

ich bin, er konnte nichts dafür, dass ich ein paarmal an ihn gedacht hatte, sodass ich der Meinung war, *ich bin's* müsste genügen. »Franziska Fischer«, schob ich nach und ärgerte mich, weil ich mich Franziska nannte wie bei einer Ausweiskontrolle; wenn hier jemand kontrollierte, dann doch wohl ich.

»Fischer?«

»Ja, Fischer. Franza Fischer.«

»Frau Fischer!!!«

Es verschlug mir die Sprache. Er hatte mich vergessen!

»Verzeihung. Ich habe Sie verwechselt.«

»Ja. Ich auch. Ich meine, ich wollte gar nicht«, versuchte ich meine Ehre zu retten. »Also das Telefon. Das ist ein Versehen. Und ich sollte ja auch gar nicht bei Ihnen anrufen. Sondern bei der Stimme auf der Mailbox. Die hatte noch ein paar Fragen. Aber bestimmt nicht so spät. Also ich melde mich dann wieder. So am Montag oder so.«

»Frau Fischer!«

»Ja, und es ist gut, dass Sie so fleißig sind.«

»Bitte ...«

»Dass Sie sich überhaupt nicht mehr an mich erinnern, das spricht auch für Sie, ich meine für Ihren Einsatz. Es geschehen ja ständig neue Verbrechen.«

In meinem rechten Ohr stöhnte es auf. Oder jemand biss sich auf die Unterlippe, um nicht herauszuplatzen. Mir doch egal.

»Also einen schönen Abend noch«, beendete ich das Gespräch, drückte den roten Knopf und schaltete das Handy sofort aus. Mein Gesicht leuchtete wie eine aufgeschnittene Blutorange. Ich hatte eine Hitzewallung, obwohl ich noch ein Fünfteljahrhundert von den Wechseljahren entfernt war. Er hatte mich nicht erkannt. Er hatte einen anderen Anruf erwartet. Wahrscheinlich jemanden, der sein Gewissen erleichtern wollte. Das ging mich nichts an. Ich hatte kein Geständnis abzulegen, ich wollte bloß wissen, was mit meinen Steuergeldern getrieben wurde. Ganz allgemein und unverbindlich. Flipper grinste bis zu den Ohren. Ich tat so, als würde ich es nicht bemerken.

Am Freitagmorgen, *Tag drei danach*, beschloss ich spontan und ohne auf Flippers Markierungen zu achten, zum Hochsitz zu fahren, vielleicht konnte ich den Teil meiner Seele finden, den ich irgendwo im Gebüsch um den Toten herum verloren hatte, warum sonst fragte ich mich dauernd, wer er war, warum er gestorben war, wie er gelebt hatte?

Flipper wollte nicht mit. Das war noch nie vorgekommen; er weigerte sich, ins Auto einzusteigen. Drehte den Kopf in eine andere Richtung und stellte sich taub. Ich versuchte ihn auszutricksen. »Tierladen«, sagte ich. Das war das Versprechen fürs Hundeparadies, und da ich ihn eigentlich nicht anlügen möchte, nahm ich mir vor, bald beim Tierladen in Weßling vorbeizufahren, doch Flipper schaute mich nur traurig an.

»Entschuldigung«, murmelte ich.

Mit einem abgrundtiefen Seufzer sprang er in den Wagen.

Ich kann also nicht behaupten, ich wäre nicht gewarnt gewesen …

3

Der Mörder kehrt an den Tatort zurück, natürlich wusste ich als Krimifan das. Deshalb hatte ich schon an der Autobahnausfahrt Starnberg Herzklopfen, das sich steigerte von Percha nach Kempfenhausen, über Berg Richtung Ammerland. Wie am Dienstag nahm ich den schmalen Pfad in den Wald, hielt mich zuerst links, dann rechts und gelangte schließlich zu der Senke mit den Feldern und Wiesen, wo ich kurz zögerte. Flipper wies widerwillig den Weg. Normalerweise läuft er voraus; heute ging er gerade mal ein, zwei Meter vor mir her, und das beunruhigte mich. Immer wieder drehte er sich nach mir um, und ich las die Frage in seinem Blick: *Muss das sein?* Sein braunes Auge sah besonders traurig aus und das blaue besonders ernst. »Bring mir 'nen Stock«, befahl ich.

Apportieren liebt er über alles, und er bringt auch alles, ohne Knautschen, Zahnabdruck und Beschädigung zurück. Flipper transportiert sogar rohe Eier, was ich gerne vorführe, wenn jemand Angst vor Hunden hat. Gelegentlich verblüfft Flipper mich, indem er Sachen anliefert, die wir nie geprobt haben. Alles, was ich tun muss, ist, mich auf einen Gegenstand zu konzentrieren. Heute streikte Flipper. Verwundert wiederholte ich den Befehl.

Sein blaues Auge wurde noch ernster.

Spätestens jetzt hätte ich den Rückzug antreten müssen. Wie sollte er mir noch deutlicher zeigen, dass wir über ein Minenfeld liefen? Aber ich glaubte, meine Autorität unter Beweis stellen zu müssen und wiederholte den Befehl ein drittes Mal, und nun schleppte Flipper widerwillig eine halbe Eiche an, die ich versuchte hochzustemmen, ohne mir den Rücken zu verreißen; keuchend warf ich sie so weit weg wie möglich, schleuderte Stöcke in alle Richtungen, schickte Flipper los, sie in der korrekten Reihenfolge zu apportieren, rannte mit ihm um die Wette und versuchte so zu tun, als hätte es den letzten Dienstag nicht gegeben. Flipper spielte mit, auch wenn er wahrscheinlich wusste, dass wir nur so taten, als ob. Ich geriet ins Schwitzen und begriff, dass ich meine versprengten Seelenteile nicht am Hochsitz finden würde, sondern durch Lebensfreude. Flipper hechelte begeistert mal hinter, mal vor mir, durchschnitt den Chor der Vogelstimmen, diese Tour war ganz nach seinem Geschmack, und allmählich klang meine Stimme sicher und fröhlich. Franza und Flipper beim Spielen. Sonst nichts.

Wie angenehm kühl es im Wald war, und wie zart das Moos schimmerte. Was für eine herrliche Gegend.

Bestimmt wuchsen hier jede Menge seltener Pflanzen. Es gab riesengroße Farne und Moorkolben und dazwischen matschige Wasserlöcher. Leider war es auch ein wenig sumpfig. Irgendwo raschelte etwas. John Sinclair fiel mir ein.

»Flipper?«, fragte ich.

Ich hörte ihn nicht mehr.

»Flipper?« Meine Stimme kippte.

Ich blieb stehen und lauschte und atmete so laut, dass ich

nur mich selbst hörte. Knackte da etwas? Oder bildete ich mir das ein?

»Flipper! Hier!« Das hörte sich schon fast hysterisch an.

Der Wald war nicht mehr kühl, sondern kalt, fast frostig, und es war viel zu dunkel, ich hatte mich verlaufen. Gerne wäre ich jetzt wütend gewesen. Doch mir war unheimlich zumute. So ähnlich wie früher. Ganz früher wäre ich gar nicht auf die Idee gekommen, allein durch einen Wald zu spazieren. Ganz früher hatte ich im Dunkeln Angst und konnte nur bei Licht schlafen. Meine Oma wollte keinen Strom verschwenden und meldete mich beim Judo an. Nach jedem Training führte ich ihr stolz vor, was ich gelernt hatte. Manchmal sah meine Oma aus, als wäre sie in eine Schlägerei geraten. Unerschrocken griff sie mich an, und ich verteidigte mich, und Omas blaue Flecken wurden grün und lila und gelb. Als meine Judolehrerin wegen Schwangerschaft pausierte, meldete meine Oma mich bei Taekwondo an. Später probierte ich Jiu Jitsu und Aikido aus. Da hatte ich schon eifrig Gürtel gesammelt. Richtig sicher ist mein Leben erst mit Flipper geworden – wenn er bloß da wäre, »Flipper!«

Ich pfiff meinen schrillsten Pfiff, und da kam er angerast, eine große schwarze, wilde Bestie, im Maul einen dicken mit Moos bewachsenen Ast. Sein Fell war gesträubt, er warf mir den Ast vor die Füße und bellte wie ein Berserker.

»Flipper! Still!«, befahl ich ihm einmal, zweimal, dreimal. Was war nur in ihn gefahren! Widerwillig hörte er auf zu bellen, knurrte das Holzstück an.

»Los jetzt, weiter«, befahl ich.

Flipper weigerte sich. Was waren das für Marotten? Wieso kehrte er plötzlich den Tibetterrier raus?

Ich drohte meine souveräne Führungsrolle zu verlieren.

»Fuß!!!«

Er schlich an meine linke Seite. Blieb stehen. Schaute den Ast an, dann mich, wieder den Ast. Knurrte. Bleckte die Zähne. Tollwut? Kommandoamnesie?

»Flipper?«

Er kratzte sich hinterm Ohr.

Das war keine Bestie. Das war mein Hund. Er brauchte Führung. Eine Chefin. Keinen weichen Eierstock.

Ich nahm den Ast und wollte ihn weit weg ins Gestrüpp schleudern, da sah ich ... Blut. Getrocknetes schwarzes Blut im Moos und an einer aufgesplitterten hellen Stelle ... was sollte das sonst sein? Ich packte Flippers Schnauze und versuchte, sie zu öffnen, doch er kehrte den Mastiff heraus und presste die Kiefer tonnenschwer aufeinander.

»Was hast du gemacht?«

Er legte ein paar Tonnen zu.

»Auf!«

Dumpf seufzend gab er nach.

Kein Blut an Zähnen und Zahnfleisch.

»Wo kommt das Blut her?«, fragte ich ihn. »Was hast du gemacht?« Meine Hände zitterten.

»Du sollst nicht durch den Wald streunern! Das ist viel zu gefährlich!«

Tock, tock, tock.

»Wenn dich ein Jäger sieht!«

Tock, tock, tock.

»Weglaufen ist to-tal ver-bo-ten!«

Tock.

»Du bleibst jetzt hier. In meiner Nähe. Verstanden!«

Flipper gähnte seine Anspannung weg und wedelte einlenkend.

Am Hochsitz erinnerte nichts an den grausigen Fund. Die Alpen standen zum Greifen nahe zwischen den Bäumen im Föhn, blauweiß zerklüftet, eine Kulisse wie vom Fremdenverkehrsamt als Riegel vor Italien geschoben. Flipper zeigte ein besseres Erinnerungsvermögen. Seine Nackenhaare sträubten sich. Ein leises Knurren entstieg seiner Kehle.

»Schon gut«, tat ich so, als wäre hier alles völlig normal, ein schöner Freitagmittag, prädestiniert für einen Ausflug an den blau-, blau-, blau-en Starnberger See, tralalala, schön ist es, auf der Welt zu sein.

Flipper hob den Kopf. Er witterte. Feucht glänzte seine schwarze Schnauze. Seine Nase fuhr Karussell. Er schaute mich fragend an. Als ich mich nicht rührte, kletterte er die Leiter zum Hochsitz empor. Natürlich hätte ich ihm das verbieten müssen. Es war viel zu gefährlich. Er könnte stürzen und sich verletzen, doch ich war fasziniert von seiner Geschicklichkeit und würde also auch den Eintrittspreis bezahlen: Ich würde ihm zurück auf die Erde helfen. Ich hatte ihn lang nicht mehr getragen, mal sehen, wie fit ich war, sein Gewicht schaffte ich bei den Kniebeugen locker, aber die Langhantel wedelte nicht und schleckte mir auch nicht über den Hals, und ich musste damit nicht über eine wacklige Leiter balancieren.

Der Täter kehrt immer an den Tatort zurück … Galt das eigentlich auch für Kinder?

»Simon! Was machst du denn hier?«

»Ich warte auf euch! Gestern auch!«, sagte Simon, während er sein Gesicht in Flippers Fell vergrub und ihn umarmte. Seine Augen glänzten feucht.

»Flipper, Flipper! Ich hab gewusst, dass du wiederkommst! Flipper! Bin ich froh, dass ich die Mutprobe bestanden habe!«

Simon schniefte und fuhr sich mit dem Handrücken grob über die Nase. »Der Kommissar hat gesagt, ich muss aufpassen. Deshalb hab ich mich ganz klein gemacht in der Ecke. Der Kommissar hat gesagt, ich soll mich mal umschauen, weil ich doch hier wohne. Und ich hab ja Zeit nach der Schule. Bei der Polizei haben sie nicht genug Leute. Das kann ich übernehmen, habe ich gesagt. Der Kommissar war total happy.«

»Aha«, nickte ich verwirrt.

»Die Luft ist rein«, sagte Simon. »Kannst auch hochklettern.«

Tatsächlich. Die Luft war rein. Und das kam mir vor wie ein Wunder.

Ich quetschte mich neben Simon. Er trug dasselbe bunte Hemd wie vor drei Tagen und eine grüne kurze Hose, Sandalen, keine Socken. Sehr blonde Haare. Sehr blaue Augen. Sehr zartes Gesicht. Fast wie ein Mädchen, in Milch und Honig gebadet. Flipper schleckte Süße von seiner Wange. Simon kicherte.

»Wo ist eigentlich dein Hund?«, fragte ich.

»Daheim.«

»Was ist das für einer?«

»Wie Flipper.«

»Ein Rüde?«

»Hm.«

»Wie sieht er aus?«

»Schwarz.«

»Und wie groß ist er?«

»So wie Flipper.«

»Also ziemlich groß.«

»Hm.«

»Wieso nimmst du ihn nicht mit?«

»Der ist krank.«

»Und was hat er?«

»Flöhe.«

»Das ist doch nicht schlimm.«

»Doch, es sind nämlich viele, ungefähr zwei Millionen.«

»Aha.«

»Die fressen sich durch die Haut. Deswegen muss er in Karawane bleiben.«

»Verstehe«, sagte ich. »Und wie lange dauert das noch?«

»Das kann sehr lange dauern.«

»Verstehe«, sagte ich wieder und hätte am liebsten geheult. Ich kollidiere nicht gern mit meiner Vergangenheit. Ich finde Vergangenheit meistens total überflüssig, und wenn mir was einfällt, dann trifft es mich oft mit voller Wucht, weil ich es eben nicht dosieren kann, und dann werde ich melancholisch oder sentimental, und jetzt hockte ich auf diesem Hochsitz und vermisste meine Oma. Sie war die Einzige gewesen, die begriffen hatte, dass ich nicht log. Dass ich nur eine andere Wahrheit erzählte. Dass die Grenze zwischen dem, worauf sich die meisten Menschen geeinigt haben, und dem, was auch sein könnte, bei mir durchsichtig war. Meine Oma hatte meine Lehrerinnen um Milde gebeten: *Das wächst sich schon noch zurecht. Geben Sie dem Kind Zeit.* Ich glaube heute, dass meine Oma hoffte, es würde sich nie wirklich zurechtwachsen. Meine Oma hat immer an mich geglaubt und mich nie verraten, auch nicht, wenn meine Spielkameraden sie fragten: »Ist es wahr, dass die Franza fliegen kann?«

»Warum fragt ihr mich das?«, fragte meine Oma zurück. »Ich kann euch nur sagen, dass ich nicht fliegen kann. Leider. Ich wünschte, ich könnte es. Ich würde sehr gern jemanden kennen, der es kann, dann könnte er mir erzählen, wie es sich anfühlt.«

Manchmal brachte ich meine Oma allerdings in die Bredouille, zum Beispiel mit dem wilden schwarzen Hengst, der in unserem Badezimmer wohnte. Das Problem war das Gras, das er brauchte, wo sollte das wachsen? Ein Pferd frisst eine Menge. Zwischen einem und drei Kilo pro Stunde, schätzte meine Oma, und präsentierte mir eine Textaufgabe: Wenn ein Pferd auf der Weide innerhalb von sechs Stunden bei fünfzehn bis zwanzig Zentimeter hohem Gras ungefähr ein Prozent seines Körpergewichts frisst – a) wie viel wiegt das Pferd? b) wie viel frisst es, wenn das Gras nur fünf bis zehn Zentimeter hoch ist? c) wie viel, wenn es vorher stark geregnet hat? Die Textaufgabe wurde täglich variiert, mal hatte es gehagelt, mal war das Gras Heu, mal hatte es mehr Kräuter, mal weniger, da nahmen wir gleich noch die Botanik durch, und natürlich brauchten verschiedene Pferderassen unterschiedliche Mengen: a) Haflinger, b) Isländer, c) Araber, d) Hannoveraner. Meine Oma war nicht damit einverstanden, dass das Gras aus den Fugen der Kacheln über der Badewanne spross, weil das zu wenig auch für einen Haflinger war, »und bei uns soll ja keiner hungern. Oder, Franzi?«

»Nein, Oma, alle sollen satt werden.«

»Ob es einem großen Pferd in unserem kleinen Bad wohl gefallen würde, was meint du, Franzi?«

»Nein, Oma, eher nicht.«

»Tja, was machen wir denn da jetzt, Franzi?«

»Vielleicht das Fenster auf?«

»Das ist eine gute Idee. Es gibt nämlich Pferde, die können fliegen. Wusstest du das, Franzi?«

»Klar, Oma«, wieherte ich.

Meine Oma akzeptierte meine Parallelwelt, weil ich eben keine Eltern hatte wie die meisten Kinder aus meiner Klasse – mit Sonntagsausflügen mit dem Papa, gemeinsamen Abendessen und Urlauben. Bei mir war es anders. Es dauerte viele Jahre, ehe ich dies auch als Glück erkannte. Vielleicht konnte auch Flippers neuer Freund fliegen.

»Hast du den Toten eigentlich gekannt?«, fragte ich ihn.

Simon wurde rot. Knallrot wie Sauerkirschmarmelade. Er versteckte sein Gesicht in Flippers Fell und schwieg. Ich wusste nicht, was ich tun sollte. Ich habe keine Erfahrung mit Kindern. Es ist nicht so, dass ich Kinder nicht mag, ich kenne nur keine. Ich hatte keine Idee, wie ich das Glas Sauerkirschmarmelade öffnen sollte. Flipper ploppte es. Er warf sich auf den Rücken, streckte alle viere von sich, sein Po schlingerte über dem Abgrund. Nun hatte Simon ein Problem. Er konnte sich nicht mehr verstecken. Ich drückte Repeat.

»Ob du den Toten gekannt hast?«, wiederholte ich.

»Freilich.«

»Woher?«

»Der wohnt neben uns«, gab Simon Auskunft.

»Wo wohnst du überhaupt?«

Simon wies nach links. »Da.«

»Münsing?«

»Nein. In Münsing ist meine Schule. Ich wohne in Wampertskirchen.«

»Ach so, ja!« Ich erinnerte mich. »Das hast du mir schon mal gesagt. Entschuldigung. Normalerweise merke ich mir so was.«

»Der Schulbus fährt nur wegen mir da hin. Wenn ich da nicht wohnen würde, würde der gar nicht halten.«

»Das ist ja dann ein Glück für den Schulbusfahrer, so sieht er ein bisschen was von der Welt.«

Simon nickte bedächtig.

»Also hast du keine Spielkameraden bei dir daheim?«

»Ich hab meinen Hund.«

»Klar«, sagte ich und verzichtete darauf, nach dem Namen des Hundes zu fragen.

»Und Flipper«, behauptete Simon.

»Klar«, sagte ich.

»Weil, Flipper ist nämlich mein Freund«, sagte Simon.

Er schaute mich an. Sehr blauer Blick. Und dann lächelte er so, wie nur Kinder lächeln können – und Hunde. Vertrauensvoll und aufrichtig, ohne den allerkleinsten Hintergedanken, einfach ganz da und das Herz weit offen. Ich riss eine Packung Übersprungshandlungen auf und räusperte mich ein paarmal.

»Erzähl mir doch mal was von dem Toten«, bat ich.

»Dem Klaus Hase?«

In dem Artikel aus der Münchner Abendzeitung hieß der Mann, der im Landkreis Starnberg wohnte, Klaus H. und war zweiunddreißig Jahre alt, was mich seltsam berührt hatte: jünger als ich.

»Was hat er gearbeitet?«, fragte ich.

Simon zuckte mit den Schultern.

»War er viel zu Hause?«

»Nein.«

»Wo hat er gearbeitet?«

»Weiß nicht.«

»Hat er oft Besuch gehabt?«

»Weiß nicht.«

»Aber wenn du nebenan wohnst, musst du das doch wissen, du bist doch der Helfer vom Kommissar.«

»Der Besuch ist immer in der Nacht gekommen, da hab ich ihn ja nicht sehen können. In einem schwarzen 69er Cadillac mit V8.«

»Interessant«, sagte ich ernst.

»Und außerdem wären wir fast da eingezogen, wo der gewohnt hat. Aber die Widmanns haben uns die Wohnung nicht vermietet. Also müssen wir weiter bei den Schlatters wohnen, in dem Haus, was uns mal gehört hat. Sie haben es uns weggenommen. In Starnberg wohnen nämlich die meisten Millionäre Deutschlands. Die haben alle dicke Autos und sogar Flugzeuge und Yachten. Die haben ...«

Kein Haus. Kein Auto. Kein Boot. Ich sah die Schrift auf dem T-Shirt vor mir. War das eine Provokation?

»Fast wären wir auch Millionäre gewesen. Aber jetzt wohnen wir in der kleinen Einliegerwohnung. Und das als Deutsche. Im eigenen Land! Wir holen uns alles zurück, was uns gehört, sagt mein Pa. Und außerdem würden sich andere alle zehn Finger nach so einer Ferienwohnung abschlecken. Die Widmanns haben dem Hase die Wohnung vermietet, weil sie uns eins auswischen wollten. Jetzt müssen meine Eltern jeden Abend die Couch aufklappen im Wohnzimmer, und mein Zimmer ist so klein, dass das Bett gerade reinpasst, das war nämlich die alte Abstellkammer.«

»Hm«, machte ich, während ich zu verstehen versuchte, worüber Simon sich so empört beschwerte. Simons Eltern hatten ihr Haus verkaufen müssen und es war ihnen nur eine Ferienwohnung geblieben?

»Wir holen uns alles zurück, was uns gehört!«, zeigte mir Simon das Gesicht seines Vaters. Kein schöner Anblick.

»Und was arbeiten deine Eltern?«

»Mein Pa ist jetzt angestellter Elektriker, und meine Ma macht Buffets, aber immer nur abends, das ist besser bezahlt, und dann vermieten wir die Wohnung an Preußen und Ossis und haben keine Schulden mehr. Dann krieg ich vielleicht auch einen Bruder. Das wäre besser als eine Schwester, weil der meine Klamotten anziehen kann und wir uns Geld sparen.«

So lernte ich also nicht nur Simon, sondern auch seine Eltern kennen, und weil Simon ein Junge war, verlog er sich ein wenig und erzählte, dass seine Mutter eine Tierhaarallergie hatte, ich als Mädchen hätte mich hier nicht verlogen, wer lügt, braucht einen wachen Verstand, ein sehr gutes Gedächtnis und muss perfekt improvisieren können – das alles erfordert Multitasking, und da haben Jungs nun mal die schlechteren Landkarten, auch wenn sie die angeblich besser lesen können.

»Erzähl mal, was du von Klaus Hase weißt«, ließ ich nicht locker. »Was war er für ein Mensch? War er nett zu dir? Hat er mit deinem Hund gespielt? War er beliebt?«, versuchte ich in Worte zu fassen, was mich beschäftigte, auch wenn ich es nicht wirklich wahrhaben wollte: Der Tote ließ mich nicht los. Waren wir uns vielleicht schon einmal begegnet? Irgendwann einmal könnte er in der Schlange bei der Eisdiele am Pariser Platz hinter mir gewartet haben, vielleicht hatte er gesagt: »Das Gleiche wie die Dame, auch eine Kugel Schokolade und Pistazie«, wir könnten an einer Ampel nebeneinander gestanden sein, oder er hatte gebremst, weil ich mit Flipper über die Straße spazierte, es gab unzählige Möglichkeiten, wie sich unsere Wege gekreuzt haben könnten, bevor wir uns zum einzigen Mal bewusst wahrnahmen, beziehungsweise ich ihn – wenn man davon ausging, dass mit dem Tod auch die Wahrnehmung endet.

»Also?«, fragte ich Simon.

»Der war komisch. Der war immer allein. Ein Eigenbrotesser.«

»Ein was?«

»Eigenbrotesser.«

»Wie bitte?«

Simon schaute finster drein. Da begriff ich. »Du meinst ein Eigenbrödler?«

»Ja, ungefähr.«

»Wenn jemand viel allein ist, heißt das nicht, dass er komisch ist«, stellte ich klar.

»Wann hat Flipper Geburtstag?«, fragte Simon.

»Das weiß ich nicht. Ich habe ihn nämlich gefunden, nein, er hat mich gefunden.«

»Und wo?«

»Das erzähl ich dir ein andermal«, sagte ich, denn ich hatte absolut keine Lust, mich nun auch noch diesem dunklen Abschnitt meines Lebens zu widmen, als ich voller Wut und Liebeskummer wegen Abgehakt nach Garmisch-Partenkirchen gefahren war, um von dort aus eine Radtour zu starten, bis ich nicht mehr würde denken können, nur noch aus brennenden Oberschenkeln wollte ich bestehen, und kam nicht weit, bei der ersten Pinkelpause hörte ich es fiepen ... er wäre verhungert und verdurstet, wenn ich ihn nicht gefunden hätte, besser gesagt, wenn er mich nicht gerufen hätte.

»Und wie alt ist Flipper?«

»Drei ungefähr, und du?«

»Zehn.«

»Und der Klaus Hase ...«

»Warum fragst du mich immer nach dem?«

»Weil ich ihn gefunden habe«, versuchte ich zu erklären.

»Aber das ist doch jetzt egal, wo er tot ist, und er ist wirklich tot, total tot«, erteilte Simon mir eine Lektion über das Hier und Jetzt. Und dann brüllte er los.: »Tot! Echt tot! Das ist so! Tot, tot, tot!«

Verblüfft starrte ich ihn an. Sein Gesicht war knallrot. Niemals hätte ich dem kleinen Kerl eine solche Stimmgewalt zugetraut.

»Mir lässt keine Ruhe, woran er gestorben ist«, erwiderte ich ruhig.

Simons Gesichtsfarbe erinnerte abermals an eine Sauerkirsche. »Das war ein Mörder«, stieß er hervor.

»Wer?«

»Der ihn umgebracht hat.«

»Woher willst du das wissen?«

»Das hat in der Zeitung gestanden, und die Polizei war auch bei uns. Ich muss jetzt immer um fünf daheim sein.«

»Und warum war der Klaus Hase komisch?«, blieb ich hartnäckig.

»Weil er sich nur mit Vögeln befasst hat.«

Ich sah die Schrift des T-Shirts vor mir: *... aber geil ...*

»Mein Pa sagt, das war ein total schräger Vogel und dass das den Widmanns recht geschieht. Der hat bestimmt keine Miete nicht bezahlt.«

»Wie meinst du das, womit hat er sich befasst?«

»Mit Vögeln.«

»Also mit Amseln und Spatzen und Finken und so?«

»Ja. Er war ein Orikologe.«

Ich lachte laut auf.

»Die heißen wirklich so!«

Ich konnte nicht aufhören zu lachen, ich musste immer lauter lachen, und dann lachte Simon einfach mit, und Flipper setzte sich auf eine Pobacke und bellte, und plötzlich erinnerte ich mich an den Gestank, und schlagartig wurde mir schlecht. Ich versuchte, tief zu atmen und schaute nach oben in den blauen Himmel, nur nicht runterschauen, nur nicht zu den Fliegen schauen, die waren längst weitergezogen, aber die Krähen, die waren noch da, Hunderte, mit schräg geneigten Köpfen saßen sie auf den Bäumen und musterten mich aus kalten Augen.

Auf einmal schraubte sich eine kleine heiße Hand in meine. Am liebsten hätte ich geheult. Also rein theoretisch. Ich habe schon lange nicht mehr geheult. Und ich gedachte nicht, das zu ändern.

»Ist eine ziemliche Mutprobe, gell?«

Ich nickte. »Lass uns runtersteigen.«

»Man sieht gar nichts mehr«, beruhigte mich Simon. »Bloß das«, er kramte in seiner Hosentasche und zog ein Stück rot-weißes Plastikband mit der Aufschrift *Polizeiabsperrung* hervor, das er mir stolz präsentierte.

»Man findet da wahrscheinlich noch mehr Sachen, wenn man gründlich sucht.«

»Hm«, machte Simon und knotete sein Schuhband neu, obwohl es nicht offen gewesen war.

»Jetzt lass uns mal runtersteigen. Ich bin froh, wenn Flipper wieder sicher auf seinen vier Pfoten steht.«

»Ich auch.«

»Warum bist du überhaupt hier raufgeklettert?«, fragte ich ihn.

Simon bückte sich, nestelte erneut an seinem Schuhband herum und war augenscheinlich in ziemlicher Beklemmung.

»Na, ich hätte es wahrscheinlich auch gemacht«, sagte ich betont locker. »Von hier oben hast du den besten Überblick.«

»Du?«, fragte Simon.

»Ja?«

»Hast du die geweihten Silberkugeln dabei?«

»Immer«, log ich.

»Und die Beretta?«

»Klar.«

»Weil die nur mit einer Beretta geschossen helfen.«

Ich nickte ernst.

»Weißt du, hier ist nämlich ein Moor«, vertraute Simon mir an. »Überall wo der Matsch ist, darf man nicht reintreten. Sonst versinkt man. Früher sind da ganze Schafe und Kühe verschwunden. Und Menschen vielleicht auch.« Seine Stimme war nur noch ein Flüstern.

»Aha«, sagte ich und glaubte ihm nicht. Wenn hier ein Moor wäre, gäbe es auch ein Schild und einen Zaun. Aber natürlich gehörte ein Leichen fressendes Moor zu einem John-Sinclair-Fan.

»Das ist, weil sie hier früher Torf gestochen haben«, erklärte Simon.

»Aha«, sagte ich noch mal. Torf stechen? Täuschte er sich da nicht im Bundesland?

»Kann ich die Beretta sehen?«, fragte Simon.

»Nein.«

»Und die Silberkugeln?«

»Nein!«

»Bitte!«

»Nein. Sonst verlieren sie ihre Zauberkraft. Die hole ich nur raus, wenn wir sie brauchen.«

»Aber jetzt steigen wir doch runter.«

»Da brauchen wir sie nicht«, behauptete ich – und war mir nicht halb so sicher, wie ich vorgab.

4

Als Flipper mir am Samstagvormittag den Brief überreichte, wusste ich sofort, dass er keine guten Nachrichten brachte – von der Wahrung des Postgeheimnisses hält er nichts. Seine Rute hing schlaff nach unten, obwohl er sonst bei Begegnungen mit Briefträgern immer wedelt, da er meistens ein Leckerli angeboten bekommt, das ich mir aushändigen lasse, um es weiterzugeben. Ich winkte dem Briefträger zu, der inbrünstig, laut und falsch pfiff, wenn er in den Hof fuhr, damit ich die Terrassentür für Flipper öffnete und er Briefkasten spielen konnte, und legte den Brief erst mal auf den Tisch. Leider gelang es mir nicht, den Absender zu übersehen. Die letzte Mieterhöhung hatte ich im Januar erhalten. Eine Mieterhöhung wäre kein Problem für mich gewesen. Ich verdiene genug, um angenehm zu leben, und in den Urlaub will ich ohnehin nicht, ich hasse Veränderungen. Der Briefträger bat um eine Unterschrift. Kein gutes Zeichen.

»Na, hat Flipper mal wieder jemanden zerfleischt?«, grinste er mit Blick auf den Absender: eine Anwaltskanzlei.

»Ja!« Ich fletschte die Zähne: »Einen Postboten.«

Das Schreiben drohte mir eine gravierende Veränderung an. Ist eigentlich schon mal jemandem aufgefallen, dass Hiobsbotschaften immer zum Wochenende eintreffen? Mein

Vermieter kündigte mit seiner üblichen Kanzlei im Rücken Eigenbedarf an. Dem offiziellen Schreiben war ein handschriftlicher Zettel beigefügt, *liebe Frau Fischer und lieber Flipper,* das fand ich so nett, dass ein Kloß in meinem Hals wuchs. Ich mochte Herrn Kammerer. Wer hat schon so einen zuvorkommenden Vermieter, der nachträglich eine Terrassentür einbauen lässt, damit der Hund, dessen Haltung laut Mietvertrag verboten ist, schneller und nach eigenem Gutdünken ins Freie kommt? Auch diese Sondergenehmigung hatte sich Flipper selbst besorgt, indem er Herrn Kammerers Jaguar E, der vor unserem Haus schon mal verkratzt worden war, eine Stunde lang bewacht hatte, bei Bedarf auch mit tief grollendem Knurren, als befände sich eine Tonne Wiener Würstchen darin. Passanten wechselten die Straßenseite, und hin und wieder hörte man schrille Besänftigungen: *Ja gell, du bist ein ganz ein feiner Kerl.*

Am nächsten Tag rückten Handwerker an, rissen das Fenster raus und bauten eine Terrassentür ein. Selbstverständlich wollte Herr Kammerer nicht in meine Puppenwohnung einziehen, aber die Tochter seiner neuen Freundin studierte in München. *Vielleicht zum nächsten Semesterbeginn?*, hatte Herr Kammerer sanft angefragt, und das anwaltliche Schreiben erklärte mir den Sachverhalt mit allen nötigen und wohl auch einigen unnötigen Paragraphen, die mir gar nichts sagten, sondern mich einschüchterten, was mich ärgerte.

Nach der *Rückenschule für Senioren* setzte ich mich an den Laptop, checkte den Wohnungsmarkt und kam immer schlechter drauf. Der Immobilienmarkt in der Zeitung war noch niederschmetternder als der im Netz. Und am Abend kam dann das große Heulen. Ich wollte hier nicht weg. Ich mochte die Gegend. Flipper war im ganzen Viertel bekannt und ging auch schon mal alleine spazieren. Frau Feigl aus dem Eckhaus sammelte seine Hinterlassenschaften auf dem Trottoir ein, sobald – selten!!! – was passierte, weil er allein nicht über die Straße, sprich an die Isar, gehen sollte, was er auch nur trieb, wenn er verführt wurde. Die Liebe ist gefährlich und kann tödlich enden. Frau Feigl brachte mir die kleinen Tütchen mit Flippers Hinterlassenschaften höchstpersönlich vorbei. Sie warf sie in keine Tonne, sondern legte sie vor meine Tür – bei einem auffälligen Befund klebte ein gelber Zettel darauf: *heute dünnflüssig* oder *klopsig*. Aber nicht vorwurfsvoll, nein, mitfühlend und nachbarschaftlich. Ich wollte das alles nicht verlieren. Einen alten Baum entwurzelt man nicht. Außerdem wohnte ich in der Mitte meiner Jobs. Ich unterrichtete in Schwabing, am Ostbahnhof, in Neuhausen und im Lehel – und ich hatte sogar einen Stellplatz für mein Auto, in einer Gegend, in der das einem Vierer im Lotto gleichkommt.

Immerhin plagten mich nun selbst existenzielle Sorgen, und ich dachte viel weniger an den Toten. Genauso funktioniert die Sorte Psychologie, von der ich überzeugt bin: Handeln statt jammern. Bloß nichts aufblasen. Den Ball immer schön flach halten. Und wenn's sein muss: Augen zu und durch. Irgendwo kommt ein Lichtlein her. Jeder Tunnel hat einmal ein Ende. Mir genügen Kalendersprüche völlig, um das Leben zu meistern. Ich brauche keine Tiefenpsychologie, Astrologie und anderen Kram. Ist doch logisch, dass man sich schlecht fühlt, wenn man dauernd gefragt wird, wie es einem geht, weil man dann nämlich erst mal darüber nachdenkt, ob es einem eventuell schlecht geht, und das endet nur zu fünfzig Prozent in lebensbejahender Dankbarkeit und Demut. Ich frage Flipper auch nicht fünfmal hintereinander. Einmal reicht. Und manchmal ist es besser, selbst das ausfallen zu lassen und sich auf das zu konzentrieren, was ansteht. Die Zeit in dieser Wohnung war vorüber. Ich war hierhergezogen, weil mein Exfreund in meiner damaligen Wohnung, in meinem Bett seine Sympathie für meine Exbestefreundin entdeckt hatte. Meine Exbestefreundin war, das verhehle ich nicht, der schlimmere Verlust. Ich kannte sie seit der zehnten Klasse, hatte mit ihr Sport studiert, war mit ihr in eine WG gezogen, und ein Auto hatten wir uns auch geteilt. Abgehakt kannte ich erst drei Jahre. Am meisten ärgerte ich mich darüber, dass ich so schmerzhaft unter seinem Verlust litt, obwohl ich wusste, dass er meinen Kummer nicht wert war, zumal ich herausfand, dass er und meine Exbestefreundin schon wochenlang ein Doppelleben in meinem Doppelbett führten. Ich zog aus und kündigte meine Stelle als Sportlehrerin. Ich machte Trainerinnenscheine im Akkord. Und dann kam Flipper – zwei Wochen vor meiner Abschlussprüfung zur Yogalehrerin. Mit Flipper ging es aufwärts. Flipper war meine Oma auf vier Beinen. Und es würde weiter aufwärtsgehen. »Wir finden eine neue schöne Wohnung, Flipper«, versprach ich ihm. »Und eine neue schöne Luna und eine Mira, eine Blacky und Socke, okay?«

Tock, tock, tock, klopfte seine Rute.

5

Am Sonntagmittag verschmähte Flipper Buche *und* Eiche, oder ich hatte nicht richtig aufgepasst, weil wir Frau Haimerl mit ihrem Rehpinscherrüden Monster trafen, den es regelmäßig rasend machte, dass Flipper ihn nicht ernstnahm und sich einfach trollte, was Frau Haimerl als Flucht interpretierte. Wir wechselten die üblichen Sätze, die man beim Gassi so sagt: *Schöner Tag, schönes Wetter, Monster hat gestern Durchfall gehabt, da muss irgendwas rumliegen, passen Sie gut auf; danke für den Tipp* ... Ein Hubschrauber landete auf der Corneliusbrücke. Nein, es war ein Motorrad. Mit Maschinengewehrsalven schoss es Richtung Mariahilfplatz.

»Da wird wohl demnächst eine Wohnung frei«, grinste Frau Haimerl.

Ich sackte zusammen. Schwer getroffen.

»Frau Fischer?«, fragte Frau Haimerl.

»Ja, ja, ja!«, rief ich, steckte meinen kleinen linken Finger in den Mund und ließ den gellendsten Pfiff meines Vier-Finger-Repertoires erklingen. Wie eine Rakete kam Flipper angeschossen. Monster jaulte entsetzt auf. Frau Haimerl riss ihren Pinscher hoch. »Ich hab die Milch auf dem Herd vergessen!«, rief ich im Laufen, »einen schönen Sonntag noch!«

Ich bog in den Bereiteranger ab, wo Frau Haimerl uns nicht sehen konnte und umarmte Flipper innig. »Jetzt weiß ich, warum wir den Toten gefunden haben! Alles hat einen Sinn! Flipper! Wir sollten darüber nachdenken, ob wir nicht vielleicht lieber auf dem Land wohnen wollen! Das ist ein Zeichen, Flipper! Wir hören uns mal dort draußen um. Vielleicht ist es dort einfacher, eine neue Bleibe zu finden als hier in der Stadt!«

Er leckte sich verlegen übers Maul. *Überführt*, dachte ich.

Ich bin überzeugt davon, dass er mir seine Wünsche, Gedanken, Absichten implementiert, besonders, wenn ich schlafe. Ich glaube, im Schlaf sind die Hunde die Chefs. In Wirklichkeit entscheiden sie über unser Leben. Wir sind bloß Marionetten und führen das aus, was wir nachts eingeimpft bekommen. Wäre doch eine gute Idee, heute Herrn Peipe zu besuchen (dort gibt es Wiener Würstchen). Ach, man könnte doch mal wieder die große Runde drehen (und Luna treffen, die ist jetzt wahrscheinlich heiß auf mich). Ich habe schon oft gelesen, dass Menschen, die glauben, sie würden ihr Leben steuern, irren. Wir alle sind Sklaven unseres Stoffwechsels, verheddern uns in neuronalen Netzen und werden gelenkt von Trieben und Instinkten. Insofern kann es mir egal sein, ob mich meine oder Flippers Absichten steuern. Ich wache morgens auf und freue mich über die guten Ideen, die gar nicht von mir stammen. Gute Ideen sind gute Ideen.

»Würdest du gerne da draußen wohnen?«, fragte ich Flipper.

Tock, tock, tock.

»Aber hier ist es doch auch schön!«

Tock, tock, tock.

»Wir haben hier jede Menge Spaß gehabt.«

Tock, tock, tock.

»Magst du den See lieber als die Isar?«

Tock, tock, tock.

»Ich weiß nicht, wie Hündinnen von Millionären duften – und von denen gibt es dort massenweise.«

Tock, tock, tock, tock.

»Na dann, los!«

Eine Dreiviertelstunde später war Simon kein bisschen erstaunt, mich in Wampertskirchen zu sehen. Ich hingegen war verblüfft, als er mir hinter dem Ortsschild entgegengeradelt kam. Er wollte zu einem Freund nach Münsing, der hatte das neuste Need-for-Speed.

»Was?«

»Autorennen.«

»Wie?«

»Computerspiel!«

»Nein danke«, lehnte ich ab.

Klar konnte Simon mir noch kurz zeigen, wo Klaus Hase gewohnt hatte.

»Der Hof an der Ecke mit dem großen Traktor, wo Lamborghini draufsteht, und dem Anhänger hinter der Garage ist es. Und daneben, im Haus dahinter, da wohne ich, ganz oben, das kleine Fenster, das ist mein Zimmer. Früher habe ich ein viel größeres Zimmer gehabt, im ersten Stock.«

»Wo sind deine Eltern?«

»Die schlafen.«

»Jetzt noch?«

»Meine Ma hat die ganze Nacht gearbeitet, und mein Pa hat sie abgeholt.«

»Deine Eltern sind ganz schön fleißig.«

»Aber das wird einem nicht vergolten, wer es wirklich zu was bringen will, der lässt andere für sich schuften«, belehrte mich Simons Vater mit der Stimme seines Sohnes.

Wampertskirchen bestand aus vier Höfen mit einigen Nebengebäuden – Scheunen, Garagen und Ställen – und war fest in der Hand von drei Familien, wie Simon mir erzählte. Die Schlatters – Simons Vermieter –, die Widmanns – Klaus Hases Vermieter –, die Kaindls senior und junior.

»Wie heißt du mit Familiennamen?«, fragte ich Simon.

»Brettschneider. Und Flipper?«

»Fischer.«

Von dem kleinen Hügel aus, auf den Simon mich geführt hatte, konnte ich den gesamten Weiler überblicken. Die vier Höfe lagen angenehm weit voneinander entfernt. Nur das Haus, in dem Simon nun als Mieter der Schlatters wohnte, und der Hof der Widmanns standen näher beieinander, als hätten sie früher einmal zusammengehört. Ich glaubte, den Starnberger See zwischen den Bäumen hindurchschimmern zu sehen. Vielleicht wünschte ich mir das aber auch nur. Was für eine Gegend! Wie gemalt oder aus einem Tourismusprospekt. Ob Klaus Hase hier auch manchmal gestanden und sich über diesen Ausblick gefreut hatte?

»Und wo genau hat er jetzt gewohnt, der Klaus Hase?«, fragte ich Simon, während ich meinen Blick nicht von dem kleinen Häuschen gegenüber des großen Bauernhauses der Widmanns losreißen konnte. Eigentlich war es gar nicht so klein, aber es sah niedlich aus mit seinen grün gestrichenen

Fensterläden, an denen genauso viel Lack abgeblättert war, dass es heimelig wirkte, und dem lindgrünen Efeu, der sich an der Fassade hochrankte; im Herbst würde er feuerrot brennen. Vor dem Haus blühte ein Apfelbaum in Persilweiß – die Fenster waren alt, klein und mit Sprossen geteilt.

Simon deutete auf die Immobilie meiner Begierde. »Da hat er gewohnt.«

»In dem Hexenhäuschen?«

Er nickte.

Ob Simon wusste, wie viel Miete dieses Schmuckstück kostete? Doch Simon war weg. »Simon?«, fragte ich. Flipper legte den Kopf schräg. *Soll ich ihn holen?*, las ich in seinem Blick. »Bleib«, sagte ich. Simon rannte den Hügel hinunter, stürzte, kugelte durchs Gras, sprang wieder auf die Beine und lief weiter mit wild rudernden Armen, als hätte er mich, wie sein im Gras liegendes Fahrrad, schon vergessen im Laufen und Springen. Ich ahnte, warum er es plötzlich so eilig hatte. Ich hätte auf die Idee kommen können, seinen Hund kennenlernen zu wollen.

Eine plötzliche Lust, jetzt auch den Hügel hinunterzurollen, packte mich, obwohl ich in einem hellblauen Sommerkleid steckte. Ich legte meinen Rucksack ins Gras, ließ Flipper danebensitzen und kugelte los. Es machte nicht halb so viel Spaß, wie ich vermutet hatte, was vor allem an der Wurzel lag, über die meine Wirbelsäule schruppte. Dennoch freute ich mich, dass ich es getan hatte. Die Wiese war trocken, mein Kleid hatte keinen einzigen grünen Fleck, vielleicht meine Haut morgen einen blauen am Rücken. »Flipper, bring mir meine Tasche!«, rief ich meinen großen Freund an meine Seite. Mit der Feinmotorik hat er manchmal Schwierigkeiten, er schleuderte mir den rehbraunen Lederrucksack an die Schulter. Ich bedankte mich trotzdem.

Noch ein blauer Fleck.

»Platz, Flipper.«

Er legte sich neben mich und hechelte freundlich in den Sonntag. Ich umarmte ihn. Wie immer drehte er den Kopf weg. Liebesbekundungen sind Flipper peinlich. Er ist schließlich kein Baby mehr. »Flipper«, sagte ich in dem Tonfall, der ein Jobangebot enthielt. »Du bringst uns jetzt irgendwie da rein. Und zwar so sympathisch wie möglich.«

Dienstbeflissen sprang er auf alle viere.

»Mir egal, wie du das anstellst. Hauptsache, wir sind willkommen.«

Flippers Rute setzte sich in Bewegung, als wäre er auf einer Fährte, und das war er ja auch. Gemächlich schlenderte ich den Hügel hinab. Fünf Minuten später hatte Flipper den Code geknackt und die Firewall überwunden. Eine Frau Mitte fünfzig stand mit offenem Mund mitten auf dem Widmannschen Hof, Flipper lag vor ihr, und von einem Fensterbrett aus starrte eine schwarzweiße, schwanzlose Katze misstrauisch auf ihn herab.

»Grüß Gott«, sagte ich.

»Is des Eana Hund?«

»Ja?«, formulierte ich eine Frage, die meine Bereitschaft signalisierte, jeden Tadel anzunehmen, alle Reinigungskosten und toten Hühner, Enten und Schweine zu bezahlen.

Die Frau hatte ein gutmütiges Gesicht und wirkte, als würde sie sich von Mehlspeisen ernähren und abends dick Nivea auf ihre Backen schmieren. Ihre schulterlangen aschblonden Haare waren zu einem Pferdeschwanz zusammengebunden und mit einer Art Wäscheklammer festgesteckt. Sie sah aus, als hätte ich sie beim Putzen überrascht. Vielleicht würde ich auch so aussehen, sobald ich hier in der Gegend wohnte. Es machte mir nichts. Sah mich ja niemand ... außer Simon am Fenster, ich erkannte ihn sehr wohl, auch wenn die Gestalt zurückzuckte, als ich nach oben schaute. Von wegen Autorennen!

»Hat mein Hund was angestellt?«, fragte ich, als wäre das möglich.

»Nein, nein. Also ... eben nicht. Er hat die Katzen gesehen und sich hingelegt. Alle Hunde rennen den Katzen nach. Stehen bleiben müssen die Katzen, aber das kapieren die nicht.«

Flipper warf mir einen gequälten Blick zu.

»Schön ist es hier«, sagte ich.

Die Frau sagte nichts. Flipper wedelte höflich.

»Einen schönen Hund ham Sie da«, sagte die Frau.

»Schöne Gegend, schöner Hund, schönes Wetter«, sagte ich und setzte alles auf eine Karte: »Sie ham nicht zufällig was zu vermieten?«

Ich fragte das, weil ich sicher war, sie würde verneinen. Ich fragte aus reiner Neugier und weil dieses Schmuckstück überhaupt nichts mit dem Lumpenhaufen unter dem Hochsitz zu tun hatte. Hier war heile Welt.

»Zu vermieten?«, fragte sie und starrte mich an, als wäre ein Heißluftballon aus meinem rechten Auge aufgestiegen.

»Na ja«, schob ich nach. »Ich such' was. Und da dacht' ich, frag' ich mal.«

Der Mann stand so plötzlich neben der Frau, dass ich unwillkürlich nach oben schaute, ob er aus einem Heißluftballon gefallen wäre. Er war zwei Köpfe größer als sie und ernährte sich bestimmt nicht von Mehlspeisen. Wenn sie Pfannkuchen buk und sich an den Kuchen hielt, tat er sich an der Pfanne gütlich. Der Mann war dürr und kantig. Nichts an ihm wirkte geschmeidig oder als hätte er schon einmal Bekanntschaft mit Nivea gemacht. Unzählige Falten durchzogen sein wettergegerbtes Gesicht. Seine Augenfarbe war nicht erkennbar, ausgewaschen bei Wind und Wetter und in die Felder gesickert, ob grau, ob blau, braun oder grün. Als er mir die Hand reichte und zudrückte, musste ich mich beherrschen, keinen Schmerzenslaut auszustoßen. Ich erwiderte den Händedruck, so fest es mir möglich war, und steckte die Hand in die Falten meines Kleides, um nichts von dem Brei auf den Boden zu tropfen, den ich mir später in der Notaufnahme des Starnberger Krankenhauses zusammenkleben lassen würde.

Die Frau schaute den Mann fragend an, und der Mann antwortete ihr stumm. Höflich war diese Über-meinen-Kopf-Kommunikation nicht.

»Widmann«, sagte er schließlich. Er sagte es viel zu spät, er hätte es beim Händeschütteln sagen müssen, so war es Brauch, aber mir war es im Anschluss lieber, weil mir zuvor die Luft gefehlt hätte, um »Fischer« zu erwidern.

Flipper beobachtete uns aufmerksam. Er sah nicht glücklich aus. Normalerweise liebt er Bauernhöfe und müsste eigentlich neugierig seine Nase überall reinstecken und den Propeller auf höchster Stufe kreisen lassen. Doch seine Ohren hingen herab, und sein Gesicht war lang. Flipper benahm sich merkwürdig.

»Also Sie täten eine Wohnung suchen?«, fragte Herr Widmann gedehnt und mit Pausen zwischen den Wörtern, als brauche er Zeit, um nachzudenken.

»Ja.«

»Und warum bei uns?«

»Ich geh hier oft spazieren. Und da dachte ich, es wäre doch besser, gleich hier zu wohnen.«

»Aus München?«, fragte er.

Ich nickte.

»Und was täten Sie sich vorstellen?«

»Ja, hätten Sie denn was?«

»Und wenn ich was hätte?«

»Ja, dann hätte ich ein Glück«, sagte ich und wusste nicht, ob ich das wirklich meinte. Das konnte doch wohl nicht wahr sein! So einfach konnte es nicht sein. Wohnungssuche war der Horror. Und niemand kam beim ersten Versuch unter. Außerdem wusste ich doch gar nicht, ob ich auf dem Land wohnen wollte! Und hier! Bei ihm! Nein, das würde ich bestimmt nicht wollen, aber Anschauen kostete nichts.

»So, so, ein Glück«, wiederholte Herr Widmann und musterte mich in einer Art und Weise, die mich in der U-Bahn dazu motiviert hätte, mit dem Fahrer in Kontakt zu treten oder gleich selbst zu treten.

»Aber ...«, begann seine Frau.

Eine kleine, unmerkliche Handbewegung, und sie verstummte. Ich staunte ob dieser Dressurleistung.

»Also, vielleicht hätte ich ja was«, begann er erneut.

Ich schwieg. In Bayern funktioniert die Kommunikation zuweilen wie in islamischen Ländern. Man sagt nicht das, was man möchte, das wäre unhöflich, man wartet einfach ab. A bisserl was geht immer. Hoffentlich. Das bedeutet übersetzt Insallah.

»Und er?«, wies Herr Widmann auf Flipper.

»Der gehört zu mir.«

»Will der mit einziehen?«

»Freilich.«

»Jagt der?«

»Nein, Woidl, die Muschi hat er in Ruh lassn.« Flipper hatte es mal wieder geschafft. Er war dabei, eine Sondergenehmigung erteilt zu bekommen. Und dazu hätte er dem halben Dutzend Hühner und den drei Enten, die herausfordernd in Richtung seiner Flanken sprotzten, nicht so gelangweilt hinterhergähnen müssen.

»Bellt der?«

»Wenn jemand sich rumtreibt, der nichts da zu suchen hat.«

»Mia ham auch einen Hund g'habt«, sagte Frau Widmann. Ihre Stimme klang dünn. »Bis vor einem halben Jahr. Den Rex«.

»Ja, ja, der Rex«, wiederholte Herr Widmann, und obwohl er völlig emotionslos sprach, hob Flipper neugierig den Kopf.

»Tut mir leid«, sagte ich.

»Einen Rex gibt's nur einmal.«

»Einen Flipper auch.«

»So, so, Flipper.«

Flipper spitzte die Ohren, schien kurz nachzudenken, ob es einer zusätzlichen Eingabe bedurfte, und beschloss dann, dass sein Antrag unterschrieben und gestempelt an der Kasse zur Abholung bereitlag. Zahlen würde ich. Er rollte sich zusammen.

»Und Kinder?«, fragte Frau Widmann. »Mag er Kinder? Mia ham oft Kinder da zum Reiten, da geht es rund.«

»Nach Kindern ist er ganz verrückt. Die liebt er heiß und innig. In München gibt es einige Zwergerl, die mit ihm Gassi gehen«, übertrieb ich ein wenig, »Flipper bringt sie alle heil heim.«

»Also einen Hund tät ich schon brauchen auf dem Hof«, dachte Herr Widmann laut, als wollte ich ihm Flipper verkaufen. Ich fand es unverschämt, dass er immer nur von sich redete, als würde er allein hier wohnen und auch die Pfannen schrubben.

»Also haben Sie was?«, fragte ich.

»Das Austragshäusl täte ich vermieten.«

»Mia ham fast keine Landwirtschaft mehr und gar keine Kühe«, sagte Frau Widmann. »Schon seit drei Jahren nicht. Mia brauchen keinen Austrag nicht. Mia ham jetzt Ross. Sieben Stück. Platz wär für zehn. Große geräumige Boxen. Gute Pflege. Halbpension. Sie können immer raus, und drüben«, mit ausgestrecktem Arm wies sie Richtung Hügel, »gibt es einen Offenstall und Koppeln.«

»Pferd hab ich keins«, sagte ich.

Widmanns schwiegen.

»Ist das Bedingung?«, fragte ich.

»Es wär halt praktisch«, sagte sie und ließ langsam den Arm sinken.

»Kann ja noch werden«, sagte ich.

»Alles kann noch werden«, sagte er.

»Das mit den Pferden ist besser als die Mutterkuhhaltung«, ergänzte sie, offensichtlich darum bemüht, den Gesprächsfaden nicht abreißen zu lassen.

»Und leichter als der Biohof«, sagte er und schaute sie widerwillig an.

»Auf jeden Fall lohnt es sich mehr als Milchproduktion.«

»Kommt drauf an«, sagte er.

»In den Pferden liegt die Zukunft«, behauptete sie, und ich merkte deutlich, dass ich mitten in einer kontroversen Diskussion gelandet war, auch wenn sie mit sehr wenigen Wörtern auskam. Wahrscheinlich waren die Argumente hinlänglich bekannt, und man beschränkte sich auf die Andeutung von Überschriften, so ist es häufig bei Paaren; das ist auch ein Grund für mich, warum ich keines werden will.

»Und Ihre Kinder?«, fragte ich.

Auf dem Land kann man gewisse Dinge fragen, ohne vorher mit einem Psychologen zu konferieren. Das schätze ich. Während die Frage nach Kindern bei manchen Frauen in einem gewissen Alter in der Stadt hysterische Krisen hervorruft, wurde sie hier pragmatisch beantwortet.

»Drei«, sagte Frau Widmann.

Natürlich, drei. Eins wäre riskant, zwei zu wenig bei der Menge an Milch und Eiern, und vier wären zu viel. Drei Kinder – die goldene Mitte.

»Denen ist es zu ruhig hier«, erfuhr ich, ohne gefragt zu haben. »Die ham andere Pläne.«

»Sie müssen nämlich studieren. Alle drei«, ergänzte Herr Widmann und machte mit seinem Tonfall deutlich, dass er das für einen Spleen hielt.

»Bestimmt kommen sie zurück«, behauptete ich.

»Oder auch nicht«, sagte Herr Widmann.

»Hier ist nicht viel los, wenn man das braucht, dass was los ist«, verteidigte Frau Widmann ihre Kinder.

»Ich brauch das nicht«, behauptete ich.

»Ja, dann«, sagte Herr Widmann.

»Heutzutage ist man verratzt ohne Studium«, wollte Frau Widmann das letzte Wort behalten. Um einem weiteren Überschriftenduell vorzubeugen, fragte ich schnell: »Ab wann wäre das Haus denn frei?« Eigentlich hatte ich *ist* sagen wollen. Ab wann ist das Haus denn frei, doch das wäre unhöflich gewesen. In Bayern regiert der Konjunktiv. Man legt sich nicht fest und steckt die Grenzen provisorisch ab. Alles nur ein Spiel. Schaumamoi.

»Sofort is frei.«

»Könnte ich es mal anschauen?«

Wieder tauschten die beiden einen Blick. In Frau Widmanns Augen entzifferte ich Wut und Sorge und Angst. Herr Widmanns Augen wirkten schläfrig. Mit langsamen Schritten und einem vor- und zurückschnellenden Kopf wie ein Körner pickendes Huhn näherte er sich der Eingangstür.

»Der Schlüssel!«, rief er seiner Frau zu.

»Kommen'S mit«, sagte sie.

Ich folgte ihr ein paar Schritte Richtung Haupthaus, da rief er: »Is offen!«

Die beiden grinsten sich an. Er triumphierend, sie ein bisschen kokett. Ich kapierte es erst, als ich die grünen Klebestreifen an der Tür entdeckte. Das Siegel war mir zuvor gar nicht aufgefallen. Herr Widmann war in sein Haus eingebrochen. Er begann mir zu gefallen. Ich würde mir das auch nicht bieten lassen, dass jemand mein Eigentum beschlagnahmt. Flipper schnupperte an einem Blumentopf neben der Tür. Das Schlüsselversteck. Gut zu wissen, aber das hätte ich wahrscheinlich auch ohne Flipper entdeckt. Hinter Herrn Widmann stieg ich eine knarzende Holztreppe empor. Ich verliebte mich sofort. Besser gesagt: Ich war bereits verliebt.

»Also unten sind es zwei Zimmer, und oben das Dach habe ich ausgebaut, und unterm Dach habe ich eine Decke eingezogen als Galerie.«

Ich war fassungslos. Hier roch es wie im Schrebergartenhäuschen meiner Oma. Nach Äpfeln, aufgeheiztem Holz, Sommer und ... Glück. Am liebsten wäre ich stehen geblieben und hätte einfach nur geschnuppert. Es roch überhaupt nicht nach Tod, sondern nach Daheim.

»Do werma«, sagte Herr Widmann am Treppenende.

Ich erstarrte und presste meine rechte Hand über meinen Mund. Eine völlig idiotische Geste, doch in meinem Alltagsrepertoire gab es keine angemessene Reaktion für das Bild, das sich mir bot.

In der Küche hatten Berserker gewütet. Schranktüren und Schubladen standen offen. Der Boden war übersät mit Papieren und Besteck. Zwei Palmen waren umgekippt, die Erde hatte sich über ein ausgeleertes Apothekenschränkchen verteilt; dazwischen Kaffeefilter, ein Kondom, Kerzen, Kugelschreiber, Socken, Plastiktüten, eine aufgerissene Packung Lasagne-Platten. Es sah aus, als hätte jemand in einem gigantischen Wutanfall alles auf den Boden gedonnert. Dies war keine Wohnung, dies war ein Schlachtfeld.

»Oiso, der Vormieter«, Herr Widmann räusperte sich, »der war a bisserl schlampig.«

Ich war sprachlos.

»Das muss halt aufgeräumt werden. Aber das müssen nicht Sie machen. Da kommt jemand. Morgen.«

»Aber der …, der Mieter? Das sind doch seine Sachen?«

Herr Widmann schaute zum Fenster hinaus, wo der Apfelbaum sich sacht im Wind wiegte, als winke er uns zu. »Der hat weg müssen. Dringend.«

»Und wohin?«

»Ja, wie's is, wenn's pressiert.«

»Aber er muss doch was mitnehmen von seinen Sachen!«

»Das gibt's manchmal, dass einer geht und nichts mitnimmt, weil er nichts mehr braucht.«

»Das klingt, als hätten Sie so was schon öfter erlebt?«

»Wir vermieten scho lang. Man kann nicht reinschaun in die Leut.«

»Da liegt ein Zehneuroschein«, wies ich in eine Ecke, als wäre das ein Beweis dafür, dass der Mieter zurückkommen würde.

»Ja, dann nehm ich den gleich mal an mich«, beschloss Herr Widmann, »für die Stromabrechnung.«

Fassungslos schaute ich ihm zu.

»Ma muas ned ois glaum, wos stimmt«, stellte Herr Widmann fest, räusperte sich und wechselte in sein ungelenkes Hochdeutsch.

»Das braucht Sie gar nicht kümmern, Frau Fischer«, beruhigte er mich und zeigte damit, dass er ein guter Beobachter war, besser gesagt: Ich war eine schlechte Schauspielerin. »Sie kriegen das Haus leer und sauber und frisch gestrichen. Ich mach das. In zwei Wochen können Sie es haben.«

»Entschuldigung«, begann ich zaghaft, »aber es sieht aus, als wäre hier eingebrochen worden!«

»Eingebrochen? Bei uns? Das ist unmöglich.«

»Aber wo Ihr Rex doch tot ist.«

»Der Rex war kein Wachhund. Der Rex war ein alter Dackel.«

»Siebzehn«, ergänzte Frau Widmann von der Haustür aus, ehe sie Richtung Haupthaus schlurfte. Ihre Schultern zuckten.

»Trotzdem sieht es hier so aus, als ...«

Herr Widmann fiel mir ins Wort: »Hier passiert nichts. Hier ist alles sicher. Der Hase war ..., also Fuchs und Has sagen sich gute Nacht bei uns, sonst treffen Sie hier niemand, der nicht hierhergehört. Sie brauchen keine Angst nicht haben. Und Sie haben ja Ihren Flipper. Flipper und Fischer. Da haben Sie sich einen pfundigen Fisch geangelt.«

Das hatte noch niemand zu mir gesagt, und es nahm mich noch ein Stück weiter ein für Herrn Widmann. Ein gewisser Grad an Frechheit oder auch mal Dreistigkeit imponiert mir. Für blöd wollte ich mich allerdings nicht verkaufen lassen.

»Aber dass jemand in einem solchen Saustall lebt, ich meine ...«

»Ja, ja. Sachen gibt's. Der war so. Es gibt solche Leute. Die brauchen das. Wollen Sie sich jetzt mal umschauen?«, fragte Herr Widmann und versuchte mich freundlich anzulächeln, was in einer grotesken Grimasse endete.

Die zwei Zimmer im ersten Stock waren klein, maximal fünfzehn Quadratmeter. In einem befanden sich ausschließlich ausgestopfte Vögel, sie saßen auf Ästen und Seilen; manche von ihnen waren offensichtlich gefoltert worden. Ich nahm an, dass sie nicht gesungen hatten: Sie waren geköpft, ausgeweidet und zerfetzt. Holzwolle, Watte, Nähgarn und Bindedraht übersäten den Boden. Das Vermächtnis des Orikologen, dachte ich an Simon. Das andere Zimmer hatte als Schlafzimmer gedient, die Matratze war zerstochen, der Kleiderschrank stand offen, und Berge von Klamotten, Handtüchern und Bettwäsche lagen auf dem Boden. Herr Widmann fühlte sich zu einem saloppen »Jeder, wie er es mag«, berufen. Ich hätte ihn gern gefragt, ob er glaubte, das Haus leichter vermieten zu können, indem er dieses Chaos als normal darstellte, anstatt den Tod des Mieters und den Einbruch offenzulegen. Doch meine innere Stimme riet mir, mich geschmeidig den hiesigen Gegebenheiten anzupassen. Fremde Landkreise, fremde Sitten.

Das ausgebaute Dachgeschoss war atemberaubend. Alter Holzboden, viel Platz nach oben, eine Galerie über ein Drittel des Raumes, rund ummauerter Kamin, große Fenster. Ich fühlte mich wie in einem italienischen Landhaus und gewöhnte mich allmählich an den legeren Stil, der auch hier herrschte. Dutzende von Büchern und CDs auf dem Boden verstreut, Sofakissen aufgeschlitzt, rundherum weißer Füllstoff wie Schneebälle. Aber bitte – ich war flexibel. Wenn Herr Widmann Wert darauf legte, war das eben normal.

Obwohl ich mich anstrengte, gelang es mir nicht, meine Begeisterung über die Immobilie zu verbergen. Mein Gähnen und mein gelangweilter Blick aus dem Fenster schienen Herrn Widmann eher zu amüsieren, denn zu beunruhigen.

»Und was soll das kosten?«, fragte ich beiläufig.

»Tausend«, sagte er. Es klang wie eine Frage, und ich schätzte, dass sein Vormieter höchstens sechshundert Euro bezahlt hatte. Für meine Münchner Wohnung zahlte ich siebenhundert Euro kalt.

»Heizung?«, fragte ich.

»Öl und Holz.«

»Wärmedämmung?«

»Mach ich im Herbst. Das Material hab ich schon im Schuppen. Auch das Dach deck ich neu. Im Frühling.«

»Sechshundert«, erwiderte ich.

»Der See ist ganz nah«, sagte er.

»Aber nicht richtig.«

»Man kann ihn sehen.«

»Aber nicht von hier.«

»Am Speicher im Haupthaus kann man ihn sehen.«

»Da würde ich aber nicht wohnen.«

»Aber man sieht ihn.«

»Davon kann ich mir nix kaufen.«

»Und es ist ruhig.«

»Stille kann sehr laut sein.«

»Die Luft ist gut.«

»Warm oder kalt?«, fragte ich.

»Achthundert kalt«, sagte er.

»Siebenhundert«, sagte ich.

»Kalt«, sagte er und streckte mir die Hand hin. Ich war völlig überrumpelt.

»Woidl!«, seine Frau rief ihn, als hätte sie die Dramatik des Moments gespürt. Sie erlöste mich, nicht ihn.

»Ja?«, rief er zurück, öffnete ein Fenster und schaute in den Hof.

»Kann ich noch ein bisserl im Haus bleiben?«, fragte ich. »Ich müsste überlegen, ob meine Sachen passen täten.«

»Freilich«, nickte er und ging die Treppe hinunter Richtung Tür.

»Lassens Eana Zeit.«

»Darf der Flipper rein?«

»Ja, ja. Dem muss es ja auch gefallen.«

Ich pfiff Flipper, der mit drei Riesensprüngen die Treppe nahm und fast mit Herrn Widmann zusammenstieß.

»Sie?«

Der Ruf hörte sich an, als wäre ich damit gemeint.

Ich stellte mich ans Fenster. »Ja?«

»Mei Frau macht an Kaffee.«

Das bedeutete wahrscheinlich, dass ich eingeladen war. »Super«, rief ich zurück.

»Zehn Minuten« gönnte mir Frau Widmann, um wieder klar denken zu können.

Ich versuchte mir vorzustellen, wie die Wohnung vor dem Einbruch ausgesehen haben mochte. Klaus Hase besaß alte Bauernmöbel, vielleicht gehörten die zum Haus, ich musste mich erkundigen; das Küchenbuffet hätte ich gern übernommen, so eins hatte meine Oma mal gehabt, ganz früher. Einige Bücher über Falknerei lagen herum, unter einem Schrank entdeckte ich die zerbrochene Hülle einer Vogelstimmen-CD. Wenn jemand hier eingebrochen hatte, und das stellte ich nicht in Frage und die Polizei auch nicht, da das Haus versiegelt war, dann war Klaus Hase nicht einfach vom Hochsitz gefallen. Die kleine Hoffnung, dass es nicht so schlimm war, dass ich keinen richtigen Toten, sondern ein Unfallopfer entdeckt hatte, war endgültig geplatzt.

Im Schlafzimmer lagen Jeans und T-Shirts über den Boden verstreut, die meisten schwarz, grau, dunkelgrün, anthrazitfarben. Schlanke Größe. Neben der Treppe verschiedene Schuhe, wild durcheinandergeworfen, fast alle gassitauglich, schätzungsweise Größe 44. Das Badezimmer war klein und unverwüstet. Ein *Tatort* von vor drei Wochen kam mir in den Sinn. Ich klappte den Toilettendeckel zu, stieg drauf und untersuchte den Spülkasten, der, wie häufig in älteren Häusern, unter der Decke angebracht war. Nichts. Wäre auch zu schön gewesen, wenn ich ein Drogenpäckchen oder einen Mikrochip, eine *Heckler & Koch* oder *Sig Sauer* oder ein Fleischermesser, ein Foto oder irgendwelche Geheimdokumente für den Kommissar hätte apportieren können. In der Küche bückte ich mich nach ein paar Büchern und legte sie auf den massiven Eichentisch, der aussah, als wäre das Haus um ihn herum gebaut worden. Ich fand mich pingelig und wischte die Bücher mit einer Handbewegung zurück auf den Boden. Flipper schaute mich vorwurfsvoll an und setzte sich mit Blick auf den Ausgang an die Treppe.

»Gefällt es dir hier denn gar nicht?«, fragte ich.

Er starrte zur Tür.

Ich blätterte mechanisch in einem Werbeprospekt, in dem viele Seiten mit gelben Post-its markiert waren. Ein Dackel und ein Fuchs waren auf dem Cover abgebildet und innen drin gab es Blasrohre, Totschlagfallen, Sicherheitsfangbunker, Fangeisen mit dem hübschen Namen »Schwanenhals«, Fangschussgeber für Raubwild, Krähenfallen, Taubenfallen, Wühlmausselbstbeschuss, Kaninchentöter und eine Akku-Knochensäge.

Nachdenklich schaute ich aus dem Fenster. Mir gefiel es hier. Viel zu gut gefiel es mir hier. Siebenhundert Euronen waren machbar. Von einem Haus auf dem Land hatte ich immer geträumt. Es war ein reizvoller, sehnsüchtiger Traum gewesen, aber ich hatte ihn aus meiner Stadtwohnung heraus geträumt. Viele Träume sind wunderbar, so lange man sie nicht verwirklichen muss.

Hat Klaus Hase mich als Nachmieterin im Auge gehabt? Hatte meine Oma getrickst? Ich wusste, dass sie auf mich aufpasste. Hatte ich ihn deshalb gefunden, so wie ich Flipper gefunden hatte? Um etwas Gravierendes zu verändern in meinem Leben? Könnte ich hier glücklich werden, mit dem Wissen, dass mein Vormieter gewaltsam gestorben war? Andererseits war er nicht an diesem Ort gestorben. Hier war lediglich eingebrochen worden, und vielleicht hob das die Energie insgesamt an. Vielleicht war ein Einbruch im Feng Shui etwas Positives – Wachstum durch Wandel, Lernen durch Loslassen –, ich sollte Melissa aus *Yoga zwei* fragen, die kannte sich mit so was aus ... Aber wenn die Einbrecher nicht gefunden hatten, wonach sie suchten? Wenn sie zurückkämen? Die Bodendielen aufstemmten und mein Kopfkissen zerfetzten?

»Frau Fischer! Der Kaffee wär dann fertig.«

Sie hatte im Garten gedeckt, an der Holzwand zur Scheune. Es gab keine karibischen Gartenmöbel, so wie in Münchner Vorgärten, bloß einen Biertisch, an dessen Ende Zaumzeug und eine Reitgerte lagen. Blauweißes Geschirr, Milchkännchen, Tortenheber, Zuckerdose, Sahneschüsselchen Ton-in-Ton. Kaffee und Apfelkuchen dufteten verheißungsvoll.

»Servieren Sie das jeden Sonntag?«, fragte ich verblüfft.

Ihr Lächeln verriet mir, dass Service in diesem Haus nicht gewürdigt wurde. Der gehörte einfach dazu wie die Fliegen neben der angeschlagenen weißen Milchschüssel mit den enzianblauen Blümchen, für die Katzen.

»Den Kuchen am Sonntag können wir in den Mietvertrag schreiben«, zeigte Herr Widmann sich generös. »Welchen essen Sie am liebsten?«

Aus dem Stall wieherte ein Pferd, die Vögel schmetterten ein Begrüßungskonzert, der Nussbaum über uns blühte mit den Kirschbäumen um die Wette, der eine am Ende seiner Blüte, der andere am Beginn; Tulpen in Rot und Lila, Weiß und Aprikot saugten die wenigen Wölkchen vom strahlend blauen Himmel in ihre weiten Kelche. Die Katze ohne Schwanz putzte kontemplativ ihr schwarzweißes Gesicht.

»Also es ist nicht so, dass hier gar niemand ist«, begann Frau Widmann, als sie mir ein Stück luftiglockeren Apfelkuchen, fein bestäubt mit Puderzucker, auf den Teller legte. »Die Reiter, die kommen fast jeden Tag. Wir haben drei aus München. Der Rest ist aus Starnberg und Wolfratshausen.«

»Von mir aus können Sie das Haus haben. Wenn Sie es sich leisten können. Drei Monatsmieten Kaution«, sagte Herr Widmann in einem beiläufigen Tonfall, als frage er seine Frau nach einer Wurzelbürste.

Ich aß zwei Gabeln Kuchen.

»Gefällt es Ihnen denn nicht?«, wollte Frau Widmann wissen.

»O doch«, sagte ich und musste mich überhaupt nicht anstrengen, überzeugend zu wirken. »Es ist ein Traum …«

»Aber?«

Auch Frau Widmann gefiel mir immer besser. »Eigentlich gibt es kein Aber. Das einzige Aber ist, dass ich nicht damit gerechnet habe. Ich bin hier spazieren gegangen, und dann ist mir die Idee gekommen, einfach mal nachzufragen, aber ich hätte niemals damit gerechnet, dass Sie was frei haben.«

»Ja, das muss man erst mal verdauen.«

»Und dann«, ich räusperte mich, »also, ich weiß nicht, ob ich so schlampig sein kann wie der Vormieter.«

Frau Widmann starrte mich entgeistert an.

»Ehrlich gesagt bin ich eher ordentlich, und wenn Sie erwarten, dass es bei mir so aussieht wie bei ihm ..., da würde ich mich einfach nicht wohlfühlen, und deshalb sage ich gleich, wie es ist: Ich hab es gern aufgeräumt. Flipper übrigens auch.«

»Aber bitte! Das macht doch nichts! Ganz im Gegenteil!«, rief Frau Widmann und schaute ihren Mann fast verzweifelt an. Der hob beschwichtigend die Hände.

»Bei uns kann jeder leben, wie er mag, so lange er keinen anderen stört.«

Wieso empfand ich den Satz nicht beruhigend, sondern bedrohlich? Ich hatte keine Zeit, darüber nachzudenken, denn Frau Widmann warf ihrem Mann funkelnde Blicke zu, deren Inhalt ich leider nicht entschlüsseln konnte, vielleicht wollte sie ihn dazu bringen, dass er den Einbruch zugab? Nein, sie schnitt ein zweites Stück Kuchen für mich ab und wechselte das Thema: »Arbeiten Sie in München?«

Ich setzte gerade an, meine Ordnungsliebe mit weiteren Mieterinnentugenden zu vervollkommnen, meine berufliche Karriere in den solventesten Worten zu schildern, da fuhr ein dunkler BMW auf den Hof. Der Tortenheber balancierte über meinem Teller. Dann fiel der Kuchen. Instabile Seitenlage.

Herr und Frau Widmann schauten sich erschrocken an, standen abrupt auf. Während Frau Widmann in Richtung BMW rannte, warf Herr Widmann meinen Kuchenteller mit dem neuen Stück und meine Kaffeetasse in den Schutthaufen voller Brennnesseln an der Breitseite der Scheune und befahl mir: »Kommen Sie mit!«

Verdutzt starrte ich in die Brennnesseln, die sich wie fleischfressende Pflanzen um ihre Beute schlossen.

Es gibt Situationen im Leben, da fragt man nicht lange nach.

»Der Hund!«

»Flipper!«

Herr Widmann hastete ans Ende des Gartens, Flipper und ich folgten ihm. Das Hexenhaus stand zwischen uns und dem BMW. Wenn die Insassen nicht in den Garten stürmen würden, waren wir sicher. Wovor?

»Wo haben Sie geparkt? Sie sind doch mit dem Auto da?«

Ich wies hinter mich. »Am Ortseingang.«

»Kommen Sie ein andermal. Das Angebot steht. Aber jetzt ist es ungünstig.«

»Aber ...«

»Wir kriegen gerade Besuch.«

Herr Widmann schob mich wortlos durch ein grün gestrichenes Gartentürchen, das er so schnell zuwarf, dass er beinah Flippers Rute eingezwickt hätte, die begeistert durch die Luft peitschte. Flipper liebt Actionszenen. Ich eigentlich auch – wenn ich begreife, worum es geht. Das würden wir herausfinden. Wir pirschten uns von hinten durch den Garten von Simon an. Das Herz rutschte mir in den Unterleib, als ich erkannte, wer neben dem BMW stand. Der Kommissar! Mit einer blonden Pferdeschwanzfrau.

»Platz«, flüsterte ich Flipper zu und drückte mich eng an die Wand von Simons Haus. Wenn Herr Widmann mich nicht so formvollendet verabschiedet hätte, wäre ich jetzt vielleicht einfach zum Kommissar geschlendert. Aber ich gedachte, hier vielleicht einzuziehen und mich deshalb an die hiesigen Gebräuche zu halten: Bei Überraschungsbesuchen Kuchenteller in die Brennnesseln schleudern und unsichtbar machen. So lauteten die Spielregeln meines Vermieters, der mich keinesfalls dem Kommissar vorstellen wollte. Warum nicht? Warum glaubte er, mich verstecken zu müssen? Nein – er musste den Kommissar vor mir verstecken, denn ich sollte nicht erfahren, dass mein Vormieter ermordet worden war. Vielleicht spukte es in dem Hexenhäuschen? Wider alle Vernunft hatte ich keine geweihten Silberkugeln bei mir. Aber mein Käppi! Ich wühlte in meinem Rucksack und setzte es auf, eine genreadäquate Vorsichtsmaßnahme. Nicht, dass ich derzeit eine besonders auffällige Haarfarbe trug, saharablond ist nicht karottenrot. Ich allein könnte eine x-beliebige Spaziergängerin sein. In Begleitung von Flipper würde mich der Kommissar auch mit Käppi sofort identifizieren. Meine Rettung nahte in Form eines Pferdeanhängers, der zwischen mir und dem BMW geparkt wurde. Eine Frau und eine Teenagerin, beide in grauen Reiterhosen und schwarzen Stiefeln, stiegen aus. Sie winkten den Widmanns zu, sagten irgendwas und verschwanden zu den Pferdeboxen. Ich nutzte die Gelegenheit und rannte mit Flipper in Richtung des Hügels, wo ich zuvor mit Simon gestanden hatte. Als man mich vom Hof aus sehen konnte, befahl ich Flipper in sehr flachem Platz zu bleiben, hakte meine Daumen in die Rucksackgurte und gab mir den Anschein, eine harmlose Spaziergängerin zu sein. Ich verkleidete meine Körperspannung, ließ die Schultern hängen und schlurfte durch das hohe Gras, immer das Bild von Heidi aus der *Problemzonengymnastik* vor Augen. Ich hatte keine Ahnung, ob der Kommissar am Dienstag meine

Bewegungen abgespeichert hatte. Es ist vielen Menschen nicht bewusst, dass die Art, wie sie sich bewegen, maßgeblich zum Wiedererkennen beiträgt.

Der Kommissar und seine Kollegin standen mit dem Ehepaar Widmann vor dem Hexenhäuschen. Der Kommissar schüttelte ein paarmal den Kopf und hob die Hände zum Himmel, als könnte das Siegel wieder heilen. Auch Herr Widmann schüttelte den Kopf, und Frau Widmann schaute von einem zum anderen, als könne sie sich das Ganze nicht erklären. Die Kollegin des Kommissars starrte unablässig zum Kommissar. Ich fand das zu wenig Einsatz für meine Steuergelder. Plötzlich drehte sich der Kommissar um und blickte in meine Richtung. Vor Schreck stolperte ich fast. *Heidi, Heidi, Heidi,* dachte ich und schlurfte schwerfällig weiter. Aber wieso sollte der Kommissar mich erkennen. Hier rechnete niemand mit mir. Mein Herz schlug so heftig, dass ich mein Blut rauschen hörte. Als ich die Kuppe des Hügels überwunden hatte, rannte ich links herum zurück, um Flipper abzuholen. Zu pfeifen wagte ich nicht, der Kommissar könnte ihn erkennen. Doch es stand niemand mehr im Hof. Wahrscheinlich waren sie ins Haus gegangen. Erleichtert atmete ich durch und kam mir albern vor, denn ich hatte nichts Gesetzeswidriges verbrochen. Trotzdem fühlte ich mich, als wäre ich gerade noch einmal freigesprochen worden.

Alles, was ich wollte, war nach Hause. Deshalb war es unbegreiflich, warum ich in die andere Richtung fuhr. Zwar redete ich mir auf halbem Weg zum Hochsitz ein, Simon sagen zu wollen, dass ich ihm nicht böse sei, wenn er keinen Hund hatte, beziehungsweise weil er mir nicht gesagt hatte, dass sein Hund a) gestorben, b) weggelaufen, c) gerade bei einem Freund zu Besuch sei, doch ich hatte keine Verabredung mit Simon, der eine Verabredung zum Autorennen mit einem Freund in Münsing hatte. Ich wusste nicht, ob ich ihn am Hochsitz treffen würde. Ich wollte wirklich nur heim, so lange die Zweieinhalbzimmerwohnung an der Isar noch Heimat bedeutete. Flipper hatte es aufgegeben, mich anzufunken. Resigniert trottete er neben mir her. Resigniert erklomm er die Leiter zum Hochsitz.

»Spinnst du!«, fuhr ich ihn an, als er sich mit einem dumpfen Laut neben mir fallen ließ. Ich hatte ihn beim letzten Mal kaum runtergebracht. Sollte ich diesmal zur Abwechslung die Feuerwehr rufen?

Flipper beachtete mich nicht. Und natürlich hatte er Recht. Wenn hier jemand nicht mehr alle Tassen im Schrank hatte, dann ich, und das brauchte mich nicht zu wundern nach der Hausbesichtigung, die ich hinter mir hatte. Und warum musste ich eigentlich ständig und schon fast zwanghaft auf diesen Hochsitz klettern, das Zentrum meiner Albträume? Masochismus oder Konfrontationstherapie?

Ich bemerkte die Leute erst, als Flippers Nackenhaare sich sträubten, und da waren sie schon ziemlich nah. Flipper hatte gestreikt, und der Wind stand günstig für die anderen.

»Felix! Da ist wer! Hallo! Hallo, kommen Sie mal zu uns!«

Ich schaute runter, er schaute rauf. Dann drehte sich der Kommissar einfach weg.

Die Pferdeschwanzfrau funkelte mich böse an. »Polizei. Kommen Sie bitte auf den Boden.«

Ich dachte, dass ich jetzt nach ihrem Ausweis fragen sollte, aber sie war viel zu weit weg, als dass ich etwas hätte entziffern können, und ich kannte den Kommissar ja schon, allerdings hatte er mir seinen Ausweis nicht gezeigt, eigentlich hatte mir niemand einen Ausweis gezeigt, der Ausweis waren die grünen Uniformen, zudem hatte ich selbst sie am Dienstag gerufen, da erübrigte sich das mit dem Ausweis.

»Das ist die Frau Fischer«, sagte der Kommissar jetzt.

»Wer?«

»Die Auffinderin des Toten«, er schmunzelte, »die Chefin von dem Hund, der den Toten gefunden hat.«

Mein Herz wurde ganz flüssig. Chefin hatte er gesagt. Das hatte er sich gemerkt!

»Ach, die Frau Fischer!«, sagte der Pferdeschwanz in einem Tonfall als wäre das nichts Besonderes, als wäre das die Frau, die sonntags immer die Wurstsemmeln bringt.

Ich nickte ihr trotzdem zu. Von oben nach unten.

»Ich bin Kriminalkommissarin Claudia von Dobbeler«, stellte sie sich vor. Ich schätzte sie auf mein Alter. Allerdings nicht trainiert. Dobbeler war ein Moppelchen, wie in ihrem Namen bereits angelegt. »Wir haben schon mal telefoniert. Ich habe Ihnen auf die Mailbox gesprochen. Ich hätte da noch ein paar Fragen. Kommen Sie jetzt bitte runter?«

Mir war schlecht und schwach und schwindlig. War das peinlich, verdammt, war das peinlich, so peinlich, peinlich, peinlich.

»Ich muss erst den Hund in Sicherheit bringen«, sagte ich, als wäre das ebenso einfach, wie eine Wurstsemmel belegen.

»Wenn er raufgekommen ist, wird er ja wohl auch runterkommen«, motzte Moppelchen und stemmte ihre Hände in die Seiten.

»Das ist schwierig«, half mir der Kommissar. Felix hieß er. Claudia hatte es mir verraten. Auf seiner Visitenkarte stand nur F. Ich hatte an Florian oder Friedrich gedacht. Felix war viel schöner. Felix Tixel. Zweimal X. Ein Feminist!

»Brauchen Sie Hilfe, Frau Fischer?«, fragte er mich.

Und ein Kavalier!

»Wieso kommt der Hund nicht runter, wenn er raufgeklettert ist?« Claudia bockte.

»Das ist kein Trick«, erklärte er ihr, »beziehungsweise hat der Hund den Trick schon geschafft, indem er hochgeklettert ist. Starke Leistung. Vielleicht würde er auch runterkommen, aber ein Hund ist keine Katze.«

Ich hätte heulen können. Er hatte Recht. Ein Hund ist keine Katze, und ich war keine Heldin. Meine Knie bestanden aus Gelee, und ich hasste mich, weil ich so schwach war. Der Kommissar war daran schuld. Wäre er nicht da, hätte der Abstieg kein Problem dargestellt. Kaum tauchte ein Kerl auf, rutschte ich weit unter meine Möglichkeiten.

»Kommen Sie jetzt mal runter?«, wiederholte Claudia stoisch.

»Lass sie«, nahm mich der Kommissar in Schutz und wendete sich dann an mich: »Frau Fischer, ich komm zu Ihnen.«

Claudia seufzte knarzend. Ich hätte sie sofort entlassen. Ich hätte sie nicht mal eingestellt. Viel zu unsportlich. Aber auf Steuerzahler hört ja niemand.

»Ist das in Ordnung für Flipper?«, erkundigte sich der Kommissar.

Er hatte sich seinen Namen gemerkt! Ich nickte.

Claudia hielt Felix am Arm zurück. »Du kannst da nicht rauf! Der Hund!«

»Ich hab keine Angst vor Hunden«, sagte mein Kommissar mit der Betonung auf Ich.

»Das ist viel zu eng da oben!«

»Mal sehen«, gab Felix sich locker, wobei sich der Hochsitz auch locker gesehen nicht ausdehnen würde.

»Das ist …«, versuchte Claudia es noch einmal.

»Der Hund kennt mich«, behauptete der Kommissar.

Das hätte ich sofort bestätigen können. Wenn Flipper in den letzten Tagen auch nur hin und wieder einen Blick in meine Gedanken geworfen hatte, war er dort in der Tat gelegentlich auf das Bild des Kommissars gestoßen. Ich wollte mir wenigstens den Anschein einer Chefin geben und sagte: »Flipper, alles gut.«

Er schaute mich entrüstet an. *Nichts ist gut*, las ich in seinen Augen.

»Scheißbrombeeren«, fluchte Moppelchen.

Der Kommissar stand vor mir auf der Leiter mit Blick auf meinen Bauchnabel, kam höher. Flipper wich höflich seitlich aus und trat mit einem Hinterlauf ins Leere.

»Flipper!«, rief ich. Ich rief viel zu laut, wir griffen beide zu, griffen beide ins Nichts, weil Flipper sich längst in Sicherheit gebracht und in die Ecke gequetscht hatte. Mein Kopf stieß an den Kopf des Kommissars. Ich neige zu solchen Missgeschicken. Schon immer. Und dann verlor ich auch noch das Gleichgewicht, und wenn der Kommissar mich nicht geistesgegenwärtig gestützt hätte, wäre ich auf Flipper gestürzt, der mich empört anstarrte. *Du Trampel*, las ich in seinem Blick und gab ihm hundertprozentig Recht. Der Kommissar hielt mich länger als nötig fest. Vielleicht blieb ich auch länger als nötig in seinen Armen, beziehungsweise an seine Arme gestützt. Leider war mir das nicht bewusst, ich musste das Gefühl später rekonstruieren. Ich erinnerte Kraft und Härte. Einen sehr muskulösen Oberkörper. Den Bizeps hatte ich eigenhändig getestet, daran hatte ich mich festgehalten. Er war viel zu dick für meine Hand und rund und knackig wie ein Granny Smith und die Haut darüber samtig weich. Das schwarze Rippenshirt des Kommissars war an seiner rechten Schulter hochgerutscht; ich hätte gern auch den linken Bizeps überprüft, die meisten Rechtshänder sind rechts stärker, falls er Rechtshänder war.

Felix Tixel lächelte. »Sie haben einen ganz schön harten Schädel«, sagte er, als er mich nach oben schob.

»Danke gleichfalls«, erwiderte ich.

»Felix? Alles okay?«, rief Claudia von unten.

»Ja. Wir kommen jetzt runter.« Er wandte sich mir zu: »Geht das, Frau Fischer? Sie schauen mir recht blass aus.«

»Ich bin ... Ich bin ...«, mehr brachte ich nicht raus.

»Jetzt steigen wir erst mal runter, Frau Fischer.«

Warum redete er mit mir als wäre ich unzurechnungsfähig? Warum sagte er dauernd Frau Fischer zu mir?

»Kann ich Ihnen irgendwie helfen? Was ist mit Flipper?«

»Ich trage ihn«, sagte ich und erinnerte mich an meine Verantwortung gegenüber meinem Schutzbefohlenen. Ich würde ihn heil runterbringen.

»Dann gehe ich mal vor? Ich stelle mich unten neben die Leiter. Ist das in Ordnung, Frau Fischer?«

Ich hatte einen Knödel im Hals und nickte.

Der Kommissar stand rechts der Leiter, Claudia links davon. Als Erstes schleuderte ich meine Sandaletten runter. Die zweite verfehlte Claudia nur knapp.

»Frau Fischer!«, rief sie empört.

»Tschuldigung.« Das *war Absicht* behielt ich für mich. »Und Sie müssen nicht dauernd Frau Fischer zu mir sagen. Ich weiß selber, wie ich heiße!«

Rückwärts stieg ich die Leiter drei Sprossen hinunter. Barfuß fühlte ich mich sicherer. Mein himmelblaues Sommerkleid bauschte sich ein wenig im lauen Wind. Klassisch. Bestimmt würde Claudia aufpassen, dass der Kommissar die Glocken unter meinem Rock nicht läutete. »Flipper, komm her«, befahl ich ihm und deutete dann auf meine Schultern. Flipper legte eine Pfote an meine Brust.

»Näher.«

Er rückte auf, ich packte ihn in der Taille, schob meinen Arm unter seinen Po und drückte ihn eng an mich. Seit Freitag hatte er mindestens zwanzig Kilo zugenommen. Meine Beine zitterten.

»Frau Fischer, das machen Sie großartig«, war da die Stimme des Kommissars.

Meine linke Hand krallte sich an der Leiter fest.

»Ich bin schon total verkratzt«, beschwerte Claudia sich. »Scheißbrombeeren!«

Flipper verwandelte sich in einen Yorkshire Terrier, und ich fühlte Zuversicht. Noch vier, drei, zwei Sprossen – ich brachte uns sicher auf die Erde.

Der Kommissar reichte mir meine Schuhe. »Vorsicht Stacheln«, sagte er und schaute mich anerkennend an. Sogar Claudia war beeindruckt. »Sie haben aber Schmalz! Das sieht man Ihnen auf den ersten Blick gar nicht an.«

Ich überlegte, ob mich das verdächtig machte. Während Flipper durch die Gegend jagte und buddelte, um die Demütigung zu verarbeiten – er hasst Getragenwerden –, setzten wir uns auf einen Baumstamm.

»Pfui Teufel«, kommentierte Moppelchen, als Flipper bis zum Bauch in einem Matschloch versank.

Flipper schüttelte sich einen Meter von ihr entfernt. In Gedanken belobigte ich ihn. Mit einem lauten »Igitt« lehnte Claudia sich zurück. Bildete ich mir das ein, oder grinste der Kommissar?

»Frau Fischer, warum sind Sie jetzt schon wieder da?«, fragte Claudia mich.

»Ist das vielleicht verboten?«

»Sie ist oft in der Gegend. Das hat sie mir schon gesagt«, sprang mir der Kommissar bei.

»Zum Gassi?«, fragte Claudia.

Ich nickte.

»Aber dass Sie ausgerechnet noch mal hierherkommen! Das war doch kein schöner Anblick, was Sie unterm Hochsitz gefunden haben. Ich würde da freiwillig nicht mehr hinwollen.«

»Sie sind ja auch da.«

»Beruflich.«

Ich hätte selbst gern gewusst, warum mich dieser Ort magisch anzog. Meine Kehle fühlte sich an als würde sie zugedrückt. Auf einmal hatte ich das Gefühl, ich hätte Klaus Hase umgebracht.

»Frau Fischer, warum kommen Sie noch mal hierher?«, wiederholte Claudia.

»Ich hab nicht drüber nachgedacht«, sagte ich, bevor sie ein drittes Mal fragen konnte.

»Sie kannten Klaus Hase nicht?«

»Nein«, sagte ich.

»Woher wissen Sie, wie der Tote heißt?«, fragte der Kommissar. Claudia starrte ihn an. *Tja, Moppelchen,* dachte ich. *Er ist muskulöser als du. Überall. Du musst noch viel lernen.*

»Von Simon«, sagte ich.

»Sie meinen den kleinen Jungen?«, fragte Claudia hektisch, als müsste sie etwas wiedergutmachen.

»Ja.«

»Der hat den Toten doch gar nicht gesehen? Meine Kollegen haben mir das ausdrücklich versichert. Und Sie selbst haben das doch auch gesagt? Das habe ich den Akten entnommen«, versuchte Claudia ihre Unaufmerksamkeit auszubügeln, dann stockte sie. Wahrscheinlich war ihr eingefallen, dass Simon neben Klaus Hase wohnte.

»Ja«, stimmte ich zu. »Wir haben aufgepasst, dass der Junge ...«

»Wer ist wir?«, schoss sie dazwischen.

»Herr und Frau Fischer«, sagte der Kommissar.

»Hä?«, machte Claudia.

»Flipper.«

»Ach so.« Sie fand es nicht lustig.

Ich schon. Bis ich genauer darüber nachdachte. Dann gefiel es mir nicht mehr. Aber so hatte der Kommissar es bestimmt nicht gemeint.

»Also haben Sie Simon noch mal gesehen?«, kombinierte Claudia.

»Ja. Beim Spazierengehen.«

»Und da hat er Ihnen gesagt, dass der Tote Klaus Hase heißt?«

»Ja. Sie sind Nachbarn.«

Der Kommissar wendete sich Claudia zu. »Simon Brettschneider, seine Eltern wohnen gegenüber, jetzt zur Miete, ihr Haus wurde versteigert, sie hatten es selbst vor drei Jahren ersteigert, jetzt ist es wieder im Besitz der ehemaligen Eigentümer, so viel ich mich erinnere, eine Familie Schlatter, Klaus und Bert überprüfen das, gegen den Vater von Simon läuft ein Verfahren wegen Betrug, Unterschlagung et cetera pp.«

»*Elektro Brettschneider* in Starnberg, ich hab die Akte vollständig im Kopf«, versuchte Claudia, die Musterschülerin, ihre Ehre zu retten.

»Was ...«, begann ich neugierig. Simons Haus versteigert? Claudia ließ mich nicht zu Wort kommen. »Sie kannten Klaus Hase also nicht persönlich?«, fragte sie und warf ihrem Boss einen fragenden Blick zu. Hatte er zu viel verraten? Oder was wollte sie wissen?

Ich schüttelte den Kopf.

»Sind Sie sicher?«

»Ja. Absolut sicher«, bestärkte ich und ärgerte mich, weil das absolut sicher mich unsicher machte. Ich räusperte mich. »Ich meine, ich weiß es nicht!«

»Was wissen Sie nicht?«

»Also ich würde sagen, dass ich ihn nicht gekannt habe. Wobei man da erst einmal definieren müsste, was Kennen bedeutet. Manchmal sagt man ja auch über irgendjemanden, den kennt man, dabei kennt man ihn nur vom Sehen. Ich würde meinen, dass ich Klaus Hase auch vom Sehen nicht kenne, wenn nicht mitgezählt wird, dass ich ihn als Toten gesehen habe, wobei ich ihn da nicht mehr vollständig gesehen habe, ich habe ihn eigentlich nur seitlich gesehen und ziemlich ... ramponiert.«

Claudia verdrehte die Augen.

Felix Tixel grinste. »Da ist was dran.«

Spielten sie das guter-Bulle-böse-Bullin-Spiel?

»Und es könnte doch sein«, fuhr ich fort, »dass irgendwo was passiert, zum Beispiel ein paar Testosteronmonster schlagen in der U-Bahn einen Fahrgast zusammen, das ist ja fast schon Alltag«, Claudia hob abwehrend die Hände, ich ließ mich davon nicht beeindrucken. »Eine Kamera zeichnet das auf – und kurz danach laufen Herr Hase und ich durchs Bild, zufällig. Er geht vor mir her, er dreht sich vielleicht sogar um und fragt mich nach dem Weg oder ob ich ein Zweieurostück wechseln kann – ich weiß, das betrifft gar nicht Ihre Abteilung, aber es könnte doch sein, dass Sie gerade Wurstsemmeln besorgt haben, und es sind zwei Stück übrig, und die wollen Sie nicht wegwerfen, weil Ihre Oma Ihnen das beigebracht hat, Essen wirft man nicht weg, also wollen Sie die Wurstsemmeln anderen Kollegen anbieten, die zufällig die Filme von der U-Bahn-Überwachung anschauen und ...«

Felix Tixel lachte laut auf und sah dabei sehr sympathisch aus.

Sonnenstrahlenfalten in den Augen.

Claudia verzog genervt die Mundwinkel. »Was ist daran komisch?«

Der Kommissar schnaufte einmal tief durch und sagte dann: »Du bist doch Vegetarierin.«

Claudia zog ein kleines Aufnahmegerät aus der Tasche. »Befragung Franziska Fischer«, diktierte sie.

»Lass stecken«, sagte Felix.

Irritiert folgte sie der Anweisung ihres Chefs.

»Arbeiten Sie immer am Sonntag?«, mischte ich mich ein.

»Zum Glück nicht«, er grinste, »ich habe am Donnerstag recht lang gearbeitet.«

Hitze schoss in meinen Kopf. Am Donnerstag hatte ich ihn angerufen! Ich bückte mich – wie Simon die Röte in seinem Gesicht zu vertuschen versucht hatte – zu meinen Schuhen, die mir der Kommissar zuvor gereicht hatte. Leider gab es dort keinen Schnürsenkel. Ich begutachtete meine Zehen. Zehn Stück. Wie Orgelpfeifen. Alle dran. Appetitliche Häppchen.

»Wir haben das ganze Wochenende Dienst«, ergänzte Claudia fast freundlich. Sie wusste also nichts von meinem Anruf.

»Ich arbeite auch am Wochenende«, sagte ich und tauchte wieder auf. Ich kam mir albern vor, als wollte ich sie durch diese Verschwesterung bestechen.

»Sie ist Yogalehrerin«, sagte Felix zu Claudia, »oder?«

»Ja, auch.«

»Was noch?«, fragte Claudia.

»Dies und das«, sagte ich.

»Was genau?«

»Sport«, erwiderte ich knapp, weil ich den Eindruck hatte, mich verdächtig zu machen, wenn ich den Kampfsport erwähnte. In Claudias Gegenwart war irgendwie alles verdächtig.

Sie ließ nicht locker. »Und Sie bleiben dabei, dass Sie den Toten nicht kennen?«

»Ja, ich bleibe dabei. Also so, wie ich vorhin erläutert habe.«

»Ja, ja«, sagte Claudia genervt, schaute mich dann prüfend, fast ein wenig hinterhältig an. »Und mit Vögeln kennen Sie sich auch nicht aus, oder?«

»Nein, keine Ahnung«, erwiderte ich spontan. Dann hörte ich den Wortwechsel noch mal, als hätten sich die Buchstaben in Vögel verwandelt, die uns umkreisten. Ich hätte schwören können, dass die beiden die Vögel auch sahen. Doch sie verzogen keine Miene.

»Haben Sie ein Fernglas?«, fragte Moppelchen.

»Nein.«

»Sind Sie sicher, Frau Fischer?«, wollte der Kommissar wissen.

»Ja«, sagte ich. Diesbezüglich war ich sicher.

»Wie ist er eigentlich genau gestorben?«, fragte ich auch mal was.

»Stand doch schon längst in der Zeitung«, antwortete Claudia.

»Nur, dass es passiert ist. Nicht, wie es passiert ist«, sagte ich.

»Sonst wüssten die ja mehr als wir«, ergänzte der Kommissar.

»Und wer war's?«, fragte ich.

»Das würden wir auch gern wissen!«

Moppelchen starrte auf ihre Uhr. Das hatte sie schon dreimal gemacht.

»Können wir dann mal los? Ich bin heute Abend verabredet. Es ist gleich fünf.«

Felix stand auf. »Klar.«

»Und Sie melden sich bei uns auf der Dienststelle. Am besten Sie rufen vorher an, damit ich auch da bin.« Claudia griff in ihre Jackentasche und zog eine Visitenkarte heraus. »Wir können uns auch auf der PI in Starnberg treffen.«

»Polizeiinspektion«, warf der Kommissar ein.

»Und wenn ich nicht komme?«, fragte ich einfach mal so, und Felix setzte sich nochmal hin. Der Baumstamm war mindestens fünf Meter lang, doch er setzte sich sehr nah zu mir.

»Wenn Sie nicht kommen, Frau Fischer«, klärte er mich auf, »dann holen wir Sie ab. Ohne Flipper. Unser Ekahaka mag keine Hunde, besonders keine mit zweierlei Augenfarben. Außerdem, Frau Fischer, würden Sie sich dann verdächtig machen. Wir könnten auf die Idee kommen, dass Sie Klaus Hase doch gekannt haben, auch wenn Sie selbst gar nicht mehr wissen, wo und wann Sie ihn gekannt haben, aber er hat Sie vielleicht gekannt. Er hat Sie vielleicht irgendwann irgendwo gesehen, und Sie haben ihm gefallen, und er hat Sie in sein Leben integriert, wovon Sie gar nichts wussten, er jedenfalls könnte behauptet haben, Sie gut zu kennen, und dann müsste man hier von einem Kennen sprechen, auch wenn es nur einseitig stattgefunden hätte, aber das gibt es, und insofern ...«

Mein Herz klopfte bis zum Hals.

»Felix, jetzt komm!«, verlangte Claudia.

»Gleich.«

Sie ging genervt schon mal los. Der Kommissar stützte seine Hände auf die Oberschenkel. Sein Trizeps spannte sich.

»Und was ist ein Ekahaka?«, fragte ich, weil das Schweigen so laut wurde und seine Worte vom Kennen und nicht Wissen in meinem Kopf Karussell fuhren.

»EKHK, der erste Kriminalhauptkommissar.«

»Und Sie sind der zweite?«, fragte ich.

Als hätte er sein Stichwort gehört, trat meine Nummer eins auf, schwänzelte den Schoßhund raus und wollte gestreichelt werden.

»Franza Fischer«, sagte der Kommissar da zu mir mit leiser Stimme.

Ich zuckte zusammen. Franza! Hatte er Franza gesagt, oder hatte ich mich verhört, hatte ich eine akustische Halluzination? Claudia, die schon ein paar Meter entfernt von uns war, drehte sich um, verschränkte die Arme vor der Brust und beobachtete uns.

»Felix Tixel«, sagte ich.

Er zuckte zurück. Ich auch. Mit neuem Abstand saßen wir uns gegenüber.

»Feh-lix!«, rief Claudia.

»Kennen Sie den Jungen?«, fragte er.

»Nur flüchtig«, sagte ich.

»Hat Simon von vorgestern auf gestern, also Freitag auf Samstag, bei Ihnen übernachtet, um auf Flipper aufzupassen, weil Sie krank waren?«

»Ich? Krank? Nein! Simon weiß doch gar nicht, wo ich wohne!«, rutschte es mir heraus, was mir gleich darauf leidtat. Ich wollte Simon nicht verraten.

»Also kennt Simon Sie so, wie Sie nicht geglaubt hätten, dass er Sie kennt? Er weiß sehr wohl, wo Sie wohnen.«

»Ich kann mich nicht erinnern, ihm meine Adresse gegeben zu haben.«

»Es ist ein Kinderspiel, die rauszufinden.«

»Für Sie oder ihn?«

Der halbe Mond ging auf.

»Simon ist …«, ich suchte nach Worten.

»Ein ganz besonderer Junge«, übernahm der Kommissar. »Aber er ist ein bisschen oft allein für meinen Geschmack. Er hat zu viel Zeit, sich Geschichten auszudenken.«

Der Kommissar sagte *Gschichtn*. Wie es ein Münchner sagt. Wie meine Oma manchmal gesagt hatte. *Vazähl keine Gschichtn, Franzi.*

Ich nickte.

»Oder was meinen Sie?«, wollte der Kommissar wissen.

»Er hat keinen Hund?«, fragte ich.

»Einen Hund? Ich habe keinen gesehen – also nicht, dass ich wüsste.«

»Und Sie haben ihm auch nicht aufgetragen, beim Hochsitz Wache zu halten?«, fuhr ich fort.

Felix Tixel verstand sofort, und dafür hätte ich ihn küssen können. Also, wenn ich prinzipiell geküsst hätte. Der Kommissar lächelte. »Selbstverständlich habe ich ihn zur Wache abkommandiert. Man hat ja viel zu wenig Personal für diese Jobs. Da ist jeder Freiwillige willkommen.«

»Das dachte ich mir schon«, erwiderte ich und schaffte es nicht, cool zu klingen. Wir strahlten uns an wie zwei Verschwörer. Ob im Badezimmer des Kommissars auch ein Pferd graste?

»Feh-lix!«

Der Kommissar streckte mir seine Hand entgegen. »Wiedersehen Franza, servus Flipper«, sagte er, schwang sich auf seinen rabenschwarzen Hengst und galoppierte mit wehender Mähne und Schweif von dannen.

6

Vier Stunden später war auch Flipper überglücklich, weil wir nämlich Andrea nach ihrem Urlaub am Flughafen abholten. Am liebsten hätte er ihren Koffer getragen, und er gab keine Ruhe, bis sie den Bügel einklappte und er den Trolley wenigstens schieben durfte, in Schlangenlinien. Eine japanische Reisegruppe beobachtete staunend die Choreographie, in der Flipper leichtpfotig über das Laufband tänzelte. Niemand fotografierte, was mich einigermaßen irritierte.

Andrea gehört zu Flippers Schutzbefohlenen. Er hat sie sich selbst ausgesucht, besser gesagt: Er hat sie für mich ausgesucht. Knapp zwei Jahre lag das nun zurück. Es war kurz nach Mitternacht, kurz vor der Brücke am Tierpark, da hörte ich eine Frau um Hilfe rufen. Auf eine solche Situation wartete ich seit Jahren. Das ist der Ernstfall, für den ich trainiere. Ich bin noch nie in eine wirklich bedrohliche Situation geraten. Wer eine defensive Kampfsportausstrahlung hat, dem passiert selten etwas. Mein Puls raste. Ich versuchte, die Rufe zu orten. Flipper stand wie elektrisiert neben mir. Ein Schrei. Schrill, gellend, erstickt. Flipper war schneller als ich. Eine große schwarze, wilde Bestie – brach er aus dem Unterholz, so erzählte Andrea mir später, ein einziges knurrendes gefletschtes Gebiss, und dann sprang er los. Vielleicht ist doch etwas hängengeblieben aus den vielen Trainingsstunden, an denen er gezwungenermaßen teilnahm und die er mehr oder minder gelangweilt beobachtete. Jedenfalls schlug er den Angreifer mit seiner Breitseite zu Boden und dann in die Flucht. Flipper setzte ihm nicht nach, sondern sich neben Andrea, er leckte ihr über die Hände, dann hob er seine Schnauze dem nachtschwarzen mondlosen Himmel entgegen und heulte wie ein Wolf, damit ich ihn fand. Andrea hatte einen Schock, wobei sich der bei ihr anders äußerte als bei mir, sie weinte und zitterte. Ich rief den Notarzt und blieb, bis er sich um Andrea kümmerte. Zwei Tage später entdeckte ich in der Abendzeitung die Überschrift *Hund schlägt Sex-Täter in die Flucht.* Dummerweise mit einer ziemlich treffenden Beschreibung von Flipper und seinem Frauchen, die vielleicht in der Nähe vom Flaucher wohnten. Bevor uns Frau Feigl denunzierte, ob mit oder ohne Kotprobe zum DNA-Abgleich, meldete ich mich lieber selbst. Alle Münchner Tageszeitungen berichteten über den Helden auf vier Pfoten. Flipper wurde mit Andrea fotografiert, es wurde der übliche Teig zusammengeknetet aus den üblichen Rührstücken: Frau, allein, Nacht, dunkel, Gebüsch, Schreie, mutig, treu, heldenhaft, unerschrocken, Täter, Opfer, Flucht, Zivilcourage, wedeln. Eine Zeit lang traute ich mich kaum mehr auf die Straße, weil wir plötzlich prominent waren. Das legte sich schnell. Nicht bei Andrea. Sie lud mich zum Essen ein und zu einem Wellnesswochenende, und sie fragte mich, ob ich mit zum Wandern kommen wollte und zum Schwimmen. Ich sagte immer ja, weil ich glaubte, sie würde das brauchen, um wieder auf die Beine zu kommen. Doch

Flipper hatte sie für mich ausgesucht, damit ich auf die Beine kam. Flipper hatte beschlossen, dass ich eine beste Freundin brauchte. Das würde ich natürlich niemals zugeben. Bis heute firmiert Andrea als Flippers Freundin und meine Bekannte. Das ist für alle Beteiligten akzeptabel, und ich gedenke nicht, etwas daran zu ändern, auch wenn mein Herz genauso freudig klopfte wie die Rute von Flipper, als wir zu dritt Richtung Parkdeck schlenderten. Flipper hatte klug gewählt, wen er rettete. Da ich mich prinzipiell von Psychologen fernhalte, schleuste er eine Psychologin durch die Hintertür in unser Leben. Ich hätte sie mir niemals ausgesucht, weil sie nicht zu mir passt. Sie ist ganz anders als ich. Auch äußerlich. Sie dunkel, ich blond, ihre Augen braun, meine blau, sie klein, ich groß. Die einzige Gemeinsamkeit, die wir haben, ist jene, dass wir Single sind. Ich glücklich, sie unglücklich. Daran ist zweifellos ihr Beruf schuld, bei dem Schuld immer eine Rolle spielt. Mit Psychologen hält man es beim besten Willen nicht aus. Da bleibt keine grüne Wiese grün. Vielleicht ist sie nämlich blau. Man will es nur nicht wahrhaben. Andrea glaubt bis heute, dass ihr bei dem Überfall nichts hätte passieren können, sie hätte mit dem Täter gesprochen – alles eine Frage der Kommunikation. Und vielleicht wäre der Täter tatsächlich irgendwann entnervt und verzweifelt weggelaufen, wenn sie das unglückliche Kind, das in ihm steckte, ausgebuddelt hätte.

Ich gab Andrea Zeit, um anzukommen und fragte die Checkliste ab. Wetter, Essen, Unterbringung, Mentalität der Teneriffen. Andrea vergab großzügig Sterne, während ich Richtung Autobahn abbog, und sah selbst aus wie einer. Ihre braunen Augen hatten die südliche Sonne gespeichert, und die Meeresluft hatte die Depressionen ihrer Patienten aus ihrem Gesicht gesandstrahlt. Wie immer in ihrer Gegenwart fühlte ich mich aufgerufen, ihr zu beweisen, dass mir keinesfalls ein Platz in ihrer Kartei gebührte, wovon sie mich überzeugen wollte, seit ich ihr in einem unüberlegten Moment nach einer Flasche Wein einige Anekdoten aus meiner Vergangenheit erzählt hatte.

Jetzt schilderte ich cool meinen Spaziergang mit Flipper am Starnberger See. Ich hatte die Leiche eher beiläufig erwähnen wollen, doch als Andrea mich anstarrte, als hätte ich ein zweieurostückgroßes Loch in der Backe, schaltete ich einen Gang runter, fädelte mich rechts ein und beschrieb die Fliegen und Maden. Andrea ist nicht nur Psychologin, sie hat auch Medizin studiert. Ich erhoffte mir klare Worte. Stattdessen legte sie mir ihre Hand aufs Bein und murmelte etwas wie: »Das ist ja grauenhaft.«

Dann sollte ich sofort anhalten. Auf der Autobahn? Das erschien mir zu dramatisch. Ich nahm die nächste Ausfahrt, entdeckte, dass ich mich auf vertrautem Terrain befand, und fuhr weiter Richtung Feldmochinger See. Um diese Uhrzeit wäre es kein Problem, Flipper laufen zu lassen, wahrscheinlich würden ein paar Leute grillen, aber niemand würde sich beschweren. Hunde an Badeseen sind zuweilen ein Ärgernis, und weil es zuhauf antiautoritär erzogene Hunde gibt, glaubt mir niemand, wenn ich behaupte: »Der folgt.«

Flipper war unglücklich, weil Andrea ihm nicht so viel Aufmerksamkeit schenkte wie gewöhnlich. Sie streichelte ihn fast ein bisschen mechanisch. Er schob ihren Arm beiseite und trollte sich. Andreas Hand zitterte, als hätte sie die Leiche gefunden. Das nervt mich an Psychologen. Sie nehmen einem ständig die eigenen Gefühle weg, weil sie besser zu wissen glauben, was man wann fühlen muss, und wenn man das nicht tut, dann kleben sie einem ein Etikett auf die Stirn und machen einem das Fühlen vor. Selbstverständlich haben sie als Dolmetscher der Seele immer Recht.

Ich wollte Andrea die Rückkehr aus dem Urlaub nicht verderben und riss mich zusammen. Ich erzählte ausführlich von Simon – das aufgeweckte Kind, das sich tapfer allein durchs Leben schlägt – und wie ich die Polizei gerufen hatte, und ganz zum Schluss erwähnte ich kurz den Kommissar.

Andrea zog die linke Augenbraue nach oben. Alarmstufe rot. Ich redete ohne Pause weiter.

»Die Polizisten haben mich mehrfach gefragt, ob ich vom Kriseninterventionsteam betreut werden möchte«, lenkte ich die Aufmerksamkeit auf Andreas Kompetenzbereich, um den Ball knapp über dem Boden zu spielen.

»Jetzt bin ich ja da«, sagte Andrea.

»Mir geht es gut«, sagte ich.

»Du siehst nicht gut aus.«

»Ist das ein Wunder?«, fragte ich, »bei einem solchen ...«, ich zögerte, denn einen Schock wollte ich Andrea nicht gönnen, »... Vorkommnis würde jeder schlecht aussehen.«

Andrea schüttelte den Kopf: »Du hast eine Leiche gefunden! Stell dich den Tatsachen! Das ist nicht irgendein Vorkommnis, das ist ein Toter. So etwas ist nicht so einfach hopplahopp wegzustecken! Besonders, wenn man bedenkt, dass es nicht der erste Tote in deinem Leben ist. Kann gut sein, dass durch dieses Erlebnis Erinnerungen wachgerufen werden, die ...«

»Ich habe nichts damit zu tun! Ich habe ihn nur gefunden«, stellte ich klar und wünschte mir, so wäre es auch.

Andrea hob die Hände. »Okay, Franza. Meinetwegen. Das ist deine Art, damit fertigzuwerden. Aber wir sprechen hier über einen heimtückischen Mord!«

»Woher weißt du das jetzt schon wieder?«, entfuhr es mir. Auch das ist typisch Psychologe. Sie haben immer gleich eine Story parat. Wahrscheinlich ahnte Andrea, warum Klaus Hase gestorben und wer der Mörder war, irgendeine verwickelte Familiengeschichte, bei der Missbrauch im vierten Glied das morphogene Feld beherrschte.

»Na, wenn er da unterm Hochsitz liegt«, rechtfertigte sie sich.

»Er könnte gestürzt sein«, widersprach ich.

»Ich glaube, er ist erschossen worden«, behauptete Andrea. »Von einem Jäger.«

Das fand ich gelinde gesagt dreist. Sie war nicht am Tatort gewesen, sie hatte die Leiche nicht gesehen, ich jedenfalls – und ich war dort – hatte keinen Einschuss entdeckt, aber vielleicht befand sich der am Rücken. Ich weigerte mich, ihrer Intuition zu vertrauen. Intuition, so hießen ihre Verdachtsmomente, und da sie studiert hat, musste man dran glauben. Bei Flipper hieße es Instinkt und wäre niedrig. Wenn ich selbst eine Idee habe, ist das meistens Sublimierung oder verdrängt oder das Falsche.

Mittlerweile waren wir im FKK-Bereich angelangt. Andrea setzte sich neben mich ans Ufer.

»Es ist nicht so, dass ich das alles so einfach wegstecke«, begann ich zögernd.

Andrea nickte mitfühlend.

»Ich finde, dass ich ganz gut zurechtkomme. Das Einzige ...«

»Ja?«, fragte sie und beugte sich vor.

»Das sind diese Bilder.«

»Welche Bilder?«

»Besonders nachts. Immer, wenn ich einschlafen will.«

Andrea beugte sich noch weiter vor. Gleich würde sie mich in den See schubsen. Das Wasser. Die Tiefe. Das Unbewusste.

»Die Maden«, wurde ich deutlich.

»Maden?«, fragte Andrea enttäuscht. Symbole wären ihr bestimmt lieber gewesen – als würde ich die freiwillig liefern, ohne vorher in einem Fachbuch nachgeschlagen zu haben ...

»In den Augen. Beziehungsweise in den Augenhöhlen. Und der Gestank. Ich rieche ihn, sogar im Traum, hast du das gewusst, dass man im Traum riechen kann?« Ich wartete keine Antwort ab. »Schlimm sind auch die Fliegen und die Ameisen. Sie haben ihn aufgefressen. Auf-ge-fres-sen!«

Eigentlich hatte ich ein wenig dramatisieren wollen, um Andrea von der Psychoschiene abzulenken, doch nun, wo ich es gesagt hatte, merkte ich, dass ich gar nicht dramatisierte. Andrea merkte es natürlich auch.

»O mein Gott«, flüsterte sie und schlug sich die Hand auf den Mund.

»Das geht mir nicht aus dem Sinn«, gab ich zu.

»O mein Gott«, wiederholte Andrea und sah aus als, hätte

sie in eine mit Zitronensaft beträufelte Made gebissen. Sie war so blass, dass sie leuchtete. »Du musst sofort, also gleich am Montag, zu einem Traumatherapeuten. Du musst umgehend etwas unternehmen!« Sie griff nach ihrem iPhone. Ihre eiskalte Hand zitterte. Ich hatte sie sehr lieb, denn sie machte das, was ich hätte tun sollen: heulen. Ich konnte aber nicht. Andrea schniefte. Flipper setzte sich zwischen uns und schaute besorgt von der einen zur anderen. Andrea steckte das Telefon zurück in die Handtasche. Jetzt würde sie ohnehin niemanden erreichen. Doch sie behielt ihr Ei in der Tasche noch eine Weile in der Hand, wie eine Nabelschnur zur großen Mutter.

Am Tag sechs stand ich nach *Bauch, Beine, Po* kurz vor zwölf nackt in der Umkleidekabine, umringt von meinen Schülerinnen, als mein Handy jodelte. *Unbekannt*, las ich im Display.

»Hallo?«, fragte ich.

»Frau Fischer?«

Das Handy rutschte mir aus der Hand, unter die Spinde. Zeitgleich mit drei meiner Schülerinnen bückte ich mich und so krabbelten wir nackt über den Boden, grabschten nach dem Kommissar.

»Störe ich Sie?«, fragte er, als ich ihn endlich gepackt hatte.

»Nein, nein«, sagte ich höflich, mehr stand mir bei diesem Überrumpelungsangriff nicht zur Verfügung.

Mein Kopf war knallrot. Ein Blick in die Runde zeigte mir, dass ich kein Einzelfall war. Aber bei den anderen kam es bestimmt vom Bücken.

»Moment«, bat ich und zog mich in den Vorraum der Toiletten zurück.

»Frau Fischer?«

»Ja.«

»Wo sind Sie eigentlich? Es hallt.«

»So?«

»Ich möchte Ihnen eine Frage stellen.«

Ob ich mit ihm essen gehen wollte? Ob ich ein Protokoll in seinem Zimmer unterschreiben wollte und wann? »Ja?«

»Sie haben keinen Waffenschein?«

...

»Frau Fischer?«

»Hm.«

»Sind Sie noch dran?«

»Nein.«

»Was, nein?«

»Nein, ich habe keinen Waffenschein.«

»Und warum nicht?«

»Weil ich keine Waffe habe.«

»Sind Sie da sicher?«

»Ja.«

»Wirklich?«

»Natürlich! Das wüsste ich doch.«

»Also absolut sicher.«

»Ja, ja, ja!«

Sabine kam rein und grinste mich wissend an, als wäre sie Zeugin eines Heiratsantrags, ehe sie begann, aufreizend langsam und sehr gründlich ihre Hände zu waschen, jeden Finger einzeln masturbierend und mich im Spiegel nicht aus den Augen lassend. Ich drehte mich weg.

»Hallo?«, fragte der Kommissar.

»Moment«, sagte ich und zog mich in eine Kabine zurück.

»Wer ohne Waffenschein im Besitz einer Waffe ist …«

»Aber ich hab keine!«

»Franza Fischer«, sagte er da. Er sagte es wie auf dem Baumstamm am Hochsitz, und mir wurde flüssig, und ich antwortete: »Felix Tixel.«

Er räusperte sich. Schweigen. Dann fragte er: »Und was ist mit der Beretta?«

»Was? Welche Beretta?«

»Die Beretta, die Sie ständig mit sich herumtragen.«

»Wie bitte?«, fragte ich. Ich kapierte überhaupt nichts. Erst allmählich fiel der Groschen, und mit dem Groschen fiel ich auf den Klodeckel und prustete los.

»Hallo?«

»Das wissen Sie von Simon?«

Schweigen.

»Simon ist Ihr Informant! Nur er weiß darüber Bescheid.«

»Also doch!«

»Klar! Wie soll ich denn sonst mit den geweihten Silberkugeln auf die Untoten schießen.«

»Frau Fischer!«

»John Sinclair!«

»Wer?«

»Der Geisterjäger.«

»Wie bitte?«

»Klaus Hase ist vielleicht gar nicht tot. Vielleicht spukt er als Untoter. Deshalb braucht man geweihte Silberkugeln und die Beretta.«

Ich konnte mich nicht mehr beherrschen und brüllte einfach los. In der Toilettenkabine hallte mein Lachen hohl und grässlich. Ich klang selbst wie eine Untote, und meine Schülerinnen versammelten sich im Waschraum, ich hörte sie aufgeregt flüstern zwischen meinen Lachsalven, was war denn das für ein Heiratsantrag! Aus Versehen drückte ich die Stimme des Kommissars absichtlich weg.

Er gab mir zehn Minuten. Es beeindruckte mich, wie viel Lachpotenz er mir zutraute. In dieser Zeit war ich angezogen und auf dem Weg zu meinem Auto.

»Also haben Sie keine Waffe, Frau Fischer?«

»Ist Klaus Hase denn erschossen worden?«

»Nein.«

»Warum fragen Sie dann?«

»Weil Sie keinen Waffenschein haben.«

»Woher wissen Sie das?«

Schweigen.

Über dem Isartor ging ein halber Mond auf.

»Und jetzt?«, fragte ich.

»Leg ich auf«, sagte er.

»Warum?«

»Weil ich weiß, was ich wissen wollte.«

»Glauben Sie mir denn?«

»Wem denn sonst?«, fragte er und beendete das Gespräch.

7

Es war verrückt, am frühen Nachmittag nach Wampertskirchen zu fahren, ich hatte nur fünf Stunden Zeit zwischen *Bauch, Beine, Po* und *Body Attac*, doch in München hätte ich keine Ruhe gefunden. Ich wollte mir das Haus noch einmal ansehen. Nur von außen.

Ich fuhr direkt in den Hof der Widmanns und parkte dort, wo der BMW des Kommissars gestanden hatte. Wenn Felix Tixel jetzt käme, würde ich mich nicht verstecken. Ich würde die Karten offen auf den Tisch legen und Herrn Widmann gestehen, dass ich seinen Mieter tot gefunden hatte. Vielleicht würde Herr Widmann dann den Einbruch zugeben, und wir könnten noch mal von vorne anfangen.

»Hallo? Yvonne?«

Eine zirka vierzigjährige Frau im schwarzen Nadelstreifenhosenanzug kam aus meinem Haus. Ihre hellblond gefärbten Haare mit dunklen Strähnen waren zu einem straffen Pferdeschwanz gebunden, der im Nacken in einen Rasierpinsel mündete. Sie trug Stöckelschuhe, und ich befürchtete, dass sie mir Löcher in meinen schönen Holzboden stanzte. Flipper übernahm die Regie, indem er die Frau dermaßen enthusiastisch begrüßte, als wären wir verabredet. So macht er es immer, wenn er mir Bedenkzeit verschaffen will. Während die Frau Flipper streichelte und abklopfte und die üblichen Dinge sagte, die man fremden Hunden sagt – allerdings eher verhalten und monoton: »Na du, was bist du denn für einer, ja, du bist ja ein schöner Kerl …«, hatte ich Gelegenheit, sie als Angehörige von Klaus Hase einzuordnen – seine Frau? – und festzustellen, dass sie sehr traurig war. Das diagnostizierte Flipper ebenfalls und legte eine Extraschicht ein, warf sich sogar auf den Boden, wo er sich grunzend wälzte, bis die Frau endlich lächelte. Es war ein schiefes Lächeln, und sie sah überhaupt nicht froh aus, doch immerhin, Flipper hatte sie geknackt. Wir waren drin.

»Ich wusste gar nicht, dass Sie einen Hund haben, davon hat Klaus mir nichts erzählt«, wandte sich die Frau nun mir zu. Die Trauer schwappte über sie hinweg mit der schweren schwarzen Wucht eines Wolkenbruchs. Flipper wedelte dagegen an. Ich streckte meine Hand aus.

»Hallo«, sagte ich erst mal unverbindlich.

Die Frau reichte mir ihre Hand. Kirschrot lackierte, lange Fingernägel. Sehr schmale Hände und sehr weich. Alles in allem sorgfältig gepflegt, nahm ich zu den Akten. Da packte sie meine Hand und zog sie an ihre Wange, zuckte zurück, es ging so schnell, dass ich mich fragte, ob ich mir das eingebildet hatte, besonders, weil sie mich danach distanziert förmlich begrüßte.

»Schön, dass Sie sich die Zeit genommen haben. Ich dachte zwar, Sie würden erst um drei kommen, aber das macht ja nichts, ich …, ich bin immer nur am Räumen und …«

Flipper merkte es vor mir. Rasch stellte er sich neben die Frau, die leicht wankte und dann ein Tempotaschentuch aus ihrem Jackenärmel zog, was mich anrührte, weil so ein nasses verheultes Tempo überhaupt nicht zu ihrem Erscheinungsbild passte. Und wer steckte das noch in den Ärmel! Meine Oma hatte das gemacht – mit einem Stofftaschentuch, und wenn sie einen anständigen Katarrh gehabt hatte, waren die Rotzspuren tagsüber an ihren Ellenbogen hinauf getrocknet und abends beim Fernsehen auf das samtbraune Sofakissen mit der umlaufenden Kordel gerieselt. Die Frau tupfte sich um die Augen. Sie sahen wund aus und rot. Die ganze Frau war eine weinende Wunde. Auffordernd schaute Flipper mich an. Sollte ich mich als Yvonne ausgeben? Und dann?

»Wie gesagt«, begann die Frau, »ich wusste das mit dem Hund nicht, aber das passt ja ganz wunderbar in dieses Bild hier«, sie hob die Arme wie jemand, der nicht weiterweiß. »Ich kenne mich überhaupt nicht mehr aus. Nichts ist so, wie ich vermutete, aber bitte, bitte kommen Sie doch herein. Wir können uns gerne duzen, unter anderen Umständen wären wir bestimmt nicht auf die Idee gekommen, uns zu siezen«, sie seufzte, »unter anderen Umständen ... Wie geht es Ihnen denn? Ich freue mich sehr, Sie kennenzulernen, wirklich sehr ...«

»Ich heiße nicht Yvonne«, stieß ich hervor, ohne es zu wollen. Ich konnte nicht anders.

Sie trat einen Schritt zurück, als wäre sie weitsichtig und könnte meinen Namen nur aus der Distanz entziffern. »Nicht?«

»Nein«, sagte ich und fühlte die Erleichterung, endlich die Wahrheit zu sagen in diesem Hof.

»Verzeihung ... dass ich Sie ... Ich habe Sie verwechselt.«

Sie trat noch einen Schritt zurück und spießte ihr Du mit einem Stöckel auf.

»Das macht nichts.« Ich streckte meine Hand vor, zögerte kurz, blieb bei der Wahrheit. »Franza Fischer.«

Sie ergriff meine Hand erneut. »Martina Hase-Berg.«

»Und das ist Flipper«, sagte ich.

»Wenn Sie zu den Widmanns wollen«, begann Martina, um Fassung bemüht, »die kommen erst gegen vier zurück.«

»Hm«, machte ich.

»Ich kann Ihnen bestimmt nicht helfen, ich bin erst seit heute Morgen da, ich ...«, sie schluchzte leise und rieb ihre Hände aneinander.

»Mein aufrichtiges Beileid«, sagte ich.

»Ach, Sie wissen es?«

»Ja.«

»Haben Sie Klaus gekannt?«

»Nein, ich habe Ihren Mann nicht gekannt«, sagte ich mit Nachdruck.

»Klaus ist mein Bruder.«

»Verzeihung.«

»Das macht nichts, das können Sie ja nicht wissen – Sie kannten ihn also nicht?«

»Nein.«

»Und zu den Widmanns wollen Sie auch nicht?«

Ich nahm die Abkürzung. »Ich bin vielleicht die Nachmieterin dieses Hauses.«

»Nach-mie-ter-in?«, wiederholte sie empört. Ihre weichen weinerlichen Züge strafften sich, und sie starrte mich an, als wäre ich schuld am Tod ihres Bruders.

Ich lieferte den passenden Text dazu: »Ich wusste nicht,

dass Ihr Bruder gestorben ist. Ich habe dieses Haus hier gestern zufällig entdeckt …«

»Gestern?«, rief sie aufgebracht. »Gestern!«

Ich nickte. »Ich habe einfach mal nachgefragt. Wie man das eben so macht, wenn man eine Wohnung sucht.«

Martina Hase-Berg stemmte die Fäuste in die Seiten. »Und Sie waren drin? Der Bauer hat Sie reingelassen?«

Ich nickte.

»Aber es ist eingebrochen worden!« Für diesen einfachen Satz hätte ich mich am liebsten bedankt. Ja. So war es. Ein Einbruch. Endlich jemand, der das bestätigte.

»Das habe ich vermutet, doch Herr Widmann hat davon nichts hören wollen«, blieb ich bei der Wahrheit. Eine Wohltat!

»Was für eine Unverschämtheit! Klaus war superordentlich! Schon als Kind! Sein Spielzeug hat er jeden Abend selbst aufgeräumt! Meine Mutter hat manchmal im Scherz gemeint, mit ihm würde was nicht stimmen, weil er, weil er …«, sie schluchzte.

Ich handelte, ehe ich dachte – und nahm die fremde Frau in den Arm. Sie ließ es geschehen. Ich spürte Nässe an meinem Oberarm und musste an die Maden denken. Wie nah ich dieser Familie schon gekommen war. Erst der Bruder, dann die Schwester. Leichensubstrat und Tränenflüssigkeit.

Martina fasste sich. »Bitte entschuldigen Sie. Ich bin … völlig durch den Wind. Es ist gut, dass Sie hier sind. Dann kann ich das mal aufklären. Mein Bruder war ordentlich, hören Sie, to-tal ordentlich! Es ist eine Frechheit, wenn dieser stupide Bauer behauptet, mein Bruder hätte die Wohnung in einem solchen Zustand hinterlassen! Jetzt verstehe ich auch, warum er mich so drängt. Dabei habe ich ihm angeboten, die Miete weiterzuzahlen. Das hat ihn gar nicht interessiert. Er will das Haus so schnell wie möglich leer haben. Er hat sogar das Siegel erbrochen. Deswegen hockt er jetzt auch bei der Polizei. Er hat behauptet, dass er sich das nicht leisten könne – aber die Miete übernimmt die Staatsanwaltschaft in so einem Fall, das hat mir die Polizei versichert.« Sie schüttelte den Kopf und sprach eher zu sich als zu mir. »Jetzt verstehe ich, warum es plötzlich so schnell gehen soll. Am Samstag am Telefon hat er noch gesagt, ich könnte mir so viel Zeit lassen, wie ich will. Heute Morgen fragt er, ob ich bis Mittwoch fertig wäre. Ich soll einfach alles auf den Hänger werfen«, sie wies zu einem Traktor, der quer vor dem Hühnerstall stand. »Er würde das dann schon wegfahren. Wegfahren!«

»Von mir aus pressiert es nicht!«, beeilte ich mich zu versichern.

»Sie können gerne reinkommen. Sie wollten wahrscheinlich das Haus noch mal anschauen? Bisschen was ausmessen? Für Ihre neue Existenz?«, ihre Stimme klang gepresst.

»Nein danke«, lehnte ich ab.

»Er hat einen Zweitschlüssel zurückbehalten, wie mir die Kommissarin sagte. Das ist eine einzige Spezlwirtschaft hier. Es ist genauso, wie man überall hört. Dieses Bayern ist ein einziger korrupter Haufen.«

Ich staunte. Immerhin war ich hier geboren. Aber korrupt? Das müsste mir doch aufgefallen sein! Korrupt war man in Kuba, Kenia, Kolumbien. Doch nicht bei uns. Da hatte man vielleicht Beziehungen oder gute Freunde oder einfach Massl, sprich: Glück.

»Ich weiß nicht, wie mein Bruder das ausgehalten hat«, fuhr Martina fort. »Es ist diese ganze Stimmung hier. Dieses Bierselige, Verschlagene, Hinterhältige. Die stecken alle unter einer Decke. Meiner Meinung nach hätte die Kommissarin dieses Bauernpack sofort verhaften müssen. Ein Siegelbruch ist ein Verbrechen! Aber nein – sie sagt mir, dass sie das Siegel ohnehin entfernen wollte. Das glaube ich doch nicht! Das hat die bloß im Nachhinein behauptet, weil sie dabei erwischt worden ist, eine Straftat zu vertuschen. Die fährt doch nicht im Ernst am Sonntag hierher, um das Haus zu entsiegeln und die Schlüssel zurückzugeben. Ich bitte Sie! Das kann man telefonisch klären und per Post, ich habe mich erkundigt – ja, ja, da wird im Nachhinein alles so hingebogen, wie man es eben braucht. Das hat er jetzt davon. Er musste ja unbedingt hierher. Er hat sich nur an Orten beworben, wo er seine Vögel um sich haben konnte. Ich habe gedacht, dass das so ein Kindheitstraum bei ihm wäre – Frauen im Dirndl. Schließlich hat er seine ersten Jahre in der Gegend verbracht – und da war die Welt noch in Ordnung. So habe ich mir das zurechtgereimt. Er war ja noch so klein damals. Da merkt man doch gar nicht, was wirklich abgeht. Für mich war das keine schöne Zeit in Bayern. Ich war alt genug, um mitzukriegen, dass meine Eltern dauernd stritten. Was willst du denn da unten, habe ich ihn gefragt, warum muss es gerade Bayern sein, Vögel gibt es überall, auch in der Lüneburger Heide und in den neuen Bundesländern, gerade da haben sie doch deine heiß geliebten Greifvögel, aber nein, es musste der Starnberger See sein, wo er als kleiner Junge mit Papi flache Kiesel übers Wasser flitzen ließ. Und jetzt wissen wir, warum. Damit er ermordet wird. Heimtückisch erschlagen. Mein kleiner Bruder.« Sie schniefte »Augenblick bitte«, rannte nach oben und kam nicht mit einer Packung Tempos, wie ich vermutet hatte, sondern mit *Marlboro light* zurück, die sie mir unter die Nase hielt.

»Nein danke«, sagte ich automatisch, während ich mit der Verarbeitung dieser Information beschäftigt war. *Heimtückisch erschlagen? Wieso erschlagen?*

Martina stieß den Rauch aus, als würde er ihr dabei helfen, Trauer aus der Seele zu pumpen. »Ich habe nicht gut auf ihn aufgepasst«, sagte sie und legte die Zigarette mit drei tiefen Zügen bis zur Hälfte in Asche.

»Ihr Bruder war doch erwachsen«, wagte ich einen zarten Einspruch und überlegte, ob ich nach der Todesursache fragen sollte. Wieso erschlagen? Aber was ging mich das an. Tot ist tot und Amen.

»Er hätte ja mal anrufen können. Oder ich. Wir haben doch nur noch uns, seit meine Mutter im Heim ist. Haben Sie Geschwister?«

»Nein, leider nicht.«

»Natürlich ist mir das komisch vorgekommen, dass er sich so lange nicht meldet, aber ich hatte einfach keine Lust mehr. Immer ich. Er kann doch auch mal von sich hören lassen, dachte ich. Dann hat mich die Polizei angerufen, und jetzt hocke ich in der Wohnung meines Bruders, der mir immer fremder wird, und soll da drin klar Schiff machen. Ein bisschen viel auf einmal.«

»Haben Sie jemanden, der Ihnen helfen kann?«

»Helfen?«, wiederholte sie höhnisch. »Mein Mann, mein

Ex-Mann ist mit seiner ehemaligen Assistentin in den USA. Dort wird er wahrscheinlich auch unseren Sohn besuchen, der ist für ein halbes Jahr Austauschschüler. Die werden sich eine schöne Zeit machen. An mich denkt doch niemand. Ich kriege das schon hin. Mami macht das schon. Tini ist ja so taff im Organisieren und hatte eh nie viel Kontakt zu ihrem Bruder. Aber er ist doch mein einziges Geschwister!«, rief Martina, und die Wörter schnitten sich mir in den Leib. Ich verstand sie. Ich hatte gar niemanden mehr. Ich wusste, wie sich das anfühlt. Ich legte meine Hand auf ihre. Sie schüttelte sie ab. Ich verstand sie noch besser. Ihre Lippen waren straffgezogen wie ein schmales Gummiband. »Ich muss einen Lastwagen organisieren, der mir das Ganze nach Köln schafft.«

»Sie kommen aus Köln?«

»Mein Mann, mein Ex-Mann, ist Kölner. Ich bin in Berlin geboren, später lebten wir vier Jahre in Bad Tölz. Dort ist Klaus geboren. Wir sind weggezogen, als mein Vater starb.« Sie seufzte »Es ist mir ein Rätsel, wohin ich das ganze Zeug schaffen soll ... Oder ich lasse es einfach da. Was meinen Sie, bekomme ich dann Schwierigkeiten?«

Ich wollte lieber ein leeres Haus übernehmen und bemühte mich um Neutralität. »Es könnte sein, dass der Vermieter in diesem Fall berechtigt wäre, eine Firma zu beauftragen und Ihnen die Kosten in Rechnung zu stellen.«

»Ja, ja, und falls es noch nicht so ist, dann wird schnell ein Gesetz erfunden. Klaus hat keinen Cent Erspartes, nichts, rein gar nichts hat er zurückgelegt! Er hat nicht mehr gearbeitet! Schon seit einem halben Jahr. Nicht, dass sie ihn entlassen hätten, nein, er hat gekündigt. Er hatte keine Lust mehr. So steht es in seinem Kündigungsschreiben. Vorhin habe ich es in der Hand gehalten. Das wusste ich nicht. Ich hätte natürlich versucht, ihm das auszureden. Das ist doch Wahnsinn in der heutigen Zeit. Er hat sich nicht mal arbeitslos gemeldet. Keine Ahnung, wie er sich das vorgestellt hat. Anscheinend hat er sich nur noch für seine Vögel interessiert. Das kann man doch nicht machen, man muss sich doch einen Blick für die Realität bewahren. Ein Hobby ist schön und gut, und wer eins hat, kann sich glücklich schätzen, da sage ich doch gar nichts dagegen, aber er hätte zum Beispiel auch irgendwas mit Vögeln studieren können! Nein, das war ihm zu trocken. Er hat ja schon immer alles besser gewusst. Reden konnte er, mein kleiner Bruder. Dafür habe ich ihn immer bewundert. Der hat sich die Welt zurechtgeredet. ›Ich muss den Greifvögeln meine Stimme geben‹, hat er gesagt. Seine Stimme!

Martina nestelte an ihrem durchfeuchteten Taschentuch herum. Ich überlegte, ob ich ihr sagen sollte, dass ich ihren Bruder gefunden hatte und dass er ausgesehen hatte wie schlafend und nicht wie jemand, der heimtückisch erschlagen worden war. Ich hätte ihr auch gern gesagt, dass ich überzeugt davon war, dass der Kommissar sich mit all seiner Kraft um den Fall kümmern würde. Sogar Moppelchen würde ihr Bestes geben, auch wenn sie nicht viel zu bieten hatte. Ich hätte ihr gern gesagt, dass ich es mutig von ihrem Bruder fand, ein solches T-Shirt anzuziehen, und aus einer Laune heraus eine sichere Stelle zu kündigen und dass ich oft an ihn dachte. Dass ich zum Beispiel seit der Begegnung mit ihrem Bruder im Wald ein Unwohlsein verspürte und unter jedem Strauch eine Leiche vermutete. Dass ich schlecht schlief und mein altes Leben zurückhaben wollte, das ich nie mehr langweilig nennen würde. Und dass ich diesen verhängnisvollen Spaziergang doch nicht rückgängig machen wollte, weil ich dadurch Felix Tixel kennengelernt hatte, mit dem ich zwar keine nähere Bekanntschaft anstrebte, doch es tat einfach gut, einen Menschen zu treffen, in dessen Badezimmer vielleicht wilde Pferde weideten, was ich einem Mann bislang nicht zugetraut hatte. Aber mir fiel keine Überleitung ein, und keinesfalls wollte ich zu den hinterhältigen Bayern gehören, die töten und rauben, Siegel erbrechen und lügen.

»Und Sie haben sich also gestern einfach mal hier umgehört?«, fragte Martina. Täuschte ich mich, oder schwang da Misstrauen mit? Mir wurde heiß. Lügen haben kurze Beine. Wenn ich so weitermachte, würde ich bald auf Stümpfen durchs Leben wanken, und das fühlte sich nicht gut an, weder physisch noch psychisch.

»Was sagt die Polizei eigentlich?«, nutzte ich die einzigartige Möglichkeit, Akteneinsicht zu nehmen. »Gibt es einen Verdacht, ein Motiv? Haben die schon jemanden festgenommen?«

»Man weiß nur, dass mein Bruder noch gelebt hat, als er vom Hochsitz stürzte. Man hätte ihm helfen können. Er ist nicht gleich gestorben. Es hat eine Weile gedauert. Er hat eine Verletzung am Kopf, die darauf schließen lässt, dass er niedergeschlagen wurde. Vorher. Es muss eine Auseinandersetzung gegeben haben. Wahrscheinlich ist Klaus dann weggelaufen und auf den Hochsitz geklettert. Dort hat ihn jemand hinuntergezerrt oder -geschüttelt, oder er ist aufgrund der ursprünglichen Verletzung gestürzt. Das weiß man nicht. Aber man weiß, dass er gelebt hat. Mein Bruder hat gelebt! Klaus hätte sofort Hilfe gebraucht. Derjenige, der ihn liegen ließ, hat seinen Tod zu verantworten.«

Schlagartig wurde mir übel. Eine zweite Stimme meldete sich in meinem Kopf. Ja, aber nicht als du dort warst, da war er bereits tot, definitiv. Lebendige Menschen haben keine flaschengrünen Arme.

Ja, das stimmt, dachte die Aktienmehrheit meines Ich, dennoch war diese Nachricht ungeheuerlich. Er hätte gerettet werden können. Irgendjemand hatte ihn schwer verletzt liegen lassen. Wie brutal, grauenhaft und entsetzlich ... Und wenn Klaus aufgewacht, stöhnend und um Hilfe rufend durch die Brombeeren gerobbt war ... Was für ein schrecklicher Tod. Aber nein, nein, so war es nicht! Er hatte in den Brombeeren gelegen, als hätte er sich nicht mehr bewegt, als hätte er nicht um Hilfe gerufen oder Schmerzen gelitten. Friedlich hatte der Lumpenhaufen ausgesehen. Das musste ich Martina sagen. Aber wie?

»Was unternimmt die Polizei?«, fragte ich erst mal.

»Es gibt eine Ermittlungsgruppe, die sich um den Fall kümmert. Sie haben wohl einige Spuren ... aber nichts Konkretes. Ich konnte ihnen nicht weiterhelfen, weil ich«, sie räusperte sich, »nicht weiß, wer mein Bruder war. Bis letzte Woche habe ich ihn für einen jungen Mann gehalten, der das Leben in vollen Zügen genießt. Ich dachte, er amüsiert sich in Bayern mit jungen Frauen im Dirndl und Vögeln«, sie stockte, grinste dann trotzdem. Die Grimasse, die sie mir dabei zeigte, warf mich völlig aus der Bahn. Das Leid wühlte sich wie eine Ameisenstraße durch ihre Züge. Zum ersten

Mal entdeckte ich eine Ähnlichkeit zwischen ihr und dem Toten – in der Spur der Verwüstung.

»... Ich habe ihn für sein freies Leben beneidet. Ich wusste doch nicht, dass er keine Arbeit mehr hat. Und dann erfahre ich von der Polizei, dass er in den letzten Monaten einen Falknerkurs gemacht hat. In Meckpomm. Wissen Sie, was das kostet? Ich habe nie verstanden, was an Vögeln so toll sein soll. Schon als kleiner Junge hat er sie ständig beobachtet, ich fand das so unhygienisch, all diese Federn, die er sammelte und ...«

Falken! Der Wanderfalke! Wie im Fixierbad tauchte das Bild in den Tiefen meiner Erinnerung auf. Zuerst unscharf, dann materialisierte sich der Waldschrat heraus, den ich getroffen hatte, als ich zum ersten Mal in dieser Gegend spazieren war. Auch er war von Vögeln begeistert. Aber er war nicht Klaus Hase gewesen, er war viel älter, und Klaus hatte damals noch gelebt.

Ich war mit Flipper den See entlanggestreift, wahrscheinlich waren wir sogar in der Nähe des Hochsitzes, doch den entdeckte ich erst eine Woche später. Ich erinnerte mich genau, wie ich hinter Flipper hergejagt war, dem ich erlaubt hatte, mit einem Stock vor mir wegzurennen. Völlig außer Atem ließ ich mich auf einem kleinen Hügel ins Gras fallen. Keuchend schaute ich in den Himmel, wo ein paar Schäfchen weideten. Was für ein Frühling!

Flipper legte sich neben mich ins Gras, streckte alle viere von sich, wälzte sich hin und her und stupste mich an. Ich kraulte seine samtigen Ohren. Ein Schwarm Vögel zog am Himmel vorbei. Flipper beobachtete sie aufmerksam. Ja, er hatte Recht, hier stimmte etwas nicht. So viele Vögel auf einmal sah man sonst nur im Herbst, wenn sie sich sammelten, um zu verreisen. Dies hier war kein Formationsflug, es war eine wabernde Masse, die mich an die unendliche Acht erinnerte. Mal schwappte sie nach links, mal nach rechts. Ein Vogel flog immer wieder rein und raus, der Chef? Nein, kein Chef. Es war ein Angreifer, und nun ging alles ganz schnell. Es gelang dem Angreifer, einen Vogel aus dem Pulk herauszutreiben und zu isolieren. Panisch flatterte der Vogel hinter seinem Schwarm her, da schoss der größere Vogel heran, ließ sich im Sturzflug auf sein Opfer fallen, packte es mit den Krallen in der Luft und verschwand hinter einem Waldstück. Mir stockte der Atem. So etwas hatte ich noch nie gesehen.

Flipper witterte. Er hob den Kopf und lauschte mit seiner empfindlichen Nase. Vielleicht hörte er die Todesschreie des Vogels? Es ist auch eine Gnade, mit einem minderwertigen Gehör ausgestattet zu sein.

Wir waren auf dem Weg zum Auto, als plötzlich eine Gestalt vor uns auftauchte. Der Mann um die siebzig trug dunkelbraune Kleidung, einen Hut und einen grauen Vollbart, der bis zu seiner Brust struppte. Beim Suppeessen wollte ich ihm nicht gegenübersitzen.

»Sie haben es gesehen, gell? Großartig, einfach großartig!«

»Hallo«, sagte ich erst mal und fragte mich, was ich gesehen haben sollte und was der Mann gesehen haben mochte. Ein Fernglas baumelte vor seiner Brust.

»Das sieht man ja ganz selten! Ein Wanderfalke, ein Bisstöter. Die meisten Raubvögel sind ja Grifftöter.«

»Aha«, machte ich höflich. Was war denn das für ein komischer Kauz. Und was war großartig daran, dass ein armer kleiner Vogel gekillt wurde?

Der Mann deutete auf sein Fernglas. »Es war eine Taube. Na ja. Ich glaube, es war niemand in der Nähe, haben Sie jemanden gesehen?«

»Nein.«

»Großartiges Schauspiel. Der Wanderfalke ist der schnellste Vogel der Welt. Man nimmt an, dass er im Sturzflug Geschwindigkeiten von bis zu 340 km/h erreicht. Manche Quellen sprechen sogar von 360 km/h. Ist das nicht großartig, mit welcher Wucht er sich auf seine Opfer fallen lässt? Das sind hundert Meter pro Sekunde!«

»Ich bin echt total beeindruckt«, erwiderte ich genervt, was die Begeisterung meines Gegenübers nicht dämpfte.

»Dabei tötet er sein Opfer allerdings nicht. Das macht er auf dem Boden mit dem Falkenzahn.«

»Entschuldigung«, sagte ich und ärgerte mich, weil ich mich entschuldigte, »aber ich kann daran nichts toll finden. Ich brauche so was auch nicht, wenn ich in der Natur bin. Da reichen mir die Wiesen und die Felder, gerade jetzt, wo alles so schön gelb ist!«

»Zugeschissen, alles zugeschissen«, murmelte der Waldschrat.

»Wie?«

»Das Gelb. Der Löwenzahn. Das ist gelbe Scheiße. Das kommt vom Odeln. Je mehr überdüngt, desto Löwenzahn.«

Jetzt wurde ich doch neugierig. »Tatsache?«

»So was hat's früher nicht gegeben. Aber jetzt kippen sie

ja alles raus auf die Wiesen und Felder. Und der Löwenzahn frisst sich überall durch.«

»Also ist der Löwenzahn ein Falke«, resümierte ich.

»Nein. Der Falke hat Hunger und eine Familie zu versorgen.«

»Ach, und der arme Löwenzahn hat keine Familie?«, erwiderte ich.

»Ich glaub das nicht. Aber darüber könnte man diskutieren.«

»Ich hab's eilig«, sagte ich.

»Ja freilich. Ihr habt es ja immer eilig. Mal husch, husch ins Grüne, keine Ahnung, alles aufstören, und weg seid ihr.«

»Ja, so samma«, sagte ich und »wiederschaun.«

Der Waldschrat lupfte seinen Hut.

Martina schaute mich ungeduldig an. Sie hatte mich vielleicht etwas gefragt. Ich wusste nicht, wie viel Zeit ich für meine Erinnerung verbraucht hatte. Und ich wusste nicht, was ich verpasst hatte. »Mit welcher Yvonne haben Sie mich eigentlich verwechselt?«, fragte ich.

»Yvonne ist die Freundin meines Bruders. Übrigens sehen Sie ganz anders aus. Der Kommissar hat mir ein Foto gezeigt. Aber es hätte ja älter sein können. Ich kenne Yvonne leider noch nicht, und ich habe«, sie presste ihre Hand auf den Mund, »ihre Telefonnummer auch von der Polizei bekommen ... Ist das nicht schrecklich?«

»Nein, logisch«, erwiderte ich. »Wenn Sie kaum Kontakt mit Ihrem Bruder hatten, wieso sollte Ihnen dann die Telefonnummer seiner Freundin bekannt sein?«

»Das Schreckliche ist, dass die Freundin vielleicht gar

nicht so eng war, wie er mir damals erzählte, dass also auch das, was ich zu wissen glaubte, eventuell gar nicht stimmt, dass ich vielleicht gar nichts weiß. Und so frage ich mich, was ich überhaupt für ein Verhältnis zu meinem Bruder hatte. Ich glaube, gar keines. Das ist das Schlimme. Viel lieber würde ich sagen, ein gutes oder ein schlechtes. Aber ich weiß das nicht. Ich weiß es einfach nicht. Er war eben mein Bruder. Neun Jahre jünger als ich. Da hat man nicht so viele Gemeinsamkeiten. Vielleicht hätten wir uns im Alter angenähert. So was hört man ja öfter, dass man sich dann doch noch findet. Aber auf einmal ist alles zu spät. Unwiderruflich. Und dann merkt man plötzlich, dass man sich gar nicht kennt, dass man jahrzehntelang in einer Illusion von Kennen gelebt hat. Ich würde meinen Bruder so gerne gekannt haben. Aber ich werde ihn nie wieder kennenlernen. Und das, was ich da oben noch finden werde«, sie deutete zum Haus, »wird nur ein Ausschnitt sein, den ich interpretieren kann – aber ob ich damit Recht habe?«

»Man weiß nie, ob man jemanden kennt, auch wenn man ihn kennt. Kennen ist nicht kennen, man kann das immer nur vermuten«, warf ich ein.

»Nein«, Martina schüttelte den Kopf. »Ich habe viel darüber nachgedacht. Wenn man jemanden kennt, dann weiß man das, weil man es spürt.« Sie klopfte sich auf die Brust. »Hier!«

Ich speicherte diese Bemerkung gerade unter *wichtig, merken!* ab, als Flipper die Ohren spitzte. Er hatte etwas auf dem Radar. Ich schaute auf die Uhr. Mein Plan war klar. Ich war eine inoffizielle Mitarbeiterin des Kommissars. Er glaubte mir. Er glaubte an mich? Ich wollte ihm zeigen, dass er Recht hatte mit seinem Vertrauen. Ich wollte … etwas für ihn apportieren. Das Motorengeräusch, das Flipper längst geortet hatte, wurde lauter. Ich schaffte es gerade noch, mich von Martina zu verabschieden, ehe der blaue Golf in der Einfahrt parkte. Mein Herz klopfte. Flipper lief geschmeidig neben mir. Wir wechselten einen langen Blick.

8

Ich hatte noch nie jemanden mit dem Auto verfolgt. Es war einfacher, als ich dachte, besonders um diese Uhrzeit, gegen drei, kurz vor Feierabendverkehr. Zum Glück hielt Yvonne sich nicht allzu lang bei Martina Hase-Berg auf, ich passte sie am Ortseingang ab. Wie erwartet fuhr sie nach München. Während ich auf den ersten Kilometern großzügig Platz zwischen meinem Volvo und dem Golf ließ, wagte ich mich auf der Autobahn dichter heran. Ich dachte nicht darüber nach, warum ich das tat. Ich machte es einfach. Ungefähr so, wie wenn Flipper eine Fährte verfolgt. Und er war bei der Sache. Aufmerksam saß er im Fond und ließ den Golf nicht aus den Augen.

Wir fuhren auf dem Mittleren Ring nach Norden. An der Dachauer Straße bogen wir links ab, dann rechts in die Hanauer Straße, ich befürchtete schon, Yvonne wollte ins Olympia Einkaufszentrum, doch dann bog sie nach dem Georg-Brauchle-Ring links ab in ein Wohngebiet. Dreistöckige Genossenschaftsblocks, dazwischen ein paar höhere Gebäude, enge Straßen, kaum Hundeklos, vereinzelt Einfamilienhäuser. Der Golf blinkte und bog in die Gärtnerstraße. Ich hatte Glück, vier Autos dahinter war ein Parkplatz frei. Wir folgten Yvonne, einer attraktiven Frau, schlank, langbeinig mit strohig blondiertem schulterlangem Haar. Im Gehen warf sie ein zerknülltes Tempotaschentuch in den Korb eines an einer Hauswand lehnenden blauen Hollandfahrrads und bog dann in eine Sackgasse ein. Ich schnappte mir das Tempo mit Zeigefinger und Daumen. Sicher ist sicher. Yvonne verschwand im Hauseingang eines achtstöckigen Hochhauses. Ich spurtete los. Zu spät. Weg war sie.

»Mist!«, fluchte ich.

Flipper schnupperte an einem Abfalleimer.

»Sie sieht doch recht sportlich aus, oder?«, fragte ich ihn. Wenn ich Glück hatte, machte sie das, was ich meinen Schülerinnen stets mit auf den Weg gebe: Streicht Aufzug aus eurem aktiven Wortschatz.

Ich drückte ein paar Klingelknöpfe in oberen Stockwerken und gelangte mühelos ins Haus. Es roch nach ungelüfteten Schlafzimmern, Mittagessensdunst und Turnschuhen. Flipper hatte einen schweren Job vor sich. Ich hielt Yvonnes Taschentuch vor seine Nase und kopfte ihm auf die Schulter. »Gut aufpassen, Flipper!«

Sofort war er ganz da. Ganz Ohr. Ganz Auge. Ganz Nase. Alle Sinne weit offen.

»Such!«

Mit peitschender Rute rannte Flipper im Zickzack durchs Treppenhaus, vor und zurück, und raste dann die Treppen zum ersten Stock hoch.

»Yep!«, flüsterte ich begeistert. Ich hatte mich nicht getäuscht. Yvonne verschmähte den Lift. Die Nase am Boden untersuchte Flipper den ersten Stock, lief in den zweiten, rannte im Zickzack an den Türen vorbei, rannte in den dritten, den vierten, den fünften Stock. Er zögerte kein einziges

Mal. Die Fährte war frisch. Sie lag wie ein aufgeschlagenes Buch am Boden und manchmal wohl auch in der Luft. Im sechsten Stock endete die Spur. Flipper setzte sich vor eine Tür, kehrte den Drahthaar raus, indem er die rechte Pfote hob und anzeigte, dass er am Ziel angelangt war. Herausfordernd schaute er mich an. Jetzt war ich an der Reihe.

»Paulus«, las ich auf dem Türschild. Erst als ich geklingelt hatte, fiel mir ein, dass ich mir hätte überlegen sollen, was ich sagen sollte.

Es dauerte nicht lang, bis Yvonne die Tür öffnete. Genervt, wie ich ihrem Blick entnahm. Ich wäre auch genervt, wenn ich gerade erst nach Hause gekommen wäre. Allerdings riss ich mir für gewöhnlich nicht das T-Shirt vom Leib und öffnete im BH. Ein starker Auftritt.

»Yvonne Paulus?«, fragte ich, weil ich nicht wusste, was ich sonst sagen sollte. Es war genau das Richtige. Ich hatte den Startknopf erwischt.

Yvonne stemmte die Hände in die Seiten und fauchte: »Jetzt reicht's!« Während sie hinter sich griff und ihr grünes T-Shirt von einer Garderobe pickte, stieß sie wütend hervor:

»Können Sie mich nicht endlich in Frieden lassen! Seit drei Tagen bringen Sie mein Leben durcheinander. Ich habe alles gesagt, was ich weiß. Ich kenne ihn nicht. Auch wenn er behauptet, dass ich ihn kenne. Das hat er sich eingebildet. Ich habe ihn nur bedient. Ich kann doch nichts dafür, dass er sich im Café in mich verknallt hat. Vielleicht hat er das aber auch nicht. Wie gesagt: Woher soll ich das wissen, wenn ich ihn nicht kenne. Ich habe es einfach vermutet. Gemerkt habe ich es nicht. Ich weiß doch auch nicht, was in seinem Kopf vorgegangen ist. Ich will damit nichts zu tun haben!«

Sie streifte das T-Shirt über und funkelte mich an.

Ich konnte mein Glück kaum fassen. Sie hielt mich für eine Kollegin des Kommissars.

»Frau Paulus«, sagte ich. »Es tut mir wirklich leid, dass wir Ihnen solche Umstände machen.« Meine Brust verbreiterte sich. Ich wurde wichtiger und größer – staatstragend. Es war genauso, wie ich es in meinen Selbstverteidigungskursen lehre. Auch meine Stimme wurde tiefer. Niemand würde an meiner Autorität zweifeln. Niemand würde es wagen, mich jetzt anzugreifen.

Yvonne Paulus seufzte. Wenn sie nicht so wütend gewesen wäre, hätte sie süß ausgesehen. Die braunen Augen harmonierten wunderbar mit den blondierten Haaren. Bestimmt hatten Dutzende von Männern Dutzende von Kilos zugenommen, als sie sich sahnige Torten von ihr servieren ließen.

»Also gut. Aber versprechen Sie mir, dass heute das letzte Mal ist.«

»Ich kann Ihnen das nicht garantieren, doch ich denke, dass wir Sie jetzt dann in Ruhe lassen können.« Moppelchen fiel mir ein – »sobald Sie Ihre Aussage unterschrieben haben.«

»Das habe ich bereits. Heute Mittag.«

»Bei meiner Kollegin von Dobbeler?«, fragte ich schnell, um keinen Verdacht aufkommen zu lassen.

Yvonne zuckte mit den Schultern. »Keine Ahnung. Ich habe irgendwo eine Visitenkarte. Also, was wollen Sie wissen, und warum können Sie nicht alle auf einmal kommen? Außerdem dachte ich, wenn ich das Protokoll unterschrieben habe, ist endlich Ruhe. Das ist doch krass, wie Sie berufstätige Menschen von der Arbeit abhalten. Glauben Sie, ich habe nichts anderes zu tun, als Ihnen ständig dasselbe zu erzählen?«

»Ich halte Sie wirklich nicht lange auf, wenn Sie mir noch mal alles von vorne erzählen.«

Sie riss die Augen auf. »Von vorne?«

»Ja, von vorne!«

»Können Sie das nicht irgendwo nachlesen?«

»Ach, ich muss jeden Tag so viel lesen und ich lese so ungern.«

Sie grinste. Sie war jünger als ich. Mitte zwanzig, schätzte ich. »Das verstehe ich.« Ein Zögern. »Und der Hund da?«

»Ist kein Kollege. Er gehört mir. Privat. Aber sein Sitter ist …«

Sie grinste noch breiter. »Verstehe. Kein Verlass auf die Typen. Okay, also okay.« Sie schaute auf ihre Swatch. »Ich will ins Kino. Und danach zum Essen. Mein Freund wartet nicht gern. Ich rede ganz schnell. Okay? Zehn Minuten. Ich muss mich noch umziehen. Und der Hund bleibt draußen. Ich mag keine Haare in der Wohnung.«

»Okay«, sagte ich.

»Moment«, bat sie, flitzte in den Flur und drückte bei ihren beiden Nachbarn rechts und links auf die Klingel. Niemand öffnete.

»Ich gehe davon aus«, sagte sie mit ziemlich lauter Stimme, »dass niemand da ist, also kann auch niemand was hören.«

»Frau Paulus …«, mischte ich mich ein.

»Ist schon okay. Nur eine Vorsichtsmaßnahme. Sonst würden wir runtergehen. Aber auf den Spielplatz können wir mit dem Hund auch nicht. Also ist es Ihnen hier jetzt recht?«

»Mir ist alles recht«, erwiderte ich verblüfft. Martina Hase-Berg fiel mir ein: Anscheinend gab es ein nachbarschaftliches Störfeld, das bislang in meinem Leben keine Frequenzen besetzt hatte. Ich selbst wusste gar nicht so genau, wer alles in meiner Nähe wohnte, bei uns war Flipper für die Sozialkontakte zuständig.

Yvonne musterte mich auf einmal nachdenklich. Mein Gesicht war offensichtlich ins Privat-Harmlose entgleist.

»Sonst müsste ich Sie bitten, mich auf die Dienststelle zu begleiten ...«

»O nein! Bloß nicht! Das dauert ewig. Aber – warum kommen eigentlich immer neue Polizisten?«

Ich räusperte mich. »Frau Paulus – wenn Ihnen etwas zugestoßen wäre, würden Sie es dann nicht auch begrüßen, wenn sich so viele Menschen wie möglich um Ihren Fall kümmern würden? Wenn so viele verschiedene Meinungen eingeholt würden wie nur möglich?«

»Ja, klar, logisch würde ich das.«

»Und deshalb arbeiten wir in einer Gruppe von Ermittlern.«

»Das finde ich auch gut. Bloß: Er ist tot. Und ich weiß nicht, ob er sich noch über irgendwas freuen kann. Beziehungsweise, was mich ärgert, ist, dass ich Ihnen nicht weiterhelfen kann. Ganz einfach aus dem Grund, weil ich ihn nicht wirklich gekannt habe.«

»Bitte überlassen Sie das uns. Jeder Hinweis kann wichtig sein.«

Flipper legte sich ins Platz. Es würde also gleich losgehen.

Yvonne schenkte ihm überhaupt keine Aufmerksamkeit. Auch solche Menschen gibt es. Für die existieren Hunde nur als lästige Haarbüschelproduzenten.

»Ich arbeite in einem Café in der Nähe vom Europäischen Patentamt. Mittags kommen immer Gäste von dort. Unsere Salate sind recht gut. Die Chefin macht sie mit Kräutern an. Ja, und er war eben auch da.«

»Klaus Hase?«

»Ja. Da wusste ich seinen Namen natürlich noch nicht, aber er kam ziemlich oft und – na ja, er sah ganz passabel aus – also wir haben uns hin und wieder ein bisschen unterhalten, wie das eben so ist, manche Gäste sind einem einfach sympathischer als andere und ...«

»Er war ein sympathischer Gast?«

»Ja, auf jeden Fall. Auf den ersten Blick. Er hat seinen Teller immer ordentlich leergegessen und Messer und Gabel so abgelegt, dass nichts runterfällt. Das ist eine Kleinigkeit, aber man merkt schon, wenn einer eine Kinderstube hat. Er hat auch manchmal einen Stuhl weggerückt, damit ich besser durchkam. Er war wirklich ein angenehmer Gast. Er hat wahrgenommen, was um ihn passierte. Die meisten lesen ja nur Zeitung und für die sind wir praktisch Automaten, die die Bestellungen ausspucken und abkassieren.«

»Sie wollen damit sagen, dass er Sie als Mensch behandelt hat?«

Yvonne schob ihr Becken vor. »Als Frau.«

»Sie haben ihm gefallen.«

»Ja. Klar hab ich das gemerkt. Und wie gesagt, ich fand ihn auch sympathisch.«

»Und dann haben Sie ihn privat kennengelernt?«

»Er hat mich ins Kino eingeladen. Ins Imax. Das ist ja gleich nebenan. In einen Naturfilm. Das fand ich irgendwie süß. Ich meine, vorne am Isartor hätten wir echt einen tollen Film sehen können, und stattdessen gehen wir ins Deutsche Museum in einen Tierfilm, das ist doch putzig, oder?«

»Wann war das?«

»Das habe ich doch alles schon gesagt!«, wurde Yvonne wieder ungeduldig. Ich reagierte nicht darauf. Sie seufzte. »Also es dürfte jetzt ungefähr ein Jahr her sein, es war Frühling, das ist mal sicher, weil ich an dem Abend zum ersten Mal ein Kleid ohne Strümpfe getragen habe.«

»Und dann?«

»Waren wir noch zwei-, höchstens dreimal aus, also unterwegs. Er ist nämlich nicht ausgegangen. Er hat sich nicht für Kneipen oder Konzerte oder Weggehen interessiert. Er hat sich für gar nichts interessiert. Nur für Vögel.« Yvonne tippte sich an die Stirn. »Wissen Sie, also jetzt mal unter uns. Der sah gut aus, und er hatte das gewisse Etwas.«

»Was ist das?«, fragte ich.

»Na so einer, der irgendwie total stark wirkt, aber eben auch einsam. Einer, der nicht so einfach zu kriegen ist. Meistens sind sie ja Künstler oder machen sonst was. Die haben immer ihr Ding. Und davon muss man sie wegbringen. Das ist der Reiz. Dass man nicht gleich die Nummer eins als Frau ist. Aber der …«, sie kicherte, »… der hatte 'nen Vogel. Also nicht, dass das jetzt so rüberkommt, als würde ich dem was Schlechtes wünschen. Es tut mir auch echt leid, was dem passiert ist. Ich war total geschockt und habe in der Nacht, nachdem Ihre Kollegen da waren, kaum geschlafen. Aber es stimmt schon, dass ich nicht gut auf ihn zu sprechen bin, weil er mir so viele Umstände verursacht. Wie gesagt, meine Chefin kriegt Pickel, wenn sie mittags den Laden alleine schmeißen muss, und ich war zweimal weg wegen Ihnen, also wegen ihm. Was ich sagen will: Er war schon nett und so. Aber eben komisch. Er hat keine Ahnung gehabt, was angesagt ist. Immer nur Vögel. Aber wissen Sie, die Art, wie er darüber geredet hat. Das hatte schon was. Der konnte einem das richtig nahebringen. Es gibt doch so Leute, denen hört man total gerne zu. So war der. Viel hat er nicht gesagt, also kein Blabla. Aber wenn er was gesagt hat, war das immer irgendwie interessant. Und er klang so kompetent dabei, so ... Also ich würde mal sagen, er war ziemlich überzeugt von sich. Das ist schon anziehend, oder? Wenn einer überhaupt keinen Wert auf die Meinung anderer legt und dabei so sicher ist. Wie ein Künstler eben. Einmal bin ich mit. Ich bin um fünf Uhr morgens aufgestanden und das war natürlich völlig zu spät. Wir waren irgendwo draußen beim Ammersee oder an der Amper, Ammer, keine Ahnung. Er hat mich an der S-Bahn abgeholt. So früh fährt man sonst nur S-Bahn, wenn man zum Flughafen will. Da draußen gibt es Sumpfottern oder Seeadler oder große Schleiereulen oder was weiß ich. Ich war total zerstochen. Mindestens zweihundert Stiche hatte ich. Das wusste ich doch nicht, dass man Mückenschutz mitnehmen muss, und er hat es mir auch nicht gesagt, und ich hab ein Minikleid angezogen – ich dachte, wir machen einen Ausflug an den See. Okay, er hat mir seine Hose angeboten, das war ja wieder die nette Seite, aber wie hätte ich dann denn ausgesehen? Ich habe mich nur mit ihm getroffen, weil es mir zu der Zeit nicht so gut ging. Das habe ich Ihrer Kollegin auch schon erzählt. Ich war gerade Single, und das bin ich nicht gewöhnt. Da fühlt man sich einfach scheiße, und bevor ich allein hier hocke, habe ich eben jede Gelegenheit genutzt.«

Ich verlor meinen Dienstausweis. »Was stört Sie denn am Singledasein?«

»Sorry, aber dafür sind wir doch nicht geschaffen, oder?«, fragte sie mich.

Wozu denn sonst, fragte ich mich und wurde dann wieder offiziell. »Fällt Ihnen darüber hinaus etwas ein, das für die Ermittlungen von Bedeutung sein könnte?«

»Nein! Ich habe alles gesagt. Und ich finde es unglaublich, dass er seiner Schwester erzählt hat, wir wären ein Paar. Ich habe ihn im Herbst das letzte Mal gesehen! Vor über einem halben Jahr! Ich hab nicht mal mehr seine Telefonnummer. Ein Patentanwalt hat mir erzählt, dass er im Amt aufgehört hat und …«

»Der Name des Kollegen?«

»Woher soll ich das wissen! Das habe ich Ihrer Kollegin bereits erzählt. Er kommt jeden Montag, Sie wollten doch jemanden schicken.«

»O ja, das hatte ich vergessen, Verzeihung.«

»Sie sind wohl auch ein bisschen überarbeitet?«

»Das können Sie laut sagen.«

»Na ja, das finde ich ja prinzipiell gut, dass Sie sich so reinhängen. Beruhigt einen schon irgendwie. Also, was ich noch sagen wollte, allerdings habe ich auch schon gesagt, er hat mir einen Fuffi Trinkgeld gegeben beim letzten Mal, wobei ich nicht wusste, dass es das letzte Mal war. So viel habe ich noch nie bekommen. Ich habe es genommen, um ihm zu zeigen, dass wir nur eine offizielle Beziehung haben.«

»Natürlich«, warf ich ein.

»Danach habe ich ihn nie wiedergesehen. Und jetzt kommen Sie, und ich soll seine Freundin gewesen sein – ich kann doch auch nichts dafür, dass er mich mal fotografiert hat und irgendwo in seiner Wohnung ein Bild von mir rumsteht. Das würde ich übrigens mal gerne sehen, das Bild, wo hat er es eigentlich gemacht? Im Café? Vielleicht heimlich? Oder bei unserem Ausflug. Das habe ich Ihrer Kollegin auch gesagt, dass ich das unmöglich finde, dass Sie mir das Bild nicht zeigen.«

»Es ist wahrscheinlich noch bei der Spurensicherung.«

»Ja, ja. Alles ist immer irgendwo. Eine Kamera hatte er mal eine Weile dabei. Die war ziemlich neu, und er hat in der Mittagspause die Gebrauchsanleitung gelesen. Wir haben uns drüber unterhalten. Dass man dafür ein Studium braucht und so. Er hat auch immer ein Fernglas dabeigehabt. Sogar im Café. Einmal hat er Tauben beobachtet. Das war schon schräg. Da haben sich andere beschwert, die dachten, er würde ihre Unterlagen lesen.«

»Worüber hat er sonst noch so gesprochen?«

Yvonne verdrehte die Augen. »Über Vögel und die Natur und wie die Tiere leiden müssen, weil es zu viele Straßen gibt ... Er hat geredet wie ein Grüner!«

»Das ist doch eigentlich ... recht liebenswert?«

»Finden Sie?«

»Na ja, wenn es mehr solche Menschen geben würde ...«

»Eben nicht! Die haben nämlich einen Hau. Die meinen, wegen einer Ameise müsste man einen Fluss umleiten. Die sind so ... streng und ... erbarmungslos, nee, ich finde die nicht liebenswert.«

»Haben Sie Klaus Hase einmal aggressiv erlebt?«

»Nein! Das habe ich nicht gesagt. Und das lasse ich mir auch nicht in den Mund legen. Er war immer, wirklich immer, nett und höflich. Bis auf einmal. Das war an der Isar, da hatte ich Pause und habe ihn zufällig getroffen, ja, das war überhaupt das erste Mal. Da hat er sich mit einem Hundebesitzer angelegt. Den kenne ich sogar, weil der manchmal einen Kaffee bei uns trinkt. So kamen wir ja dann überhaupt ins Gespräch, also privat. Der Hund von dem ist total witzig, sein Gesicht ist auf der einen Seite weiß, auf der anderen schwarz.«

»Banane«, sagte ich.

»Ja genau. So heißt er. Banane! Der steht auf Bananen. Und den kennen Sie?«, staunte Yvonne.

»Ich habe ihn schon lang nicht mehr gesehen«, sinnierte ich.

»Er geht meistens gegen halb drei. Da laufe ich nämlich vor zur Konditorei und hole Kuchen, wenn wir keinen mehr haben. Manchmal begegnet mir der Hund dann.«

Ich räusperte mich. »Also, Sie bleiben bei Ihrer Aussage, dass Sie Klaus Hase eigentlich nicht kennen, Sie bezeichnen ihn als schrägen Vogel und haben ihn seit über einem halben Jahr nicht mehr gesehen«, fasste ich zusammen.

»Na ja ... schräger Vogel ... also halt ein bisschen seltsam«, entkräftete Yvonne ihre Aussage. »Und nett. Wirklich sehr nett. Und das mit dem Hund, also das habe ich Ihren Kollegen nicht erzählt. Das ist mir jetzt erst eingefallen. Weil Sie auch einen dabeihaben.«

»Da sehen Sie mal, wie wichtig es ist, dass wir Zeugen öfter vernehmen«, stellte ich fest.

»Ja, ja«, machte Yvonne unwillig, aber doch beeindruckt, wie ich an ihrem nun sehr konzentrierten Gesichtsausdruck erkannte.

»Waren Sie mal bei ihm zu Hause?«

»Nö! Also nicht, als er noch gelebt hat. Heute war ich dort. Bei seiner Schwester. Habe ich das nicht schon erwähnt? Das ist vielleicht eine arme Frau. Sie hat geglaubt, wir wären schon ewig zusammen, würden vielleicht mal heiraten. Ich! Heiraten!«

Ich zuckte mit den Schultern. Der Fall lag klar für mich. Bald wäre Yvonne unter der Haube. Sie musste nur die dreißig überschreiten, dann würde es auch bei ihr losgehen. Zuerst wurde garantiert nie geheiratet, und dann war es der wichtigste Tag im Leben einer Frau. Das war mein tägliches Brot in der Damenumkleide. Yvonne musterte mich unsicher.

»Jedenfalls habe ich bei der Schwester nur gut über ihn geredet. Ich habe nicht gesagt, dass ich ihn komisch fand. Ich meine, so was macht man doch nicht in der Situation, oder?«

»Da haben Sie gut reagiert.«

Yvonne nickte mit ernster Miene.

»Und was sagen Sie mir nicht?«, legte ich nach.

»Ich lüg die Polizei doch nicht an!«

»Warum nicht?«

»Weil ich sonst bestimmt nicht pünktlich ins Kino komme!«, erwiderte Yvonne und deutete auf ihre Uhr. »Und mein Freund, der ist ziemlich eifersüchtig. Also wenn ich zu spät komme, dann denkt sich der immer gleich was. Und der ist so gut im Reden, dass ich da ganz schlechte Chancen habe.«

»So gut wie Klaus Hase?«

Sie grinste. »Sieht so als, als würde ich da drauf stehen. Hm. Ist mir noch gar nicht aufgefallen. Doch, da ist was dran.«

Mir fiel keine einzige Frage mehr ein. »Aber Ihr Freund bedroht Sie doch wohl nicht?«, stocherte ich im Nebel herum.

»Quatsch! Ein bisschen Eifersucht gehört dazu. Sonst ist es ja langweilig, oder?«

Nein, das fand ich nicht, ganz und gar nicht, und deshalb musste ich mich anstrengen, in meiner Rolle zu bleiben. Yvonne machte es mir leicht. »Ich muss jetzt wirklich los«, sagte sie.

»Ich auch!«, entfuhr es mir.

»Kino?«, grinste sie.

»Training!«, vergaß ich mich.

»Schießen?«, fragte sie.

»Klar.«

»Was haben Sie für eine Waffe?«

»Beretta.«

»Echt? Bei der Polizei?«

»Da splittern die Nägel nicht so leicht ab«, erklärte ich.

Yvonne nickte sachverständig. »Verstehe.«

»Also dann«, sagte ich.

»Wiedersehen, Frau ...«, hub sie an.

Da waren wir schon weg.

9

Schlag fünf stürmte ich in Enzos Studio auf der Leopoldstraße. In diesem Moment sollte meine Stunde *Body Art* beginnen, im Anschluss *Body Combat* und *Rücken fit*. Achtzehn Schülerinnen warteten im *Loft one* vor ihren orangefarbenen und blauen Matten auf mich. Sie blickten in die Spiegel oder angestrengt daran vorbei, was nicht einfach ist in einem nahezu komplett verspiegelten Saal. Ich zählte vier neue Gesichter, vielleicht auch sechs, es gab immer ein paar, die sahen aus wie viele andere, und ich war mir nicht sicher, ob sie schon mal bei mir gewesen waren. Mittelgroß, mittelblond, mittelhübsch. Hier half Flipper mir normalerweise. An seinem Wedeln konnte ich ablesen, wen wir kannten. Dieser stete Wechsel nervte mich an der Arbeit in den Fitnessstudios. Da die Gruppen offen waren, musste ich immer wieder zurück auf Anfängerniveau, damit sich alle gut abgeholt fühlten.

»Wo ist Flipper heute?«, fragte mich Inge, meine älteste Teilnehmerin. Sie war weit über siebzig und früher Sportlehrerin gewesen. Neben ihr sahen viele ganz Junge ganz schön alt aus.

»Alle haben mir schon von ihm erzählt«, beschwerte eine der Neuen sich. »Ehrlich gesagt bin ich nur seinetwegen hier.«

Ich lächelte freundlich. Unglaublich, was einem manche Leute in bester Absicht ins Gesicht sagen.

»Nächste Woche ist er wieder im Training«, antwortete ich ausweichend. Flipper saß im Auto, bei offener Kofferraumklappe. Es sollte so aussehen, als würde ich gleich wiederkommen. Mein Trainerinnenparkplatz war nämlich besetzt, und wenn ich einen Parkplatz gesucht hätte, wäre ich vielleicht erst gegen Ende meiner Stunde aufgetaucht. Ich hoffte, Flipper würde einen Strafzettel verhindern, dazu müsste eine mutige Politesse dem Volvo nämlich auf den Leib rücken.

»Heute brauchen wir Hanteln und die Stepper«, entschied ich spontan und legte eine CD zum Warm-up ein.

Als ich sechs Stunden später mit entspannten Muskeln nach zwei Saunagängen endlich in meinem Bett lag, fühlte ich mich auf einmal sehr einsam, so einsam, dass ich Flipper rief. Er kam nicht, natürlich nicht. Das Schlafzimmer ist Chefinneneigentum. So stand ich auf und tappte auf nackten Sohlen in die Küche zu Flippers Korb. Tock, tock, tock, begrüßte mich mein schwarzer Riese. Ich sah ihn kaum in dem schmalen Streifen Mondlicht, der hereinfiel, und kniete mich neben ihn. Flipper streckte sich und machte dann Platz. Ich setzte mich mit einer Pobacke in die warme weiche Mulde. Flipper grunzte und legte seinen großen Kopf in meine Hände. Ich streichelte sein weiches Fell. Immer schwerer wurde sein Kopf. Wie eine Katze schmiegte er sich in meine Hand, die viel zu klein für seinen Kopf war. Hin und wieder seufzte er hingebungsvoll aus tiefster Flipperseele.

»Hey du«, flüsterte ich in sein Ohr, das zuckte.

»Bist meine große Liebe.«

Tock, tock, tock.

Keine Ahnung, warum, vielleicht hatte ich Eisprung oder einen Sprung in der Schüssel, jedenfalls fing ich zu heulen an. Ich heulte Flippers ganzen Hundekorb voll, und er hatte mächtig zu tun, mein Gesicht trocken zu kriegen, weil ich Gesichtabschlecken überhaupt nicht ausstehen kann und mir die Hände davorhielt. Später umarmte ich ihn. Wie weich er war und kräftig und warm. Sein Herz schlug langsam und stark. Und dann heulte ich erst recht, weil Flipper kein Mensch war. Seine Lebenserwartung war begrenzt, ich durfte nicht mal daran denken, wie ich leben sollte ohne ihn, aber ich musste zwanghaft daran denken. Dieses Wesen da, das ich im Gebüsch gefunden hatte, hatte mich zurück ins Leben geholt, weil es ohne mich sein junges Leben verloren hätte. Fiepend hatte es mich weichgeschleckt und aufgetaut.

»Wir machen uns eine schöne Zeit«, flüsterte ich in Flippers Ohr. »Einfach eine schöne Zeit. Mehr geht nicht. Wenn wir das schaffen, dann haben wir eine Menge geschafft.«

Tock, tock, tock, machte Flipper. Und *tock, tock, tock* dachte ich über mich selbst. Das hätte ich früher auch nicht für möglich gehalten, dass ich einmal zu einer solchen Karikatur verkommen würde, einem Frauchen, wie es im Buche stand, das einen Hund liebte wie ein Kind. Ja, genauso war es. Wie ein Kind. Flipper war mein Kind light. Und manchmal meine Oma, die ihre Pfoten um mich legte und alles über mich wusste, was wichtig war, und mich niemals im Stich lassen würde. So lange sie am Leben war. Und danach auch noch, unsichtbar. Sollte die Reinkarnation eine Tatsache sein, nicht bloß der verzweifelte Wunsch nach Party forever, würde ich mir meine Oma in Flipper wünschen. Als Flipper klein war, hatte ich mir das manchmal vorgestellt. Aber jetzt beschloss ich, meine Oma im Himmel zu lassen und Flipper auf Erden. Und mal ganz ehrlich: Knuddeln mit Flipper ist viel kuscheliger, denn meine Oma hatte überhaupt kein Fell, nur manchmal Haare auf den Zähnen.

10

Andrea hatte mir zu Hause aufs Band gesprochen, auf die Mailbox und eine SMS geschickt. Sie würde mich mittags abholen, um mit mir eine kleine Landpartie zu unternehmen. Während sie auf meinem Anrufbeantworter noch locker-flockig geklungen hatte und so, als wäre es möglich, dass ich absagte, war ihre SMS im Befehlston formuliert: Ich weiß, dass du Dienstagmittag Zeit hast. Ich begleite euch beim Gassi. Ich will mit dir zum Hochsitz.

Das sah mir ganz nach Traumatherapie aus. Heute war es eine Woche her. Tag sieben. Ich beschrieb Andrea den Weg und erwartete sie an meinem verbotenen Geheimparkplatz im Wald. Andrea knuddelte Flipper ausgiebig, als sollte ich gar nicht auf die Idee kommen, unser Treffen habe etwas mit mir zu tun, dann hakte sie sich bei mir unter, und ich führte sie an Feldern voller blühender Scheiße entlang.

Sie atmete tief ein und aus und seufzte, »herrlich«.

Ich vermutete, sie hatte einer Patientin abgesagt und ihre Mittagspause geopfert, um mich zu treffen. Das sprach nicht gerade für sie. Therapeutinnen sollten ihren Helferkomplex professionalisiert haben. Flipper rempelte mich an. Ich entschuldigte mich in Gedanken. Ja, es gab noch was anderes. Zuneigung und Liebe und so 'n Zeug.

»Wie heißt er?«, fragte Andrea mich.

Abrupt blieb ich stehen. »Wer?«

»Der, vor dem du wegläufst.«

»Ich bin aus meiner Wohnung gekündigt«, versuchte ich Andrea auf eine andere Fährte zu locken und musste sie dann beschwichtigen. Sie war empört, dass ich ihr das erst jetzt erzählte. Also musste ich zur Ablenkung auch alles andere beichten – vom Haus in Wampertskirchen, Martina Hase-Berg und Yvonne. Andrea unterbrach mich kein einziges Mal. Das verunsicherte mich. Als sie endlich redete, klang ihre Stimme sehr ernst. »Du willst also wirklich dort einziehen?«

Woher sollte ich das wissen. »Ja«, sagte ich. *Nein*, dachte ich.

»Hast du dir das gut überlegt?«

»Ich habe keine Wahl! Wie soll ich in München eine Wohnung finden!«

»Hast du es denn schon probiert?«

»Nein, aber das weiß doch jeder.«

Andrea seufzte. »Dass du raus aus der Stadt willst, das verstehe ich. Ist ja auch besser für Flipper …«

»Ich will gar nicht raus aus der Stadt! Ich bin nur realistisch.«

»Ich glaube nicht, dass es ratsam ist, an einen Ort zu ziehen, an dem man so etwas Schreckliches erlebt hat.«

»In dem Haus habe ich nichts Schreckliches erlebt.«

»Dort wurde eingebrochen.«

»Ja und?«

»Das ist ein Akt der Gewalt. Der ist in den Mauern gespeichert. Rein energetisch.«

»Wenn das so wäre, dürfte man nirgends einziehen, so lange man nicht selbst gebaut hat.«

»Streng genommen ja.« Andrea warf einen Blick auf ihre Armbanduhr. »Wo ist er eigentlich, der Hochsitz?«

»Da vorne«, wies ich die Richtung. Es beeindruckte mich immer wieder, wie schnell Andrea das Thema wechseln konnte. Sie merkte, wenn sie nicht weiterkam und trat den Rückzug an – im Gegensatz zu vielen anderen Leuten, die gerade in Sackgassen das Tempo erhöhen.

»Ich seh nichts.«

»Da hinten in dem Waldstück.«

»Das ist ja ein blöder Platz. Ich würde meinen Hochsitz lieber an den Waldrand stellen.«

»Gibt genug andere, die am Waldrand stehen, hier wimmelt es nur so von Hochsitzen.«

»Können wir das Haus danach auch noch besichtigen?«, fragte Andrea.

»Wenn wir uns beeilen.«

»Ich müsste mal telefonieren, vielleicht habe ich ein bisschen länger Zeit.«

»Hier hast du kein Netz«, sagte ich, und mit diesem Satz rutschte ich eine Woche zurück. Schlagartig war mir flau zumute. Ich wollte mir nichts anmerken lassen und warf einen Stock für Flipper. Er raste los, schnappte sich den Stock, rannte dann aber nicht erwartungsgemäß zu mir zurück, blieb stehen, spitzte die Ohren, wedelte und spurtete erst recht los. In die falsche Richtung.

»Flipper!«, rief Andrea. »Was hat er?«, fragte sie mich. Tja, was hatte er? Ich wusste nicht, warum er sich in dieser Gegend immer so merkwürdig benahm. Dann erkannte ich, dass er sich gar nicht merkwürdig benahm. Ein bunter Fleck kam auf uns zugeradelt.

Simon kriegte sich vor Freude überhaupt nicht mehr ein und drückte Flipper fast die Luft ab. Der ließ sich alles gefallen.

»Mensch, Simon! Du hast mich ja sauber stehen lassen am Wochenende!«, begrüßte ich ihn.

»Ich?«

»Egal. Was machst'n hier draußen? Hältst du noch immer Wache als Hilfspolizist?«

»Wie?«, fragte Andrea.

»Andrea, das ist Simon. Er hilft dem Kommissar.«

»Ich hab euch längst entdeckt!«, verkündete Simon stolz.

»Kein Wunder«, grinste Andrea. »Bei dem Gerät.«

Jetzt fiel es mir auch auf. Vor Simons Brust pendelte ein Fernglas.

»Ich bin Andrea«, stellte Andrea sich vor.

»Simon«, sagte Simon.

Sie beugte sich zu ihm. »Das ist ja ein tolles Fernglas.«

Simon wurde rot.

»Kann ich mal durchschauen?«

»Ich muss heim!«, rief Simon, schwang sich auf sein Fahrrad und trat in die Pedale, als wäre der Teufel hinter ihm her.

Flipper schaute mich fragend an.

»Dableiben«, befahl ich ihm.

»Was war das denn?«, wollte Andrea wissen.

»Keine Ahnung.«

»Ist der immer so?«

»Er ist ein bisschen seltsam, aber nein, eigentlich ist er eher gesprächig.«

»Seine Eltern haben wohl viel Geld?«

»Wie kommst du auf die Idee?«, staunte ich.

»Ich würde so einem Knirps kein Fernglas für über tausend Euro um den Hals hängen, aber in Starnberg ist das vielleicht normal.«

»Was?«

»Das war ein Zeiss.«

»Da gibt es doch bestimmt billigere.«

»Sagen wir mal günstigere. Billigere nicht. Aber das war auch nicht günstig. Naja. Wahrscheinlich hat er es von seinem Vater geliehen.«

»Sag bloß, jetzt kennst du dich auch noch mit Ferngläsern aus. Langsam wirst du mir unheimlich.«

»Mein Exfreund, also Sven ...«

»Ja?«

»Der war mal Marketingchef bei Swarovski Optik. Die stellen auch Ferngläser her. Gezwungenermaßen kenne ich mich ein wenig mit der Materie aus. Konkurrenzbeobachtung und so.«

»Das wusste ich ja gar nicht! Ich dachte, Sven hätte in einer Werbeagentur gearbeitet?«

»Das war später. Dort hat er die Grafikerin eingestellt.«

»Deren Slip du in seiner Laptoptasche gefunden hast?«

»Themawechsel«, befahl Andrea alles anderes als elegant.

Als wir neben dem Hochsitz standen, war sie leichenblass, deshalb konnte es mir überraschend gutgehen. Ich hatte sie sehr gern, weil sie sich immer so einfühlte. Ich selbst spürte gar nichts und schaute konzentriert zu dem Baumstamm, wo ich mit dem Kommissar gesessen hatte.

»Und seine Schwester hat gesagt, er hätte noch gelebt?«, vergewisserte Andrea sich.

Ich nickte. »Ich will ihr schreiben, als Auffinderin des Toten, dass er ganz friedlich ausgesehen hat.«

»Das ist gut. Vielleicht weiß sie das auch. Vielleicht hat ihr die Polizei ein Foto gezeigt.«

»Hoffentlich nicht«, sagte ich schnell.

»Es ist schon schrecklich, wenn man sich vorstellt, dass er vielleicht mehrere Stunden oder sogar Tage auf Hilfe gewartet hat. Dass man ihn hätte retten können ...«

»Er war bestimmt ohne Bewusstsein. Sonst hätte er anders dagelegen«, wandte ich ein, »verkrampft oder verdreht.«

»Vielleicht hat ihn irgendjemand später so hingelegt?«

»Wer macht denn so was?«

»Der Mörder«, sagte Andrea.

Ich bekam eine Gänsehaut und widersprach. »Ich kann mir nicht vorstellen, dass der wusste, dass sein Opfer noch lebt.«

»Vielleicht ist er zurückgekommen?«

»Man schaut doch gleich nach, wie es einem geht, wenn er gestürzt ist.«

»Nicht, wenn man das wollte.«

Nachdenklich blickte ich an Andrea vorbei. »Stimmt. Und das wollte der Täter. Klaus Hase wurde niedergeschlagen. Vor dem Sturz. Das weiß ich von seiner Schwester.«

»Hat die Polizei die Tatwaffe gefunden?«, fragte Andrea, und sie hatte das Wort kaum ausgesprochen, da wurde mir schummrig.

»Franza? Was ist?«

Ich packte Andreas Unterarm. »Die Tatwaffe!«

»Ja?«

»Ich glaube, ich kenne sie.«

»Was?«

»Flipper! Er hat sie gefunden! Und ich hab es nicht verstanden!«

»Was? Wie?«

Atemlos sprudelte es aus mir heraus. »Flipper hat einen riesigen Ast angeschleift. Der hat etliche Kilo gewogen. Da war Blut dran. Flipper ist ausgerastet. Ich war total sauer, weil er mir nicht gehorcht hat. Ich war in Panik, ich dachte, er ist vielleicht einem Hasen oder Reh hinterher.«

Andrea starrte mich an. Gleich würden ihr die Augen rausfallen. »Wann? Wann war das?«

»Am Sonntag? Nein, am Freitag. Das gibt's doch nicht! Andrea, das gibt's doch nicht!«

»Da kanntest du die Schwester noch nicht und somit auch nicht die Todesursache.«

»Flipper ist total durchgedreht! Ich hätte das kapieren müssen!«

Andrea lenkte meine problemorientierte Selbstbezichtigung in Richtung einer möglichen Lösung. »Wo ist dieser Ast jetzt? Du musst die Polizei anrufen! Sofort! Das ist wichtig!«

»Ja«, nickte ich und dachte *Er* und kramte in meiner Jackentasche nach einem Hundekeks.

»Hier gibt es kein Netz«, erinnerte Andrea mich.

»Ich wollte Flipper eine Belohnung geben.«

»Wieso denn das?«

»Weil er die Tatwaffe gefunden hat«, erwiderte ich.

Andrea schüttelte meinen Arm. »Hallo! Das wissen wir

nicht. Und außerdem hat er sie nicht *jetzt* gefunden. Du verstößt gegen deine eigenen Grundsätze. Du hast mir eingetrichtert, dass eine Belohnung innerhalb von drei bis fünf Sekunden erfolgen muss, sonst kapiert der Hund nicht, wofür er belohnt wird.«

»Es gibt Ausnahmen«, behauptete ich.

»Franza, ist alles okay?«

»Ja«, sagte ich hastig. Es war mir nicht möglich, meine Aufregung zu verbergen. Ich würde ihn anrufen, auch wenn er mir total egal war. Ich hatte einen wichtigen Grund. »Franza, wenn Flipper die Tatwaffe gefunden hat, dann hat er damit vielleicht auch den Täter gefunden, denn es gibt eventuell Fingerabdrücke, DNA-Material, was weiß ich. Sollte der Täter hier aus der Gegend stammen, bist du, seid ihr vielleicht in Gefahr! Du bist viel zu nah dran an dieser Geschichte. Ich mache mir Sorgen um dich! Du willst in eine Wohnung einziehen, in die eingebrochen wurde, du suchst nach einer Tatwaffe ...«

»Ich habe nichts gesucht ...«

»Franza, hör auf, in dieser Geschichte herumzustochern! Das geht dich nichts an! Das ist keine Schnitzeljagd! Ein Mensch wurde ermordet!«

Auf einmal war es wirklich wie vor einer Woche. Ich sah zuerst die Hand. Drei, nein zweieinhalb Finger ragten grünlich aus dem Gestrüpp. Dann sah ich die Reste der linken Wange, weißlich grinste mich ein Knochen an und emsig liefen große schwarze Käfer und kleine fleißige Ameisen über die gelben und bräunlichen Felder aus Fett und Muskulatur. Der Geschmack von Butterbreze schwappte in meinem Mund. Ich würgte.

»Franza?«

Ich presste meine Hand auf die Brust. »Schnell weg«, stammelte ich. »Ich brauch ein Netz.« Ein ekelhaft säuerliches Aroma breitete sich in meiner Kehle aus. Ich rannte los. Drehte mich nicht um und hörte sie trotzdem schaben, die Millionen Beine der Ameisen, die mich unerbittlich verfolgten. Von oben griff mich die Luftwaffe an. Fixierte mich mit ihren Facettenaugen und speichelte mich dann schon mal ein.

11

Andrea war noch keine fünfzehn Minuten weg, da bog der dunkle 5er BMW auf den Waldweg ein. Sie hatte mir angeboten, bei mir zu bleiben, bis der Kommissar auftauchte, doch ich hatte sie weggeschickt zu ihren Patienten, die sie dringender brauchten.

Er kam allein. Obwohl er am Telefon *wir* gesagt hatte. »Bleiben Sie, wo Sie sind, Frau Fischer, wir kommen gleich. In dreißig Minuten etwa sind wir da, ich glaube, ich weiß, wo Ihr Wagen parkt, ein blauer Volvo?«

Er trug eine rehbraune Cargohose, braune Nikes und ein weinrotes Rippenshirt, eng anliegend, so eng, dass sein v-förmiger Oberkörper viel zu deutlich sichtbar wurde. Aus dem Kofferraum holte er einen schwarzen Rucksack, den er locker über die rechte Schulter warf. Er war unrasiert und sah müde aus. Unter seinen Augen schimmerten wie hingehaucht violette Schatten. Es war lang, sehr lang her, dass mir ein Mann so gut gefallen hatte wie dieser – und ich sehe Tag für Tag herkömmlich attraktive X-Ypsilons in den Studios. Dieser hier kam nicht von der Stange, war nicht schön und glatt; er war atemberaubend männlich. Ich stellte das ganz allgemein fest und es freute mich, dass mir auch mal einer gefallen konnte, es lag also nicht an einer meinerseitigen Verschrobenheit.

»Hallo«, begrüßte er mich und reichte mir die Hand. Warm und fest. Felix Tixel. Doppel X. Ein halber Mond ging auf. Flipper wedelte an der Grenze zwischen Höflichkeit und Missvergnügen.

»Hallo Flipper«, begrüßte er ihn und klopfte auf seine Flanke.

»Wo ist denn Ihre Kollegin?«, fragte ich, obwohl mich das überhaupt nicht interessierte, aber man musste ja irgendwas sagen.

Der Kommissar kraulte Flippers Hals, der immer länger wurde. Gleich würde er zu schnurren beginnen. *Verräter*, dachte ich.

»Wir sind seit vierundzwanzig Stunden im Dienst. Wir wollten gerade Schluss machen, als Sie anriefen. Ich habe sie nach Hause geschickt. Fehlt sie Ihnen?«

»Ich bin untröstlich.«

Er grinste.

»Sie sehen müde aus«, rutschte mir heraus.

»Ich bin müde«, sagte er.

»Meinetwegen hätten Sie nicht kommen brauchen«, sagte ich.

»Doch«, sagte er.

Wir standen zwischen seinem BMW und meinem Volvo. Laut zwitscherten die Vögel. Blau leuchtete der Himmel. Grün schimmerte die Umgebung. Ich hätte ihm gern gesagt, wie leid es mir tat, dass er so müde war und dass ich ihm sein Bett von Herzen gönnte, dass ich tun wollte, was in meiner Macht stand, damit er ganz schnell dort hineinschlüpfen konnte, und ich würde auch seinen Schlaf bewachen, wenn er sich kurz ins Gras legen wollte. Ich hätte ihm auch gern gesagt, dass er trotz der violetten Schatten umwerfend aussah. Dass seine Hüften unglaublich keck schwangen, und ich hoffte, er würde vor mir her gehen, damit ich seinen Po sehen konnte, viele Menschen leiden an einer Beckenfehlstellung und wissen das gar nicht.

»Von mir aus hätten Sie auch jemand anders schicken können«, sagte ich.

Vom Parkplatz aus gingen wir über den kleinen Pfad in den Wald hinein, der mir nun schon so vertraut war. Er schlängelte sich nach rechts, dann nach links und würde uns zu der Senke führen, an der mich hoffentlich irgendeine Intuition überkommen würde.

»Und Sie glauben also, Flipper hat die Tatwaffe gefunden?«, fragte der Kommissar.

»Ja. Das heißt, vielleicht. Flipper hat vor ein paar Tagen einen Stock apportiert, an dem etwas klebte. Vielleicht Blut«, sagte ich und plötzlich überfiel mich der Gedanke, es könnte auch Harz gewesen sein. Oder Balzsekret von Rehen oder Wildschweinen, falls es so was gab. »Vielleicht war es aber auch etwas anderes«, schob ich nach.

»Vor ein paar Tagen?«

»Ja.«

»Wann genau?«

»Am Freitag, glaube ich.«

»Und warum erfahre ich das erst heute?«, wollte der Kommissar wissen und klang gar nicht mehr entspannt wie eben noch, als wir zwei friedliche Spaziergänger hätten sein können. Er hatte umgeschaltet. Er war jetzt ausschließlich im Dienst, und das konnte ich auch körperlich spüren.

Alles charmant Gemütlich-Plaudernde war von ihm abgefallen wie die nachlässige Müdigkeit, er beschleunigte seine Schritte sogar.

»Weil ich Sie nicht stören wollte.«

»Das ist doch Unsinn«, fuhr er mich an. »Wir sind auf Hinweise aus der Bevölkerung angewiesen.«

Deutlicher hätte er mich nicht auf meinen Platz verweisen können. Franza Fischer. Auffinderin, Bevölkerung, Hinweisgeberin.

»Ja, und was war mit dem Geländewagen?«, verteidigte ich mich.

»Ihre ominöse Staubwolke?«

»Die habe ich gleich gemeldet!«

»Der Kollege hat es an uns weitergeleitet. Der Wagen gehört dem Pächter der Jagd. Wir haben bereits mit ihm gesprochen. Er ist auch Eigentümer des Hochsitzes.«

»Er scheint selten zu jagen – warum hat er den Hochsitz nicht vorne an den Waldrand gestellt?«

»Das ist schon wieder ein anderes Revier.«

»Und warum erfahre ich das alles erst jetzt?«

»Wie bitte?«, entgeistert starrte mich der Kommissar an.

»Immerhin habe ich eine vielleicht wichtige Information an Sie weitergeben lassen – es ist doch völlig logisch, dass man da mal wissen möchte, was daraus geworden ist.«

Verärgert schüttelte der Kommissar den Kopf. »Wissen Sie, wie vielen Hinweisen wir nachgehen? Wissen Sie, wie viele Fälle wir bearbeiten? Wissen Sie ...«

»Ja, ja. Sie sind total überlastet, so wie alle Beamten, das ist mir schon klar«, grantelte ich zurück.

»Und Sie erwarten dennoch, dass wir unseren Hinweisgebern, Zeugen oder Informanten gegenüber Rechenschaft ablegen?«

»Es sind inoffizielle Mitarbeiter«, warf ich ein. »So eine Art unbezahlte Praktikanten.«

»Nein, eben nicht! Und genau das ist das Problem, Frau Fischer. All diese Leute, die ständig Polizei spielen wollen und auf eigene Faust herumschnüffeln und dabei Spuren vernichten und uns auf falsche Ideen bringen, um selbst gut dazustehen, nein, Frau Fischer, die helfen uns überhaupt nicht. Ganz im Gegenteil. Es wäre uns lieber, es würde sie überhaupt nicht geben, dann könnten wir uns auf unsere Arbeit konzentrieren.«

Das war deutlich.

Er meint es nicht so, sagte eine Stimme in mir. *Er meint nicht mich. Er ist total übermüdet.*

Und eine andere Stimme war sehr einverstanden damit, dass er es genau so meinte. Ein Mann eben. Noch dazu Polizist. Was wollte ich da erwarten?

Der Kommissar legte seine Hand auf meinen Unterarm. Flipper beobachtete ihn aufmerksam. »Verzeihung«, sagte er. »So habe ich das nicht gemeint. Ich bin Ihnen wirklich dankbar für Ihre Unterstützung, denn sollten Sie die Tatwaffe gefunden haben, würde uns das einen großen Schritt weiterbringen. Allerdings hätten Sie mir das bereits am Sonntag sagen können. Heute ist Dienstag!«

»Woher soll ich denn wissen, dass es eine Tatwaffe gewesen sein könnte, wenn ich nicht mal wusste, dass es eine solche gegeben hat!«

»Und das wissen Sie jetzt?«

»Ja.«

»Woher?«, fragte er.

Mir wurde heiß. Diese Lügerei musste aufhören. Dafür war ich einfach nicht fit genug. Ich konnte einen Spagat und kam in allen möglichen und unmöglichen Stellungen mit den Händen auf den Boden, aber eben nur körperlich, nicht geistig; die Geschmeidigkeit einer Lügnerin fehlte mir, seitdem ich dieses Stretching vernachlässigte. Ja, woher wusste ich es? Hatte es in der Zeitung gestanden? Hatte er selbst es mir vielleicht erzählt oder Moppelchen? Oder musste ich zugeben, dass ich es von Martina Hase-Berg wusste, nein, das würde ich ihm bestimmt nicht auf die Nase binden.

»Sonst wären Sie ja wohl nicht so schnell gekommen«, schlüpfte ich durch die Hintertür.

»Und das soll ich Ihnen glauben?«

Mir wurde noch heißer. Er durfte auf keinen Fall herausfinden, dass ich mich bei den Widmanns als Nachmieterin vorgestellt hatte. Er würde mich für eine Leichenfledderin halten. Nicht, dass mir das was ausgemacht hätte. Ich wollte es einfach nicht. Prinzipiell. Man musste ja nicht immer für alles gleich eine Begründung parat haben.

»Eine Freundin, mit ihr war ich vorhin hier …«

»Ach, jetzt schleppen Sie auch noch Ihre Freundinnen an den Tatort!«

Ich redete einfach weiter. »Sie hat mich gefragt, ob die Polizei die Tatwaffe gefunden hat. Da ist mir plötzlich dieser Ast eingefallen, und ich habe sofort bei Ihnen angerufen.«

»Das hätte Ihnen doch bereits am Sonntag einfallen können«, beharrte der Kommissar. Stur war er also auch.

»Am Sonntag war meine Freundin aber noch auf Teneriffa. Ich habe den besagten Ast für irgendein Stück Holz gehalten. Klaus Hase ist schließlich vom Hochsitz gefallen, da braucht es wohl keine Tatwaffe, oder?«

»Wenn man vorher keinen Schlag abbekommen hat ...«

Ruckartig blieb ich stehen. Ich musste mich nicht anstrengen, überrascht zu sein. Aus dem Mund des Kommissars klang es gewalttätig und brutal, nicht verletzt und traurig wie bei Martina Hase-Berg.

»Aber dann war es ja Mord!«, rief ich.

»Ja, Frau Fischer. Wir sprechen von einem Tötungsdelikt.« Auch der Kommissar blieb stehen, dicht neben mir. Sehr dicht. Ich spürte seinen Atem. Er roch nach Pfefferminze. »Und deswegen gefällt mir das überhaupt nicht, dass Sie sich ständig hier in der Gegend aufhalten.«

»Weil der Mörder an den Tatort zurückkehrt?«, fragte ich aufgeregt.

»Nein, das pflegen Mörder normalerweise nicht zu tun.«

»Aber im Fernsehen ...«, rutschte mir heraus.

»Ja genau, Frau Fischer. Im Fernsehen ist das alles ganz anders. Aber das ist hier kein Fernsehen. Das ist echt, Frau Fischer. Ich kann Ihnen nicht vorschreiben, wo Sie Gassi gehen, aber es wäre mir lieber, Sie würden sich mal eine Weile aufs andere Ufer verlegen oder in München bleiben. Da ist es doch auch schön.«

»Unbedingt«, sagte ich schnell und ging weiter, weil mir so heiß war, so entsetzlich heiß. Ich schämte mich für meine dumme Bemerkung. Ich hatte ein Mordopfer gefunden. Ich dachte an Simon und das Fernglas. Sollte ich es erwähnen? War das ein wichtiger Hinweis? Oder eine falsche Spur, mit der ich den armen Kommissar und seine völlig überlastete Truppe auf eine falsche Fährte führte? Was genau sollte ich sagen? Simon hat ein Fernglas, das ihm vielleicht nicht gehört. Vielleicht hatte er es den Widmanns geklaut oder von seinem Opa geschenkt gekriegt. Als ich ungefähr zehn war, hatte mich einmal eine Klassenkameradin bezichtigt, ich hätte ihr Federmäppchen gestohlen. Ich hatte es nicht gestohlen, doch je öfter ich von der Lehrerin und den Eltern der Kameradin verhört worden war, desto unsicherer wurde ich, und als mich meine Oma fragte, wusste ich die Wahrheit nicht mehr, weil die Lüge mit jeder Frage wahrer geworden war. Simon hatte bestimmt nichts mit dem Mord an Klaus Hase zu tun. Ich musste ihn da raushalten. Auch wenn in Felix Tixels Badezimmer zuweilen ein schwarzer Hengst weiden mochte, er war nicht nur Felix, er war auch der Kommissar, und ich kannte ihn nicht gut genug, um sicher zu sein, wann er der Kommissar und wann er Felix war, ob das überhaupt zwei waren.

»Da lang?«, fragte der Kommissar.

Ich nickte.

»Ist es weit?«

»Ich weiß nicht. Wie ich am Telefon schon gesagt habe, hätte ich den Ast auch alleine gesucht …«

»Auf keinen Fall!«

»Ich erinnere mich leider nicht, wo Flipper ihn zuletzt abgelegt hat, er hat ihn eine Weile herumgetragen, kreuz und quer«, gestand ich.

»Wichtig wäre für mich, wo genau er ihn gefunden hat. Dann könnte ich das K3, die Spurensicherung, dazuholen.«

»Ich weiß leider nicht, wo Flipper ihn gefunden hat, weil ich ja nicht dabei war.«

»Dann fragen wir ihn am besten, oder?« Der Kommissar

wandte sich an Flipper: »Zeig uns, wo du den Ast gefunden hast«, und ich konnte nicht erkennen, ob er sich über uns lustig machte. Flipper reagierte überhaupt nicht auf diese Anfrage. Er mochte den Kommissar, wie ich merkte, aber nur als staatenloses, also rudelfreies Individuum, im Verhältnis zu mir konnte er ihn nicht dulden.

»Wir versuchen es einfach, Frau Fischer«, sagte Felix Tixel sehr freundlich. Vielleicht spulte er eine Unterrichtseinheit ab: *Sprechen Sie motivierend und geduldig mit den Zeugen, sonst blockieren Sie ihr Erinnerungsvermögen*. Oder so ähnlich.

»Denken Sie noch mal an den Freitag zurück. Was genau haben Sie gemacht?«

»Hier?«

»Flipper hat also mit dem Stock gespielt?«, versuchte er meine Erinnerung in Schwung zu bringen.

»Ja. Das heißt, nein. Er hat eigentlich mit anderen Hölzern gespielt. Den Ast hat er irgendwann angeschleppt. Er hat sich total aufgeregt. Ich habe mir nichts dabei gedacht, nein, das stimmt nicht, es kam mir irgendwie komisch vor. Aber Flipper war an dem Tag sowieso drüber«, verharmloste ich die Kommandoamnesie meines Rüden.

»Und wie sah der Ast aus?«

»Ziemlich schwer, an einer Stelle mit Moos bewachsen, und es könnte sein, dass Blut dran war. Vielleicht war es aber auch etwas anderes. Harz oder so. Ich meine, Blut sieht ja nicht mehr so aus wie Blut, wenn es älter ist, oder?«

»Gewiss.«

»Es kam mir komisch vor, dass Flipper mir den Ast nicht geben wollte. Deshalb habe ich ihn angeschaut und das Blut oder was auch immer entdeckt.«

»Ist das nicht gefährlich, wenn Flipper frei im Wald rumläuft?«, fragte der Kommissar.

»Klar habe ich Angst um ihn, wenn er wegrennt. Aber wie gesagt macht er das sonst nicht.«

»Wieso haben Sie dann Angst?«, fragte der Kommissar.

»Kann man eigentlich auch normal mit Ihnen reden?«, fragte ich zurück.

»Ich höre einfach nur genau zu«, erwiderte er.

»Ist das eine Berufskrankheit?«

»Nein, Neugier und Interesse. Aber bestimmt ist es bei unseren Ermittlungen dienlich, genau hinzuhören, denn oft verbirgt sich die Wahrheit zwischen den Zeilen. Also, was meinen Sie: Würde Flipper den Ast noch mal finden?«

»Im Prinzip ja. Das Problem ist nur, dass ich ihm irgendwie erklären muss, was er suchen soll, und ich weiß nicht, wie ich ...«, ich zögerte. »Es gibt da schon eine Möglichkeit, aber ich garantiere nichts, und es kann auch ein bisschen dauern.«

»Bitte versuchen Sie es. Ich habe vollstes Vertrauen zu Ihnen – und zu Flipper. Übrigens großes Kompliment: Sie haben ihn wirklich gut im Griff. Viele Halter haben Ihre Hunde leider überhaupt nicht unter Kontrolle. Wir haben diesbezüglich oft Schwierigkeiten. Flipper dagegen ist ja schon fast ein Polizeihund.«

Wollte er mir schmeicheln? Wieso war er auf einmal so nett zu mir?

»Haben Sie ihm alles selbst beigebracht?«

»Zuerst waren wir in der Hundeschule, dann habe ich allein weitergemacht. Wir trainieren heute noch täglich, na ja, in letzter Zeit leider nicht, ich bin ein bisschen aus dem Rhythmus gekommen. Haben Sie auch einen Hund?«, fragte ich und merkte gleich, dass ich damit einen wunden Punkt berührte. Auch Flipper merkte es, er blieb stehen und beobachtete den Kommissar, der auf einmal traurig aussah, aufmerksam. »Flipper hat mir schon oft Sachen gebracht, die wir nicht geprobt haben. Mir ist aufgefallen, dass ich mich dabei auf das Aussehen dieser Sachen konzentriere. Ich habe keine Ahnung, ob es klappt, aber wir können es versuchen.«

»Mit Telepathie?«, fragte der Kommissar kein bisschen skeptisch.

»Wenn man es so nennen will.«

»Ich würde vorschlagen, wir gehen in die richtige Gegend, und dann versuchen Sie es.«

Die richtige Gegend. Wenn ich wüsste, wo! Hier sah alles gleich aus. Überall Bäume und Wiesen, überall grün und keine Schilder.

»Rechts«, sagte ich und versuchte mich zu konzentrieren, doch ich konnte mich beim besten Willen nicht daran erinnern, wo ich wann gegangen war.

»Das Problem ist, dass ich jetzt schon ein paarmal hier war«, erklärte ich.

»Warum kommen Sie eigentlich immer wieder hierher?«

Ich zuckte mit den Schultern.

»Frau Fischer, Sie können nichts mehr für das Opfer tun. Überlassen Sie uns das.«

»Ja, ja.«

»Möchten Sie vielleicht einmal mit einem Psychologen sprechen?«

»Meine Freundin ist Psychologin.«

»Manchmal tut es gut, mit einem fremden Menschen über die Dinge zu sprechen, die einen wirklich beschäftigen.«

»Danke, ist schon okay«, sagte ich.

»Bitte, Franza«, sagte Felix, der den Kommissar ganz ausgezogen hatte und wie nackt vor mir stand mit seinem blauen Blick. »Bleiben Sie daheim, bis wir den Fall geklärt haben.«

»Haben Sie denn eine Spur?«

»Wir sind noch nicht so weit, wie wir nach über einer Woche sein sollten. Wir haben zu viel, weil wir zu wenig haben.«

»Was bedeutet das?«

Felix verwandelte sich wieder in den Kommissar. »Ich kann mit Ihnen nicht über den Stand der Ermittlungen sprechen, Frau Fischer.« Er dachte kurz nach und sagte dann doch etwas. »Es geht um das Motiv. Warum jemand getötet wurde«, formulierte er ganz allgemein.

»Also aus Hass oder Geldgier oder Rache, meinen Sie so etwas?«

»Und Liebe«, fügte der Kommissar hinzu.

»Liebe?«, wiederholte ich.

»Viele Morde begannen mit einer Liebesgeschichte. Viele Menschen werden Opfer ihrer Leidenschaften.«

Ich nickte. Er kannte sich aus. Liebe kann tödlich enden. Ich brauchte mir keine Sorgen um ihn zu machen. Ihm würde so was nicht passieren. Wie mir. Wir wussten, worauf es ankam.

Der Kommissar sprach in sachlichem Tonfall weiter. »Es gibt nur sehr wenige Menschen, die aus Lust am Töten morden. Und selbst das ist ein Motiv.«

»Die meisten Morde sind doch Beziehungstaten, oder?«, fragte ich neugierig. »Man ist wütend auf denjenigen, den man am liebsten umbringen möchte oder er hat einem wehgetan, etwas weggenommen, einen betrogen. Ich meine, es muss doch einen Grund geben.«

»Genau«, nickte der Kommissar. »Das Motiv. Man schätzt, dass etwa neunzig Prozent aller Morde sogenannte Beziehungsdelikte sind.«

»Klar. Deshalb lebt man auch am sichersten ohne Beziehung.«

Der Kommissar musterte mich amüsiert.

»Kommt drauf an«, er zögerte, als wollte er noch etwas hinzufügen und wurde dann wieder sachlich. »Genau hier liegt das Problem im aktuellen Fall. Wenn ein Opfer viele Beziehungen hatte, in einem sozialen Netzwerk lebte, dann findet sich früher oder später eine Spur. Wenn jemand jedoch sehr zurückgezogen lebte ...«

»Klaus Hase war ein zurückgezogener Mensch?«

»Es sieht ganz danach aus.«

»Und wenn ein Mord ohne Motiv passiert?«

»Das geht nicht. Jeder Tat liegt ein Motiv zugrunde, und sollte es Langeweile sein oder eine allgemeine Frustration, die der Täter durch die Tat abschaffen möchte ...«

»Wie diese jugendlichen Gewalttäter in den U- und S-Bahnen?«

Der Kommissar sagte nichts, doch die kleine Falte in seinem linken Mundwinkel wurde tiefer, und ich spürte, dass ihm diese Verbrechen nahegingen, weil er das empfand, was den Tätern fehlte: Mitgefühl. Mein Kommissar glaubte an das Gute, obwohl er schon sehr viel Abscheuliches gesehen haben musste, er war angetreten, die Welt zu retten, und ich hätte gern gewusst, wie tief diese Sehnsucht in ihm stak. Tief dort drin hätte ich ihn gern kennengelernt. Nicht als Kommissar, sondern als Felix. Und wenn er so wäre, wie ich glaubte, dass er sein könnte, würde ich ihn dort niemals berühren, denn einer wie er ließ keinen auf diese Koppel, weil er vielleicht nicht mal wusste, dass es ein Gatter gab oder dass man drüberspringen konnte. Rein und raus.

»Und wenn es keine Verbindung zwischen einem Täter und dem Opfer gibt, ist es schwieriger, das Motiv zu finden?«

»Ja.«

»Sie wissen also nicht, warum Klaus Hase von dem Mörder so gehasst wurde. Hatte er keine Freundin?«

»Nein.«

»Und Familie?«

»Lebt nicht hier.«

»Arbeit?«

»Frau Fischer. Verhören Sie mich?«

»Ja«, sagte ich knapp.

»Dann verlange ich einen Anwalt«, erwiderte er.

»Ich würde Ihnen so gerne helfen«, sagte ich leise.

»Wenn wir den Ast finden und wenn er sich als Tatwaffe herausstellt, dann haben Sie uns sehr geholfen. Dann können wir vielleicht DNA sicherstellen.«

Auf einmal war ich überzeugt, am Freitag von links aus dem kleinen Waldstück gekommen zu sein. Ich wollte, nein, ich musste den Ast finden. Flipper musste ihn finden. Am Rand des Wäldchens erkannte ich den Trampelpfad wieder, wo Flipper verschwunden war. Vielleicht. Hoffentlich.

»Ich würde es jetzt mal probieren«, sagte ich und setzte mich ins warme, duftende Gras. Der Kommissar setzte sich neben mich. Flipper, der immer ein paar Meter vor uns hin und her gelaufen war, kam sofort zu mir.

»Flipper, gut aufpassen!«

Er spitzte die Ohren und betrachtete mich gespannt.

»Der Stock, Flipper!« Seine Ohren zuckten.

»Der Stock vom Freitag. Such!«

Flipper spurtete los und warf mir zehn Sekunden später den nächstbesten Stock in den Schoß. Das hatte ich befürchtet.

»Versuchen Sie es doch mal so, wie Sie es mir vorhin erzählt haben«, bat der Kommissar mich.

»Flipper, sitz.«

Ich überkreuzte meine Beine zum halben Lotussitz, weil das meine Meditationshaltung ist, schloss die Augen und versuchte mich zu konzentrieren. Es war nicht leicht, denn meine ganze rechte Körperseite stand in Flammen. Ich beschwor ein Bild des Astes herauf und schob es mit einem Mausklick in Flippers Kopf. Dann öffnete ich die Augen, konzentrierte mich darauf, das Bild nicht zu verlieren und schickte Flipper wieder los. »Such!«

Der Kommissar lag seitlich im Gras, den Kopf in die Hand gestützt, beobachtete mich und gähnte. Das fand ich ziemlich unhöflich. Ich schloss die Augen erneut und konzentrierte mich auf den Ast. Flipper war weg. Ein gutes Zeichen?

Ja, ein gutes Zeichen, aber erst nach dem dritten Versuch, als Flipper den Bayerischen Gebirgsschweißhund aus seiner Spürnase schnuppern ließ. Und so schaffte er es. Der Kommissar und ich sprangen auf, als er mit dem Riesenteil aus dem Wald galoppiert kam, das er leider nicht mittig trug, wie ich es ihm schon oft gezeigt habe. Zwei Drittel des Asts schleiften am Boden, und Flipper musste quer laufen wie ein Dressurpferd auf dem Parcours, um seine Last in unsere Richtung zu zerren.

»Das ist er! Das ist er!«, rief ich, und wir rannten Flipper entgegen, der seine Beute wedelnd ins Gras fallen ließ.

»Gimmi five!«, rief ich ihm zu. Er pfotete meine Hand ab, und ich gab einen Hundekeks aus, der Flipper nicht interessierte, er wollte, dass ich die Beute durch die Luft schleuderte.

»Gimmi five!«, versuchte der sichtlich beeindruckte Kommissar es mir gleichzutun. Flipper beachtete ihn gar nicht.

»Dann muss ich mich an die Chefin halten«, seufzte er gespielt verzweifelt, und wir klatschten unsere Handflächen aneinander. Es war ein seltsamer Augenblick. Wir freuten uns beide unbändig – in diesem Moment hatten wir vergessen, warum wir den Ast gesucht hatten. Der Kommissar schleuderte einen der anderen Stöcke über die Wiese, er konnte sehr weit werfen, und ich rechnete es ihm hoch an, dass er sich zuerst bei Flipper bedankte, ehe er den Ast untersuchte, ohne ihn zu berühren.

»Ja«, sagte er dann leise, stand auf, blieb vor mir stehen, hob kurz die Arme, als wollte er mich umarmen, ließ sie sinken, schüttelte mir die Hand. »Das ist Blut!«

Er kramte in seinem Rucksack nach zwei Müllsäcken und verpackte den Ast. Dann wandte er sich an Flipper. »Jetzt müssen wir nur noch wissen, wo genau du es gefunden hast. Nicht heute, sondern beim ersten Mal.«

»Tut mir leid«, mischte ich mich ein, »das kann er nicht verstehen.«

»Oder uns fehlt die Fähigkeit, ihm mitzuteilen, was wir wollen.«

»Ja, vielleicht ist es so«, erwiderte ich beeindruckt.

Der Kommissar zückte sein Handy.

»Kein Netz«, erinnerte ich ihn.

»Ich muss dieses Teil hier sofort nach München in die Pathologie bringen.«

Ich warf einen Stock.

»Franza, das war großartig.«

»Ich hab gar nichts gemacht. Flipper hat den Ast gefunden.«

»Nein, Sie beide. Das war wirklich enorm.«

»Da sehen Sie mal, dass es doch nicht so schlecht ist, wenn ich hier Gassi gehe.«

»Ja, dieses eine Mal. Aber jetzt bleiben Sie bitte in der Stadt.«

»Ich dachte, der Mörder kehrt nicht an den Tatort zurück?«

»Der Hochsitz ist der Tatort. Aber die Gegend hier ...«

»Und wenn ich noch was finde?«, fragte ich und dachte an Simon und das Fernglas.

»Franza«, sagte er ernst.

»Ja?«

»Hören Sie auf mit Ihren privaten Ermittlungen!«

»Aber ich mach doch gar nichts! Ich gehe nur Gassi.«

»Gehen Sie woanders Gassi.«

»Ich hab keine Angst. Ich kann mir sehr gut helfen. Und außerdem ist Flipper immer bei mir.«

»Ja, das stimmt. Aber was machen Sie, wenn ein Täter Sie mit einer Waffe bedroht?«

Ich überlegte mir gerade eine Antwort, da war der Kommissar schon hinter mir, wie eine gespannte Feder nach vorne geschnellt, doch er war trotzdem zu langsam für meine Reflexe. Er hatte seine Hände noch nicht um meinen Hals geschlossen, da lag er schon im Gras. Mein Kampfschrei hallte durch den Wald. *Kihap!* Seine blauen Augen schossen Blitze. Er sprang auf die Füße. Geschmeidig und schnell. Keine Spur mehr von Müdigkeit. Adrenalin. Ich erkannte sofort, dass ich einem ernst zu nehmenden Gegner gegenüberstand. Seine Reflexe übernahmen die Regie. Er fixierte mich in Kampfstellung, zwischen uns flirrte die Luft, und die Natur hielt den Atem an. Erst als Flipper den Pitbull markierte und sich mit gesträubtem Nackenfell an meine Seite stellte, ließ der Kommissar die Arme sinken, schüttelte den Kopf und fing an zu lachen. Es klang gepresst und machte mich wütend, denn ich war oft genug ausgelacht worden, früher, als junge Frau, von meinem damaligen Trainer.

Ick will, dass du mir weh tust, rischtisch weh tust, Frenzi. Als Frau hast du ohnehin schleschte Chancen, denn du musst dein geringes Gewischt dursch Technic wettmachen. Also triff misch rischtig. Deine Schläge mussen absolut prazise sein. Nischt irgendwie in die Gegend von das Sonnengeflescht, nischt irgendwo an die Brust, sondern direkt auf das Solaplexus, horst du das, Frenzi.

Ich hörte, und ich schlug erneut zu, und wenn ich nicht wirklich traf, lachte er. Eric, mein amerikanischer Trainer, lachte so lange, bis ich dem Hundertzwanzig-Kilo-Koloss einmal wirklich die Sprache verschlug. Ich hatte sein Lachen gehasst. Monatelang montags, mittwochs und freitags. Es sollte Jahre dauern, ehe ich ihm dafür dankbar war. Meine Technik war mein Kapital. Ich traf punktgenau, und meine Deckung zeigte keine Lücke. Die des Kommissars hingegen war verbesserungswürdig. Achtungsvoll schaute er mich an. »Das nennst du also Yoga?«, fragte er.

»Es gibt verschiedene Arten von Yoga«, erwiderte ich ausweichend.

Er grinste. »*Yoga brutal*? Oder eher Taekwondo? Wenigstens weiß ich jetzt, Franza, dass ich mir keine Sorgen um dich machen muss.« Er rieb sich die Schulter. Ich hatte mich angemessen verteidigt, die Schulter war nicht ausgekugelt. Aber bestimmt tat sie ziemlich weh. *Frenzi, du musst dein Kraft dosieren. Du musst die Situation kontrollieren. Und hor auf, wutend zu sein. Du musst immer ein cooles Kopf behalten und gleichzeitig dein Intuition reagieren lassen, so dass du weißt, was als nachstes geschieht.*

Tränen stiegen mir in die Augen. Wegen Eric, der seit fünf Jahren tot war, und Felix, der sich Sorgen um mich gemacht hatte. Es gab nicht mehr so viele Leute, die das taten, zumal ich es ja ohnehin nicht wollte. Lebte sich einfach angenehmer. Ohne Beziehung auch keine Delikte. Ich konnte sehr gut auf mich alleine aufpassen, und das, was ich nicht schaffte, erledigte Flipper. Ich kraulte ein wenig an ihm herum. Er war angespannt. Die Situation gefiel ihm nicht. Mir schon, was mir überhaupt nicht gefiel.

»Wenn ich eines Tages ausgeschlafen bin, Frau Fischer«, kündigte Felix Tixel an, »würde ich gerne mal eine Runde Yoga mit Ihnen boxen.«

»Jederzeit«, gab ich mich betont lässig.

Natürlich wäre ich lieber mit dem Kommissar zum Parkplatz zurückgegangen. Aber ich begleitete ihn nur bis zum Waldrand und erklärte dann beiläufig, ich würde noch ein wenig spazieren gehen.

»Etwas anderes habe ich nicht erwartet, Frau Fischer«, verabschiedete er sich formell mit einem Händedruck von mir.

Es war bereits vier, als ich wieder am Parkplatz ankam. Von weitem schon sah ich, dass etwas auf meinem Auto lag und freute mich, dass der Kommissar einen kleinen Gruß für mich hinterlassen hatte. Neugierig rannte ich zur Motorhaube meines Volvo, blieb jedoch auf halber Strecke stehen und schrie, und Flipper bellte und sprang an der Motorhaube hoch mit gesträubtem Nackenfell.

»Flipper! Weg da!« Er knurrte. Am liebsten wäre ich selbst weggerannt. Doch ich musste Ruhe bewahren, musste das Teil anfassen, um wegfahren zu können. Diesen zerquetschten roten, gefiederten Brei. Es war eine Krähe. Ein blutiges Stück Fleisch mit Gefieder, aufgespießt an meinem Scheibenwischer. Ein Auge starrte mich kalt und böse an. Panisch drehte ich mich einmal um die eigene Achse. War ich allein? Oder lauerte da jemand im Gebüsch?

»Flipper, ist da wer?«, brachte ich nur noch würgend heraus. Ich wusste nicht, was da hochkam, aber ich konnte es nicht verhindern und kotzte an den rechten Scheinwerfer. Nach Luft ringend erkannte ich, woher der Gestank rührte. Diagonal über der Motorhaube stand in hellbrauner Hundescheiße: »Hau ab!«

Ich rannte zur Straße, als wäre der Kommissar eben erst weggefahren und winkte wild einem Auto hinterher. Flipper drängte mich zurück und brachte mich zur Vernunft. Ich riss mein Handy heraus, wählte, drückte den roten Knopf. Nachdenken!

Wieso war ich hysterisch?

Das hatte alles nichts mit mir zu tun.

Ich war empfindlich, weil mir der Kommissar eingeredet hatte, ich sei in Gefahr. Das waren Hirngespinste. Seine Berufskrankheit. Wieso sollte ich in Gefahr sein? Ich würde jetzt nicht paranoid reagieren. Ich würde mich nicht in ein Opfer verwandeln, bloß weil der Kommissar mir mit einem frei herumlaufenden Mörder gedroht hatte. Irgendein Schwein hatte einen toten Vogel auf mein Auto gespießt. Vielleicht passte ihm mein Parkplatz nicht. Vielleicht hatte er was gegen Schweden. Oder gegen einen meiner Aufkleber. Das Autobahnwapperl für die Schweiz. Vielleicht hatte einer die Zahlen für sein Nummernkonto vergessen und war deshalb nicht gut auf die Eidgenossen zu sprechen? Damit brauchte ich den Kommissar nicht zu belästigen. Er sollte sich erst mal ausschlafen. Moppelchen auch. Im Grund genommen war doch gar nichts passiert. Bestimmt war der Vogel schon länger tot. Ich würde jetzt zurückgehen, das Massaker fotografieren, die Gummistiefel aus der Plastiktüte nehmen und mit dieser Tengelmanntüte den Vogel vom Scheibenwischer ziehen. Ich würde dabei nicht auf den Vogel schauen. Ich würde den Vogel an einem Ort ablegen, wo ich ihn wiederfinden konnte, falls ich dem Kommissar doch noch davon erzählen wollte. Dann würde ich durch die Waschanlage fahren und nicht mehr dran denken, sondern um neunzehn Uhr gut gelaunt *Body Styling* und danach die Selbstverteidigung abhalten und dann in die Sauna gehen.

Und genauso machte ich es.

Am Mittwochmorgen fühlte ich mich entsetzlich. Ich hatte geträumt, jemand habe Flipper mit einem vergifteten Hendl umgebracht, und während mein Hund kalt und tot in der Ecke lag, kam langsam aber unaufhaltsam mein Mörder auf mich zu. Leider konnte ich sein Gesicht nicht erkennen, bevor er mir einen Jutesack über den Kopf stülpte.

Als meine Kopfschmerzen beim Yogaunterricht nicht verschwanden, bat ich Lydia mich zu vertreten. Sie bot mir großzügig an, nicht nur meinen heutigen Unterricht, sondern gleich die nächsten vier Tage zu übernehmen. »Du hast viel gut bei mir, Franza.« Ich stimmte zu und startete erst mal eine Putzorgie. Ich kümmerte mich nicht nur um das Gröbste, ich widmete mich sogar den Fenstern und räumte den Keller auf – und das alles tat richtig gut. Auf einmal war es zwei Uhr am Nachmittag, und ich war noch immer nicht mit Flipper Gassi gewesen. Zufälligerweise lief ich nicht direkt an der Isar entlang wie sonst, sondern auf dem höher gelegenen Weg, wo man bei schönem Wetter am Wochenende eine reelle Chance hat, von Radlern über den Haufen gefahren zu werden. Dort begegnete mir zufälligerweise Banane. Auf Hundebesitzer ist Verlass, sie halten ihre Zeiten meistens ein, weil sie sich der Illusion hingeben, sie hätten den Darm ihrer Vierbeiner erzogen. Flipper jedenfalls war überfällig. Die Zwölfdreißiger, wie ich sie nenne, fehlte. Flipper erledigt pro Tag in der Regel zwei Geschäfte. Einmal zwischen sieben und acht Uhr, die Morgentoilette, sie ist meistens in drei Stücke portioniert, einmal lang, zweimal kurz; ich bin vertraut mit Anblick und Konsistenz, da ich seine Hinterlassenschaften in kleinen roten Tütchen entsorge, und mittags die Zwölfdreißiger, einmal mittellang, zwei- bis viermal kurz, die sich in Sonderfällen bis zu drei Stunden verspäten kann. Nur sehr selten serviert Flipper abends einen Nachschlag.

Ich wechselte die üblichen Sätze mit Bananes Besitzer, einem wortkargen Mann um die fünfzig im dunkelblauen Jogginganzug – mit Magenfalten und dünnen Lippen – und versuchte dann herauszubekommen, ob er Klaus Hase gekannt hatte, indem ich ihn fragte, ob er auch der Meinung sei, dass die Leute immer unhöflicher würden und so viele Hundehasser unterwegs seien, die einem verbieten wollten, Hunde frei laufen zu lassen. Bananes Besitzer nickte bloß. Selbst auf die direkte Frage, ob er auch mal so einem Typen begegnet sei, fiel ihm nichts ein. Ich hätte ein Foto von Klaus Hase gebraucht, um seiner Erinnerung auf die Sprünge zu helfen und einen Dienstausweis. Leider unterstützte Flipper mich nicht, er entdeckte eine rassige Chihuahua in einem grünen Mäntelchen und gab den jugendlichen Liebhaber – was besonders das Frauchen der Chihuahua überforderte.

Als ich mich daraufhin sehr schnell von Bananes Besitzer verabschiedete, Flipper anleinte und zum Wasser zerrte, kam ich mir ziemlich bescheuert vor. Was war denn das für eine Nullaktion! Was sollte das bringen? Wozu buddelte ich in kalten Maulwurfshügeln herum?

Ich setzte mich ins Gras, schloss die Augen und genoss die Sonne. Ich sollte mir öfter mal einen freien Tag gönnen.

Der Nachmittag fühlte sich ganz anders an, wenn mir auch der Abend gehörte. Irgendwann nickte ich ein und wurde von meinem Handy geweckt. Flipper war weg. Auf die grüne Taste zu drücken und »Flipper!« zu rufen, war eine Bewegung.

»Au!«, kam es zurück.

»Verzeihung«, sagte ich zuerst zum Kommissar und dann zu Flipper, der hinter mir zu ruhen beliebte.

»Franza! Flipper hat die Tatwaffe gefunden! Ich lade Sie zum Essen ein.«

»Was?«, fragte ich, ein wenig verschlafen und noch nicht im Vollbesitz meiner Sinne, die nicht logisch dachten, sondern rosarot, und so ließ ich mich rückwärts ins Gras fallen und war ein paar Augenblicke lang wahnsinnig glücklich. Und als ich dieses verbotene Gefühl als solches entlarvte, vermutete ich, es könnte einen Platz im Tabernakel der Ewigkeit ergattern, man weiß ja nie, an welche Glücksmomente man sich später erinnern wird, doch dieser hier auf der blühenden Wiese an der grünen Isar mit den blendend weißen Kieseln und dem rabenschwarzen Flipper und Felix Tixels haselnussbrauner Stimme am Ohr, doch, das war ein Aspirant.

»Frau Fischer, sind Sie noch dran?«

»Freilich.«

»Sie sagen ja gar nichts.«

»Und Flipper?«, erwiderte ich.

»Ja, klar lade ich Flipper auch ein. Was mag er denn am liebsten?«

»Alles«, sagte ich und verabredete mich rosarot und saublöd und volltussig und total daneben für Freitag um siebzehn Uhr dreißig mit dem Kommissar am Tierladen in Weßling, das ist praktisch Flippers Stammkneipe, und danach wollte der Kommissar mich im Undosa in Starnberg direkt am See zum Essen einladen.

Das machte mir jetzt schon Appetit, und deshalb sagte ich »Tengelmann« zu Flipper. Als wir am Bereiter Anger um die Ecke bogen, geriet Flipper unter den Körnerregen eines alten Taubenweiberls mit Kopftuch.

»Des wollt ich ned«, entschuldigte sie sich erschrocken und lächelte mich zahnlos an.

Flipper schüttelte sich. »Das macht nichts«, sagte ich.

»Scheißtauben!«, brüllte jemand aus dem Fenster.

»Scheißmenschen!«, rief ein Fahrradkurier zurück.

Grinsend überquerte ich die Eduard-Schmid-Straße und spazierte unter den süßlich duftenden Kastanien an der Reichenbachbrücke. Rosafarbene und weiße Blüten am Boden, ein klebriger Matsch, Flipper würde sie in die Wohnung tragen, so wie er früher den König, immer nur den König, geklaut hatte und damit die Schachspieler, die sich bei schönem Wetter hier versammelten, rebellisch gemacht hatte. Das hatte mich einige Flaschen Augustiner gekostet. Bei manchen der Spieler hieß Flipper respektvoll nach einem Schachweltmeister: *Fischer*, weil er zuweilen inspirierend in den Spielverlauf eingegriffen und sich mit zunehmendem Alter auch mal einen Läufer oder Springer geschnappt hatte – manchmal läutete er damit eine neue Spielphase ein und verhalf einem im Schatten des Schach darbenden Denker zu völlig neuen Perspektiven.

12

Am Donnerstagvormittag geschah leider etwas Unvorhergesehenes. Flipper markierte die Buche, was Landpartie bedeutete. Erst als ich die A95 am Autobahndreieck Starnberg verließ, fiel mir ein, dass Landpartie nicht zwingend Wampertskirchen bedeuten musste. Doch ich wollte Klarheit. Einmal noch musste ich nach Wampertskirchen und mit den Widmanns sprechen. Bei der Gelegenheit konnte ich auch Simon fragen, woher er das Fernglas hatte und dann morgen beim Essen reinsten Gewissens in die blauen Augen des Kommissars blicken.

Kurz vor zwölf parkte ich an der Straße vor dem Hof der Widmanns. Zu meiner großen Erleichterung war die Tür zu meinem Häuschen geschlossen und auch sonst wies nichts auf die Anwesenheit von Klaus Hases Schwester hin. Leider schienen auch die Widmanns nicht zu Hause zu sein. Ich ließ Flipper aussteigen und schlenderte zum Eingang des alten Bauernhauses. Ein paar Hühner liefen gackernd durch den Garten. Ihr Gockel krähte. Das war bestimmt nervig, wenn man hier wohnte. Eine weiße Ente sprotzte auf ein Gänseblümchen, das seinen Kopf unter dem Gewicht des flüssigen Spinats ergeben beugte. Barfuß laufen war hier nicht ratsam. An der Eingangstür der Widmanns fehlte die Klingel. Der Schlüssel steckte. Ich klopfte. Nichts rührte sich. Ich klopfte lauter. Schließlich öffnete ich die Tür einen Spalt und rief: »Hallo!« Ein warmer Duft von Rohrnudeln zog in meine Nase. Das Wasser lief mir im Mund zusammen. Rohrnudeln hatte meine Oma jeden Freitag serviert. Mit Zwetschgen aus ihrem Schrebergarten. Flipper stand mit schräg geneigtem Kopf neben mir.

»Ist da wer?«, fragte ich ihn.

Keine Reaktion.

»Flipper, such den Herrn Widmann!«, befahl ich ihm, als ein Auto in den Hof fuhr. Der schlammfarbene Mercedes hatte kaum gehalten, da stürzte ein blondes Mädchen auf Flipper zu.

»Hoit! Sarah! Bleib stehn!«, donnerte eine Männerstimme.

Doch Sarah war nicht zu halten. Sie warf sich Flipper förmlich an den Hals. Da Flipper freundlich wedelte und keine Anstalten machte, das Mädchen zu verschlingen, sah ich keinen Anlass, einzugreifen.

»Sie da! Nehmen'S den Hund weg!«, brüllte mich der ältere Herr an, der aufgebracht und leicht hinkend in meine Richtung gestürzt kam und seinen grünen Hut mit dem Gamsbart im Gehen aufsetzte.

»Der tut nichts«, sagte ich. »Das sehen Sie doch!«

»Sarah! Kimm zu mir.«

»Opa, der ist gaaaanz lieb, schau, wie lieb der is«, warb Sarah und drückte Flipper zum Beweis einen Schmatz auf den Kopf. Da ließ Flipper sich nicht lumpen, fuhr seine lange Zunge aus und schleckte quer über das Gesicht des Mädchens, das begeistert quietschte. Ich schätzte Sarah auf zwölf, offensichtlich war sie zum Reiten gekommen, sie steckte in schwarzen Stiefeln und einer dunkelbraunen Hose mit Ledereinsätzen an den Innenschenkeln.

»Was woin Sie?«, fuhr der Opa mich an. »Sarah, kimm jetzt her!«

Geschmeidig schlüpfte sie an seine Seite und ließ ihre kleine Hand in der großen Opahand verschwinden. Wie ein artiges Hündchen schaute sie zu ihm auf. Das inspirierte Flipper, in vorbildlichem Fuß neben mir Platz zu nehmen. So standen wir uns gegenüber, der Opa und ich, zwei Duellanten.

»Zu den Widmanns tät ich wollen«, sagte ich.

»Die sand ned da.«

»Woher wissen Sie das?«

»Weil sie sonst ja da wären, wenn sie da wären.«

Da hatte der Mann wohl Recht. »Der Schlüssel steckt«, sagte ich.

»Der steckt immer.«

»Und wer sind Sie?«, fragte ich, womit der Opa anscheinend nicht gerechnet hatte.

»Ich?«, rief er. »Ich?« So als würde ihn jeder kennen.

»Des is mei Opa«, sagte Sarah.

»Sarah, geh schon mal zur Bella«, befahl der Opa.

»Des is mei Pferdl«, erklärte Sarah mir und fragte: »Darf der Hund mit?«

»Nein«, verbot der Opa.

Flipper schaute mich empört an. Ich nickte ihm leicht zu. Er stand auf.

»Hoitn'Sie Eanan Köter im Zaum!«

Im Großen und Ganzen bin ich auch bei Hundehassern

meistens freundlich. Viele haben einfach Angst, und die kann man ihnen vielleicht nehmen, indem man beispielsweise erklärt, warum ein unerzogener Hund hochspringt, wenn man die Arme panisch nach oben reißt: Er glaubt, man will mit ihm spielen und hält einen Ball in der Hand versteckt. Was ich überhaupt nicht ausstehen kann, ist das Wort Köter. Das habe ich noch nie auf Flipper sitzenlassen und jedes Mal zurückfäkalt. Ich überlegte mir gerade eine passende Beleidigung, da setzte Flipper sich, und ich merkte, dass er nicht verteidigt werden wollte, ja, dass er mich sogar darum bat, Abstand davon zu nehmen. Vielleicht wegen Sarah. Er liebt Kinder nun mal über alles.

»Der Hund tut nichts«, wiederholte ich widerwillig.

»Mia brauchan hier keinen Hund nicht!«

Die doppelte Verneinung. Also doch ein Verwandter? Oder regional üblich?

»Ja, ja«, sagte ich, drehte mich um und verließ den Hof, ehe meine Beherrschung platzte. Ich wollte bei Simon klingeln und es später noch einmal bei den Widmanns versuchen. Dass mit diesem Opa kein vernünftiges Gespräch möglich war, brauchte ich nicht weiter zu testen. Dabei hätte ich ihm gern mitgeteilt, dass ich es auch nicht in Ordnung fand, wie Sarah reagierte. Es gibt solche Kinder. Die sind verrückt nach Hunden – zum Leidwesen ihrer Eltern.

Auch bei Simon öffnete niemand. Er war wohl noch in der Schule. »Schlecht geplant, Franza«, schalt ich mich, lief mit Flipper um Simons Haus herum und näherte mich dem Grundstück der Widmanns von hinten. Vielleicht waren sie im Garten oder in der Scheune.

»Such, Flipper«, befahl ich ihm.

Er spurtete los, die Schnauze tief am Boden. Ich folgte ihm: Flipper strebte direkt in den Schuppen, eines der Flügeltore stand offen. Gute Idee, da konnte ich gleich mal überprüfen, ob Herr Widmann das Dämmmaterial für mein Haus tatsächlich gelagert oder er diesbezüglich auch gelogen hatte.

Der Schuppen war zweigeteilt. Links diverse Gerätschaften und ein ziemlicher Saustall, rechts ein kleiner Heustadel mit einer Leiter zu einem Heuboden … es war zu verlockend! Flipper buddelte begeistert im Heu und nieste im Überschwang seiner Gefühle. Ich wollte auch Spaß haben und stieg die Leiter hoch. Es war mindestens zweihundert Jahre her, seit ich von einem Heuboden gesprungen war. Oben angekommen blickte ich durch das kleine dreieckige Fenster. Der Opa hatte seinen Arm um Sarahs Schultern gelegt, sie schaute zu ihm auf und erzählte ihm was. Der Opa nickte und lachte. Sein kantiges Gesicht war rund geworden, er ging sogar in die Knie, und ich konnte deutlich erkennen, dass ihm das Schmerzen bereitete, und erklärte Sarah etwas. Die stupste ihn auf die Nase. Der Opa zog sie spielerisch an den Ohren. Sarah zog ihn auch an den Ohren, dann lachten sie beide. Mir stiegen Tränen in die Augen. Einen Opa hatte ich auch mal gehabt, leider nur kurz, so kurz, dass ich mich kaum mehr an ihn erinnern konnte, dafür hatte ich eine doppelte und dreifache Oma gehabt, die mir die ganze Familie ersetzte, und ich sagte leise *Oma* in den Heuschober, und allein das zu hören, tat unendlich gut und genauso weh. *Oma.* Ich sah mich selbst mit acht, neun, zehn Jahren an der Hand meiner Oma und aufschauen zu ihr. Ihre hellroten und später grauen Haare standen in alle Richtungen ab. Fuchs hatte man sie in ihrer Jugend genannt. Ihre Hände waren groß und immer warm und ihre Finger krumm und meistens bräunlich von der Gartenarbeit. Abends, bevor wir ihren Schrebergarten verließen, und wenn die schon schattigen Beete frisch gegossen dufteten, zog sie eine Karotte aus dem Boden, hielt sie kurz unters Wasser und gab sie mir. »Gut für die Augen, Franzi«. Ich biss kräftig zu, es knackte und knirschte, und ich schluckte kleine Erdklumpen mit runter, weil »Dreck reinigt den Magen, Franzi«.

Ich ließ mich die zwei, drei Meter ins Heu fallen und blieb einfach liegen. Da war schon Flippers kalte Schnauze. »Alles okay?«, fragten seine klugen Augen.

Ich umarmte ihn, und wieder mal wäre es sehr schön gewesen, wenn ich mit ihm hätte sprechen können. Er hob eine Pfote und berührte meine Schultern, dann brummte er und wälzte sich im Heu, und bald war er über und über mit Halmen bedeckt, sodass ich gar nicht anders konnte als zu lachen. Und dann musste ich sie ihm natürlich aus dem Fell ziehen. Wie so oft stupste er mich ins Jetzt.

»Und wie sehe ich aus?«, fragte ich ihn.

Freundlich lächelte er mich an.

Ich strich über meine Haare, zog noch ein paar Halme heraus, klopfte meinen Po ab und ging langsam zur Schuppentür. Von Dämmmaterial, Styroporplatten oder zusammengerollter Isowolle keine Spur. Es gab Autoreifen und jede Menge Werkzeug, einen Rasenmäher, Spielzeugtraktoren, eine Werkbank, ein verschlissenes Sofa, eine Kettensäge, Dutzende von Umzugskartons, ein halb aufgeblasenes Kinderbassin und Gerümpel, das weiter hinten im Dunklen lagerte. Es sah fast so aus, als hätte Klaus Hase hier gewohnt. Direkt neben der Eingangstür war ein Vogelkäfig befestigt. Er sah allerdings seltsam aus, er sah so aus wie … Ich stockte. … Wie hatte ich das vergessen können … Das musste ich dem Kommissar erzählen! Vielleicht gab es einen Zusammenhang? Es war schließlich am Dienstag passiert, als ich Klaus Hase gefunden hatte, vielleicht zwanzig, dreißig Minuten davor. Vielleicht …

»Ja, wen homma denn do?«

Flipper schlug einmal kurz an. Zu spät. Wenn er buddelte, war kein Verlass auf ihn.

Ich benahm mich völlig normal. »Grüß Gott, Herr Widmann.«

»Ja, die Frau Fischer! Schau o! Ja mia ham ja schon glaubt, sie wärn verschüttganga.«

Er streckte mir seine schwielige Hand entgegen. Diesmal war ich gewappnet, presste brachial zurück und bemühte mich weiterzulächeln, während er meine Hand mit Nachdruck zerquetschte.

»Wär ja auch kein Wunder, oder?«

»Wieso des?«

»Wie Sie mich beim letzten Mal verabschiedet haben! Der feine Apfelkuchen. In die Brennnesseln!«

»Mei Frau macht wieder oan. Jeden Sonntag. Und des können mia auch schriftlich fixieren.«

Allmählich fand er ins Hochdeutsche, das er anlässlich unserer offiziellen Verbindung wohl für angebracht hielt.

»Und wie schaut's aus?«, wollte er wissen.

»Gut. Und bei Ihnen?«

»S'Haus ist fast leer. Nächste Woche fang ich mit dem Streichen an.«

»Und wer war der Besuch am Sonntag?«

»Frau Fischer: Ich schau nicht, wer Sie besucht, und Sie kümmern sich nicht drum, wer mich besucht. Vastängans?«

Ich nickte.

»Oiso?«, fragte Herr Widmann. »Wann ziangs ei?«

»So schnell schiasn Preißn ned.«

»A geh!«

»Woidl! Woidl! Woidl wo bist'n? ... Ach! Ach, griaß Gott! Gestern erst hamma von Eana gredt.« Frau Widmann streckte ihre weiche warme Hand aus.

»Sie machen Rohrnudeln, gell?«, fragte ich.

»Ja, schon?«, fragend blickte sie zu ihrem Mann.

»Ich war vorhin an Ihrer Haustür. Da habe ich es gerochen. Ich habe auch gerufen. Aber niemand hat mich gehört.«

»Ich war im Keller bei der Waschmaschine«, antwortete Frau Widmann. »Die ist viel zu laut«, fügte sie hinzu und fixierte ihren Mann. Er reagierte nicht. Er brauchte keine neue Waschmaschine.

»Woidl, der Rudi is da.«

»Kimm glei.«

»Na, nur mit da Sarah. Er hat sie hergfahrn, weil ihr Mama no in der Arbeit is. A Lehrerin is grang. Die hom früher Schui aus heit. D'Mama hoit sie dann späda ob. Da Rudi muaß glei weida. Er huift da Sarah nur mit da Bella. Kimmst moi?«

»Gib ihr a Roanudl!«, befahl Herr Widmann und empfahl sich grußlos.

»Kommen's bitte mit«, bat mich Frau Widmann, und da erst begriff ich, dass ich, nicht Sarah, in den Genuss einer Rohrnudel kommen würde. Jep!

Ich folgte Frau Widmann zu ihrem Haus, wo ich in die gute Stube gebeten wurde, in der es aussah, wie man es aus dem Fernsehen oder zum Beispiel aus Frau Feigls Wohnung kennt. Viel Holz, Regal mit Zinnbierkrügen, Bilder der Ahnen, der Ururgroßvater mit Kaiserbart und Pfeife, Kitsch, zünftige Sitzkissen, eine Vase mit Strohblumen – und ofenwarme Rohrnudeln. Mit Sauerkirschen. Ich biss hinein in das Glück meiner Kindheit, drückte die weiche Süße an den Gaumen, genoss das Kitzeln der sauren Frische auf der Zunge und die heimelige Wärme beim Abgang. Natürlich waren die von meiner Oma besser, weil die Erinnerung schon so lang in den alten Fässern gärte, aber diese hier waren auch nicht schlecht.

»Super!«, strahlte ich Frau Widmann an, die sich über mein Kompliment freute.

»Er auch?«, wies sie nach draußen, wo Flipper brav vor der Tür wartete.

»Nein, danke«, lehnte ich ab, da wurde die Haustür aufgerissen, knallte ins Schloss. Herr Widmann polterte durch den Flur in die gute Stube.

»Frau Fischer, es geht doch nicht. Ich vermiete nicht an Sie.«

»Woidl!«, rief Frau Widmann.

»Was?«, rief ich.

Er fuhr mit der flachen Hand durch die Luft. »Aus is'!«

»Und warum?«, fragte ich.

Frau Widmann fragte nichts. Sie wusste, dass sie keine

Antwort bekommen würde. Sie starrte ihren Mann nur aus großen Augen an.

Der blieb direkt vor dem Tisch stehen, und ich verstand sehr wohl. Entweder ich würde sofort gehen, oder er würde mir dabei helfen.

Ich erhob mich langsam. Irgendwie war ich erleichtert. Gleichzeitig auch wütend. Ich war froh, das Haus los zu sein und wollte es jetzt erst recht. Unbedingt.

»Ich pack Ihnen noch eine Rohrnudel ein«, nuschelte Frau Widmann und drückte sie mir dann nackig in die Hand; der Blick ihres Mannes duldete keine Verzögerung.

»Danke, Frau Widmann«, sagte ich und ging zur Tür. Ihre schlechtere Hälfte würdigte ich keines Blickes. Im Hof neben dem Hühnerstall stand mit verschränkten Armen ein breitschultriger dunkelhaariger Mann in einem blauen Overall und musterte mich feindselig.

»Kimm rei, Walter, i hob Roanudln gmacht«, lud Frau Widmann ihn ein, und ich hatte keinen Appetit mehr.

Ich legte die Rohrnudel neben die gestrige Abendzeitung auf dem Beifahrersitz – ich kaufte jetzt jeden Tag die AZ und die tz und suchte nach dem Stand der Ermittlungen im Mordfall des Toten vom Hochsitz, doch es gab keine. Ich war so durcheinander, dass mir erst an der Autobahnauffahrt einfiel, dass ich eigentlich Simon nach dem Fernglas hatte fragen wollen. Was war da eben geschehen? Es machte mich rasend, dass ich jetzt, wo es zu spät war, absolut sicher wusste, dass ich in Wampertskirchen wohnen wollte. Bis München zermarterte ich mir das Hirn, was ich falsch gemacht haben könnte. Immer wieder ließ ich den kurzen Wortwechsel mit Herrn Widmann Revue passieren und kam stets zum selben Schluss: Ich hatte keinen Fehler gemacht. Flipper hatte mir diese Suppe eingebrockt. Wenn das Mädchen nicht zu ihm gelaufen wäre, hätte der ängstliche Opa nicht gegen mich gesprochen. Er steckte dahinter. Er musste erfahren haben, dass ich die neue Mieterin war, und hatte sein Veto eingelegt. So wie er sich aufgeführt hatte, war er ein Familienmitglied. Vielleicht Herrn Widmanns Bruder? Obwohl ... Ähnlich sahen sie sich nicht. Der Opa war feister und kleiner. Vielleicht gehörte ihm ein Teil des Hofes? Er wollte nicht, dass das Haus an eine Hundebesitzerin vermietet wurde. Das war unglaublich! Das war genauso schlimm wie in der Stadt! Wo sollte ich jemals eine neue Wohnung finden! ... Oder lag es daran, dass er mich in der Scheune überrascht hatte? Wollte er vertuschen, dass das mit dem Dämmmaterial gelogen war? Aber vielleicht hatte er es woanders gelagert. Der Hof war riesig. Er wusste doch nicht, dass ich auf der Suche nach dem Material war. Ich hatte in der Scheune nichts angefasst. Ich war einmal vom Heuboden gesprungen – das war kein Verbrechen! Das Einzige, was mir aufgefallen war, war dieser komische Vogelkäfig gewesen. Ob der vielleicht Klaus Hase gehörte, und er sich geärgert hatte, weil er ihn noch nicht weggeräumt hatte? Andererseits hatte er mich in der Scheune freundlich begrüßt und sogar zu Rohrnudeln eingeladen. Dieser Rudi steckte dahinter. Nachdem Herr Widmann mit ihm gesprochen hatte, war alles anders gewesen.

Flipper maulte, weil ich ihm ein Gassi schuldete. Es war immerhin schon zwei. Ich fuhr direkt nach Hause und schlüpfte in die Joggingklamotten. Den Ärger ablaufen. Hinterm

Heizkraftwerk beruhigte ich mich allmählich. Bis zum Tierpark fühlte ich mich relativ gelassen. Um diese Uhrzeit waren nicht viele Jogger unterwegs, eigentlich war es auch zu heiß, doch ich lief gut behütet unter lindgrünen Bäumen meine geliebte Isar entlang. Immer weniger Menschen begegneten uns. Ein paarmal hatte ich das Gefühl, als folgte uns jemand. Das gefiel mir ganz und gar nicht. Ich wollte nicht so Zeug denken wie die Frauen in meinen Selbstverteidigungskursen. Das war die Schuld des Kommissars. Er hatte mir Angst einjagen wollen. Fehlanzeige Felix, dachte ich. Und außerdem hab ich Flipper. »Oder?« Mein schwarzer Riese blieb stehen, drehte sich zu mir und wedelte beruhigend auf mich ein. »Auf die Plätze, fertig, los!« Wir rannten um die Wette. Man muss nicht weit ins Umland ziehen, um Postkartenidylle zu genießen, die gibt es auch in der Stadt. Eine Stunde später hatte ich eine große Runde bis zur Wittelsbacherbrücke gedreht und stand vor Andreas Praxis. So ein Zufall!

»Es gibt keinen Zufall«, behauptete Andrea, als ich sie anrief. »Eben hat eine Patientin abgesagt. Komm doch auf einen Kaffee hoch!«

»Bitte lieber Wasser. Eine ganze Flasche«, bat ich. Ich drehte mich noch einmal um, aber hier war niemand weit und breit.

Ich war erst wenige Male in Andreas Praxis gewesen und fühlte mich nicht wohl dort, weil Andrea sich anders benahm als in der freien Wildbahn. Sie wirkte distanzierter durch ihre professionell zugewandte Aufmerksamkeit. Doch ich hatte großen Durst und ließ das kühle St.-Leonhards-Wasser genussvoll durch meine Kehle rinnen. Andrea erkundigte sich nicht ohne Vorwurf in der Stimme – du hättest dich melden können! – nach der Tatwaffe, und ich erzählte, was seit gestern geschehen war. Den Kommissar erwähnte ich wieder nur kurz – Andrea grinste, fragte aber nicht nach – und widmete mich dann ausführlich dem unerfreulichen Besuch bei den Widmanns. Andrea vermutete wie ich, dass der Opa von Sarah hinter der Entscheidung von Herrn Widmann steckte.

»Wenn du das Haus haben willst, musst du dich wahrscheinlich an ihn wenden.«

»Sympathisch war er mir nicht.«

»Er hatte Angst um seine Enkelin.«

»Ich weiß doch gar nicht, wer das ist! Nur, dass er Rudi heißt.«

»Das wirst du schon rauskriegen, wenn es dir wichtig ist.«

»Also fändest du es gut, wenn ich dort wohnen würde?«

»Das ist bestimmt eine traumhafte Gegend. Aber ... nein, ich fände es nicht gut. Ganz und gar nicht. Doch du wirst kaum auf mich hören.«

»Stimmt.«

»Dann frag mich bitte auch nicht mehr nach meiner Meinung.«

»Das habe ich gar nicht!«

»Vielleicht kannst du dich jetzt mal dazu aufraffen, in München nach einer Wohnung zu suchen. Du hast genügend Zeit.«

»Und wenn ich keine kriege?«

»Dann ziehst du für ein paar Wochen zu mir. Du kannst mein Arbeitszimmer haben. Das brauche ich nicht mehr, seit ich die Praxis habe.«

Flipper wedelte entzückt.

Ich sah keine Veranlassung, mich stationär bequatschen zu lassen, und war trotzdem gerührt. »Vielen Dank!«

Flippers Rute sank auf Halbmast und wedelte verkrampft nur das Nötigste weg. Schon wieder grinste Andrea. Ich tat, als würde ich es nicht bemerken und goss mir noch ein Glas Wasser ein.

Andrea schaute auf ihre Uhr. »Musst du nicht zum Unterricht?«, fragte sie mich.

»Hab heute frei.«

»Aha.«

»Dieser Kommissar hat mich zum Essen eingeladen.«

»Ach.«

»Mmh.«

»Heute?«

»Nee, morgen.«

»Und wo?«

»Starnberg. Undosa.«

»Feine Adresse.«

»Hm.«

»Und was ziehst du an?«

»Spinnst du?«

»Wieso?«

»Das ist doch völlig egal.«

»Hey, Franza, du hast ein Rendezvous!«

»Nee. Das ist ein ... ein Geschäftsessen«, erwiderte ich, weil mir auf die Schnelle nichts anderes einfiel. »Ich bin eigentlich gar nicht eingeladen. Flipper ist eingeladen. Und da er nicht geschäftsfähig ist, bin ich dabei.«

Andrea bemühte sich, ernst zu bleiben. »Verstehe.« Dann

wollte sie wissen: »Was sagt der Kommissar eigentlich dazu, dass du in das Haus einziehen willst?«

»Will ich ja gar nicht mehr«, behauptete ich und dachte: *Wollte ich nie.* Es war nur so ein Spleen. Und der war jetzt vorbei. So würde ich dem Kommissar wunderbar beiläufig davon erzählen können. So würde ich ihm in einem belanglosen Nebensatz sogar anvertrauen können, dass ich Klaus Hases Schwester kennengelernt hatte, und ich durfte wissen, dass dort eingebrochen worden war. Ich würde das Haus nicht mieten. Das war die Wahrheit. Für heute und morgen. Übermorgen konnte ich mich immer noch um den Opa kümmern. Und wenn der Kommissar mein Verhalten abstoßend finden würde, konnte ich nichts dafür. Ich hatte im Schock reagiert. Eine Panikattacke wegen der mir bevorstehenden Obdachlosigkeit.

»Du sag mal«, fragte ich Andrea, »in Panik, da macht man doch Sachen, die man sonst eher nicht tun würde, oder?«

Sie nickte. »Vor allem vergisst man viel. Die Panik schränkt die Fähigkeiten des Gehirns ein. Es läuft praktisch nur noch auf Notstrom. Ich habe gerade eine Patientin, deren Haus ist abgebrannt – und sie hat ihre Katze vergessen! Obwohl die ihr Ein und Alles ist!«

»Und dann?«

»Die Feuerwehr hat sie gerettet.«

»Gottseidank!«, entfuhr es mir.

»Man kann sich bei Kommissaren auch ohne Panikattacke vergessen«, kicherte Andrea.

Ich verdrehte die Augen. »Ich glaube, du brauchst mal wieder eine Affäre.«

»Ach Franza! Sei doch nicht immer so ruppig.«

»Hey, ich habe nicht an so was gedacht.«

»Aha, woran denn sonst?«

»Ich wollte wissen, ob man in Panik leichter etwas vergisst.«

»Ja, das habe ich dir doch gerade an einem Beispiel beantwortet. Das Gehirn arbeitet nur mehr eingeschränkt. Wieso fragst du?«

»Weil ich etwas vergessen habe.«

»Und was?«

»Einen Vogelkäfig. Und ich weiß nicht, ob das vielleicht wichtig ist.«

Andrea beugte sich vor.

Es klingelte.

»Macht nichts«, sagte ich schnell. Irgendwie hatte ich das Gefühl, ich sollte zuerst dem Kommissar davon erzählen. Über fehlenden Gesprächsstoff brauchte ich mir somit keine Gedanken zu machen.

13

Natürlich hatte ich mir Gedanken gemacht, wie das Treffen mit dem Kommissar verlaufen würde. Ich hatte den ganzen Tag und auch die Nacht davor nichts anderes gemacht als mir Gedanken. Und dann kam alles ganz anders, denn der dunkle BMW des Kommissars blinkte mich bereits an der Autobahnausfahrt bei der Allguth Tankstelle in Oberpfaffenhofen an. Keine Ahnung, wie lang er schon hinter mir gefahren war oder ob er mich zwischendurch mal überholt hatte. Ich wollte nicht darüber nachdenken, wie oft ich meinen Hals gereckt hatte, um mich im Rückspiegel zu betrachten oder meine Haare durchzuwuscheln. Ich winkte zurück, als wäre nichts dergleichen vorgefallen, und achtete darauf, die Geschwindigkeitsbegrenzung von 70 km/h einzuhalten. Am Ortseingang von Weßling bremste ich ruckartig auf 50 km/h ab. Ich blinkte lange, bevor ich rechts abbog zum Parkplatz des Tierladens, der sich an der Hauptstraße beim S-Bahnhof befindet. Flipper flippte seit Autobahnende aus. Er kennt den Weg. Ich kaufe hier gerne ein, weil Flipper seine neugierige Nase in alle Tüten stecken und sich selbst bedienen darf. Wenn ihm Herr oder Frau Tierladen großzügig etwas anbieten, verschmäht er das. Er will selbst wählen und stupst und rupft so lange an den durchsichtigen Plastiktüten im Regal hinter der Kasse, wo die wahren Delikatessen lagern, bis er am Ziel ist.

Der Kommissar parkte neben mir und kramte auf dem Beifahrersitz herum. Ich nutzte die Gelegenheit, Flipper aussteigen zu lassen, der die Treppen zum Tierladen hochspurtete, wo just in diesem Moment ein Chihuahua im roten Mäntelchen erschien. Das Frauchen des Chihuahua riss ihr zitterndes Laborhündchen hoch. Ich packte Flipper am Halsband, der leckte sich aus Verlegenheit übers Maul – was in diesem Zusammenhang makaber wirkte.

»Hallo, Franza! Sind Sie auf der Flucht?«, begrüßte mich der Kommissar.

Flipper jaulte. Wie konnten wir am Paradies nur so lange vor verschlossener Tür darben!

»Hallo Flipper«, sagte der Kommissar, »du bist eingeladen.« Er sah wieder umwerfend aus, obwohl er mir in Jeans besser gefiel, heute hatte er sich richtig schick gemacht, schwarze Hose, weißes, dezent gemustertes kurzärmeliges Hemd, und ich war froh, mich in letzter Sekunde ein drittes Mal umgezogen zu haben. Das neue rote, knielange Sommerkleid mit dem kecken Dekolleté stand mir sehr gut, wie mir vorhin auch Herr Brunnhummel vom Getränkemarkt bestätigt hatte. »Ja, die Frau Fischer! Reschpekt!« Ausnahmsweise trug ich keine Gassischuhe, sondern Middle Heels, und ich hatte mir sogar die Zehennägel lackiert. Einfach mal so zum Training der Feinmotorik.

Frau Tierladen begrüßte uns freundlich wie immer. »Ja grüß dich, Flipper ... und, ach grüß Gott, Frau Flipper, ja so was, schau an, der Herr Flipper ist auch mal dabei, grüß Gott.«

Felix Tixel grinste breit.

Alle anderen Kunden werden hier mit Frauli oder Herrli angesprochen. Das kann ich nicht ausstehen, doch ich konnte natürlich nicht verlangen, als Chefin tituliert zu werden, denn die Chefs sind ja Herr und Frau Tierladen, also hatten wir uns auf Frau Flipper statt Flipperfrauli geeinigt.

Frau Tierladen klopfte Flipper auf die Schulter. »Gar nicht nass heute?«, stellte sie fest.

»Wir waren noch nicht am See«, erklärte ich. Normalerweise badet Flipper im Weßlinger See, ehe wir auf der Heimfahrt beim Tierladen halten.

»Lässt dein Herrli dich nicht schwimmen?«, fragte Frau Tierladen.

Der Kommissar widersprach dieser Anrede nicht. Sein Problem. »Was empfehlen Sie uns denn?«, fragte er ein wenig unbeholfen.

Frau Tierladen starrte ihn an. »Wie? Empfehlen?«

Ich bemühte mich, ernst zu bleiben. Woher sollte Felix wissen, dass Flipper keine Beratung benötigte.

»Flipper soll was ganz Besonderes kriegen.«

Frau Tierladen nickte zuerst langsam, dann schneller. Mir schwante das Schlimmste. Nein, wir brauchten keinen Ochsenziemer, um Flipper wegen unseres bevorstehenden Nachwuchses freundlich zu stimmen. Ochsenziemer nennt man die Haut des getrockneten, schraubenförmig gedrehten und lang gezogenen Bullenpenis; er ist hart wie ein Knochen. Ob der Kommissar das wusste?

»Hm? Vielleicht ... Rindfleisch?«

Felix hörte nicht zu. Er hatte die Hundespielzeuge entdeckt und vergnügte sich damit, auf bunte Bälle und Knochenimitate zu drücken, die in Todesangst quietschten.

»Das kommt mir nicht ins Haus!«, bremste ich ihn.

Bedauernd zuckte er mit den Schultern. Ich wechselte ein paar Worte mit Frau Tierladen, und als ich mich wieder zu Felix umdrehte, hielt er ein braunes Lederhalsband in der Hand und sah auf einmal traurig aus. *Leder*, dachte ich, *typisch Mann*. Ich hatte Flipper noch nie in Leder gezwungen, sondern bunte Farben und flippige Dessins für ihn ausgesucht. Obwohl Flipper im Paradies normalerweise keine Termine für psychologische Interventionen frei hat, wendete er sich kurz von seiner halb geschlachteten Plastiktüte ab, wo sich ein paar getrocknete Würste in ihren letzten Zuckungen wanden, und wedelte Felix aufmunternd zu. Der merkte das gar nicht, weil er uns nicht anschaute. Flipper nicht, mich nicht. Er hängte das Halsband zurück. Ich hätte gern gewusst, was er dachte.

»Das würde Flipper bestimmt gut stehen«, mischte sich Frau Tierladen ein.

»Wir brauchen kein Halsband«, sagte ich.

Felix entdeckte ein rosa Schwein und hob es wie eine fette Beute in die Luft. Es sah täuschend echt und brüllend komisch aus, quiekte allerdings nicht, sondern oinkte. Felix hielt es mir ans Ohr und drückte sanft drauf.

»Hör mal«, schon wieder duzte er mich, »es erzählt dir ein Geheimnis.«

Ich kicherte, weil ich nicht wusste, was ich sonst hätte tun sollen. Geheimnis? Was für eine Vertraulichkeit! Der Kommissar war ein ganz normaler Mann und noch besser: ein Mensch. Die Erkenntnis haute mich fast um.

Flipper interessierte sich nicht für das Schwein. Er hatte eine neue Tüte hinter der Kasse ausgebuddelt und zerfetzte sie im Plastikrausch.

»Fahren Sie bei mir mit?«, fragte der Kommissar, nachdem er ohne mit der Wimper zu zucken 15 Euro bezahlt hatte.

Frau Tierladen schaute irritiert von ihm zu mir und errötete dann zart.

»Flipper haart gerade ein bisschen und ...«

»Ich kann eine Decke auf die Rückbank legen«, sagte er und punktete natürlich gewaltig.

»Ich fahr lieber selber«, log ich.

»Wie Sie wollen.«

Der Kommissar hatte Glück bei der Parkplatzsuche und wartete in Starnberg am Bahnhof auf mich. An der Buchhandlung neben der Unterführung steckte er einen Ratgeber zurück in das Buchkarussell. »Nein, ich interessiere mich nicht für Schüsslersalze«, lachte er mich offen an. »Ich habe einfach nur geblättert.«

»Sie lesen auch Bücher, für die Sie sich gar nicht interessieren?«, fragte ich gespielt verwundert.

»Bevor man weiß, was einen interessiert, muss man wissen, worum es geht.«

Eins zu null für ihn.

In der Unterführung, die an der Seepromenade mündet, sprachen wir nicht miteinander, denn es kamen uns viele Leute entgegen, auch Jugendliche auf Skateboards, die sich einen Spaß daraus machten, eng an uns vorbeizufahren.

»Buh«, erschreckte der Kommissar einen, und der zeigte ihm den Stinkefinger. Felix grinste. Ganz locker und privat sah er aus im milden Abendlicht am See. Aber worüber sollten wir jetzt reden? In meinem Kopf rauschte es bloß.

»Servus Felix«, wurde der Kommissar da an einer der drei Bootsverleihhütten begrüßt.

»Grüß Gott, Herr Schroppmaier«, grüßte er zurück.

Ein alter o-beiniger Mann mit einem vom Wetter gegerbten Gesicht unter einem Strohhut stellte sich uns in den Weg. Felix schüttelte ihm die Hand.

»Na Felix, wuist a paar Würmer baden?«

Felix grinste. »Schmarrn. Ich hab kei Angel dabei.«

Der alte Mann zwinkerte Felix zu. »Host ja was anders g'angelt. Was Bessas dad i song!«

Jetzt grinste ich.

»Viel los?«, fragte Felix den Bootsverleiher.

»Freilich. Jetzt druckt'ses olle aussi. Mia hom praktisch nur no zwoa Boote heraussn. Wie wär's? Junge Dame?«

»Lust auf eine Bootsfahrt?«, fragte Felix mich.

»Da Hund derf mit!«, bot der alte Mann freundlich an.

Ich schüttelte den Kopf. Dies war ein Geschäftsessen, kein Freizeitvergnügen.

»Ja ja!«, grinste der Alte. »Ned amal rudern müsstest, Felix. Mia ham jetzt bloß no Elektroboote.«

Der Mann wandte sich an mich. »Der Felix war der beste Schifferlbua. So vui Trinkgeld wie der hot koa anderer eingschteckt.«

»Oiso, Herr Schroppmaier! Sowas verrät ma fei ned!«, rief Felix mit gespielter Empörung; Sonnenstrahlen in den Augenwinkeln.

»Die junge Dame muss doch wissen, woran sie is mit dir.«

»Und was is des jetzt genau, ein Schifferlbua?«, fragte ich.

»Der hilft den Leuten beim Einsteigen und Aussteigen und hält das Boot.«

»Ein Ferienjob«, warf Felix ein.

»Und jeds Wochnend«, ergänzte Herr Schroppmaier. »Du warst ja praktisch immer am Wassa, bis dich dann für die Madln interessiert hast.« Der Alte blinzelte mir zu. »An guaden Gschmack hat er ja schon immer ghabt, unser Felix.«

Wenig elegant wechselte Felix Thema und Intonation. »Und sonst, Herr Schroppmaier? Passt alles?«

Der alte Mann seufzte. »Bis auf den Kormoran. Des alte Lied.«

Felix zuckte mit den Schultern.

»I woaß scho, dass ma do mit dia ned redn ko. Du bist ja allawei schon imma a Grüna gwen.«

»Ich mein halt, dass der Kormoran a Bestandteil der Gewässerökosysteme ist und ...«

»Ja, ja«, unterbrach der Alte. »Du bist no imma da selbe.«

»Danke gleichfalls«, gab Felix das Kompliment zurück.

Wir waren ein paar Schritte weiter, da sagte der Kommissar zu mir. »Der ist schon weit über achtzig.«

»Das sieht man ihm gar nicht an.«

»Die gute Seeluft!«

»Und warum sagt er Du zu Ihnen, und Sie sagen Sie zu ihm? Hat er Ihnen kein Du angeboten?«

»Doch. Aber das geht irgendwie nicht«, sagte der Schifferlbua. »Und außerdem ist er mir im Sie näher als viele andere im Du.«

»Und woher kennen Sie ihn?«

»Von meinem Opa.«

»Kommen Sie aus Starnberg?«

»Ja. Das heißt, nein. Mein Opa. Ich bin in München geboren.«

»Ihr Opa hat geangelt?«

»Er war ein Fischer, Frau Fischer.«

Wir gingen am Ufer entlang, er erzählte, und ich sah ihn sitzen neben seinem Opa in dem Kahn, der Jackl hieß. Ganz früh im Morgengrauen fuhren sie raus mit dem Außenborder. Als der Opa ein junger Mann gewesen war, hatte er ausschließlich gerudert, und später, wenn er Streit mit seiner Frau hatte, vermisste er das Rudern, weil es sich dabei besser denken ließ – in dem gleichmäßigen Vor und Rück und Auf und Ab und Plätschern und Schlagen. Felix durfte kein Wort sagen, und er hätte auch gar nicht reden wollen, weil der See so viel erzählte. Durch die Wolkentürme brach die Sonne, manchmal hörte man eine S-Bahn rauschen, sonst nichts. Die Fischer redeten alle nicht viel. Nur was sein musste. Und dann wurden die Netze durchgeklaubt, die der Opa abends ausgelegt hatte. »Da beugt man sich über Bord«, sagte Felix und machte es mir vor, »und nimmt mit beiden Händen die Netze aus. Wenn dann die Sonne auf die Schuppen von einem Fisch fällt – das glitzert, dass man fast eine Sonnenbrille braucht.« Vielleicht ein bisschen verlegen lachte er. Steckte die Hände in die Hosentaschen. »So ungefähr.«

»Und was hat es mit dem Kormoran auf sich?«, fragte ich.

»Die Fischer sagen, der Kormoran ist ein Küstenvogel, und der hätte nichts an den heimischen Binnenseen verloren.«

»Ach ist das dieser Killer, der alle möglichen Fische tötet, ohne sie zu fressen?«

»Sehen Sie, Frau Fischer, genau das gefällt mir nicht: Zuerst wissen Sie nicht, was der Kormoran ist, und dann nennen Sie ihn Killer. Er wird auch als Unterwasserterrorist bezeichnet. Und ganz nebenbei wurde er 2010 zum Vogel des Jahres gekrönt.«

»Aha«, sagte ich verblüfft. Ich kannte Felix Tixel kein bisschen. Ich kannte nur mich selbst und meine Vorstellungen.

»Der Kormoran ist sehr intelligent und lernfähig«, führte der Kommissar aus. Anstatt selbst zu jagen, holt er die Fische aus den Netzen. Er lässt quasi andere für sich arbeiten. Er ist nicht sehr groß, aber er peckt überall rein, verletzt Fische, die er dann nicht frisst. Er schreckt auch nicht vor einer Forelle mit einem guten Dreiviertelmeter zurück. Dem ist das egal, ob er sie fressen kann oder nicht. Und das macht ihn für viele Leute so unsympathisch.«

»Für Sie nicht?«

Felix zuckte mit den Schultern. »Ich habe mich lange nicht mehr mit solchen Fragen beschäftigt. In der Pubertät musste ich anderer Meinung sein als mein Opa. Waren Sie nicht auch so in dem Alter?« Er grinste. »Nein, waren Sie nicht. Sie sind von Haus aus so.«

Auf einmal standen wir am Undosa, und natürlich wusste der Kommissar, woher der Name kam. *Unda* heißt lateinisch Welle und das Undosa war das erste Wellenbad Deutschlands. Felix' Urgroßvater hatte in den künstlichen Wellen eine Riesengaudi gehabt. Das klang so, als würde ihn Felix ein bisschen darum beneiden. Auch Flipper fand das Thema interessant und beobachtete uns aufmerksam. Der kluge Kommissar hatte einen Tisch bestellt, vorne am Wasser, und nicht nur das, für einen Welcome-Drink waren zwei Liegestühle für uns reserviert.

»Campari?«, fragte der Kommissar mich.

»Orange«, sagte ich.

Er bestellte, und während wir auf den Aperitif warteten, schauten wir schweigend aufs Wasser. Glatt wie ein Spiegel und petrolblau lag uns der See zu Füßen, und ich war total durcheinander, weil ich überhaupt nicht durcheinander war. Es war einfach nur angenehm mit dem Kommissar an meiner Seite. Und mehr noch. Schön. Wahnsinnig schön.

»Machen Sie das eigentlich öfter?«, wollte ich wissen.

»Was denn?«

»Mit Auffinderinnen essen gehen?«

»Ständig«, schmunzelte der Kommissar.

»Das habe ich mir schon gedacht«, sagte ich schnell.

»Wir wollen nicht vergessen, Frau Fischer, dass Flipper diese Einladung erschnüffelt hat. Sie sind praktisch bloß sein Anhängsel.«

»So ist es mir persönlich auch am liebsten«, erwiderte ich. »Wenn Flipper jetzt noch das Fernglas findet und vielleicht, wenn er gerade dabei ist, den Laptop des Toten und das eventuell vorhandene Passwort knackt – dann, Frau Fischer, lade ich ihn gern noch mal ein, und wenn es ihn freut, miete ich einen eigenen Liegestuhl für ihn.«

Die Bedienung brachte unsere Campari, und ich bedankte mich überschwänglich und widmete mich dann ausgiebig meinem Getränk. Hoffentlich war mein Gesicht nicht so rot, wie es sich anfühlte. Das Fernglas! Klaus Hases Fernglas! Ich musste mit Simon sprechen – bevor ich dem Kommissar davon erzählte. Bestimmt hatte Simon das Zeiss irgendwo gefunden. Warum hatte er das nicht seinen Eltern erzählt? ... Am besten, Flipper würde das Fernglas nachträglich aufstöbern. Ich müsste es gründlich abrubbeln, vielleicht mal ins Wasser werfen? Ich müsste ...

»Noch einen, Frau Fischer?«, fragte der Kommissar.

Ich hatte mein Glas ausgetrunken. O wie peinlich!

»Ich, äh, ich hatte so Durst«, sagte ich.

»Eine Flasche Pellegrino bitte«, bestellte der Kommissar bei der Blondine mit dem tiefen Dekolleté, die auch den Campari serviert hatte.

»Wieso sind Sie eigentlich Polizist geworden und nicht Fischer?«, fragte ich, um mich vom Fernglas abzulenken.

»Ach im Grunde genommen ist das gar nicht so weit weg voneinander«, lächelte der Kommissar. »Irgendwie ist man immer am Fallenstellen und fängt manchmal dicke Fische.«

»Was für Fische kommen denn hier am See vor?«, fragte ich. Es interessierte mich nicht besonders, aber es war ein Thema. Ungefähr so spannend wie Briefmarkensammeln. Mehr hätte ich nervlich kaum verkraftet.

»Die Renke ist der Hauptfisch. Aber es gibt auch Hecht, Aal, Karpfen und natürlich den Birschling, also den Barsch.«

»Und Forellen?«

»Ja, auch, aber die Forellen, die man auf den Teller bekommt, das sind Zuchtforellen. Die Fischer hier fangen keine normalen Portionsforellen. Wenn so eine Seeforelle Platz hat und gut räubern kann, wird sie ganz schön lang. Die passt auf keinen Teller mehr, ja manchmal kaum auf einen Tisch.«

»Angeln Sie noch immer?«

»Leider nicht.«

»Warum leider?«, fragte ich enttäuscht. Ein Angler! Das passte überhaupt nicht zu dem Felix, den ich zu kennen geglaubt hatte, insgeheim!

»Weil es die Nerven beruhigt. Ich kenne einige Angler, die werfen die Fische zurück oder verschenken sie. Die essen gar keinen Fisch. Die machen das, um zur Ruhe zu kommen.«

»Angeln als Meditation«, spottete ich.

Felix nickte. »Aber ich habe seit Jahrzehnten keine Angel mehr in der Hand gehabt, und ich weiß auch nicht, ob es mir Spaß machen würde ohne meinen Opa. Und außerdem habe ich viel zu wenig Zeit.«

»Dann wäre Meditation genau das Richtige für Sie.«

»Kann schon sein.«

»Wie wär's mal mit Yoga?«

»Bei Ihnen, Frau Fischer? Das ist mir zu gefährlich!« Er hob sein Glas, prostete mir zu und trank es aus.

Mir war ein bisschen schummrig. Ich hatte seit Stunden nichts gegessen. Und ich musste noch das loswerden, was mir eingefallen war, nachdem es mir so lange entfallen war. »Ich habe da übrigens etwas entdeckt …«, begann ich zögernd.

Der Charme fiel aus seinem Gesicht. So laut, dass Flipper neugierig den Kopf hob. »Frau Fischer! Sie sollten doch nicht …«

»Ja, ja«, sagte ich schnell. »Das war ja auch vorher. Es war an dem Tag, an dem ich Klaus Hase gefunden habe. Eine halbe Stunde zuvor vielleicht … oder zwanzig Minuten. Ich habe es vergessen. Das tut mir wirklich leid, und ich habe keine Ahnung, ob das wichtig ist, für mich war dieser Tag einfach der Tag, an dem ich den Toten gefunden habe und das davor, das mit dem Vogel ...«

»Vogel?«

»Flipper hat einen Vogel in einem Käfig gefunden«, sagte ich. Meine Stimme klang widerwillig. Das wollte ich nicht. Es tat mir aufrichtig leid, dass ich diese Begebenheit vergessen hatte.

»Wo? Am Hochsitz?«

»Nein, irgendwo in der Nähe. Im Prinzip im Wald, aber eher auf einer Lichtung. Ich hätte dieses Drahtgestell nie entdeckt. Es war mit Zweigen wie von einem Adventskranz getarnt. Flipper hat das Teil aufgestöbert. Es war auch kein Käfig, also es war natürlich schon einer, aber er sah komisch aus, ich meine ...«, sollte ich dem Kommissar anvertrauen, dass ein solcher Käfig in Herrn Widmanns Scheune hing? Wie sollte ich ihm erklären, dass ich dort nach Dämmmaterial gesucht hatte. Felix Tixel hatte die Scheune bestimmt inspiziert, und außerdem war er Hauptkommissar und würde wohl selbst drauf kommen, dass der Käfig Klaus Hase gehört haben musste.

»Weiter, Frau Fischer, weiter!«

Weiter ... womit? »Ja, also wie gesagt, sah dieser Käfig komisch aus«, begann ich stockend, wurde sicherer, weil nun das Bild des Drahtgestells vor meinem geistigen Auge auftauchte. »Er sah nicht aus, wie Vogelkäfige normalerweise aussehen, eher wie ein vergitterter Papierkorb. Oben war so eine Art Bügel angebracht, und drinnen saß ein Vogel ...«

»Ein Lockvogel!«, rief der Kommissar.

»Wie?«

»Ein Fangkorb mit Lockvogel!«

Der Kommissar winkte der Bedienung mit einer solchen Autorität, dass sie sofort erschien, und es hätte mich nicht gewundert, wenn sie salutiert hätte. »Bitte, bringen Sie mir Papier und einen Stift.«

Die Bedienung zog das Gewünschte aus ihrer dicken schwarzen Geldtasche.

Der Kommissar zeichnete mit schnellen Strichen.

»Ungefähr so?«, fragte er.

»Genau so«, nickte ich.

Der Kommissar ließ den Kugelschreiber sinken. »Ich glaube, so was nennt man Habichtfangkorb.«

»Und wozu soll das gut sein?«

Er ließ den Kugelschreiber virtuos durch seine Finger wandern. »Um einen Raubvogel zu fangen. Was im Übrigen verboten ist. Bei uns in Deutschland sind alle Greifvögel geschont. Das Aufstellen eines solchen Korbes erfordert eine Sondergenehmigung. Wir werden das überprüfen.«

»Und wie funktioniert so ein Fangkäfig?«

»Der Raubvogel will an seine Beute und löst beim Herabstoßen die Falle aus. So wird er im oberen Teil des Fangkorbes in den Netzen unversehrt gefangen. Gleichzeitig öffnet sich im Unterteil des Korbes eine Tür, und der Lockvogel kann entkommen.«

»Aber wer fängt denn einen Raubvogel! Den kann man doch nicht im Wohnzimmer halten! Das ist doch Blödsinn! Ein Vogel muss fliegen!«

Der Kommissar knüllte seine Zeichnung zusammen. Ich hatte den Eindruck, er war wütend, doch er lächelte mich an.

»Frau Fischer«, sagte er in angespanntem Ton, als hätte er

sein Pistolenhalfter deutlich zu eng geschnallt, »warum fällt Ihnen das erst jetzt ein?«

»Es tut mir leid, ich habe es vergessen!«, rief ich.

»Und wann ist es Ihnen wieder eingefallen?«

»Gestern.«

»Warum sagen Sie es mir dann erst heute?«

»Ich wusste gestern, dass wir uns heute sehen.«

»Und warum habe ich ständig den Eindruck, dass Sie noch viel mehr wissen?«

»Das weiß ich nicht«, sagte ich leise.

»Was hindert Sie daran, mir mitzuteilen, was Sie noch wissen? Inwiefern haben Sie mit dieser Sache zu tun?«

»Ich habe nichts damit zu tun!«

»Ich werde das Gefühl nicht los, dass da noch irgendetwas ist. Und das gefällt mir nicht. Denn auf mein Gefühl kann ich mich verlassen.«

»Schön für Sie«, entflutschte es mir. Schnell schob ich nach: »Da ist nichts.« Da war ja wirklich nichts. Das Einzige, was ich für eine kurze Zeit noch zurückhalten wollte, war die Geschichte mit dem Fernglas. Ich wollte erst mit Simon sprechen, ehe die Polizei bei seinen Eltern aufkreuzte. Alles andere war meine Privatangelegenheit. Ja, ich hatte mir vorgenommen, dem Kommissar von meiner Bewerbung um das Haus zu erzählen, doch der Abend war noch jung. Später vielleicht. Nach einem Glas Wein. Oder zweien. Hauptsache nach dem Essen, wenn man satt und friedlich und gütig gestimmt träge dem Schwappen des Wassers lauschte.

»Klaus Hase hat erst vor kurzem die Falknerprüfung absolviert«, sagte der Kommissar in einem Ton, als würde er mit sich selber reden. »In Bayern darf man nur einen Falken halten, wenn man auch im Besitz eines Jagdscheins ist. Den hatte Herr Hase nicht. Es ist im Übrigen alles andere als leicht, an Falken zu kommen. Deshalb werden sie zum Teil illegal verkauft. Vielleicht kann man sich mit Hilfe eines Lockvogels einen fangen.«

»Man kann Vögel auch ausstopfen«, entfuhr es mir in Erinnerung an das Massaker in Klaus Hases Wohnung.

»Ja, dafür werden sie ebenfalls gefangen, aber das ist alles illegal. Wo genau haben Sie den Käfig gefunden, Frau Fischer?«

»Flipper hat ihn gefunden.«

Ausnahmsweise reagierte der Kommissar nicht auf diese Korrektur. »Erinnern Sie sich an den Ort?«

»Nein, es tut mir leid, das ist zu lange her, und außerdem sieht da alles gleich aus, ... nein, ich glaube nicht.«

»Wenn der Käfig tatsächlich von Klaus Hase stammen würde, müsste er noch dort stehen«, dachte der Kommissar laut, »er hatte schließlich keine Gelegenheit, ihn wegzuräumen ... Haben Sie den Käfig berührt? Haben Sie irgendetwas verändert?«

»Ich habe den Vogel fliegen lassen.«

»Gut. Sonst wäre er vielleicht verendet. Was für ein Vogel war das?«

»Ich weiß nicht ... Vielleicht eine Amsel? Nein, eher eine Taube? Sicher kein Spatz, der Vogel war größer. Keine Ahnung. Ich habe überhaupt kein Bild dazu. Ich weiß nur, dass er nicht bunt war. Tut mir leid, ich könnte den Vogel bestimmt beschreiben, wenn ich nicht kurz darauf den Toten gefunden hätte! Das hat alles andere überlagert. Wenn ich

Klaus Hase nicht gefunden hätte, wäre der Käfig die Sensation gewesen, verstehen Sie! Man findet nicht mitten im Wald einen Vogel hinter Gittern!«

»Hat Flipper gebellt?«

»Ja, klar. Das war auch für ihn was Besonderes.«

»Wenn jemand in der Nähe gewesen wäre ... Hätte er das gehört?«

»Wahrscheinlich schon. Flipper hat ja eine ziemlich laute und kräftige Stimme.«

Tock, tock, tock.

»Haben Sie jemanden gesehen?«

»Nein. Nur den Jeep mit der Staubwolke«, sagte ich, während ich Flippers großen schwarzen Kopf kraulte.

»Ich muss mal kurz telefonieren«, sagte der Kommissar. Ich trank ein paar Schluck Wasser und schaute ihm nach, wie er an der Promenade auf und ab lief und gestikulierte. Seine Bewegungen waren dynamisch und energiegeladen. Zu gern hätte ich gewusst, was er wem sagte, und das fragte ich ihn dann auch, doch ich erhielt keine Antwort.

»Woher kennen Sie sich mit Vögeln überhaupt so gut aus?«, wollte ich ersatzweise wissen, stockte, spürte die Hitze in meinem Gesicht. Der Kommissar schien meine Verlegenheit zu genießen und musterte mich genüsslich. »Es freut mich, dass Sie mich diesbezüglich für einen Fachmann halten, Frau Fischer«, grinste er schließlich. »Die Wahrheit ist, dass ein Kollege aus unserer Ermittlungsgruppe bei einem Falkner recherchiert hat.«

»Wie viele Leute arbeiten denn an dem Fall?«, fragte ich und wunderte mich, dass ich eine Auskunft bekam.

»Wir sind zu zwölft.«

»Sind Sie immer in Fürstenfeldbruck stationiert, oder gehören Sie normalerweise zu München?«

»Die Kripo Fürstenfeldbruck ermittelt in den vier Landkreisen Starnberg, Fürstenfeldbruck, Landsberg und Dachau und gehört zum Polizeipräsidium Oberbayern Nord mit Sitz in Ingolstadt. Wenn Sie aus einem dieser vier Landkreise die 110 wählen, landen Sie automatisch in der Einsatzzentrale Ingolstadt. Von hier wird Ihr Anruf weitervermittelt, in unserem Fall an die Polizeiinspektion Starnberg«, erklärte der Kommissar bereitwillig.

»Und dann sind Sie gekommen.«

»Nach dem KDD, dem Kriminaldauerdienst, ja.«

»Sind Sie schon immer bei der Mordkommission?«, fragte ich weiter. Jede Frage, die mich von Vögeln entfernte, war eine gute Frage.

»Mordkommission, Frau Fischer. Das ist auch so ein Fernsehausdruck. Nein. Ich war vorher beim Einbruch, bei ausländischen Intensivtätern und Drogen.«

»Und wo ist es am schönsten?«

»Schön ist es nirgends.«

»Wie meinen Sie das?«

»Schön ist es immer nur dazwischen. Haben Sie noch keinen Hunger?«

Ich führte meine Vernehmung fort.

»Gibt es eine Soko für den Hochsitzfall?«

»Die stellt man nur zusammen, wenn man damit rechnen muss, dass pro Tag an die zweihundert Leute anrufen, die irgendwas gesehen oder gehört haben. In diesem Fall genügt eine kleine Ermittlungsgruppe.«

»Und Sie sind der Chef?«

»Nein, das ist unser Ekahaka.«

»Der keine Hunde mag.«

»Das möchte ich so nicht gesagt haben.«

»Haben Sie aber.«

»Sie haben es nicht schriftlich?«

»Nein.«

»Dann gilt es auch nicht, das kennen Sie doch, oder? Sie schauen wohl gerne Krimis an.«

Offenkundig machte er sich über mich lustig.

»Nein!«, stritt ich ab.

»Das haben Sie mir gesagt.«

»Habe ich nicht.«

»Aber ich habe es gehört.«

»Und das gilt dann was?«

»Freilich«, sagte Felix frech.

»Früher habe ich gern Derrick angeschaut«, vertraute ich ihm an. »Mit meiner Oma.«

»Und ich mit meinem Opa«, lachte Felix. »Derrick kam freitags, und wenn ich übers Wochenende bei den Großeltern war, hat es damit angefangen, obwohl meine Eltern das nie erlaubt hätten. Ihre auch nicht?«

»Nie!«, sagte ich schnell.

»Der Derrick jedenfalls hat meiner Erinnerung nach häufig am Starnberger See ermittelt, weil es unter den Schönen und Reichen ja nur Verbrecher gegeben hat seinerzeit, was meinen Opa immer sehr gefreut hat. Jedenfalls hat der Derrick praktisch in unseren Fällen gewildert, denn die Tötungsdelikte am Starnberger See, die hätten nach Bruck gehört. Bei uns gibt es weniger Leichen als in München. Das liegt daran, dass wir auch weniger Einwohner abdecken, wir haben rund 550 000, das macht im Durchschnitt einen Toten pro Tag.«

»So viel!«

»Ja, aber das sind nicht alles Tötungsdelikte. Die Polizei rückt immer aus. Wir, also das K1, werden nur aktiv, wenn das Kreuz in der dritten Spalte steht.«

»Wenn die Todesursache nicht geklärt ist.«

»Ja.«

»So wie bei Klaus Hase.«

»Genau.«

»Und wie kommen Sie voran?«

»Frau Fischer, ich spreche mit Ihnen nicht über den Fall.«

»Das stimmt nicht. Das tun Sie dauernd. Ich darf ja wohl mal nachfragen!«

»Natürlich dürfen Sie das, aber Sie werden keine Antwort von mir bekommen. Wollen wir uns dann mal ins Restaurant setzen? Ich hab ziemlich Hunger, und wie ist es mit Ihnen, Franza?« Er legte seine Hand auf meinen Unterarm. »Das andere, Franza, lassen wir jetzt mal außen vor. Wenn Sie sich nicht dran erinnern, wo genau Sie den Käfig gefunden haben, veranlasse ich noch einmal eine Suche in dem Gebiet. Wenn Sie sich erinnern, melden Sie sich bei uns. Es könnte sein, dass Sie uns damit einen wichtigen Hinweis gegeben haben.«

»Flipper.«

»Ja, Flipper. Allerdings wäre es mir lieb gewesen, Sie hätten das schon vorher gesagt.«

»Aber wenn ich es doch nicht wusste!«, rief ich. »Wenn ich es doch wirklich vergessen habe!«

»Schon gut, Franza. Das passiert. Ich weiß das. Aber jetzt ist es Ihnen ja eingefallen. Besser spät als nie, oder?«

Ich räusperte mich. »Also, da wäre noch was.«

»Ja?«

»Ich weiß ja nicht, ob es etwas mit dem Fall zu tun hat ...«

»O nein, nicht schon wieder! Was kommt jetzt? Haben Sie eine Kiste mit Sprengstoff gefunden?«

»Nein, das heißt, vielleicht – also, wo Sie jetzt dauernd von Vögeln geredet haben, ich meine ...«

»Sprechen Sie weiter, Franza«, grinste er mich frech an. Ich zückte mein Handy und tippte die Datei mit dem Foto der auf meinen Scheibenwischer gespießten Krähe auf das Display.

»Hier!« Ich reichte dem Kommissar das Handy.

Er nahm es, schaute drauf, riss es an sein Gesicht, seine Augen weiteten sich, er warf mir das Handy in den Schoß und sprang auf. Ich sprang auch auf. Mir war schwindlig. Ich sollte dringend etwas essen.

»Was soll das, Frau Fischer?«, fragte der Kommissar. Seine Stimme klirrte wie ein Eiswürfel in einem Campariglas.

»Das war an meinem Auto. Am Dienstag. Nachdem wir uns getroffen haben und Flipper den Ast gefunden hat.«

Der Kommissar ging zwei Schritte zurück. »Und das sagen Sie mir jetzt. Hier. Heute! Am Freitag!« Er schaute mich kalt und wütend an, jedenfalls konnte ich keinen Funken Wärme mehr in seinen Augen entdecken, und die Arme verschränkte er vor der Brust.

»Ich wollte mir keine Angst einjagen lassen, außerdem wusste ich doch gar nicht, ob das wichtig ist!«

»Natürlich ist das wichtig! Das ist alles wichtig! Das ist in der Nähe des Tatorts, und es ist ein Vogel, wieder ein Vogel!«

Flipper schaute von mir zum Kommissar und zurück, und auch die Leute in den anderen Liegestühlen verfolgten unsere Auseinandersetzung mit Neugier und Interesse.

»Wissen Sie was, Frau Fischer«, sagte der Kommissar und klang nur noch offiziell, »mir ist der Appetit vergangen. Ich werde jetzt nach Hause fahren. Und morgen erwarte ich Sie auf der KPI in Fürstenfeldbruck. Um neun in der Früh. Meine Kollegin wird das Gespräch mit Ihnen führen.«

»Ich habe die tote Krähe in eine Plastiktüte gesteckt«, sagte ich. »Vielleicht liegt sie noch dort.«

»Wo?«, fragte der Kommissar.

»Am Parkplatz.«

»Warum?«

»Ich dachte ..., vielleicht ist es wichtig, irgendwie.«

»Aha, also doch. Sie denken also doch. Und warum reden Sie dann nicht? Warum sagen Sie nie gleich, was ist, warum brauchen Sie für alles eine Extraeinladung, nein, Sie reden morgen mit Frau von Dobbeler ...«

»Bitte!«, rief ich, ohne zu wissen, worum ich ihn bat.

»Ich habe Ihnen vertraut, Franza. Ich dachte, das Thema Verheimlichen hätten wir nun ein für alle Mal abgehakt. Ich kann Sie nicht verstehen! Warum sind Sie bloß so ... so ... sperrig und schwierig?«

Mir war zum Heulen. Wie eine Idiotin stand ich in meinem schönen roten Kleid vor dem Kommissar, der mich genervt musterte.

»Entschuldigung«, stammelte ich.

Der Kommissar schaute zu Boden. Sein Kiefer mahlte auf seinen Gefühlen herum.

»Kann ich meinen Kuli wiederhaben?«, fragte die Bedienung.

»Da«, sagte der Kommissar und wies auf den kleinen Tisch neben seinem Liegestuhl. »Und bitte bringen Sie zwei große Sandwiches. Und die Rechnung. Je schneller, desto besser.«

Diesmal fragte Felix mich nicht, ob ich bei ihm im Wagen mitfahren wollte, er redete überhaupt nichts. Mit langen schnellen Schritten lief er an der Seepromenade entlang, riss dabei mit scharfen Zähnen sein Sandwich in Fetzen, und ich hastete hinterher; ich hasse es, im Gehen zu essen. Als wir an seinem BWM ankamen, war er mit seinem Brot fertig, ich hatte noch eine Hälfte vor mir. Es waren sehr viele Spaziergänger und Autos unterwegs. Der Kommissar griff hinter sich und zog ein Blaulicht hervor, das er auf dem Autodach platzierte. Flipper, der ohne Decke auf der Rückbank lag, zuckte zusammen, als das Martinshorn ertönte. Ganz schön laut! Ob das nötig war, ob es jetzt wirklich darum ging, ein paar Minuten gutzumachen; die Krähe faulte seit Dienstag im Gebüsch, aber sicher – manchmal kam es auf jede Minute an, und vielleicht beruhigte den Kommissar der Klang, der ihn daran erinnerte, dass Franza Fischer eine blöde Kuh war und nur von Interesse als Auffinderin des Toten.

Am McDonald's nahm der Kommissar das Blaulicht vom Dach. Wir hatten freie Fahrt Richtung Münsing. Der Kommissar redete nicht. Ich kaute an meinem Sandwich herum.

Flipper saß hoch konzentriert im Fond, die Ohren gespitzt. Die Atmosphäre war zum Schneiden.

»Warum, Frau Fischer«, fragte er am Ortsschild von Berg, »haben Sie mich am Dienstag nicht gleich angerufen? Ich war noch in der Nähe. Ich hätte sofort zurückkommen können.«

»Ich wollte Sie nicht stören, ich …«

»Ach!«

»Sie waren so müde. … Ich dachte …«

»Ich hätte einen Kollegen schicken können! Frau Fischer, warum begreifen Sie nicht, dass Sie sich in Gefahr begeben, ständig!«

»Ich dachte, vielleicht hat jemand was gegen Volvos, oder es ist, weil man da eigentlich nicht parken darf, ich dachte …«

»Es wäre mir lieber, wenn Sie nicht mehr denken würden, Frau Fischer.«

Was würde ich machen, wenn ich nicht mehr denken würde, dachte ich. Ich würde ihn küssen, dachte ich. Zum Glück fand er mich ätzend.

Der Kommissar fuhr an dem grünen Schild vorbei, das die Gegend als Landschaftsschutzgebiet auswies, ließ das ABS ruckeln, wendete und holperte in den Waldweg mit dem runden Verbotsschild. *Forstwirtschaftlicher Verkehr frei.* Ich würde hier nie wieder parken. Man sollte auf Verkehrsschilder achten. Die hatten schon einen Sinn. Der Kommissar hielt dort, wo er auch am Dienstag geparkt hatte, und stieg aus. Ich hoffte inständig, die Tengelmanntüte möge noch da sein und fand sie auf Anhieb im Gebüsch.

Als ich sie öffnete, kam mir das Sandwich in einem Käse-Campari-Schwall hoch. Würgend kotzte ich in die Sträucher und wäre am liebsten im Erdboden versunken. Der Kommissar äußerte sich nicht zu meinem Missgeschick. »Und, ist das der Vogel?«, fragte er ohne eine Spur von Mitgefühl in der Stimme.

Ich räusperte mich. »Ja.«

»Dann machen Sie die Tüte wieder zu, und zwar geruchsdicht, und geben Sie sie mir.«

Ich tat wie befohlen. Der Kommissar stand neben dem geöffneten Kofferraum seines BMW, nahm mir die Tüte ab, steckte sie in einen grauen Müllsack und drehte ihn ein paarmal, ehe er ihn verstaute. Dann reichte er mir eine Wasserflasche und schloss den Kofferraum.

Ich spülte meinen Mund und wusch mein Gesicht.

Der Kommissar streckte mir einen Pfefferminzkaugummi entgegen.

»Danke«, sagte ich.

»Geht's wieder?«, fragte er.

Ich nickte.

»Das haben Sie gut gemacht, Frau Fischer«, lobte er.

»Ach, habe ich ausnahmsweise mal was gut gemacht?«

»Ja. Dass Sie den Vogel sichergestellt haben – das war wirklich geistesgegenwärtig. Vielleicht finden unsere Spezialisten irgendetwas, was uns weiterbringt. Allerdings wird die Spur mittlerweile kalt sein.«

»Das heißt, Sie glauben, dass diese Krähe etwas mit Klaus Hase zu tun hat?«

»Es wimmelt nur so von Vögeln in diesem Fall. Schleierhaft ist mir allerdings, warum ständig Sie involviert sind,

Frau Fischer. Haben Sie eine Erklärung dafür, warum das so ist?«

War das eine Fangfrage, eine allgemeine Frage oder wollte er mir eine Brücke bauen? Aber wieso sollte mein Kontakt mit den Widmanns etwas mit der Krähe zu tun haben – das würde doch bedeuten, dass die Widmanns zu den Verdächtigen gehörten, wer bringt seinen Mieter um, das wäre doch total bescheuert. Sicher, ich würde ihm von Widmanns Häuschen erzählen. Aber nicht jetzt. Nicht noch mehr Schande auf mein Haupt. Mehr schaffte ich heute nicht. Lieber morgen. Besser übermorgen. Ich musste nachdenken. Und mit Simon sprechen. Und dann würde ich dem Kommissar alles beichten. Alles. ... Es wimmelt nur so von Vögeln ... Auch von meiner Begegnung mit dem Waldschrat sollte ich dem Kommissar vielleicht erzählen. Morgen oder irgendwann. Der hatte auch ein Fernglas um den Hals gehabt und Vögel beobachtet und wer weiß, was noch.

»Bitte, ich kann morgen früh um neun nicht. Ich habe Unterricht«, log ich, denn ich hatte nicht die geringste Lust auf Moppelchen.

»Dann am Montag«, sagte der Kommissar. Und das Foto auf Ihrem Handy, das schicken Sie mir auf mein Handy.«

Ich zückte mein Handy und erledigte den Auftrag ... fast.

»Kein Netz«, meldete ich.

»Ich hab eins«, sagte der Kommissar nach einem Blick auf sein Display.

»Bringen Sie mich zurück zu meinem Auto?«, fragte ich unsicher.

»Nein, ich lass Sie jetzt hier stehen. Mutterseelenallein. Meinetwegen kann der böse Wolf Sie fressen.«

Ich zuckte mit den Schultern. »Flipper, Fuß!«, rief ich meinen einzigen Freund an meine Seite und stapfte los, streifte die Middle-Heels ab, lief barfuß weiter, ein großes Rotkäppchen, das sich ganz klein fühlte.

»Franza!«, rief der Kommissar erschrocken.

Zögernd drehte ich mich um. Flipper lief weiter, Rute auf Viertelmast.

»Das habe ich nicht so gemeint! Ich würde Sie doch nicht allein zurücklassen!«

»Woher soll ich das denn wissen? Ich kenne Sie doch gar nicht.«

»Genau, Franza«, sagte der Kommissar leise, »du kennst mich nicht« und hielt die Beifahrertür auf.

14

Sämtliche Techniken und Tricks versagten. Nicht mal Yoga half mir – und das half sonst immer. Ich musste ständig daran denken ... die größte Blamage meines Lebens. Den blauen Himmel empfand ich als Zumutung, die Sonne obendrein. Mir wäre es am liebsten gewesen, es würde regnen, regnen, regnen.

Grantig holte ich mir eine Breze und eine Kürbiskernsemmel vom Bäcker. Ich hatte überhaupt keinen Hunger, aber es war ein freier Samstag, und das Bäckerfrühstück gehörte irgendwie dazu. Die Abendzeitung war ausverkauft. Kurz überlegte ich, ob ich mir eine aus dem Zeitungskasten am Mariahilfplatz holen sollte, dann griff ich nach der Süddeutschen. Die ist mir meistens zu dick, aber ich hatte ja ohnehin nichts vor. Während der Kaffee durchlief, überflog ich den Münchenteil und erfuhr, dass der Anteil der allein lebenden Menschen in München bundesweit am höchsten sei. »Und genauso soll das bleiben«, sagte ich in Flippers Richtung. Ich trank einen Schluck Kaffee, butterte die Breze, las das Streiflicht und blätterte um. Der Waldschrat! Der Waldschrat in der Zeitung! Meine Hände zitterten. Es gibt keinen Zufall.

Die Reportage auf Seite drei handelte von der Arbeit eines Partners des Naturschutzbundes, der sich für den Vogelschutz starkmachte, und ließ nicht nur Mitglieder zu Wort kommen, sondern auch den siebenundsiebzigjährigen Ludwig Metzger, der seit über sechzig Jahren bei Wind und Wetter für die Erhaltung der Natur unterwegs war. Schon als Pimpf hatte er sich für die Vogelwelt begeistert, und so war das geblieben bis ins hohe Alter, wobei er trotz unzähliger Aktivitäten niemals einem Verein beigetreten war. »Ich bin selber wie ein Vogel. Ich lass mich nicht gern einsperren.« In losen Abständen leitete der emeritierte Physikprofessor vogelkundliche Wanderungen in verschiedenen Gebieten der Region, für die man sich unter einer Internetadresse anmelden konnte.

Ich startete meinen Laptop. Es gibt keinen Zufall. In einer Stunde würde ein solcher Naturspaziergang in Feldafing am Starnberger See beginnen. Telefonische Terminabsprache zwingend erforderlich. Ich sprang unter die Dusche und Flipper begeistert auf die Pfoten.

Am Treffpunkt, einem Parkplatz in Seenähe, ein Grüppchen Leute in Gassikleidung – aber vom Waldschrat keine Spur. Ein mir unbekannter Mann in den Fünfzigern, Jeans und petrolfarbenes T-Shirt, hakte die Teilnehmer auf einer Liste ab, auf der mein Name fehlte.

»Tut mir leid, aber Sie stehen da nicht drauf.«

»Es ist doch bestimmt jemand nicht gekommen; immer kommt jemand nicht, da kenne ich mich aus.«

»Und einen Hund können Sie auch nicht mitnehmen.«

»Wenn Sie mich ausschließen, geh ich ins Wasser!«

»Ja von mir aus«, schmunzelte der Mann. »Will sagen: Ich halt Sie nicht auf.«

»Aber dann müsste der Hund ins Tierheim.«

»Das ist ein Argument!«

Den Rest erledigte Flipper, und nach einer Bürgschaft, einer Petition und einem Plädoyer durch die anderen Teilnehmer bekamen wir eine Sondergenehmigung. Allerdings nicht für die gesamte vogelkundliche Wanderung, auf Ansage sollte Flipper draußen bleiben.

Herr Holzinger, »im wirklichen Leben Versicherungsanwalt«, führte unsere kleine Gruppe von achtzehn Teilnehmern mit interessanten Informationen, die er kurzweilig in Anekdoten packte, am Seeufer entlang. Wir erfuhren, dass er schon in den siebziger Jahren, seinerzeit noch Student, als Vogelschützer unterwegs gewesen war.

»An der Isar in der Pupplinger Au gab es damals eines der ersten Nacktbadegebiete«, klärte Herr Holzinger uns auf. »Will sagen: jede Menge Spanner.« Aber ein Spanner war der Herr Holzinger mit seinen Kumpels nicht, auch wenn sie Ferngläser dabeihatten. Sie interessierten sich nicht für die Nackerten, sondern für die Vögel. »Ganz im Gegenteil«, vertraute Herr Holzinger der Gruppe an, »für mich war das richtig schlimm; mein Vater war Religionslehrer.«

»Wo ist eigentlich der Herr, der die Führung ursprünglich hätte leiten sollen?«, tuschelte eine Frau einer anderen zu.

»Der aus der Süddeutschen?«

»Vielleicht hat er Angst gekriegt.«

»Vor uns?«

Sie kicherten.

Ein Mann klärte die beiden auf: »Der Herr Metzger hat

dringend zur Greifvogelauffangstation müssen. Deswegen vertritt ihn der Herr Holzinger. Wären Sie nicht zu spät gekommen, hätten Sie das mitgekriegt.«

Ich hätte mich in jedem Fragebogen als naturverbunden bezeichnet, und ich war ja auch ständig draußen unterwegs, doch eigentlich war ich überhaupt nicht naturverbunden, im Grunde genommen hatte ich keine Ahnung, wie ich schon in der ersten halben Stunde begriff. Die schöne grüne Natur war gar nicht so schön, wie sie an der Oberfläche aussehen mochte – wie hatte der Waldschrat Ludwig Metzger gesagt: »zugeschissen, alles zugeschissen«. Vor allem, wenn man als Vogel unterwegs war, konnte einem die Freude am Tirilieren gewaltig verdorben werden, denn das Leben vieler Vögel, ja ganzer Familien, war ein gnadenloser Überlebenskampf. Dies lag nicht an den natürlichen Feinden, sondern vor allem an der *Krone der Schöpfung*: dem Menschen. »Der Mensch weiß oft nicht, was er tut«, erklärte uns Herr Holzinger. »Und noch öfter will er das auch gar nicht wissen. Seinerzeit an der Isar bei den Nackerten haben wir die letzten Kiesinseln bewacht, denn genau diese Brutplätze brauchen bestimmte Vögel. Es war uns klar, dass der Ansturm der Leute dazu führen würde, dass diese Vögel in wenigen Jahren ausgestorben wären. Die Leute waren sehr verständnisvoll, das sind sie im Prinzip bis heute, aber es sind ja immer mehr geworden, immer mehr Erholungssuchende. Und so ist es weitergegangen, und mittlerweile ist es überall wie damals auf den Kiesinseln an der Isar. Immer mehr Menschen überall. Immer mehr Freizeit für alle. Und alle wollen sich erholen. Gleichzeitig. Und am besten da, wo sonst niemand ist. Also abseits der Badestellen, abseits der Wanderrouten, abseits der Wege. Und alle wollen was Tolles machen. Am besten, wenn niemand anderes das macht. Eine Mitternachtsparty ist doch super! Will sagen«, sagte Herr Holzinger, »die Natur kommt überhaupt nicht mehr zur Ruhe. Aber die Vögel verstehen das nicht, wenn Sie zu ihnen sagen: Lieber Vogel, lass dich nicht stören, ich mach hier nur ein Picknick an diesem herrlichen Fleckchen Erde, und dann geh ich wieder; ich fahre hier nur mal mit meinem Radl durch, weil es so unberührt ist, ich lass hier nur mal meinen Hund laufen, weil der so eine Freude hat. Das versteht der Vogel nicht. Der hat Angst. Und haut ab. Und wenn es ganz blöd läuft, kostet ihn oder seinen Nachwuchs diese Flucht das Leben.«

Niemand schaute mich an, doch ich fühlte mich zu Recht angesprochen. Früher war ich auch noch als Mountainbikerin unterwegs gewesen. Und klar brachte das querfeldein am meisten Spaß. Ich hatte mir bestimmt keine Gedanken darüber gemacht, ob ich dabei vielleicht zufällig ein paar hundert artengeschützte Pflänzchen abrasierte, die eine wichtige Rolle für das ökologische Gleichgewicht spielten. Und jetzt Flipper. Genauso eine war ich. *Mein Hund ist ganz lieb. Der wildert nicht.* Nein, Rehe schleifte er keine an, aber woher wusste ich, wen er alles aufscheuchte bei seiner lustigen Jagd durch das Unterholz?

»Wir wollen doch nichts zerstören!«, rief eine Frau in Trachtenjanker aufgebracht.

»Ja, das weiß ich, gnädige Frau. Aber es passiert eben. Aus Unwissenheit. Darf ich an dieser Stelle mal fragen, wie viele von Ihnen hier im Landkreis wohnen?«

Keine einzige Hand ging nach oben.

»Wenn jemand aus München-Giesing oder aus Augsburg oder Wanne-Eickel an den Starnberger See oder in ein anderes Naturschutzgebiet fährt, wird ihn der Schutzgedanke primär nicht interessieren, es ist nicht seine Heimat. Jetzt fahren aber ganz viele Leute in Gebiete, die eben nicht ihre Heimat sind. Ausflugsziele. Das schöne Umland. Erholungsoasen. Dabei genügt ein einziger Spaziergänger, der sich einem Nest nähert, in dem Eier liegen. Manche Arten brüten nur einmal im Jahr. Der Vogel flieht. Er kann nicht erkennen, dass das ein harmloser Spaziergänger ist. Wenn der Spaziergänger vielleicht auch noch beschließt, hier zu rasten, und es warm ist so wie heute, um die 25 Grad, dann ist das Gelege schnell kaputt, denn die Eier zerglühen. Und wenn es ganz schlimm ist, war das ein Vogel, der nur einmal im Jahr brütet und von dem es ohnehin nur noch ein Dutzend gibt. Und Sie merken gar nicht, dass Sie das waren. Weil Sie das doch gar nicht wollten. Weil Sie sich doch ganz im Gegenteil gefreut haben, dass die Natur so schön ist.«

Nicht nur ich schluckte betroffen.

»Aber es fliegt doch nicht jeder Vogel weg, wenn jemand kommt!«, rief ein kleiner dicker Mann mit Schnauzer aufgebracht, dem der Mord an einer unschuldigen Handvoll Eier offensichtlich zu schaffen machte.

»Die Meise bleibt sitzen. Der Buchfink auch. Aber die Vögel, die am Boden brüten, die wissen, dass sie nicht kurz vorher auffliegen dürfen, sonst verraten sie ihren Nachwuchs. Die fliegen lange vorher weg, und sie fliegen weit weg von ihrem Nest und kommen spät wieder zurück. Manchmal ist es dann eben zu spät.

Bei fünfundzwanzig Grad kann ein Vogel eine halbe Stunde fortbleiben. Will sagen: Während starker Sonneneinstrahlung ist es am wichtigsten, das Gelege zu bedecken, denn bei Übertemperatur gehen die Eier kaputt. Auch wenn es sehr kalt ist und regnerisch, ist das eine Katastrophe. Das bedeutet, der Vogel ist verschiedensten Gefahren ausgesetzt. Einerseits durch Menschen, Erholungsrummel und das Wetter, andererseits durch alles sonstige, was ja auch noch Hunger hat: Elstern, Hunde, Greifvögel, Katzen, Füchse und so weiter.«

»Aber das ist ja furchtbar!«

»Nein, gnädige Frau. Wenn wir Kompromisse finden, damit alle zufrieden sind, wenn wir Ruhezonen einrichten und sie auch respektieren, wenn sich die verschiedenen Interessensgruppen in ein Boot setzen, dann sind wir in einer guten Fahrrinne, um mal im Bild zu bleiben ... Und ganz prima wäre es, wenn hier auch die Wasservogeljagd mit im Boot sitzen würde.«

Ich tauschte einen Blick mit Flipper. Der Spaziergang war überhaupt nicht nach seinem Geschmack. Mich beschämte er bei jedem neuen Kapitel, das Herr Holzinger aufschlug. Nun war ich schon so oft hier gewesen und hatte keine Ahnung, dass der Starnberger See eine überragende Bedeutung für den Vogelschutz hatte. In den Wintermonaten tummelten sich dort bis zu 25 000 Wasservögel, auch einige sehr seltene und im Bestand bedrohte, wie See- und Lappentaucher, Pracht- und Sterntaucher, Eis-, Schwarzhals- und Rothalstaucher. Die Bucht in St. Heinrich gilt darüber hinaus als größte Brutkolonie für die Flussseeschwalbe, und es wurden sogar schon Flamingos gesichtet. »Und genau deshalb«, erklärte Herr Holzinger, »tragen wir Menschen in diesem Gebiet eine besondere Verantwortung.«

»Aber doch nur, wenn die Vögel brüten?«, fragte eine ältere Dame.

»Nein, auch im Winter. So ein Schneehuhn, das gräbt sich im Winter tief in den Schnee ein. Jeder Langläufer oder Spaziergänger schreckt es auf, und es flüchtet, wozu es kilometerweit fliegt. Dann gräbt es sich wieder ein. Dadurch wird so viel Energie verbraucht, dass manche der Tiere den Winter nicht überstehen. Und auch die Zugvögel brauchen Ruhe. Viele Wasservögel legen Tausende von Kilometern zurück. Das kostet Kraft. Sämtliche Organe der Tiere werden bei den Flügen in Mitleidenschaft gezogen. Magen, Herz und Brustmuskel bilden sich zurück, und die Fettreserven werden völlig aufgebraucht. So ein kleines Herz schlägt bis zu achthundertmal in der Minute. Und jetzt bitte ich die Dame mit dem Hund zu warten, wir sind in etwa fünfzehn Minuten wieder bei Ihnen.«

Ich machte Flipper das Handzeichen für Bleib. Ohne zu murren legte er sich ins Platz. Wahrscheinlich war er zutiefst erleichtert und nun schwer beschäftigt damit, Strategien zu entwickeln, wie er all diese unangenehmen Dinge von meiner Festplatte löschen sollte. Während ich der Gruppe Richtung Schilf nachblickte, überlegte ich, ob ich Herrn Holzinger und vor allem den Waldschrat fragen sollte, ob er Klaus Hase kannte, vielleicht war die Polizei noch nicht bei ihnen gewesen. Nur so konnte ich beim Kommissar punkten und darauf kam es mir jetzt an. Mich reinzuwaschen.

Nach knapp drei Stunden endete die vogelkundliche Wanderung. »Haben Sie kurz Zeit?«, fragte ich Herrn Holzinger, nachdem ich lange gewartet hatte, weil so viele Teilnehmer noch die eine oder andere Frage stellten; oft waren es dieselben Fragen.

»Nein, ich muss zur Brachvogel-Wache.«

»Wie?«

»Wir sind sehr glücklich, dass wir einen in der Gegend haben.«

»Und wo?«

»Das geben wir nicht bekannt.«

»Natürlich. Entschuldigung«, murmelte ich.

»Er hat vier Junge im Nest. Es wäre fantastisch, wenn wir sie durchbringen würden. Deshalb wachen wir schon seit April.«

»Und wie lange noch?«

»Bis Juli, schätze ich. Übrigens: Ihr Hund, alle Achtung.«

»Ich habe heute viel gelernt von Ihnen, danke.«

»Das freut mich. Dann bleiben Sie in Zukunft auf den Wegen und leinen den Hund in Schutzgebieten an, was Sie ohnehin schon immer gemacht haben?« Er zwinkerte mir zu.

Ich nickte. Ich nahm es mir vor. Ich hatte ein wahnsinnig schlechtes Gewissen. Wie oft war Flipper in den letzten zwei Wochen abgehauen. Ich durfte gar nicht daran denken. Auch das Training hatte ich sträflich vernachlässigt. Ich wollte nicht, dass unschuldige kleine Eier zu Waisen wurden.

»Jetzt muss ich wirklich los«, sagte Herr Holzinger.

»Ich habe noch eine Frage: Kannten Sie Klaus Hase?«

Herr Holzinger überlegte kurz, schüttelte dann den Kopf. »Nein, ist mir kein Begriff.«

»Ein junger Mann. Er hat in Wampertskirchen gewohnt«, ich versuchte es trotzdem. »So hat er ausgesehen.« Ich kramte das ausgeschnittene Zeitungsbild hervor, das ich seit einer guten Woche in meinem Portemonnaie spazieren trug.

»Tut mir leid. Am besten, Sie fragen in der Geschäftsstelle, die haben die Mitgliederlisten.«

»Und wo kann ich den Herrn Metzger finden?«, fragte ich nach dem Waldschrat.

»Der ist jetzt in unserer Auffangstation. Morgen gibt er in unserer Geschäftsstelle einen Einblick in das Schiften.«

»Stiften?«

»Schiften! Das ist eine jahrhundertealte Methode aus der Falknerei, bei der einem Vogel neue Federn eingesetzt werden, damit er wieder fliegen kann.«

Er überreichte mir einen Flyer. »Da steht alles über uns drin. Mitgliedsbeitrag fünfzig Euro im Jahr, ermäßigt die Hälfte, Spenden jederzeit willkommen und Hilfe auch. Vielleicht eine Brachvogelwache?«

15

Es dämmerte bereits, als ich nach einem langen Gassi mein Hoftor aufschloss. Ich war nicht nur an der frischen Luft gewesen, sondern auch in diversen Buchhandlungen. Über eine Stunde hatte ich geblättert und geschmökert, ehe ich mich für zwei vogelkundliche Bücher entschied.

Herrn Holzingers Ausführungen hatten mich tief beeindruckt. Und er hatte absolut Recht. Jeder musste in seinem eigenen Leben beginnen. Man konnte nicht behaupten, die Natur zu lieben, wenn man sie nicht achtete. Bislang waren mir Vögel ziemlich egal gewesen, allerdings beglückte mich ihr Singen morgens und abends oft – diese wunderbare, manchmal zum Weinen schöne Stimmung, die eine Amsel in einem Hinterhof herbeizaubern kann!

An den Kommissar dachte ich nur noch fast ständig. Ich war wieder fast gut drauf. Vielleicht sollte ich mich mit Flipper bei der Rettungshundestaffel bewerben. Irgendetwas Soziales machen. Das war bestimmt ein schönes Gefühl, eingebunden zu sein in eine ehrenamtliche Gemeinschaft. Voller guter Vorsätze schloss ich das Tor zum Hinterhof, da stieß Flipper einen Freudenschrei aus und spurtete los.

»Simon! Was machst du denn hier?«

Der kleine Kerl mit dem Riesenrucksack auf dem Rücken

winkte mir begeistert zu. »Hallo!« Dann widmete er sich Flipper, und der ließ sich das gerne gefallen. Ausgelassen tobten die beiden durch den Hof und gaben mir lautstark Gelegenheit zu begreifen. Simon war da! Bei mir! Der kleine Simon aus Wampertskirchen! Nein, ich träumte nicht.

»Wo sind deine Eltern?«, stieß ich unhöflich hervor.

Keine Antwort ist auch eine Antwort.

»Woher weißt du, wo ich wohne?«, versuchte ich es freundlicher. Da fiel mir ein, dass der Kommissar mich einmal gefragt hatte, ob Simon bei mir übernachtet hätte ... Aber diesmal war er wirklich da, nicht nur in seiner Fantasie.

»Schau!«, sagte Simon und hielt mir eine Handvoll schlapper Wiesenblumen entgegen. »Für dich!«

»O! Das ist aber lieb!«

»Sind leider ein bisschen kaputtgegangen.«

»Ich stelle sie gleich ins Wasser«, sagte ich, obwohl sie im Müll besser aufgehoben gewesen wären. Blumen hatte ich lang nicht mehr bekommen. Selbstgepflückte obendrein! Ich sollte netter zu Simon sein. Er war ein Kind. Erst mal ankommen lassen. Nicht gleich einschüchtern.

»Lass uns reingehen«, lächelte ich – eine Wölfin in Großmutters Bett.

»Letzte Woche haben wir mit der Schule einen Ausflug gemacht. Ins Deutsche Museum, weißt du.«

»Das ist gleich da vorne«, wies ich die Richtung.

Simon nickte. »Genau. Und in Erdkunde haben wir den Stadtplan von München durchgenommen und von Hamburg und Berlin und mussten aufschreiben, wie wir von da nach da kommen. So habe ich deine Straße gefunden. Das war ganz einfach. Fußgänger dürfen nämlich auch bei einer

Einbahnstraße in die andere Richtung gehen. Fußgänger sind keine Autos.«

»Woher kennst du meine Adresse?«

Flipper kratzte sich am Hals. Seine Hundemarke und die Kapsel mit unserer Adresse klackerten aneinander. Alles klar.

»Hast du Durst oder Hunger?«, machte ich weiter gut Wetter.

Simon deutete auf seinen Rucksack. »Hab alles dabei. Kekse, Taschenmesser, Wasser, Stadtplan, Taschenlampe, Regenjacke.«

Ich sperrte die Haustür auf. Simon und Flipper drängten sich an mir vorbei und preschten gleichzeitig durch den schmalen Türspalt; es knallte und jaulte, Simon fasste sich an den Kopf, Flipper, Vorteil Allrad, gewann; Simon strauchelte und kroch dann auf allen vieren hinter Flipper her in meinen Flur. Wie ein Käfer sah er aus mit dem großen schwarzen Rucksack.

»Boa! Ist das eine geile Wohnung, affengeil!« Simon zog seine Turnschuhe aus und streifte den Rucksack ab. »Und das ist dem Flipper sein Bett? Supi-Dupi!« Mit einem Satz warf sich Simon in Flippers Korb, streckte Arme und Beine von sich und die Zunge raus. Vergnügt blinzelte Flipper mir zu.

»Flipper!«, lockte Simon. »Flipper, komm zu mir, Bettigehen, Flipper ko-homm!«

Schwanzwedelnd folgte Flipper der Aufforderung, doch es war kaum mehr Platz in seinem Korb, kichernd und keckernd kugelten die beiden über den Boden. Flipper allein macht oft schon genug Schmutz, besonders bei Schmuddelwetter, doch was die zwei hier in kürzester Zeit veranstalteten, war ein Dreck dagegen.

»Sag mal, Simon, wissen deine Eltern, wo du bist?«

»Simon! Ich rede mit dir.«

»Im Bett«, nuschelte er.

»Was im Bett?«

»Ich liege im Bett, das siehst du doch, im Flipper-Be-hett.«

»Ja, das mag schon sein, aber deine Eltern glauben, du liegst in deinem Bett daheim.«

Er setzte sich auf. »Das mag schon sein«, äffte er mich nach. Flipper stupste ihn an. *Kumpel, nimm's nicht so ernst, das vergessen die auch wieder, schau mal mein neuer Kauknochen, lecker, oder?*

»Und wo sind deine Eltern?«

Magst vielleicht n'Stück?

»Die sind in Wolfratshausen auf einem Buffet von einem ganz berühmten Politiker, wo ich dir aber den Namen nicht sagen darf, sonst kommen die Leibwächter und dusch-dusch-dusch.«

Er boxte in die Luft.

»Alles klar«, sagte ich und stellte die schlaffen Blumen in eine Vase. Sie hingen wie gekappte Schnüre über den Rand. Ich goss mir ein Glas Wasser ein. Ich schaute aus dem Fenster. Ich hörte meinen Anrufbeantworter ab. Zwei Aufleger.

»Bist du sauer?«, fragte Simon.

»Sauer?«, wiederholte ich. War ich das? Sauer? Nein, ich war nicht sauer, ich war ratlos.

»Freust du dich denn nicht, dass ich da bin? Flipper freut sich!«

»Ja, der freut sich. Das kannst du laut sagen.«

»Flipper freut sich, Flipper freut sich!«, brüllte Simon.

Flipper bellte begeistert. Ich hielt mir die Ohren zu.

»Und ich freue mich auch, Simon ...«, brüllte ich, »es ist nur – also ich glaube nicht, dass das deinen Eltern recht ist, und ich halte es auch für gefährlich, wenn ein Kind deines Alters abends allein ...«

»Schrei doch nicht so!«

Dies war einer jener Momente, in denen ich ganz genau wusste, dass ich keine Kinder wollte.

»Schau mal, Franza«, bat Simon um Verständnis, »es ist noch hell ...«

»Ja, aber nicht mehr lang, und deshalb bringe ich dich jetzt nach Hause.«

»Du, ich hab sooooo Hunger!« Simon saugte die Backen ein, ließ sie zurückschnalzen. Es schmatzte schallend. Wider Willen musste ich lachen. So ein Kasperl!

»Soll ich dir ein Brot machen?«

»Ja, bitte. Gehen wir noch mit dem Flipper Gassi? Da vorne ist die Isar. Das ist der Fluss, der durch die Landeshauptstadt München fließt. Er entspringt im Karwendelgebirge.«

»Hast du das auch in der Schule gelernt?«

»Das singt der Willi Michl, den hört meine Mama am allerliebsten. Wir haben auch schon mal einen Ausflug zum Sylvensteinspeicher gemacht, wie wir noch den Mercedes gehabt haben. Da gibt es das beste Erdbeereis auf der Welt. Isst Flipper auch gern Eis?«

»Ja, schon, aber das darf er nicht.«

»Warum?«

»Schlecht für die Zähne.«

»Meine Mama sagt, wenn ich meine Zähne fleißig putze, ist Schokolade nicht so schlimm.«

»Ist ein Käsebrot recht?«

»Ja, ja. Eine tolle Wohnung hast du! So modern! Und so viele Fenster. Wieso hast du keine Vorhänge? Kannst du den Ventilator mal einschalten? Ventilator finde ich cool, echt cool! Und das Sofa ist auch stark. Die Mama von einer Freundin von mir hat ein Auto mit Leopardensitzen. So ein Auto fahre ich auch mal, wenn ich groß bin. Schläft Flipper manchmal auf dem Sofa?«

»Das darf er nicht.«

»Sieht aber bequem aus«, sagte Simon und sprang zur Probe mal drauf. Er inspizierte auch meine Salzlampen und das Bücherregal, vertauschte ein paar Steine in meinem Zimmerbrunnen und hinterließ überall großzügig seine Fingerabdrücke, vor allem auf meinem Glasschreibtisch, der Vitrine und dem großen Spiegel. Ich überlegte, ob ich genug Glasrein vorrätig hatte. Vielleicht sollte ich ein Stück Schokolade essen. Nervennahrung. Besser eine ganze Tafel.

»Wieso bist du überhaupt hergekommen?«, fragte ich Simon.

»Wollte euch halt mal besuchen.«

»Du hättest anrufen können.«

»Hab ich ja. Ist keiner hingegangen.«

Ob das der Wahrheit entsprach? »Ich mach dir jetzt was zu essen, und dann fahren wir zu dir.«

»Bitte, darf ich übernachten? Ich habe alles dabei! Auch meinen Schlafanzug und die Zahnbürste! In mein Bett habe ich eine Decke gelegt, weißt du, das schaut aus, als ob ich drinliege, das habe ich im Fernsehen gesehen, und morgen ganz früh schlüpfe ich einfach wieder rein.«

»So hast du dir das also gedacht?«

Simon strahlte mich an. »Ja!«

Ich wollte keine Spielverderberin sein, und weil es mir so schwerfiel, ihn zu enttäuschen, klang mein Ton strenger als beabsichtigt. »Simon, das geht nicht! Deine Eltern machen sich Sorgen!«

»Die merken gar nicht, dass ich weg bin.«

»Natürlich merken die das! Die schauen bestimmt nach, ob du schläfst.«

»Nein, nie.«

»Das weißt du doch gar nicht, wenn du schläfst!«, rief ich und ärgerte mich, weil ich mich auf eine inhaltliche Diskussion einließ.

»Bitte! Bitte lass mich bei Flipper schlafen, bitte! Der beschützt mich, das weiß ich und du auch, weil du geweihte Silberkugeln hast und die Beretta, das ist wichtig! Hast du die immer griffbereit bei dir, damit du nicht suchen musst, wenn du sie brauchst und es dunkel ist im Zimmer in der Nacht, hast du sie unter deinem Kopfkissen, ja? Flipper, hat sie die unter ihrem Kopfkissen?«

Er stellte sich neben Flipper, legte den Arm um ihn, und beide schauten mich an.

Kurz spielte ich durch, was passieren würde, wenn ich Simon erlaubte, bei mir zu übernachten. Wahrscheinlich machte ich mich strafbar. Kindesentführung. Vielleicht konnte Simon ein andermal bei mir bleiben. Jetzt gab es nur eine Lösung: Ich würde ihn nach Hause fahren.

»Wie viele geweihte Silberkugeln hast du? Reichen die aus?«

»Ich hab genug«, sagte ich geistesabwesend.

»Auch für uns beide?«

»Ja, sicher ... Du Simon ..., sag mal, kennst du eigentlich eine Sarah?« Ich konnte es ja mal probieren. Wenn er schon da war.

»Saras kenne ich total viele. In meiner Klasse sind zwei Stück. Sara mit und ohne.«

»Was mit und ohne?«

»Ha«, kicherte er.

»Die Sarah, die ich meine, hat ein Pferd bei den Widmanns und einen Opa hat sie auch.«

»Die Bella?«

»Ja, ich glaube, so heißt das Pferd.«

»So ein weißer Schimmel?«

»Da bin ich überfragt. Wie heißt die mit Nachnamen, die Sarah?«

»Weiß nicht. Die geht aufs Gymnasium. Wahrscheinlich hat die zwei Ha. Sara Haha!«

»In Starnberg?«

»Mmh.«

»Magst du die nicht?«

»Weiß nicht. Du, und die Kugeln, die sind schon in der Beretta drin, damit du die nicht erst laden musst, wenn es pressiert?«

»Ja, ja. Mach dir keine Sorgen. Kennst du den Opa von der Sarah?«

»Das ist ein Freund vom Herrn Widmann.«

»Kein Verwandter?«

»Weiß nicht. Wie oft hast du schon geschossen mit der Beretta? Musst du das nicht üben?«

»Wenn man das einmal kann – das verlernt man nicht mehr. Also kein Verwandter, nein?«

»Hast du schon mal danebengetroffen?«

»Ich treff immer. Mitten ins Schwarze.«

Simon ratschte seinen Rucksack auf und reichte mir ein Fernglas.

»Da. Das hab ich dir mitgebracht. Das schenk ich dir. Du schickst mich nicht weg, gell? Ich darf dableiben? Ich kann auch unter deinem Bett schlafen, das macht mir gar nichts aus, ich mach mich ganz klein, schau mal, wie klein ich mich machen kann«, er rollte sich zu einer Kugel zusammen und verbarg seinen Kopf unter den Armen. Flipper stupste ihn vorsichtig an.

»Ich nehm gar nicht viel Platz weg!« Simons Stimme hörte sich an, als würde er sich die Nase zuhalten. »Und Dreck mach ich auch keinen, überhaupt keinen, ich kann mein Frühstücksgeschirr morgen selber abspülen, da merkst du gar nicht, dass ich da bin, ich mach alles sauber wie geschleckt.«

Ich räusperte mich. »Woher hast du das?«

»Ist meins«, tönte es dumpf aus der Kugel.

»Woher hast du das?«

Er setzte sich auf. »Ich brauch es nicht mehr. Ich habe mir gedacht, vielleicht freust du dich. Ich kann doch dableiben, oder? Bitte, bitte!«

Flipper wedelte.

In meinem Kopf wedelte es auch. Was sollte ich tun? Ihn löchern, woher er das Fernglas hatte? Das Geschenk zurückweisen? Durfte ich es überhaupt anfassen? Wieso brachte er das Teil zu mir? Hatte er ein schlechtes Gewissen, weil Andrea und ich ihn damit ertappt hatten? Seit wann trug er es überhaupt schon durch die Gegend? Es war ein wichtiges Indiz in einem Mordfall. Ich durfte jetzt keinen Fehler machen.

»Also du, ich glaub, so ein Geschenk kann ich gar nicht annehmen, weißt du, das ist viel zu teuer ... Ich mach dir jetzt mal ein Brot, okay? Und dann ... ja, dann ... Also ich komm gleich wieder, okay, ich gehe mal in die Küche. Ist Käsebrot okay?«

»Hast du Nutella?«

»Nächstes Mal besorg ich welches für dich.«

»Ein großes Glas?«

»Das größte, das ich beim Tengi kriege.«

»Morgen?«

»Morgen ist Sonntag. Übermorgen.«

»Und dann darf ich wiederkommen.«

»Ich rede mal mit deinen Eltern.«

»Mit meiner Mama! Die erlaubt es eher.«

»Okay, mit deiner Mama.«

»Super! Ich hab schon lang kein echtes Nutella mehr gegessen.«

»Lass dir doch mal vom Flipper seine tollen Spielsachen zeigen, bis ich dein Brot geschmiert habe«, schlug ich vor.

Unauffällig nahm ich mein Telefon an mich und ging in die Küche. Ich schloss die Tür und rief den Kommissar an. Ich hatte keine Ahnung, was ich sagen sollte, aber diese Geschichte hier war mir zu heiß, und ich würde nichts verschleppen oder verzögern.

Die Mailbox seines Handys sprang an.

»Hier spricht Franza Fischer. Bitte rufen Sie mich sofort zurück. Es ist jetzt Samstagabend, neunzehn Uhr, und es ist sehr, sehr dringend, danke.«

Ich butterte ein Brot. Dann rief ich bei der Polizei in Fürstenfeldbruck an und erfuhr, dass der Kriminalhauptkommissar erst ab Montagmittag wieder im Büro sei. Ich rief noch mal sein Handy an. Wieder die Mailbox. Sollte ich Moppelchen informieren? Ich brachte Simon ein Käsebrot, das er mit Flipper teilte, und machte ein zweites und ein drittes, von dem ich auch mal abbiss. Nebenbei fuhr ich den Laptop hoch. Ich klickte mich zum Telefonbuch München durch, da klingelte mein Telefon.

»Frau Fischer?«

»Herr Tixel! Vielen Dank, dass Sie anrufen! Es ist etwas passiert, ich habe hier ...«, flüsterte ich.

»Frau Fischer, dies ist mein erstes freies Wochenende seit langem. Ich bin nicht im Dienst. Bitte melden Sie sich bei meinen Kollegen. Es ist immer jemand da. Die Kollegen sind mit dem Fall genauso vertraut wie ich. Mich erreichen Sie ab Montagmittag wieder. Aber es wird nicht nötig sein, dass Sie mit mir sprechen, weil wie gesagt die Kollegen im Bilde sind. Ich wünsche Ihnen ein schönes Wochenende.«

»Halt!«

»Was ist denn noch, Frau Fischer?« Er klang genervt, und das tat mir weh. Überraschend weh.

»Das Fernglas ist hier. Das von Klaus Hase. Simon hat es mir gerade gebracht. Also ich vermute, dass es von dem Toten stammt. Was soll ich tun?«

»Was sagen Sie da? Simon Brettschneider hat Ihnen ein Fernglas gebracht? Nach Hause? Persönlich?«

»Ja! Ich komme gerade heim, da steht er vor meiner Tür mit einem Riesenrucksack. Ich glaube, seine Eltern wissen nichts davon. Und jetzt hat er mir das Fernglas geschenkt. Ich weiß nicht, wie ich mich verhalten soll! Ich muss ihn doch nach Hause fahren? Was sage ich seinen Eltern? Soll ich ihn fragen, woher er das Fernglas hat? Ich habe eine Freundin, sie ist Psychologin, ich könnte sie anrufen, vielleicht kann sie mit ihm reden, ich weiß überhaupt nicht, was ich machen soll, ich ...«

»Franza!«

»Ja?«

»Versuchen Sie, ganz normal zu sein. Regen Sie den Jungen nicht auf. Ich komme zu Ihnen.«

»Sie?«

»Ja, ich.«

»Aber Sie haben doch frei.«

»Ich glaube, Sie wohnen gar nicht weit weg von mir, geben Sie mir bitte die Adresse?«

Warum nur hatte ich den Eindruck, er kannte sie bereits?

... normal benehmen. Normal benehmen! Wie benahm ich mich normal mit einem Kind in meinem Wohnzimmer, das vier Käsebrote verschlang, dabei Krümel für dreißig machte und in einer Tour redete. So vergingen fünfzehn Minuten. Flipper hatte sich zusammengerollt. Mal mit dem rechten, mal mit dem linken Auge beobachtete er uns. Wo blieb der Kommissar? Wie weit entfernt von mir wohnte er? Wäre es nicht besser, ich würde in der Zwischenzeit herausfinden, wo Simon das Fernglas gefunden hatte? Als Frau war ich dazu viel geeigneter. Tatsächlich? Was würde Andrea tun? Auf keinen Fall würde ich Simon fragen, ob es ihm in der Schule gefalle. Diese Frage hatte ich als Kind stets gehasst. Genauso wie: In welche Klasse gehst du denn schon? Und: Hast du denn schon einen Freund? Immer dieses *denn schon*. Aber warum redete Simon so viel, er redete wie aufgezogen, ganz komisch kam er mir vor, oder war er immer so, waren Kinder allgemein so? Nein, ich wollte keine Kinder. Mir reichte mein Kind light. Echte Kinder brauchten zudem einen Vater.

»Was willst du mal werden?«, fragte ich Simon.

»Bundesliga oder Bundeskanzler.«

»Gar nicht blöd!«, staunte ich.

»Hab mich noch nicht entschieden«, erklärte er lässig.

»Hm.«

»Bundesliga macht vielleicht mehr Spaß, aber bei Bundeskanzler fliegt man mehr rum.«

»Bist du schon mal geflogen?«

»Nächstes Jahr vielleicht. Und Flipper?«

»Noch nie.«

»Weißt du, man kann auch fliegen, ohne zu fliegen.«

»Wie meinst du das?«

»Geister. Die sind überall. Da wird es erst kalt«, Simon deutete ein Zittern an, »und daran merkt man, dass sie da sind. Aber hier kann ja nichts passieren, oder? Hier sind wir sicher.«

Zitterte er jetzt wirklich, oder spielte er mir etwas vor?

»Total sicher«, sagte ich mit der tiefsten Stimme, die meinen Bändern zu Gebote stand. Was verdammt noch mal war hier los?

»Du sag mal, Simon, das Fernglas ... Wieso willst du mir das schenken?«

»Damit du schon von weitem siehst, dass ich da bin.«

»Und woher hast du es? Das war doch bestimmt recht teuer? Oder hast du es gefunden?«

»Ich habe mir überlegt, ob ich es in die Schule mitnehme – zum Abschreiben. Letzte Woche haben wir vier Proben gehabt. An jedem Tag eine!« Empört schaute er mich an.

»Und worüber?«, fragte ich. Nicht, dass mich das interessiert hätte, doch vielleicht war es eine erfolgversprechende Methode, herauszufinden, was ich wissen wollte, indem ich Simon einfach reden ließ.

»Zum Beispiel über die Bedeutung der Arbeit.«

»Aha, und was ist die?«

Simon ratterte los. »Arbeit ist eine geistige oder körperliche Aktivität, um ein wirtschaftliches Ziel zu erreichen. Man arbeitet für Existenzsicherung und Verdienst, für Erfolgserlebnis und für Lebensgestaltung. Die reichen Fuzzis machen nur Lebensgestaltung. Das ist wichtig, sonst kriegen sie Depressionen, und dann müssen sie Tabletten schlucken.«

»Da hast du bestimmt eine gute Note bekommen?«

»Ist noch nicht raus.«

»Und wenn du eine gute Note hast, kriegst du dann was Besonderes von deinen Eltern ... ein Fernglas vielleicht?«

Simon presste die Lippen aufeinander und starrte an die Wand. Er war sehr blass. Nein, Geduld gehörte nicht zu meinen Stärken.

»Glaubst du, ich muss ins Gefängnis?«, stieß er unvermittelt hervor. Er wurde noch blasser, bleich. Wahrscheinlich leuchteten wir nun um die Wette. Ich wollte nicht, dass er weitersprach. Ich wollte mit all dem nichts zu tun haben. Vielleicht war es ein Fehler gewesen, den Kommissar anzurufen. Vielleicht hätte ich Simon einfach nach Hause fahren sollen, nein, ich hätte ihn zu Andrea bringen sollen, die kannte sich mit so was aus. Er war doch ein Kind.

»Wie kommst du denn auf so eine Idee?«, fragte ich. Locker sollte es rüberkommen. Doch ich bekam kaum Luft.

»Weil, weil, weil ...«, schluchzte er.

»Simon ...«

Der Junge japste und weinte und war überhaupt nicht mehr zu beruhigen. Ratlos schaute Flipper mich an. Ich hob die Schultern. Ich wusste auch nicht weiter. Rechts ich, links Flipper, versuchten wir Simon zu trösten, der keinen einzigen Satz herausbrachte, immer nur »weil ...« stammelte und manchmal »weil ich ...«

Ich nahm Simon in den Arm, sein Rücken war angespannt und das Zucken in seinem Körper hörte nicht auf. Eine lange Rotzglocke troff auf seinen Oberschenkel; mit einem Geschirrtuch wischte ich sie weg und hielt ihn fest und wiegte ihn, und auf einmal hörte ich mich summen, so wie meine Oma für mich gesummt hatte, wenn es wirklich schlimm war, ganz schlimm. Flipper brummte dazu und schleckte Simon hin und wieder über die Hand, und ich summte, und allmählich wurde das Zucken zarter. »Ich bin schuld, weil der tot ist. Ich hab das gemacht!«, flüsterte Simon.

Am liebsten hätte ich mir die Ohren zugehalten, ich wollte das nicht hören, nichts davon wollte ich hören.

»Simon«, begann ich, ohne zu wissen, wie ich weiterreden sollte.

Die Türklingel erlöste mich. Sie und Flipper schlugen gleichzeitig an.

»Wer kommt da?«, fragte Simon erschrocken.

»Ich schau mal«, sagte ich, als wüsste ich es nicht.

Der Kommissar stand schon vor meiner Tür, und im Arm trug er eine große Puppe. Wahnsinn, war die bayerische Polizei gut ausgerüstet, klar, er hatte Spielzeug dabei. Kindgerecht. Genial!

»Hallo Frau Fischer«, sagte der Kommissar.

»Hallo«, sagte ich und riss die Augen auf. Die Puppe lebte.

»Meine Tochter«, sagte der Kommissar.

Simon wischte ins Bad.

»Ich glaube, er glaubt ... Er ist ... Ich bin ... Eben hat er ...«, flüsterte ich.

»Das Fernglas ist hier?«

»Im Wohnzimmer«, sagte ich und starrte das Kind an. Blonde Kringellöckchen. Ein Engel in einem rosafarbenen leichten Schlafsack mit Sonne, Mond und Sternlein. Grüner Schnuller, Stupsnase.

»Sie ist erst zwei. Ich kann sie nicht allein zu Hause lassen«, erklärte Felix Tixel.

»Klar«, sagte ich locker. »Wollen Sie reinkommen?«

»Gerne. Schuhe ausziehen?«

»Nein, nein«, sagte ich, und am Rande nahm ich wahr, dass Simons Schuhe fehlten, ich begriff jedoch nicht, was das bedeutete, ich war mit der Puppe beschäftigt.

Meine Knie schlingerten.

»Danke, dass ich kommen durfte«, sagte der Kommissar steif.

»Danke, dass Sie gekommen sind«, erwiderte ich förmlich.

So standen wir im Flur und schauten an uns vorbei. Flipper winselte. Ich hatte ihn mit einer Handbewegung neben die Wohnzimmertür befohlen, und dort wedelte er, als wollte er gleich abheben.

»Sinah liebt Hunde«, sagte der Kommissar.

»Ah, ja.« Etwas Besseres fiel mir nicht ein.

»Schön haben Sie's hier.«

»Haben Sie gleich hergefunden?«

»Ja klar. Ist nicht weit.«

»Es hat ziemlich lang gedauert.«

»Packen Sie mal ein Kind ein! Eine frische Windel hat sie auch. Außerdem haben wir fünf Minuten nach den unverzichtbaren Stofftieren gesucht, die immer mitmüssen.«

Neugierig schaute ich in den Hausflur. »Und wo sind die?«

»Im Auto.«

»Ach ja«, sagte ich. Allmählich ging mir der Gesprächsstoff aus. Die große Neuigkeit fuhr wie eine Abrissbirne durch meine Gedanken. Felix Tixel hat ein Kind. Felix Tixel ist Vater. Felix Tixel ist kein Single. Felix Tixel hat eine Familie.

Der Kommissar blickte zur Badtür. »Er ist da drin?«, fragte er mich.

»Ja.«

»Simon?«, rief er.

Vater. Er ist Vater. Verheiratet. Aus.

»Hat der Raum ein Fenster?«, fragte er.

»Ja, aber nur ein kleines …« Ich stockte. Dann nickte ich. Ein Kind könnte sich hindurchzwängen.

Der Kommissar drückte mir die Puppe in den Arm und riss die Badtür auf. Keine Spur von Simon, und das Fenster stand offen.

»Scheiße!«, rief der Kommissar. Und noch mal, »Scheiße, Scheiße!« Er schlug mit der Faust an den Türstock. Das fand ich übertrieben. Brachte ja nichts. Es gefiel mir trotzdem. Der Kommissar beugte sich über Sinah. Sein Wutanfall hatte ihren Schlummer nicht gestört.

»Franza, kann ich meine Tochter kurz bei Ihnen lassen, ist das in Ordnung? Ich bin gleich wieder da.«

Und weg war er. Das Kind in meinem Arm seufzte. Es duftete nach Creme. Es war sehr warm. Ich senkte meine Nase in die flaumigen Locken. Die Kopfhaut roch ein bisschen verschwitzt. Vielleicht hatte die Kleine vor dem Einschlafen mit ihrem Papa herumgetobt. Flipper tänzelte entzückt von einer Pfote auf die andere und streckte sich, um Windelduft zu ergattern.

»Weg«, vertrieb ich ihn.

… Sinah … Schöner Name. War er also Vater. Wer hätte das gedacht. Passte gar nicht zu ihm. Ich schloss die Haustür und ging vorsichtig ins Wohnzimmer. Steif setzte ich mich auf das Sofa. Das Kind schlief weiter. Ich wusste nicht recht, wie ich es halten sollte. Es war schwer und fühlte sich sperrig an in meinen Armen. Hoffentlich wachte es nicht auf. Keine Ahnung, was ich dann tun sollte. Sinahs Mund zuckte. Da konnte ich ihn erkennen, den Kommissar. In diesem schönen Mund. Er hatte ein Kind. Und eine Frau, eine Familie, vielleicht hatte er mehrere Kinder. Franza, du bist eine Idiotin. Gut, dass das nun geklärt war. Er war nur wegen Simon da. Rein beruflich. Das war's. Ich brauchte nicht mehr für ihn zu apportieren. Game over.

Zwanzig Minuten später klingelte es Sturm. Felix allein. »Ist er da?«

Ich schüttelte den Kopf.

»Das darf nicht sein, verdammt!«

»Ich verstehe das nicht!«

»Ich war überall. In jedem Hinterhof und bis an der Brücke. Es gibt hier Millionen Verstecke. Ich habe gerufen. Nichts. Es hat ihn auch niemand gesehen. Ich brauche Verstärkung. Und ich ... Sinah?«

»Ich habe sie in mein Bett gelegt.«

»Danke.«

»Gerne.«

»Ich muss meine Kollegen informieren. Warum ist er überhaupt weggelaufen? Er hat doch keinen Grund dazu? Na, gut, das Fernglas – aber ich bin bestens mit ihm ausgekommen. Er kennt mich doch. Franza, was hat er dir, Ihnen, was hat er gesagt, was ist vorher passiert?«

»Also, das war so ...«

»Ich möchte kurz nach Sinah sehen.«

»Natürlich.« Ich zeigte auf die Schlafzimmertür.

Und dann stand der Kommissar in meinem Schlafzimmer. Dort, wo er einmal hingehört hätte. Er beugte sich über mein Bett und schaute seine Tochter an.

»Wenn die mal schläft, da kann eine Bombe einschlagen«, flüsterte er überflüssigerweise. »Die hört nichts. Beneidenswert.«

Hieß das, Felix' Schlaf war sensibel? Ich würde es nie erfahren. So viel würde ich nie erfahren. Schlief er auf dem Rücken, und schnarchte er? Frühstückte er lieber süß oder würzig? Über welche Witze lachte er? Wovor hatte er Angst? Was träumte er? Welche Musik hörte er? Warum war er im Tierladen traurig gewesen mit dem Lederhalsband in der Hand? War er kitzlig an den Fußsohlen? Schwamm er gern, und fuhr er Snowboard? Wie viele Klimmzüge schaffte er? Wir standen vor meinem Bett. Auf dem Nachttisch lag ein Buch mit dem Titel *Nimmersatte Lust der Frauen*. Ein Geschenk meiner Osteoporosegruppe. Warum hatte ich es nicht beiseitegeräumt. Überhaupt sah es hier nicht so aus, wie es aussehen sollte, wenn ... Ich hatte weitaus schönere Bettwäsche als dieses alberne Blumenmotiv, und normalerweise stand neben dem Fenster die große Palme. Wieso dachte ich so einen Blödsinn? Dem Kommissar war das alles egal. Ich war ihm egal, und das war gut so. Das hier war echt. Das war kein Film, in dem ich ihn auf das Bett stoßen würde, und wir hätten wilden Sex.

»Danke, Frau Fischer«, sagte Felix.

»Ich hab gar nichts gemacht«, sagte ich.

Der halbe Mond ging heute nur zu einem Viertel auf, ein trauriger Versuch, stürzte schnell ab ins Dickicht dunkler Stoppeln.

»Ein Glas Wasser?«, fragte ich ihn.

»Und einen Espresso vielleicht? Das wäre wunderbar, danke.«

Felix folgte mir in die Küche. Ich kam mir vor wie in einem Traum. Zuerst Simon und jetzt er, aber kein Simon mehr.

Ich füllte Pulver in meine Espressokanne. Meine Hände zitterten. Ich drehte mich weg. Felix' Handy klingelte. »Tixel.«

»Ja, Frau Dr. Gleixner, das ist wunderbar, dass Sie gleich zurückrufen!«

Warum klang seine Stimme auf einmal so munter?

»... Nein, nein, nicht direkt privat. Auch wenn heute Samstag ist.«

Er lachte. Ich konnte mir die Frau Doktor vorstellen. Arzttochter, blond, Körbchengröße D, sonntagnachmittags gern ein Zigarillo. »Es geht um einen Jungen, den ich suche, er ist mir gerade weggelaufen und da sind Sie mir eingefallen, weil Sie uns vor ein paar Monten bei dem Fall mit der kleinen Annalena doch so geholfen haben. ... Ja, ja. ... Ich glaube, meine Kollegin hat Sie letzte Woche diesbezüglich schon einmal ... Ja, ja genau. ... Ja, wir sind Ihrer Empfehlung gefolgt und haben von einer weiteren Befragung Abstand genommen, das war ja ziemlich unerfreulich mit den Eltern. ... Nein, das Jugendamt noch nicht. ... Frau Dr. Gleixner, gut Alexa, okay ...« Wieder lachte er. War ich eine Partnervermittlungsagentur oder was? Unsere Blicke trafen sich. Er hob bedauernd die Schultern. Armer Mann. Konnte einem wirklich leidtun bei so einer Warteliste. Wie sah die Frau aus, die ihn gekriegt hatte? Ein blonder Engel, blond wie Sinah?

»Ich spreche kurz mit der Zeugin, dann kann ich Ihnen mehr sagen. Ja. In fünf Minuten? In zehn. Okay. Bis gleich. Und bitte, Alexa – das ist vorläufig noch eine private Anfrage, ich habe die große Hoffnung, dass ich den Jungen selber finde oder dass er auf dem Nachhauseweg ist, und die Zeit würde ich ihm noch geben. Und von Ihnen, äh, ich meine, von dir hätte ich gern einen Freispruch, damit ich mir die

Zeit geben darf. Ich kann die Lage schwer einschätzen. Und du sollst noch wissen, dass ich eigentlich nicht im Dienst bin. Der Hinweis kam«, er räusperte sich, »privat rein.«

»Der Kaffee ist fertig«, meldete ich, als er das Gespräch beendet hatte. Er lehnte am Türstock. Sein Anblick tat mir weh.

»Wissen Sie, wo Simons Eltern sind?«, fragte er.

»Sie arbeiten«, sagte ich, während ich aus dem Fenster schaute, wo ein leichtes Lüfterl die Kastanie sanft wiegte, mehr zu ahnen, denn zu sehen. »Ich glaube, sie machen Catering, also die Mutter, und der Vater hilft wohl manchmal mit. Er sagte was von Wolfratshausen und einem berühmten Politiker. Dort würde es Leibwächter geben.«

»Na super. Ein Besuch beim ehemaligen Ministerpräsidenten«, stöhnte Felix.

Ich drehte mich zu ihm um. »Wer weiß, ob das stimmt. Simon quasselt in einer Tour.«

»Genau das ist das Problem. Was stimmt?«

Ich reichte Felix die Tasse. Meine schönste. »Das dürfen Sie mich nicht fragen.«

»Danke.« Er trank den heißen Kaffee in einem großen Schluck. »Wunderbar!«

»Noch einen?«

Er schüttelte den Kopf. »Danke, nein. Bitte wiederholen Sie so detailliert wie möglich, was Simon gesagt hat«, bat er mich. »Ich will das mit einer Kinderpsychologin besprechen. Ich befinde mich in einem Dilemma. Ich weiß nicht, ob ich meine Kollegen jetzt sofort informieren oder noch warten soll.«

»Was spricht wofür?«, fragte ich.

»Wenn Simon das macht, was am Vernünftigsten wäre, nämlich schnurgerade heimfahren und dort auch wirklich ankommen, wecke ich mit einer solchen Aktion schlafende Hunde. Der Junge kriegt Ärger. Von seinen Eltern. Dieses kleine Ausreißen – und welcher Bub läuft nicht mal weg, wenigstens ein bisschen bis zur nächsten Ecke – wird aktenkundig und hat eventuell Folgen. Jugendamt etceterapepe. Wenn ich allerdings noch warte und Simon nicht nach Hause kommt, dann habe ich ein Riesenproblem, einmal abgesehen davon, dass Simon wirklich in Gefahr geraten könnte – und das macht mir Sorgen. Heute ist Samstag, und ich habe keine Ahnung, ob Simon sich in der Stadt auskennt, hat er Verwandte hier, fährt er öfter allein mit der S-Bahn, hat er ein Handy dabei, Geld, wie vertrauensselig ist er, will er etwa per Anhalter nach Hause fahren? Ich brauche die Handynummer seiner Eltern. Am besten, ich schick einen Wagen zur S-Bahn«, dachte der Kommissar laut, schaute auf die Uhr. »Er hat eine halbe Stunde Vorsprung. Kennt er sich in der Stadt aus?«

»Das weiß ich nicht.«

»Und gerade an diesem Abend! Wir haben heute ein Konzert im Olympiapark und ein Fußballspiel in der Arena, in der Fußgängerzone ist eine Schlägerei im Gang, und dann findet zu allem Überfluss noch diese Konferenz im Hotel Bayerischer Hof statt, dieses Wochenende ist die Hölle in München, und ich weiß nicht, wie viele Leute ich kriegen kann, wenn ich ...«, er schlug die Hände vors Gesicht. Schöne Hände. Die ich gern gestreichelt hätte. Felix musterte mich irritiert. Es war mir wirklich passiert. Eine kleine zarte Berührung. Ich trat einen Schritt zurück.

»Und Sie glauben, die Kinderpsychologin kann Ihnen helfen?«, fragte ich.

»Ich hoffe es.«

Ich ging noch einen Schritt zurück. »Dann erzähle ich mal, woran ich mich erinnere.«

»Bitte.«

Konzentriert hörte mir der Kommissar zu. Er saß in meiner Küche, dort, wo man beispielsweise frühstückte. Sein Kind schlief in meinem Bett. Ich war erleichtert, dass ich mich wirklich gut an den Ablauf mit Simon erinnerte. Ich konnte sogar über Arbeit und Depressionen referieren. Nur das Geständnis vergaß ich. So eine Kleinigkeit konnte im Eifer des Gefechts schon mal unter den Tisch fallen.

»Das klingt«, sagte der Kommissar, »als hätte er vor irgendetwas Angst.«

»Ja. Ich glaube, er hat Angst, allein in einem Bett zu schlafen.«

»Das haben viele Kinder.«

»Die laufen aber deswegen nicht weg von daheim.«

»Wovor hat Simon besonders große Angst? Was ist dein, Ihr Eindruck?«

»Vor Geistern«, sagte ich.

»So kommt es mir auch vor«, nickte der Kommissar. »Er hat Sie mehrmals nach der Beretta gefragt«, er versuchte ein Lächeln, das roh blieb, »für die Sie noch immer keinen Waffenschein haben.«

Auch mein Grinsen misslang.

»Wenn seine Fantasie mit ihm durchgegangen ist?«

»Das klingt plausibel.«

»Ich glaube, ich habe solche Hefte auch gelesen als Junge,

aber in meinem Kinderzimmer habe ich mich doch wohler gefühlt als bei einem Geisterjäger. Daheim ist man doch sicher, oder?«

Wir schauten uns an. Wir dachten das Gleiche.

»Besonders schön hat er es nicht daheim, das stimmt, aber seine Mutter ist eine warmherzige Frau, also, das war mein Eindruck ... Und darauf kommt es doch auch an, oder?«

Ich nickte. Es gefiel mir, dass er viele seiner Sätze mit *oder* beendete. So als lege er Wert auf meine Meinung.

Der Kommissar sprang auf. »Und er hat das Fernglas!«, rief er.

»Da«, sagte ich und deutete auf den Tisch.

»Das Fernglas und Angst. Große Angst«, sagte der Kommissar und ging auf und ab, auf und ab, bis er sich ruckartig zu mir drehte. »Und wenn«, rief er, »Simon die Leiche gefunden hat? Vor dir, Franza?«

Ich zuckte zusammen. Wie oft wollte er mich noch duzen? Mochte er mich wieder? Sollte ich ihm das Du anbieten? War das mein Part? Oder hatte das alles nichts zu bedeuten?

»Wenn er«, rief der Kommissar, »ohne nachzudenken das Fernglas genommen hat und weggelaufen ist. Da konnte er doch niemandem sagen, dass er die Leiche gefunden hat. Er war ganz allein damit. Und zurück traute er sich vielleicht nicht. Wenn also nicht Flipper, sondern Simon die Leiche gefunden hat. Vorher. Einen oder zwei Tage vorher. Dann ...«

»... kann man ganz schön Angst vor Geistern kriegen«, vollendete ich.

»Und dann will man auch nicht mehr im eigenen Bett schlafen, wenn der Tote doch nebenan gewohnt hat, und es allgemein bekannt ist, dass die Toten herumspuken.«

»Lieber sucht man Schutz bei jemandem, der sich gegen Geister wehren kann.«

»Deshalb hat er von Mutproben gesprochen«, murmelte ich.

»Wie bitte?«

»Ich habe ihn am Hochsitz getroffen, und er hat gesagt, das wäre eine Mutprobe.«

Felix packte mich am Arm. »Und wohin geht er jetzt? Heim? Oder wartet er, bis ich weg bin, und kommt dann hierher zurück?«

Mein Oberarm brannte.

»Entschuldigung«, sagte Felix.

»Macht nichts«, sagte ich in das altmodische Ringen seines Handys.

»Alexa, ich hätte dich gleich angerufen, danke«, meldete Felix sich, »der Junge ist wieder da. Es war falscher Alarm. Er ist mit einer Frau und ihrem Hund spazieren gegangen. Vielen Dank für den Rückruf und dein Verständnis und bis demnächst. Ja. Ja. Ja. Sicher. Ja, mach ich. Du auch. Servus.« Er steckte das Handy in die Hosentasche und wandte sich an mich. In seinem Gesicht glühte kein Schimmer einer Lüge.

»Franza, ich habe mich entschieden. Das Warten ist mir zu gefährlich. Ich glaube zwar, dass Simon heimfindet – aber es gibt keine S-Bahn in Wampertskirchen. Er muss zu Fuß gehen. Oder per Anhalter fahren. Das gefällt mir nicht, einmal abgesehen davon, dass er vorher quer durch München muss. Der Bub ist in keiner guten Verfassung. Ein Kind, das so durcheinander und unsicher ist, zieht bestimmte Typen geradezu magisch an.«

»Und wenn ich es versuche? Mit Flipper?«

Felix schüttelte den Kopf. »Die Spur ist längst kalt.«

»Flipper hätte Sie vorhin begleiten sollen.«

»Ja, vielleicht.«

»Bitte«, sagte ich. »Nur ein Versuch.«

»In der Stadt? Eine Fährte?«

»Warum nicht?«

»Es ist zu riskant.«

»Bitte. Eine halbe Stunde.«

»Vielleicht liegt er doch irgendwo auf der Lauer und wartet«, dachte Felix laut. »Vielleicht wäre das wirklich der beste Plan. Ich sollte verschwinden. Vielleicht hat er sich irgendwo im Hof versteckt?«

»Dann findet Flipper ihn.«

Felix kämpfte mit dem Kommissar. Der Kommissar wollte seine Kollegen anrufen und die Maschinerie in Gang setzen. Felix wollte Simon Ärger ersparen.

»Immerhin, die Tatwaffe hat er gefunden«, sagte er nachdenklich, und da wusste ich, dass Flipper seine Chance bekam.

»Gehen Sie jetzt bitte, Felix. Ich warte fünf Minuten und verlasse dann mit Flipper das Haus. Ich rufe Sie an, sobald ich ihn gefunden habe.«

»Eine halbe Stunde.«

Ich nickte.

Ohne mich um Erlaubnis zu fragen, öffnete Felix die Tür zum Schlafzimmer. Vorsichtig hob er Sinah aus meinem Bett. Sie hatten meine Wohnung kaum verlassen, da sah ich am Himmel ein Blaulicht zucken. In diesem Moment begriff ich, dass Simon in Gefahr war. Dass dies kein Spiel war. Ich war angekommen in der Realität.

16

»Zum Deutschen Museum«, instruierte ich Flipper. Es war nur so ein Gefühl. Und irgendeine Richtung musste ich vorgeben, denn Flipper stand abwartend auf der Straße und hatte nicht reagiert, egal wie oft ich »Simon. Such Simon!«, sagte. Menschenfinden hatten wir noch nie geübt – mit wem auch. Als er endlich loslief, apportierte er eine leere Plastikflasche und dann einen Turnschuh. Eine halbe Stunde war verdammt kurz. Ich befahl Flipper ins Fuß, joggte los und konzentrierte mich auf Simon. Sein liebes zartes Gesicht, die hellblonden Haare, die blauen Augen und seine Stimme. Dabei merkte ich, wie gern ich den kleinen Kerl hatte. Hoffentlich war es kein Fehler, meine Wohnung zu verlassen? Wenn Simon wirklich in der Nähe geblieben war? Dann hätte Flipper ihn aufgestöbert ... bestimmt!

»Flipper! Such Simon, den kleinen Simon! Such Flipper, such Simon!« In seinem geschmeidigen Trab lief er neben mir her und zeigte mir mit keiner Bewegung, dass er mich verstand. Ja, es war mir nicht entgangen, dass er den Kommissar weniger prickelnd fand, aber jetzt ging es um Simon. Da konnte man seine Animositäten wohl ein wenig zurückstellen! »Reiß dich zusammen, Flipper!«

Am Forumkino schien ein Event stattzufinden. Helle

Scheinwerfer beleuchteten die Ludwigsbrücke. Flipper beschleunigte sein Tempo.

»Bleib da.«

Er wurde noch schneller. Ich hetzte hinterher.

»Ich will nicht zum Isartor, sondern zum Deutschen Museum!«, zischte ich. Flipper verspürte offensichtlich einen unwiderstehlichen Drang ins Rampenlicht. Ohne jedes Schamgefühl schlängelte er sich an der Schiffsschraube vorbei, sprang direkt vorm Forum über ein Absperrgitter – ein paar Leute schrien erschrocken auf –, trabte federleicht mit erhobenem Kopf und aristokratisch schwingender Rute über einen roten Teppich und verschwand im Dunkel.

Einige Bodyguards rannten ihm nach, Getuschel und Gelächter, Applaus, als eine weiße Stretch-Limousine auf dem Gehsteig parkte. Ich fühlte mich wie im Kino. Eine Filmpremiere – und da tauchten sie auf. Die Helden. Flipper und Simon. Blitzlichtgewitter. Simon legte die Hände über die Augen. Ein Mann beugte sich zu ihm. Irgendeine Synchronstimme, die mich verdächtig an den Jungen von Lassie erinnerte, erwiderte in meinem Kopf:

»Yes Sir. This is my dog.«

»This is a great dog, my son, really a great dog. He saved your life.«

»Yes Sir. I know. He is the best dog in the world.«

»But now you have to go home. Your Mama is waiting. She cries her eyes dry.«

»Yes Sir. Goodbye.«

»God bless you.«

Da sich in diesem Moment echte Stars aus der Stretch-Limousine materialisierten, konnten wir unbemerkt verschwinden. An den Museum Lichtspielen schlugen wir uns in den Untergrund – unter die Brücke. Simon umarmte mich, als wollte er mich nie mehr loslassen. Flipper drückte sich eng an uns, und in meinen Armen war auch noch Platz für ihn.

»Simon, bin ich froh, dass du wieder da bist!«, stieß ich hervor. »Und jetzt bleibst du bei mir. Ich rufe nur schnell den Kommissar an …«

»Aber dann muss ich ins Gefängnis.«

»Quatsch! Kinder kommen nicht ins Gefängnis. Du hast die Leiche gefunden, gell? Du hast das Fernglas mitgenommen und Angst gekriegt, große Angst, gell? Du kannst nichts dafür, dass der Klaus Hase tot ist. Der war schon tot, als du ihn gefunden hast.«

»Ich habe ihn tot gemacht.«

»Wie willst du das denn geschafft haben? Der ist erschlagen worden! Das kannst du doch gar nicht!«

Simon riss die Augen auf. »Aber ich hab's ihm gewünscht. Ganz fest gewünscht. Und dann war er tot.«

»Gewünscht?«, wiederholte ich stockend.

»Ja! Ganz fest! Weil er mich erwischt hat, wie ich die Eier vom Baum geholt habe. Ich wollte sie in den Backofen legen, weißt du. Dann hätte ich ihnen ein schönes Nest gebaut und Würmer für sie ausgegraben. Der Ben hat das auch gemacht und dann ist es ein Geier geworden, und die sind so groß, dass man auf denen reiten kann.«

Ich struwwelte durch Simons Haare. »Klar kann man auf Geiern reiten. Hab ich selber früher auch gemacht. Aber das mit den Eiern funktioniert so nicht. Da hat dich der Ben angeschwindelt. Und jetzt ruf ich den Kommissar an und sag ihm, dass du in Sicherheit bist. Dir passiert nichts. Der Kommissar wird sich freuen. Du bist doch sein Hilfspolizist. Der ist ja total aufgeschmissen ohne dich.«

»Meinst du?«, fragte Simon zweifelnd.

»Das weiß ich!«, behauptete ich.

Als wir in meine Straße einbogen, stieg Felix aus seinem BMW. Wortlos umarmte er zuerst Simon, dann mich. Leider merkte ich das erst, als es vorbei war.

»Und jetzt fahre ich den jungen Mann nach Hause«, strahlte Felix.

»Aber ich will bei Flipper übernachten«, widersprach Simon nur der Form halber und stieg ganz schnell in den BMW.

»Ich hol deinen Rucksack«, sagte ich. »Und das Fernglas.«

»Nicht anfassen, Franza!«, rief Felix.

»Ich bin doch nicht auf der Brennsupp'n dahergschwommen!«, lachte ich.

Er reckte den Daumen in die Luft.

»Ich fahre übrigens auch mit«, verkündete ich.

»Etwas anderes habe ich nicht erwartet.«

Das Fernglas behandelte ich wie ein rohes Ei, fasste es nur mit Plastiktüte an und überreichte die Beute Felix, der sie im Kofferraum verstaute.

»Soll Flipper zu mir nach vorne?«

»Nein, das ist zu eng. Sinah und Simon können sich hinten ein bisschen dünne machen, oder?«

Zustimmendes Gekicher antwortete. Das Püppchen war wach.

»Fahren wir mit Blaulicht?«, fragte Simon.

»Später.«

»Das hat mir der Kommissar nämlich versprochen«, klärte Simon mich auf.

»Wir hatten eine kleine Unterhaltung, während Sie weg waren.«

»Aha.«

»Ein Gespräch unter Männern«, sagte Simon getragen.

»Verstehe«, erwiderte ich ernst.

»Alles war genauso, wie wir es vermutet haben«, sagte Felix leise und drückte meine Hand.

Ich fühlte mich sehr, sehr glücklich. So brausten wir durch die Stadt, und auf der Starnberger Autobahn schaltete Felix wirklich das Blaulicht ein, allerdings ohne Ton und nur für zwei, drei Kilometer. Simon juchzte vor Begeisterung. Sinah schlief schon wieder.

»Autofahren ist das beste Einschlafmittel für sie«, vertraute Felix mir an, während er mir eine Wasserflasche reichte.

»Nein danke«, lehnte ich ab.

Auch Simon war verdächtig ruhig. Und ich auch. Aber mein Herz redete, denn es war ihm etwas zugestoßen. Ein Erdbeben, Herzbeben, jedenfalls war eine Wand eingestürzt, und alle Wälle waren fortgespült, und mein rotes heißes Blut überflutete meine Sinne, und dahinter quollen all die Gefühle und Bilder hervor, die ich seit Jahren versteckt gehalten hatte, und das war nicht schön und tat mir nicht gut, es tat weh, und ich konnte sehr deutlich erkennen, dass ich so nicht leben wollte, mit dieser Überflutung, aber ich wusste auch nicht, womit ich einen Damm errichten sollte, so lange ich neben Felix saß.

»Mist«, entfuhr es ihm, als wir vor Simons Haus parkten.

Wir waren nicht die einzigen Ankömmlinge. Simons Eltern luden etwas aus einem alten roten Golf. Hatte Felix Simon diese Konfrontation ersparen wollen? Hätte er ihn einfach in sein Bett geschickt und die Angelegenheit vergessen?

»Meine Eltern!« Simon war hellwach.

»Ja, Simon. Das wird jetzt wahrscheinlich ein bisschen unangenehm für dich. Aber ich bin an deiner Seite. Du sagst erst mal gar nichts, abgemacht?«

Von hinten kam kein Laut.

»Gute Nacht, Simon«, sagte ich.

Eine kleine kalte Hand schoss nach vorne, berührte meinen Unterarm, und weg war sie.

Simons Eltern stießen einen Überraschungsschrei aus, als sie ihren Sohn neben dem Kommissar erkannten.

»Simon, du bist doch im Bett!«, entfuhr es seiner Mutter. Tja, so konnte man sich täuschen. Zu viert gingen sie ins Haus.

Flipper und Sinah atmeten ruhig. Ich tastete nach der Wasserflasche. ... Was war das? Ich zog das Ding unter dem Sitz hervor. Eine Mappe. Die Luft wurde dünn. So was machte man nicht. Aber wann hatte eine normale Bürgerin schon mal die Gelegenheit, die interne Polizeiarbeit zu kontrollieren: Wurde hier auch ordentlich gearbeitet? Wie sah es mit der Rechtschreibung aus? Ich knipste die Innenbeleuchtung an und blätterte.

In der Mappe befanden sich mehrere Protokolle sowie diverse geklammerte Unterlagen. Vielleicht wollte Felix sie übers Wochenende durchlesen. Alle drehten sich um die Tätigkeit Klaus Hases im Patentamt. Von wann bis wann er dort gearbeitet hatte, in welchen Abteilungen, zu welchen Akten er Zugang hatte und wie es insgesamt um die Sicherheitsstandards im Patentamt bestellt war. Gehetzt konnte ich die Informationen leider nur überfliegen. Das Patentamt! Es war keine Beziehungstat, es ging nicht um Liebe, sondern um Geld! Mit Patenten konnte man sehr reich werden. Vielleicht hatte Klaus Hase chemische Formeln verkauft? Er hatte seinen Job nicht gekündigt, weil er sich der Vogelkunde widmen wollte. Das war nur ein Vorwand gewesen. Da wäre ich ja nie drauf gekommen! Wie auch. Ich war nur eine einfache Yogalehrerin. Ich atmete ein und aus und hatte keine Ahnung.

»Papa?«, fragte eine Stimme.

Ich klappte die Mappe zu.

»Papa?«

»Er kommt gleich«, sagte ich und schob die Mappe wieder unter meinen Sitz und knipste das Licht aus. Nicht, dass Töchterchen ihm später verriet, dass die fremde Frau in seinen Unterlagen gelesen hatte. Oder kriegte Sinah so was noch gar nicht mit? Wie sah die Welt aus für eine Zweijährige? Oder war sie schon zweieinhalb? Ich wollte es gar nicht so genau wissen.

»Na mein Schatz, bist du auch mal wieder wach.« Felix öffnete die hintere Tür und drückte seiner Tochter einen Kuss ins Gesicht.

Flipper wedelte entzückt und streckte seinen Hals.

»Du nicht!«, lachte Felix.

»Papa, hab Durst.«

Er kramte in einer bunten Tasche neben Sinah und zog einen Teddy und ein Nuckelfläschchen heraus. »Ist nicht mehr viel drin, Sneku, aber jetzt fahren wir heim, und da mach ich dir frischen Tee.« Er legte den Teddy in ihren Arm und nahm auf dem Fahrersitz Platz. »Alles klar, Franza?«

Bestimmt erwartete er jetzt, dass ich ihn fragte, wie es gelaufen war. Aber wenn ich das machte, würde ich wieder nicht beichten, und ich wollte diese lästige Pflicht endlich los sein. Das würde mir dabei helfen, meine Fassung wiederzuerlangen; dieses schwammige Gewaber in solide Backsteine verwandeln, mit denen ich eine Mauer hochziehen konnte. Jetzt oder nie.

Ich holte tief Luft und sprang: »Wenn alles so läuft, wie ich es mir vorstelle, brauchen Sie mich bald gar nicht mehr nach Hause fahren, weil ich dann nämlich schon zu Hause bin.«

»Aha«, sagte Felix, »und was bedeutet das?«

»Dass ich da einziehen will, wo der Klaus Hase gewohnt hat. Dann kann ich mich ein bisschen um Simon kümmern«, kleidete ich meine Absicht in ein edles Motiv.

»Und das fällt Ihnen just im Moment ein?«

»Nein. Mit den Widmanns habe ich schon gesprochen.«

»Frau Fischer«, der Kommissar wandte sich zu mir. Sein Gesicht war sehr nah an meinem Gesicht. Ich konnte seinen Atem spüren. Wir schauten uns an, wie man sich anschaut, bevor man sich küsst zum Beispiel.

»Ja?«

»Ich sag nichts dazu«, sagte er.

»Ich hab den Simon narrisch gern«, sagte ich.

»Ich auch«, sagte er, lehnte sich zurück und atmete tief durch.

War's das? Wo blieb die Moralpredigt? Wieso regte er sich

nicht auf? Wieso redeten wir nicht drüber? Gut, dann eben nicht. Ging ihn ja auch nichts an. Er würde mich nie, nie, nie mehr nach Hause fahren. Konnte ihm doch egal sein, wo ich wohnte.

»Wie haben es Simons Eltern denn aufgenommen?«, fragte ich beiläufig.

»Überraschend locker. Ich habe den Ball flach gespielt.«

»Aha«, sagte ich. Ich würde ihn jetzt bestimmt nicht fragen, wie genau er den Ball flach gespielt hatte. Was er sich da zusammengereimt hatte. Mir doch egal.

»Aber man weiß natürlich nie, wie sie reagieren, wenn sie allein sind. Wir werden noch mal mit Simon sprechen müssen. Wir müssen wissen, wo genau er das Fernglas gefunden hat. Und vor allem, wann.«

»Sie meinen, Klaus Hase könnte noch gelebt haben?«, rief ich erschrocken. »Sie meinen, Simon hätte ihn retten können, wenn er Hilfe geholt hätte?«

»Hoffentlich nicht«, sagte der Kommissar leise und drückte ein bisschen an seinem Radio herum. Leise Musikfetzen und Stimmen, der Kommissar ließ alle Sender einmal zu Wort kommen und fuhr sehr schnell. Er schaltete das Radio ab. »Ich habe den Eltern klargemacht, dass sie ihre Aufsichtspflicht verletzt haben. Darüber hinaus habe ich ihnen angekündigt, dass sie Besuch vom Jugendamt bekommen. Da kenne ich eine sehr taffe Pädagogin. Ich will versuchen, dass Simon ihr zugeteilt wird. So was kann ja auch eine Hilfe sein. Das habe ich den Eltern zu vermitteln versucht.«

»Da bin ich ja froh«, sagte ich. Eine taffe Pädagogin ... Noch eine aus der Wartschleife.

»Dann fahr ich Sie jetzt heim, Frau Fischer«, sagte der

Kommissar, »so lange man von hier aus noch fahren muss.«

»Wie?«

»Wenn Sie mal hier wohnen, brauchen Sie ja nur noch auszusteigen.«

»Ach so«, sagte ich perplex.

Nein, ich kannte ihn nicht, den Felix Tixel. Oder war das alles keine Neuigkeit für ihn, wusste er das alles längst? Und sollte ich ebenfalls wissen, dass er es wusste, warum sonst machte er mir dieses seltsame Kompliment, als wir in Percha auf die Autobahn fuhren: »Das blaue Kleid, das steht Ihnen übrigens gut.«

»Dann wissen Sie doch ohnehin alles! Das blaue Kleid, haha.«

Irritiert musterte Felix mich.

Das blaue Kleid hatte ich getragen, als ich zum ersten Mal bei Widmanns zum Kaffee eingeladen war.

»Das war ein Kompliment«, sagte Felix. Es klang verletzt.

»Wahrscheinlich haben Sie die Widmanns auf mich angesprochen und ihnen brühwarm erzählt, dass ich die Leiche gefunden habe! Wahrscheinlich krieg ich das Haus deswegen nicht? Auf Ihre Komplimente kann ich verzichten. Sie brauchen auch nicht so zu tun, als wäre das mit dem Haus eine Neuigkeit für Sie. Sie wissen doch immer alles, und das hätten Sie mir ruhig mal sagen können, dann hätte ich kein schlechtes Gewissen haben müssen.«

»Ach, die Frau Fischer entdeckt ihr Gewissen!«

»Was wissen Sie denn!«

»Es interessiert mich nicht, an wen die Widmanns vermieten«, sagte Felix steif.

»Ja, wenn das so ist, können Sie mir bestimmt sagen, wie der Opa von der Sarah heißt, weil an dem hängt es jetzt.«

Felix schaute mich an. Viel zu lang für die Beschleunigungsspur.

»Was hängt an wem?«

»Ob ich da einziehen kann. Mir ist meine Wohnung nämlich gekündigt worden, und ich steh auf der Straße, wenn ich nichts finde, und es muss doch einen Sinn gehabt haben, das alles, sonst hätte ich das Haus nie gefunden! Erst heute habe ich das richtig verstanden, es ist wegen Simon, es geht gar nicht um Flipper, es geht um mich, dass ich in der Nähe bin, manchmal hilft es einem Kind nämlich schon, wenn irgendeiner da ist, das muss gar kein Verwandter sein und gar nicht oft, nur hin und wieder, und ein Hund dazu ist noch besser, und deshalb muss ich mit dem Opa von der Sarah reden, weil die Widmanns, die hatte ich doch schon auf meiner Seite.«

»Ich muss das alles gar nicht verstehen«, sagte Felix, als würde er zu sich selbst sprechen.

»Wollen Sie mir damit sagen, dass es Ihnen egal ist, wo ich wohne?«

Felix zögerte kurz. »Ja.«

»Also gönnen Sie es mir nicht, mich unter die Reichen und Schönen zu mischen«, versuchte ich einen Scherz.

»Das ist doch ein Schmarrn!«, widersprach Felix. »In Starnberg wohnen ganz normale Leute. Alle, die sich nicht auskennen, glauben, hier residiert ausschließlich High Society. In Wirklichkeit sind die meisten schönen alten Villen am Wasser vererbt. Das waren früher Sommerfrischlerhäuser, ohne Heizung. Erst später hat man sie zu Wohnhäusern umgebaut und sie an die Kanalisation angeschlossen. Die Promis, die wohnen in zweiter und dritter Reihe, und wenn wir den See nicht hätten, würde kein Hahn nach Starnberg krähen, es ist eine laute, verbaute Stadt. Und mir ist es egal, wo Sie wohnen, ich jedenfalls täte nicht in Starnberg wohnen wollen, so lange die Umgehungsstraße im Sand verläuft und der Stadtrat seine Baugenehmigungen auswürfelt, sonst könnte er ja wohl kein goldenes Dach in der Maximilianstraße genehmigen oder eine Kreissparkasse mit solchen Riesenfenstern.«

»In der Stadt Starnberg will ich ja gar nicht wohnen.«

»Ich schreib Ihnen nicht vor, wo Sie wohnen!«

»Nein? Aber wo ich spazieren gehe, schon.«

»Wenn ein Mörder frei rumläuft, ja.«

»Dann schnappen Sie ihn!«

»Ja, das werde ich«, sagte der Kommissar mit einer Stimme, die mir Gänsehaut machte.

17

Es war nicht mehr schön daheim. Es war leer und hohl und still. Ich vermisste sie. Beide. Ich hätte gern ein paar Käsebrote geschmiert und einen Espresso gekocht, und Simon hätte überall Fingerabdrücke hinterlassen dürfen. Die von Felix hätte ich gern persönlich genommen. Man musste keine eigenen Kinder haben. Man konnte auch fremde Kinder mögen. Und außerdem gab es überhaupt nichts Praktischeres als einen Simon in der Nachbarschaft. Ich könnte immer ausschlafen. Simon würde sich über jedes Gassi freuen. Wir konnten uns auch mal ein Tretboot mieten, und wenn er sich abends einsam fühlte, würde er zu mir kommen, das Dschungelbuch zum Beispiel hatte ich schon lang nicht mehr angeschaut, und wenn es sein musste, würde ich mir auch ein Autorenncomputerspiel zulegen.

Ich wartete, bis es zehn war, und rief die Widmanns an.

»Ja Sie!«, rief Frau Widmann. »So wos!«

»Ich wollt noch mal fragen«, sagte ich.

»Des bringt nix. Weil wenn mei Mo na sogt, dann sogt'a na. Oiso: Wenn mein Mann nein sagt …«

»Ich hab's schon verstanden.«

»Mia duads leid, i hätt mir des scho vorstellen können mit dem Flipper … und Eana.«

»Ich hab gedacht, wenn ich vielleicht mal den Opa von der Sarah frag, weil bis der aufgetaucht ist, hat doch alles gepasst, also wenn Sie mir die Nummer geben könnten von dem Opa oder den Nachnamen, er heißt Rudi?«

»Des bringt nix. Wenn mei Mo na sogt, na sogt'a na.«

»Ich wollt's halt mal probieren, und Sie haben ja auch gesagt, dass Sie sich des hätten vorstellen können.«

»Ich! Mia vorstellen!«

»Ja, des ham Sie eben gesagt.«

»Ja mei, Frau Fischer. I kannt mia vui vorstellen, wenn da Dog lang ist.«

»Ich tät's halt mal probieren wollen.«

»Der interessiert sich ollawei bloß für seine Daub'n, nachad hättn's vielleicht a Schase.« Sie sagte Chance wie unser Kaiser. Ein hellbrauner Haufen lauwarmer Scheiße, in den zuvor der Fußball gestippt war.

Irgendetwas polterte im Hintergrund, und dann verabschiedete sich Frau Widmann bayerisch herzlich und gänzlich ohne Konjunktiv, nämlich gar nicht.

»Das wird ein harter Job«, sagte ich zu Flipper und zweifelte nicht im Geringsten daran, dass er uns auch beim Opa salonfähig wedeln würde. Flipper war noch überall reingekommen. Sogar in die Praxis meiner Hausärztin, okay, nur bis ins Wartezimmer, aber das würde mir bei Sarahs Opa schon genügen. Ich wollte ja nicht bei ihm einziehen. Und er schien gar nicht so unfreundlich zu sein, wenn er sich für Taube interessierte, vielleicht war seine Frau taub oder er hatte ein Ehrenamt inne.

18

»Sie sind zu früh«, rief mir der Waldschrat entgegen, der nicht sehr nach Physikprofessor aussah: kariertes Hemd unter braunem Pullunder. Strubbelig, als wäre er in den Wind gekommen, hockte er auf dem Gelände des Vogelschutzvereins vor einem kleinen Holzhäuschen am Wasser. »Das Schiften fängt erst um eins an, ich bin noch am Sortieren.«

»Wir kennen uns«, sagte ich und trat näher. In vielen kleinen und größeren Plastikbehältnissen, meist leere Speiseeisschachteln, lagen verschiedene Vogelfedern, die der Waldschrat zärtlich glattstrich.

»Ich kenne Sie nicht«, sagte er. »Und Robert Walser sagt: Niemand ist berechtigt, sich mir gegenüber so zu benehmen, als kennte er mich.«

»Haben Sie das ganze Eis gegessen?«, fragte ich.

»Ich kenne Sie nicht«, wiederholte er.

»Na ja, kennen wär auch übertrieben.«

»Wen kennt man schon«, sagte er.

»Manchmal glaubt man, man kennt einen und kennt ihn nicht.«

Der Waldschrat musterte mich neugierig. »Den Hund kenn ich vielleicht«, sagte er langsam. »Ist nicht jedes Erkennen ein Wiedererkennen? Woher wollen wir etwas kennen, für das wir kein Vergleichsobjekt benennen können?«

»Kennen Sie den?«, fragte ich und legte das Zeitungsbild von Klaus Hase auf den Tisch.

Der Waldschrat nahm es in die Hand und hielt es sich vor die Augen. Dann schaute er mich an.

»Da könnte mich ein jeder fragen, ob ich wen kenne.«

»Klaus Hase heißt er«, sagte ich.

»Kenn ich nicht.«

»Aber das Bild kennen Sie«, behauptete ich. Ich war mir nicht sicher. Das Gesicht des Waldschrats – große, gebogene Nase, graue Augen wie ausgewaschene Kiesel – war so schwer zu entziffern wie das eines Wellensittichs.

»Sie zum Beispiel«, sagte ich, »kenne ich auch von einem Bild aus der Zeitung. Aber ich habe Sie nur erkannt, weil es ein Wiedererkennen war, wir haben uns nämlich mal getroffen.«

»Ach jetzt! Ich weiß! Sind Sie die Freundin von ihm?«, er wies auf das Bild.

»Nein. Ich kenne ihn nicht.«

»Komisch. Es war mir, als hätte er mal was von einer Freundin mit Hund erzählt. Doch, ganz bestimmt hat er das! Sie haben sich auf dem Falknerkurs kennengelernt, oder? In Mecklenburg-Vorpommern? Sie sind doch die mit dem großen Hund, die es nicht geschafft hat, die Falken mit frisch aufgetauten Eintagesküken zu füttern. Schlecht ist Ihnen geworden, gell, und einmal haben Sie sich übergeben in die Atzung. Das war nicht so angenehm für die anderen, also für ihn. Deshalb hat er es mir wohl auch erzählt. Aber wissen Sie, da muss man sich eben daran gewöhnen. Außerdem haben es die kleinen Gockerl und Biberl immer noch besser als die Hennen, die müssen lebenslang Eier legen im Akkord und meistens im KZ. Man muss die Sache vom Ende her denken.«

»Ich kauf keine Eier aus dem Hühner-KZ, und in Mecklenburg-Vorpommern war ich in meinem ganzen Leben noch nicht.«

»So, so«, sagte der Waldschrat, als hätte er Beweise dafür, dass ich ihn anlog, und schaute wohlwollend zu Flipper, der mit klackerndem Gebiss nach einer lästigen Fliege schnappte. »Wenn ich mich recht erinnere, wollte er einen Vogelhund«, sinnierte er. »Mit dem geht man auf die Jagd. Der Vogelhund zeigt an, wo das Wild ist. Der Greif orientiert sich am Hund.«

»Sie meinen, Vogel und Hund arbeiten zusammen – als Team?«

»Dazu muss man die beiden natürlich ausbilden. Wenn das gelingt, ist es eine großartige Sache. Allein schon den wilden Vogel, der ja ein Raubtier ist, vertraut zu machen. Ihn zu zähmen, aber eben nur gerade so, dass er noch wild ist und trotzdem das macht, was man will.«

»Mmh. Das hat bestimmt was.«

Der Waldschrat musterte mich neugierig, oder vielleicht schaute er auch an mir vorbei. So genau konnte ich das in seinem Vogelgesicht nicht erkennen.

»Und was machen Sie da mit den Federn?«, fragte ich und setzte mich ans Ende der Holzbank vor der kleinen Hütte.

»Ich verbinde den Kiel einer beschädigten Feder mit einer gleichartigen unversehrten Feder, die aus der Mauser eines anderen Vogels stammt.«

»Irgendeines Vogels?«

»Nein, nein. Es muss der gleiche sein. Jede Feder hat eine eigene Form und ihren bestimmten Platz. Der Vogel soll ja nicht nur fliegen, sondern auch manövrieren können.«

»Also sind Sie eine Art Vogeldoktor?«

Der Waldschrat wies auf die Utensilien auf dem Tisch. Sekundenkleber, Plastikteile, Nadeln. »Eher ein Vogelmechaniker.«

Ich fand den Mann ein bisschen merkwürdig. Und sympathisch. Flipper legte sich ins Platz. Sachte rollten kleine Wellen ans Ufer, die der Raddampfer über den See schaufelte. Ich erkannte die Kirche von Schondorf. Ein paar Segelboote trieben träge auf dem Wasser.

»Und warum sind Sie jetzt da?«, fragte der Waldschrat.

»Ich heiße Franza Fischer«, sagte ich. »Ich habe den Klaus Hase gefunden. Tot. Im Wald.«

Ludwig Metzger ließ die Feder, die er in der Hand hielt, auf den Tisch segeln und starrte mich an. Seine grauen Augen schwammen in Tränen, doch keine einzige schwappte über den Rand. Er schaute aufs Wasser, und als er endlich sprach, klang seine Stimme rau. »Sie sind spazieren gegangen. Ihr Hund hat ihn gefunden?«

Ich nickte.

»Ja, so was passiert, wenn man einen Hund hat. Und jetzt sind Sie da, weil Sie wissen möchten, was das für einer war, weil Sie doch nicht seine Freundin sind, wobei das gar keine Rolle spielen würde, weil man oft gerade die nächsten Menschen nicht kennt. Manchmal ist das angebliche Kennen eines Menschen sogar ein Indiz dafür, dass man keine Ahnung hat, wer er ist, und weil Sie glauben, dass ich Ihnen das sagen kann, was er für einer war, womit Sie gar nicht so falsch liegen, weil ich ihn ja nicht gekannt habe, sind Sie also da«, schloss er seine Schleife.

Es dauerte eine Weile, bis ich begriff, dass der alte Mann ins Schwarze getroffen hatte. Ja. Genauso war es. Er wunderte sich nicht darüber. »Es ist auch wegen der Polizei«, fügte ich hinzu. »Aber bestimmt hat die schon mit Ihnen gesprochen?«

»Mit mir hat niemand geredet. Ich hab das nicht gewusst. Und wenn Sie mir nur den Namen – wie war der noch mal ...«

»Klaus Hase.«

»Also wenn Sie mir nur den gesagt hätten, hätte da bei mir gar nichts geklingelt. Ich merk mir Gesichter, Augen. Nein, die Polizei war nicht bei mir, aber ich war auch ein paar Tage im Bayerischen Wald, wann ist das denn passiert?«

»Vor bald zwei Wochen habe ich ihn gefunden, passiert ist es aber schon vorher, er war schon eine Weile tot.«

»So was kann einem lang nachgehen.«

Ich nickte.

»Mir geht es immer so, wenn ich einen verletzten Vogel sehe. Gestern zum Beispiel. Da haben sie mir einen Mäusebussard gebracht. Schrecklich zugerichtet. Die Bauern glauben, der würde Hühner schlagen. Das kann der aber gar nicht, seine Füße sind viel zu klein. Die Bauern sehen ihn auf Beute hocken und ziehen ihre Schlüsse. Sie kapieren nicht, dass er ein Aasfresser ist, wie der Rote Milan. Sie lassen sich auch nicht dadurch abhalten, dass diese Vögel geschützt sind. Der Habicht, der Wanderfalke, der Seeadler, der Rote Milan, nein, das ist denen egal. In ihren Fallen werden die Beine gequetscht oder abgeschlagen, vom Gefieder will ich gar nicht reden, ein Vogel muss doch fliegen können, fliegen! Dazu ist er doch auf der Welt, oder? Und wenn der Vogel diese Tortur wider Erwarten übersteht, dann verhungert er, wie soll er denn was jagen ohne Füße oder nur mit einem? Erst letzte Woche habe ich im Bayerischen Wald einen Habicht baumeln sehen vor einer Scheune. Ich habe auch schon gekreuzigte Krähen gesehen und geköpfte Bussarde. Bauern machen das gerne. Zur Abschreckung. Wegen der Hühner. Früher haben sie die Vögel gleich aus ihren Nestern rausgeschossen. Oder ihnen für den Charivari die Füße abgehackt, die Krallen abgezwickt. Die Vögel sind jämmerlich verhungert. An Lichtmess habe ich einen einschläfern lassen müssen, der hat noch gelebt mit beiderseits durchschlagenen Läufen, die Füße hingen bloß noch an den Sehnen.«

»Das ist ja schrecklich, das wusste ich nicht!«, rief ich ehrlich betroffen.

»Ja, wer weiß das schon. Tellereisen sind seit 1991 in der gesamten EU verboten. Aber schön ist es allemal, wenn die Vögel am Himmel ziehen, gell, schön ist das schon.«

»Ja«, sagte ich schnell. Der Ton von Professor Ludwig Metzger hörte sich bedrohlich an.

»Und obwohl die Vögel geschützt sind, werden ständig Sondergenehmigungen ausgestellt. Da gibt es Waidmänner, die vertreten die Auffassung: Alles, was einen krummen Schnabel hat, gehört weg, und solche Verbrecher hocken auch heute noch in der Unteren Jagdbehörde. Geld bräuchte man. Viel, viel Geld«, sinnierte der Waldschrat. »Denn die anderen, die haben Geld. Nur so kann man denen beikommen. Neulich habe ich von einem Fall gehört, wo ein Tellereisen an einem Wanderweg ausgelegt war – jetzt raten Sie mal, wer das gefunden hat?«

Ich zuckte mit den Schultern.

»Kinder! Und nun stellen Sie sich mal vor, die wären da reingetreten.« Der Waldschrat riss die Arme weit auseinander und klatschte laut in die Hände, um die Wucht einer solchen Falle zu demonstrieren. Flipper sprang auf die Pfoten. Ich würde ihn nie wieder frei laufen lassen.

»Und die zwei mit Draht angebundenen Hühner, die als Locktauben dienten, waren verhungert. Das nur am Rande.«

»Locktaube wie Lockvogel?«

Der Waldschrat nickte. »Naturschutz ist der ultimative Intelligenztest der Spezies Mensch.«

Merken, dachte ich mir beeindruckt. »Man kann also auf eine harmlose Art Vögel fangen – in einem Fangkorb – und auf eine schlimme Art, mit einem Fangeisen?«, vergewisserte ich mich.

»Wenn Sie mit der schlimmen Art meinen, dass ihnen die Beine abgeschlagen werden, ja. Aber harmlos ist der Fangkorb auch nicht. Denn es befolgt ja niemand die Gesetze, die da vorschreiben, der Lockvogel muss Wasser haben und über Nacht herausgenommen werden. Was glauben Sie, wie viele verdurstete Vögel wir schon in Fangkörben gefunden haben. Die muss man übrigens auch genehmigen lassen. Was allerdings kaum einer tut.«

»Ich hab mal so ein Ding gefunden«, vertraute ich dem Waldschrat an, »also mein Hund. Ich habe den Vogel dann freigelassen.«

»Das haben Sie gut gemacht.« Er nickte Flipper zu. »Da

könntest du dich doch drauf spezialisieren, bist wohl ein kluger Bursche.«

»Und wer legt so was aus? Jäger?«

»Zum Beispiel.«

»Aber Sie haben doch eben gesagt, dass Jäger auch mit Vögeln arbeiten …«

»Ausnahmen gibt es immer. Aber leider zu wenige. Und es sind ja nicht nur die Jäger. Es sind auch die Bauern und die Taubenzüchter und die Eiersammler und überhaupt alle, die die Vögel stören.«

»Eiersammler?«

»Leute, deren Leidenschaft darin besteht, Eier von bedrohten Vogelarten zu sammeln, sie plündern die Nester und blasen die Eier dann aus. Wir haben einen Fall dokumentiert, da hat ein Lehrer in fünf Jahren 122 Vogelnester ausgeraubt, unter anderem von Kranichen, Fisch- und Seeadlern. Die Polizei hat eine Sammlung von siebentausend präparierten Eiern beschlagnahmt und einen Sammlerring für Vogeleier enttarnt. Neunzigtausend Vogeleier hat man sichergestellt, von fast jeder vom Aussterben bedrohten Vogelart. Und was hat er gekriegt, der Herr Lehrer? Zwei Jahre auf Bewährung!«

»Und der Klaus Hase?«, blieb ich hartnäckig. Ich war mir nicht sicher, ob der Waldschrat das Gespräch über ihn mied oder es ständig vergaß. »Hat der sich vielleicht einen Vogel gefangen?«

Der Waldschrat nahm eine Feder aus einem der Behältnisse, hielt sie prüfend nach oben, fuhr ein paarmal mit den Fingern darüber.

»Bestimmt nicht.«

»Aber Sie kennen ihn doch gar nicht.«

»Viel kann ich Ihnen nicht sagen. Ich habe ihn zwei-, dreimal getroffen in der Gegend von St. Heinrich.« Dafür, dass er Klaus Hase kaum kannte, wirkte er sehr betroffen. Warum fragte er mich nicht, woran er gestorben war?

»Und das reicht Ihnen, um sicher zu sein, dass er keine Fangkörbe aufgestellt hat?«

»Er war ein Habichtler.«

»Ein was?«

»Der Habicht ist ein interessanter Vogel. Der fliegt wie ein Kampfflugzeug zwischen den Bäumen durch. Der ist praktisch der Terrier unter den Greifvögeln.« Der Waldschrat deutete auf Flipper. »Der Habicht ist wie ein Hund. Der folgt einem von Baum zu Baum. Das ist schon was Besonderes, vor allem, wenn man einen aushorstet.«

»Wie?«

»Wenn man sich einen aus dem Nest holt.«

»Ein geschlüpftes Ei?«

»Nein, der Nestling ist dann schon drei Wochen alt. Vorher horstet man nicht aus. Er muss schon selber kröpfen können. Aber das ist ja heute alles verboten. Und ein Habichtler macht das auch nicht. Was nicht heißt, dass es nicht getan wird. Was glauben Sie, wie viele Jungvögel aus ihren Nestern entführt werden. Und dann werden sie teuer verkauft. Zum Beispiel an Tiersammler, Falkner, Greifvogelschauen und Tierpräparatoren. Schauen Sie ruhig mal in die Kühltruhen dieser Herrschaften«, forderte der Waldschrat mich auf, als bräuchte ich dazu nur an den betreffenden Türen zu klingeln. »Schlecht wird es Ihnen da.«

So genau wollte ich das alles gar nicht wissen. Ich wollte

zurück unter meinen blauen Himmel, wo die Vögel kreisten, ich wollte Amsel, Drossel, Fink und Star in meinem Hinterhof zwitschern hören und nichts von Tragödien wissen.

»Sie können natürlich einen Antrag stellen, dass Sie einen Nestling aushorsten wollen. Aber da müssen Sie Falkner sein und den Jäger fragen, in dessen Revier sich der Horst befindet. Der junge Mann, der Klaus Hase, wollte einen Rothabicht. Das war sein großer Traum, ein unerfüllbarer zumal, weil er da einen Jagdschein gebraucht hätte, und den wollte er nicht machen.«

»Aber dann könnte er doch einen solchen Fangkäfig aufgestellt haben!«, rief ich.

»Nein.«

»Woher wollen Sie das wissen?«

»Der hat die Vögel geliebt. Alle. So einer greift nicht ein. So einer beobachtet. Macht sich unsichtbar. Verschmilzt mit der Umgebung. Ich hätte gedacht, er ist vielleicht weggezogen aus Bayern. Woanders geht das nämlich ohne Jagdschein. Hier sind sie besonders streng. Aber immer nur gegen die Greifvögel. Vielleicht hat er auch Angst vor der Prüfung gehabt. So geht es vielen Leuten. Die Jägerprüfung ist nicht leicht. Da sind schon ganz andere durchgefallen.«

»Der Klaus Hase hat im Patentamt gearbeitet«, sagte ich, weil ich sehen wollte, wie der Waldschrat darauf reagierte. Ein Physiker würde die Formeln, die Klaus Hase vielleicht herausgeschmuggelt hatte, immerhin verstehen und könnte einschätzen, um welche Kapitel im Kapital es sich dabei drehte. Von Physik hatte ich keine Ahnung, aber es war mir klar, dass man mit Patenten sehr viel Geld verdiente – und

Geld konnte Klaus Hase bestimmt gut brauchen, pleite wie er war.

Da fragte Ludwig Metzger unvermittelt: »Wie ist es denn passiert?«

»Es war Mord«, sagte ich.

»Das dachte ich mir. Wenn die Gendarmen mitspielen. Aber mitten im Wald?« Für Ludwig Metzger war der Wald ein Ort der Geborgenheit. »Weiß man schon, wer es war?«

»Ich glaube nicht. Deshalb sollten Sie sich auch bei der Polizei melden. Ich gebe Ihnen die Nummer von dem ermittelnden Kommissar.«

Der Waldschrat schaute wieder aufs Wasser. »Er hat mich ein bisschen an mich erinnert. Der junge Mann, der hat viel wissen wollen. Gut zugehört hat er. Nicht schnell, schnell, husch, husch. Der hat sich wirklich interessiert. Und er hat mich viel gefragt, wie das früher so war. Der hat ja eine ganz andere Kindheit gehabt als ich. Bei mir, da hat es nichts gegeben, gar nichts, nicht mal einen Ball. Aber wir haben was anderes gehabt.«

»Und das wäre?«

Die grauen Augen des Waldschrats leuchteten auf. »Freiheit. Und weil wir kein Spielzeug gehabt haben, sind wir draußen rumgestreunt und haben geschaut, was da so ist. Moose haben mich fasziniert. Die sind wie Bonsais. Aber die habe ich damals ja noch gar nicht gekannt. Vielleicht haben Bonsaizüchter auch ins Moos geschaut als Kinder. Da war mal ein Vogel, der hat sich ständig ins Wasser gestürzt. Den Tümpelstürzer habe ich ihn genannt. Viel später habe ich gelesen, dass das ein Eisvogel war. Für mich ist er ein Tümpelstürzer geblieben. Wir haben seinerzeit kein Bestimmungsbuch gehabt. Die Stimmen habe ich alle gekannt und Fantasienamen vergeben. Ich habe gar nichts gehabt. Nicht mal ein Fernglas. Heute laufen ja schon die kleinen Jungs mit teuersten Ferngläsern herum.«

Unwillkürlich beugte ich mich vor. »Ach ja?«

»Erst kürzlich hab ich so einen Knirps gesehen mit dem gleichen Zeiss, wie ich eins hab. Die kriegen es vorne und hinten reingesteckt. Ich habe seinerzeit monatelang gespart für mein erstes Fernglas, Kegel aufgestellt, Nachhilfeunterricht gegeben und Zeitungen ausgetragen. Siebzig Mark hat es gekostet. Es war von Quelle.«

»Haben Sie den Buben in der Gegend von Wampertskirchen gesehen?«

»Das kann schon sein ... Doch, ja. Da war es. Ein semmelblonder.«

»Und was haben Sie mit ihm geredet?«

»Ich hab nicht geredet. Ich hab ihn beobachtet. Durchs Fernglas.«

»Das sollten Sie dem Kommissar sagen.«

»Wieso denn das?«

»Weil der Junge wahrscheinlich das Fernglas von Klaus Hase gefunden hat und es wichtig sein könnte, wann Sie ihn gesehen haben.«

Der Waldschrat überkreuzte die Arme vor der Brust. »Ach, ich glaub, ich täusche mich.«

»Ich hab's Ihnen jedenfalls gesagt, dass das wichtig sein könnte.«

»Und wie stehen Sie zu ihm, was ist Ihr Motiv, mich das alles zu fragen?«

Ich schaute auf das Wasser. *Felix Tixel*, dachte ich. »Ich

hasse Ungerechtigkeit«, sagte ich das Viertbeste, was mir in den Sinn kam.

»Sehen Sie!«, rief der Waldschrat triumphierend.

»Was sehe ich?«

»Sie hätten gut zusammengepasst.«

»Ich?«

»Ja ja. Der war wie sie. Gegen Ungerechtigkeit und ein ganz eigener Vogel.«

»Ich und eigen?«, wiederholte ich. »Wie kommen Sie denn auf so eine Idee?«

»Sie hätten leicht die Frau aus dem Falknerkurs sein können, von der er mir erzählt hat. Sind Sie's vielleicht doch? Können Sie Eintagesküken verfüttern oder kotzen Sie dann über die Atzung?« Der Waldschrat zeigte mir sein bräunliches Gebiss und seine lange rote Zunge hüpfte auf und ab beim Lachen. Ich schaute tief hinein in seinen Vogelschlund.

19

»Ich wollte Sie gerade anrufen«, meldete sich der Kommissar, und ich informierte ihn über mein Gespräch mit dem Waldschrat. Keinesfalls wollte ich noch einmal in den Verdacht einer Verschleppung von Wissen kommen. Natürlich rechnete ich mit einem Anschiss. Doch der Sonntag schien Felix Tixel milde zu stimmen: »Vielen Dank für den Tipp, aber lieber wäre es mir gewesen, Sie hätten Herrn Professor Metzger die Nummer meiner Dienststelle gegeben, nicht meine Handynummer. Ich habe heute frei.«

»Entschuldigung. Ich dachte, es interessiert Sie ...«

»Mit dem muss ich nicht unbedingt selber reden«, sagte der Kommissar. »So einer wie der hat gegen jeden was. Gegen Bauern, Behörden, die Polizei, Touristen, Jäger. Mit solchen kann man nicht reden. Da können sich morgen die Kollegen die Zähne ausbeißen.«

Ein grauenhaftes Schreien drang durch das Telefon. »Was ist denn das?«

»Das ist ein Seelöwe.«

»Nehmen Sie den gerade fest?«

»Nein, dazu ist er viel zu glitschig, und ich wüsste auch nicht, wo ich die Handschellen befestigen sollte. Ich bin im Tierpark, Frau Fischer.«

Klar. Wo sollte er sonst sein. Papa am Sonntag.

»Da war ich ewig nicht mehr«, entfuhr es mir. »Obwohl ich in der Nähe wohne.«

»Dann kommen Sie halt zu uns.«

»In den Tierpark!«, rief ich, als hätte er mich in einen Swingerclub eingeladen.

»Wir sind auf dem Weg zum Streichelzoo«, sagte Felix. Also wirklich Swingerclub.

»Tierpark«, wiederholte ich. »Ich glaube, da dürfen keine Hunde rein.«

»An der Leine schon.«

»Das glaube ich nicht.«

»Ich weiß es.«

»Und warum sollte ich das tun?«

»Weil es da schön ist.«

Mir fiel keine Entgegnung ein.

»Und weil die Sache gestern gut ausgegangen ist«, hielt Felix mir einen getrockneten Fisch als Köder hin.

»Wissen Sie denn schon, wann der Simon das Fernglas gefunden hat, ob der Klaus Hase da vielleicht noch gelebt hat?«, fragte ich mich auf eine Eisscholle. »Und wo?«

»Die Kollegen verifizieren das. Und Sie? Wie schaut's aus mit Ihrer Neugier auf Seelöwen, Elefanten ...«

»... Telefanten!«, rief eine Kinderstimme.

»Ja, Telefanten und Tinguine«, lachte Felix.

Mir wurde klamm. »Ach, ich hab noch so viel zu tun«, sagte ich. »Und an der Leine ... Ich weiß nicht. Ich komm lieber nicht«, dann verabschiedete ich mich und rief Andrea an, um mir den Kopf waschen zu lassen. Mit tropfnassen Haaren rief ich den Kommissar an. »Also ich tät jetzt dann doch kommen.«

»Wir sind immer noch bei den Seelöwen und machen uns jetzt auf den Weg zum Streichelzoo. Der ist gleich am Eingang.«

»Ich weiß. Da jogge ich oft entlang.«

Ich zog mich um. Und noch mal. Und fand mich albern. In den Tierpark! Am Sonntag! Nein, ich wollte lieber doch nicht.

»Wir sind jetzt im Affenhaus«, meldete sich der Kommissar

»Also, ich komm nicht.«

»Ich weiß.«

»Was?«

»Das war mir schon klar, Frau Fischer.«

»Sie glauben wohl, Sie kennen mich?«

»Es hat fast den Anschein.«

»Also, ich komm jetzt.«

»Da bin ich ja mal gespannt.«

Ich rief Andrea an. Und dann wieder den Kommissar.

»Wir gehen jetzt gerade bei den Vögeln vorbei«, sagte der Kommissar.

»Wenn nicht jetzt, wann dann?«, fragte Andrea, und ich schwang mich aufs Fahrrad.

Eine halbe Stunde später streichelten wir sechshändig an Flipper herum, der sich nahtlos in den Streichelzoo einfügte und nur empört darüber war, dass man ihn mit einem Vegetarier verwechselte. Körner. Igitt!

Ich hatte den Namen des Kindes vergessen. Es war ein ausgefallener Name, das wusste ich noch, so ein Meinkindistwasbesonderesname. Soraya? Selena? Selina? Alina? Die

Kleine redete nicht mit mir, hatte nur *hallo* gesagt, als Felix mich vorstellte. »Die Frau kennst du ja schon. Sie heißt Franza Fischer. Sie ist aus meiner Arbeit.«

Die Kleine war ein Bilderbuchkind, in ihrem regenbogenfarbenen Kleidchen, mit den blonden Löckchen und den tiefseeblauen Kulleraugen. Sie hatte sich in ein Rehkitz oder Lama verliebt und wollte es nicht loslassen. Felix nahm sie auf den Arm. Sie weinte. Was war denn das für ein Geschiss! Sie kriegte doch alles. Schokospuren um den Mund verrieten das Eis, und der Tierpark war bestimmt auch ihr Wunsch gewesen, sie hatte sogar drei Tüten Streichelzoofutter bekommen. Felix setzte sich auf einen Stein und legte seine Hand zärtlich an ihre Wange. Das Kind heulte und schluchzte und sah gar nicht mehr hübsch aus. Warum ließ er ihr das durchgehen? Es war allseits bekannt, dass Kinder Grenzen brauchen. Auf diese Art zog er sich einen kleinen Tyrannen heran. Ich ging zu Flipper, der im Schatten wartete. Felix nahm mich gar nicht wahr. Vielleicht sollte ich nach Hause radeln. Ich hätte nicht herkommen sollen. Meine genervten Blicke bemerkte Felix nicht, er sah nur seine Tochter, und mir wurde flau. Wie er sie tröstete. Wie sie auf seinem Schoß saß. Wie er sie hielt. Nichts konnte ihr passieren. Alles war gut, auch wenn sie weinte. Sie hatte einen Papa, und ihr Papa war da und groß und stark und würde sie beschützen. Immer. Ich drehte mich weg. Flipper stupste mich an. Ich ging in die Hocke und knetete seinen kräftigen seidigen Hals.

Auf einmal stand Felix mit dem Kind auf dem Arm neben uns. Die Kleine versteckte ihr Gesicht an seinem Hals. Verzogenes Gör.

»Sonntag ist immer schlimm«, sagte Felix leise. »Aber heute, Sneku, ist gar kein normaler Sonntag«, sagte er zu seiner Tochter, »heute bleibst du noch mal bei mir, und ich bring dich erst morgen zur Mama. Du schläfst heute noch mal bei mir.«

Die Kleine drehte den Kopf und schaute ihn an. In ihrem Gesicht kämpften Trauer und Freude. Dann riss sie die Arme hoch und drückte ihm einen knallenden Schmatz auf die Backe. Felix lachte.

»Magst du mal auf Flipper reiten, Sneku?«, fragte ich.

»Sneku darf nur mein Papa sagen«, erwiderte sie und ließ sich dann doch von Felix auf Flippers Rücken heben, der gutmütig den Bernhardiner herauskehrte, langsam loslief und seine Pfoten so vorsichtig in den Kies setzte, als würde er über Eier laufen. Felix hielt seine Tochter fest. Ich schämte mich in Grund und Boden. Das arme kleine Mädchen. Ich wusste, wie sich das anfühlt. Felix hob die Kleine wieder hoch und warf sie in die Luft und war überhaupt kein Kommissar mehr, sondern reine Liebe, und ich konnte sehen, wie er sich anstrengte, fröhlich zu sein und heiter, ich konnte sein betrübtes Herz spüren. Flipper auch. Zum ersten Mal, seit wir Felix kannten, drückte er sich an ihn, als wollte er ihn ein wenig stützen. Ich hätte Felix gerne festgehalten. Und gleichzeitig wollte ich wegrennen, weit, weit weg.

»Leider muss ich bald gehen«, sagte Felix nach einem Blick auf seine Uhr. »Wir sind zum Kuchen eingeladen, gell, Sinah?«

Sinah! Das war es!

»Will noch dableiben.«

»Oma und Opa wären aber sehr traurig, wenn wir nicht kommen, und die Oma hat extra Erdbeerkuchen für dich gemacht. Und danach fahren wir heim und schauen das neue Bilderbuch noch mal an.«

»Ui ja!«

»Das ist bestimmt nicht leicht für Sie«, sagte ich stockend.

»Ich habe zurzeit selten frei am Wochenende«, erwiderte er. »Und es ist alles noch recht frisch. Ja, wir haben eine schwierige Phase, aber gell, Sneku, das kriegen wir hin, wir zwei.«

»Dann laufe ich noch ein bisschen hier rum. Wirklich eine gute Idee, der Tierpark«, sagte ich gespielt munter.

»Wenn Sie eher gekommen wären, hätten wir mehr Zeit gehabt«, erwiderte Felix bedauernd.

»Wofür?«, entfuhr es mir.

»Für den Streichelzoo«, grinste er frech.

Sinah strampelte, und er ließ sie sanft auf den Boden gleiten. Im Windelgang rannte sie den Kiesweg entlang, und Flipper hinterher. Die Leine schleifte am Boden. Sinah bemerkte es, hob sie auf und winkte Felix. »Ja, Sneku, führ ihn ein bisschen Gassi.«

»Wau, wau!«, bellte Sinah Flipper an.

Felix lachte.

Sinah rannte los, Flipper lief im Fuß neben ihr. Sie waren ungefähr gleich groß. Felix und ich standen nebeneinander. Er war einen Kopf größer als ich. *Ein bisschen wie Eltern*, dachte ich.

»Glauben Sie denn, dass der Herr Metzger ein guter Tipp ist?«, fragte ich.

»Wir ermitteln in alle Richtungen«, sagte er.

»Also auch in seinem Job?«, fragte ich.

»In alle Richtungen«, wiederholte er und musterte mich. Ich konnte sehen, dass er nachdachte. Ich sah die Mappe aus seinem Auto vor mir. Ich versuchte, nicht an die Mappe zu denken. Aber nicht an die Mappe zu denken, war wie an die Mappe zu denken. Ich dachte blau. Blauer Himmel, blaue Sonne, alles blau.

Blaue Felix-Tixel-Augen. Ich tauchte tief ein, und als ich wieder zu mir kam, stand ich papaseelenallein vor einem Eisbär.

20

Unkonzentriert hielt ich am Montagvormittag meinen Unterricht ab. Ich hatte Angst, zu spät zu kommen. Doch als ich kurz vor eins am Gymnasium in Starnberg anlangte, waren die Straßen noch schülerfrei. Es gab kaum Parkplätze, und die waren besetzt. Ich fuhr einen kleinen Hügel hinauf, passierte Feuerwehr und Grundschule und hielt vor einem Ferrari. Sicher ein Zufall. Felix Tixel hatte recht: In Starnberg wohnten ganz normale Menschen. Viel mehr Durchschnittsverdiener als Millionäre. Franza Fischer war jetzt auch wieder normal. Mit dem Aufspüren des Waldschrats hatte ich den Fall Klaus Hase zu den Akten gelegt. Ich war endlich zurück in meinem Leben mit meinen üblichen Problemchen und Nöten. Mal ein kleiner Muskelfaserriss, mal das Falsche im Kühlschrank, mal Stress mit einer zickigen Schülerin. Alles im grünen Bereich. Bis auf meine Wohnsituation. Um die würde ich mich nun kümmern.

Mein Handy klingelte. Seit einigen Tagen bekam ich davon Herzklopfen. Auch das würde vergehen.

»Weißt du«, sagte ich zu Andrea, »ich will diesen Felix gar nicht mehr sehen, weil ich erstens nichts mit der Polizei und zweitens nichts mit Vätern zu tun haben möchte.«

»Na dann passt ja alles!«, erwiderte Andrea.

»Ja«, log ich.

Die Glastüren am Gymnasium Starnberg öffneten sich und zuerst vereinzelt, dann in Grüppchen erschienen Schülerinnen und Schüler. Sonnenbrillen über den Augen, Handys am Ohr und, kaum im Freien, eine Fluppe im Mund. Drei Sinne schon mal dicht. Ein McDonalds befand sich in Sichtweite am Autobahnzubringer. Ich lehnte mich an das Mäuerchen vor der Schule und ließ Flipper an einem kleinen Grünstreifen mit Parkbank schnuppern. Ich kam mir komisch vor, ohne Kind vor einer Schule. Noch dazu in unmittelbarer Nachbarschaft der Polizei. Drei weitere Frauen tauchten auf. Sie machten einen befugten Eindruck. Neugierig studierte ich ihre Körperhaltung, um herauszufinden, woher das rührte.

Zwei sehr dünne Mädchen mit langen Beinen, wie Fohlen, gingen untergehakt an mir vorbei. So hatte ich auch mal ausgesehen, enge Jeans und Stöckchen-Arme. Spieglein, Spieglein an der Wand, wer ist die Dünnste im ganzen Land. Die Erinnerung an meine Freundin Lara machte mich traurig. Flippers kalte Schnauze stieß an meine Hand.

»Ja, jetzt ist jetzt«, bedankte ich mich.

Endlich erschienen die ersten Zwergerl. Im Gegensatz zu den Großen schleppten sie riesige Rucksäcke, manche ragten über ihre Köpfe hinweg. Trauben von Fünftklässlern strömten aus dem Gymnasium, manche hoch aufgeschossen, kräftig, andere klein und zart, viel zu schwach für diese Survivalausrüstung.

Keine Spur von Sarah. ... Ob ich ein Kind ansprechen sollte ... Das Schild *Polizei* saß mir im Nacken. Ich ärgerte mich über diese Verdächtigung meiner selbst und fragte ein paar

Mädchen. »Kennt ihr eine Sarah, die einen Opa hat? Sie hat auch ein Pferd. Es heißt Bella.«

»Hallo Sie?«

Ich fuhr herum.

»Wieso belästigen Sie diese Kinder?«, fragte mich eine Frau, nein: Sie schoss mich an.

»Danke«, lächelte ich, wie ich hoffte entwaffnend. »Ich bin froh, dass Sie mich das fragen, weil es mir total unangenehm ist. Ich wollte nur eine Auskunft. Eigentlich ist ja nichts dabei, aber heutzutage, da denkt jeder gleich so was, aber ich suche bloß den Opa von der Sarah, ich kenne ihren Nachnamen nicht, und der Opa heißt mit Vornamen Rudi.«

»Was wollen Sie von dem Mädel?«

»Gar nichts. Mit ihrem Opa will ich reden.«

»Wie sieht er denn aus?«

»Um die siebzig. Das Pferd von der Sarah, es steht in Wampertskirchen, heißt Bella.«

»Ach, der Tauben-Rudi! Ja, den kenne ich. Die Sarah geht in die Parallelklasse von meiner Emilia … Die haben sogar mal einen Ausflug gemacht in Biologie auf den Riedhof.«

»Das ist ja wunderbar!«, rief ich begeistert, und meine Freude steckte die Frau an, die nun freundlich heraussprudelte. »Der wohnt nicht in Starnberg. Sie müssen Richtung Münsing und dann links weg. Ich schreib Ihnen das auf. Das ist ein ganz ein netter Mann. Sehr kinderlieb – und«, sie lachte, »vogellieb. Seine Viecher gehen ihm über alles. Die fliegen sogar bei Wettrennen, das ist wirklich interessant, wussten Sie, dass so eine Taube am Tag über achthundert Kilometer zurücklegen kann oder waren es über tausend?«, sie zuckte mit den Schultern. »Die fliegen jedenfalls wahnsinnig weit.«

»Schön, wenn man so ein Hobby hat«, sagte ich irgendwas, denn ich war wie nach einer opulenten Mahlzeit schwer damit beschäftigt, diese Information zu verdauen. Taubenvögel, nicht taube Menschen. Frau Widmann hatte *Daub'n oder Daum* gesagt, *der interessiert sich ollawei bloß für seine Daub'n* und ich hatte mich saublöd angestellt, wie ein Saupreiß, Kruzifix!

Ich folgte der Beschreibung von Emilias Mutter zum Riedhof und hatte keine Ahnung, was ich tun oder sagen sollte. Erst mal hinfahren. Irgendwas würde sich schon ergeben. Mit Flipper an meiner Seite ergab sich immer etwas. Ein paar Kilometer, bevor ich rechts zu Simon in meine hoffentlich neue Heimat abgebogen wäre, fuhr ich nach links und folgte der Straße bis zu dem grünen Wegweiser *Riedhof* und parkte. Bestimmt war es besser, als harmlose Spaziergängerin aufzukreuzen. Flipper fand das auch und beschnupperte die Umgebung begeistert wedelnd. Nervös ging ich eine staubtrockene Kiesstraße entlang, an deren rechter Seite ein Bächlein gluckste. Es gab Trauerweiden und natürlich Löwenzahn, Gänseblümchen und blaue und violette Blumen, deren Namen ich nicht kannte. In Kurven schlängelte sich der Weg in die Pampa. Erst nach der letzten Rechtskurve entdeckte ich das Anwesen. Ich hatte einen schmucken Bauernhof mit umlaufenden Balkonen, farbenprächtigen Geranien und ordentlich gestapeltem Holz an den Hauswänden erwartet. Stattdessen erblickte ich ein Gebäude aus den Fünfzigern, grau vertäfelt, schmucklos, eher trist denn üppig. Auch an Fenstern hatte man hier gespart. Drei verschieden große Schuppen gehörten mit zu dem Anwesen. Im gepflasterten Hof parkte der schlammfarbene Mercedes von Rudi, den kannte ich bereits, und ein roter Kangoo. Ein silberner Opel kam mir auf dem letzten Wegstück entgegengerast. »Flipper!«, rief ich ihn zu mir und befahl »Sitz«. Der Weg war schmal. Und der Autofahrer ein Idiot, gefährlich dicht fuhr er an uns vorbei, und die Staubwolke, die er verursachte, reizte mich zum Husten. Eine Minute später wurde ich fast von einem schmutzigen gelben Postauto überfahren, das durch die letzte Kurve vor dem Anwesen peste, und kurz darauf wiederholte sich das Ganze in umgekehrter Richtung.

»Allmählich sollte ich mir mal Gedanken machen, warum wir hier sind und so«, sagte ich zu Flipper, der beneidenswert unbeschwert Zeitung las. Ich war nun schon so nah, dass ich das *C+M+B* über der Haustür deutlich erkannte, das in Bayern von den Heiligen Drei Königen Anfang Januar als eine Art Zauberspruch mit Kreide an die Häuser geschrieben wird. Sarah! Ich sprang in Deckung hinter den ersten Schuppen. Sie weinte. Kam weinend in meine Richtung gelaufen. Hinter ihr eine pummelige Frau im Dirndl, wahrscheinlich ihre Mutter, mit bis hoch zum Doppelkinn synchron hopsenden Brüsten. »Sarah! Bleib stehen!«

Sarah blieb nicht stehen. Sarah rannte weiter. »Ich will nicht, ich will nicht!«

So was kann Flipper nicht ab. Mit drei, vier Sätzen war er bei Sarah, um ihre Tränen abzuschlecken. Da blieb mir nichts anderes übrig, als ihm hinterherzuspurten. Sarah hatte ihren Schrei inzwischen an die Mutter übergeben. Sarah lachte und freute sich, die Mutter schrie. Wie am Spieß. Und dann rannte sie los Richtung Haus und ließ dabei ihre Tasche fallen. Allerlei Kleinkram kullerte über den Boden. Handy, Portemonnaie, Tempos, Lippenstift, Kalender. Und da tauchte auch noch der Opa auf. Jetzt waren wir alle versammelt. Aber nicht so, wie ich es mir vorgestellt hatte. Überhaupt nicht.

Flipper stupste Sarah an, die ihn begeistert kraulte, die Mutter schrie, der Opa fluchte – und lief dann humpelnd zu seiner Tochter, wie ich annahm. Flipper entging das nicht. Er trabte zu Sarahs Mutter, die einen gellenden Schrei ausstieß, viel zu schrill für ihr gut gepolstertes Äußeres und die gnadenlos aufgehellten Locken.

»Sauköter! Hau ab!«, brüllte der Opa und stürzte ins Haus, und mir schwante, worauf er abzielte.

Auch Flipper hatte ein Ziel. Im Vorbeilaufen griff er sich zuerst das Handy ...

»Mein Handy!«

... und legte es der nun schlotternden Frau vor die Füße. Flipper lief zurück, holte das Portemonnaie. Nach und nach apportierte er den gesamten Inhalt der Tasche und zum Schluss die Tasche selbst. Dann setzte er sich freundlich hechelnd neben Sarah und ließ sich knutschen.

Es war still. Sehr still. Der Opa, mit einem Gewehr in der Hand – ich wollte das gar nicht sehen, wo war ich, im wilden Westen? – stand an der Haustür. Sarahs Mutter schluchzte und fasste sich an den Hals. Langsam ging ich auf sie zu. Meine Knie hatten sich in Gelee verwandelt. *Bloß keine Angst zeigen*, war alles, was ich dachte, während ich das Gewehr nicht aus den Augen ließ.

»Mama! Der tut dir nichts! Den kenne ich schon! Der ist ganz lieb!«, rief Sarah und erklärte mir: »Meine Mama hat total Angst vor Hunden. Ich hab keine Angst. Aber meine Mama ist mal gebissen worden, als sie klein war, das war ganz schlimm.«

»Von so einem«, Sarahs Mutter streckte den Arm aus, »schwarzen Hund, großen schwarzen Hund, von genau so einem«, keuchte sie.

»Das ist er aber nicht, ehrlich«, sagte ich und wagte einen Scherz. »Auch keine Reinkarnation.« Erst mal die Spannung herausnehmen. Es wenigstens versuchen. Deeskalation. Und unauffällig nach meinem Handy fingern. Die Kamera einschalten.

»Wos woin Sie?«, wollte der Opa wissen und ging langsam auf mich zu. Das Gewehr wippte beiläufig in seiner Hand, eigentlich war er damit verwachsen, wie starke Raucher mit ihren Zigaretten. Ich würde beim Kommissar nachfragen, ob Herr Rudi einen Waffenschein besaß. Als hätte er meine Gedanken gelesen, lehnte er die Waffe an seinen Mercedes. War das noch immer gefährlich? Wenn sie umkippte!

Ich atmete vorsichtig auf. »Ich wollte zu Ihnen«, sagte ich; stolz, weil meine Stimme nicht zitterte.

»Ich wüsst' nicht, zwengs wos!«

»Zwengs dem Austragshäusl von den Widmanns. Ich glaub, Sie ham was dagegen, wenn ich dort einzieh. Also wollt ich Ihnen sagen, dass mein Hund sehr gut folgt und Ihre Enkelin und auch andere Kinder bestimmt nicht gefährdet, ganz im Gegenteil, er kann sie beschützen, wenn sie zum Beispiel ausreiten oder ...«

»Des ist mir doch wuascht, wen Ihr Hund zambackt.«

»Eben nicht.«

Der Opa kreuzte die Arme vor der Brust.

»Ich hab gedacht, wegen dem Hund krieg ich das Haus nicht, obwohl es mir die Widmanns vielleicht gegeben hätten. Die hatten doch auch mal einen ...«

»Da Rex war'a oida Dackl!«

»Mein Flipper kann auch dackeln! Flipper, Kugel!«, rief ich, und er rollte sich klitzeklein zusammen.

Sarah klatschte in die Hände.

»Sarah, komm zu mir!«, rief die Mutter.

Sarah kitzelte die Flipperkugel.

Der Opa zeigte sich nicht beeindruckt von diesem Kunststück.

»Wollte da nicht der Walter einziehen?«, meldete sich Sarahs Mutter. Sie hatte ihre Handtasche mittlerweile spitzfingrig eingeräumt, als wären die Gegenstände kontaminiert.

»Ko scho sei.«

»Ach, Sie wissen einen anderen Mieter!«, rief ich überrascht.

»Dem müssen Sie eben auf'm Weg begegnet sein«, sagte Sarahs Mutter.

Aus der Traum! So schnell! So brutal! So einfach. Ein anderer Mieter!

»Mia fahn, Bapa«, sagte die Mutter und fragte mich: »Also ich gehe jetzt an dem Hund vorbei. Ist das in Ordnung?« Es klang wie eine Mutprobe auf Leben und Tod.

»Sicher«, sagte ich benommen. Ich musste das erst mal verdauen. Es lag nicht an mir oder an Flipper. Es lag an einer dritten Macht, auf die ich keinerlei Einfluss hatte.

»Ich will nicht, ich will nicht, ich will nicht!«, brüllte Sarah. »Heute lässt der Opa die Polly fliegen, da muss ich dabei sein, Mama. Bitte! Und den Schlag müssen wir auch noch saubermachen!«

»Du kommst jetzt mit.«

»Nein! Du hast es versprochen!« Wild schüttelte Sarah den Kopf, und ihr brünetter Pferdeschwanz peitschte ihr Gesicht.

»Ich habe gar nichts versprochen.«

»Doch, das hast du.«

»Und du hast versprochen, dass du dich um dein Pferd kümmerst und nicht mehr heulst, wenn eine ausbleibt.«

»Zur Bella können wir doch später, Mama, bitte, bitte, bitte, der Opa fährt mich bestimmt, Mama bitte, ich muss dabei sein!«

»Bittschön Sabine!«, mischte sich der Opa ein. Wie flehentlich er klingen konnte.

»Bapa, des hamma doch ausführlich besprochen.«

»Aba wenn sie doch nicht gern reit'!«

»Alle Mädchen reiten gern!« Die Mutter packte die Hand ihrer Tochter und schleifte sie zum Kangoo.

Betroffen schaute der Opa ihnen nach. Als seine Tochter anfuhr, wendete er sich mir zu.

»Gibt's no wos?«, ranzte der wahnsinnig nette Tauben-Rudi.

»Also ist das sicher?«, fragte ich. Ich wollte es einfach mal klar und deutlich hören. »Dass jemand anders bei den Widmanns einzieht?«

»Ja mei, wos is scho sicha?« Ohne ein weiteres Wort ging er zu seinem Haus, schnappte sich im Vorübergehen die Flinte, und ich konnte mir sehr gut vorstellen, dass er bestens mit Herrn Widmann befreundet war, wenn ich auch keine Ahnung hatte, wie sie sich unterhielten, vielleicht brummten sie sich guttural zu, während sie sich mit zinnernen Krügen voller Doppelbock zuprosteten.

»Fuß«, befahl ich Flipper an meine Seite und machte mich auf den Heimweg. Sehr deutlich spürte ich die geladenen Blicke des Opas in meinem Rücken. Flipper erlaubte sich einen kleinen Schlenker Richtung Hecke.

»Fuß!«

Er blieb stehen und schaute mich an. Wedelte leicht. Und lief weiter in Richtung Hecke und wurde schneller und steckte seinen Kopf ins Gestrüpp und schnupperte neugierig und nahm mit angehobener Pfote Platz wie ein erfolgreich vorstehender English Setter.

»Was ist denn da schon wieder ... Da schau her! So was haben wir doch schon einmal gesehen!« Ich betrachtete seine Entdeckung. »Das ist ja interessant«, sagte ich, ohne genau zu wissen, warum. Oder doch? Immerhin hatte mein schwarzer Riese einen guten Grund aufgestöbert, den Kommissar anzurufen. Rein dienstlich. Das würde ich später machen. Heute Abend nach meinem Unterricht. Privat.

21

Ich sah es schon von weitem. Und glaubte es nicht. Aber mein Herz schlug schneller. Bestimmt hatte er sich hingelegt. Obwohl er sich sonst nie hinlegte. Er wartete meistens in Habt-Acht-Stellung, besonders, wenn die Heckklappe offen stand. Ich rannte über die Franzstraße zu meinem auf dem Trottoir geparkten Auto. Ich starrte durch die Fenster. Ich lief zum Fond und starrte auf die Decke. Ich kontrollierte sogar den Fußraum von Fahrer- und Beifahrersitz – als hätte er dort genügend Platz. Mein Herz schlug Stakkato. Ich bekam kaum Luft. Mein Gehirn war zu klein, um das Große zu begreifen, das hier geschehen war. Nicht geschehen sein konnte. Und durfte. Und weil mein Gehirn viel zu klein war, glaubte ich zu träumen, so wie damals, als er die Finger unterm Hochsitz angebellt hatte, die auch nicht hatten sein können. Ich verlor jegliches Zeitgefühl. Stand vor meinem Volvo und starrte. Drei Sekunden? Drei Minuten? Zehn? Ich ging in die Hocke und schaute unter das Auto. Dann rief ich, »Flipper!« Bei den ersten Malen kam ich mir noch albern vor, doch mit jedem Rufen erreichte die Not tiefere Schichten meines Körpers, meiner Seele, und ich schrie immer lauter und rannte auf und ab. Garagen? Wenn er aus unerfindlichen Gründen in eine Garage gelaufen und eingesperrt worden war! Ich lief die ganze Straße einmal rauf und runter und stand mit Herzklopfen an der Leopoldstraße, wo kein rotweißer Fellklumpen auf dem Asphalt klebte. Gottseidank! Ich begann Passanten zu befragen. Zuerst wahllos, dann mit Verstand: die Zeitungs-, Rosen-, Eis- und Losverkäufer und die Rikschafahrer. Wie hatte ich so dumm und blöd und hirnlos und idiotisch sein können, die Heckklappe meines Autos offen zu lassen?

»Er würde niemals aussteigen!«, rief ich eine halbe Stunde später mit tränenerstickter Stimme ins Telefon. »Nein, auch nicht, wenn ihn jemand lockt. Er würde niemals Futter annehmen!«

Andrea war in Frankfurt bei einem Seminar. Sie würde erst am Donnerstag wieder in München sein. »Franza, ich kann mich sofort in einen Zug setzen.«

»Danke, aber was willst du schon tun? Wahrscheinlich ist er längst zu Hause«, versuchte ich optimistisch zu klingen. Sicher, er kannte den Weg. Doch würde er immer schön rechts laufen? Die Leopold entlang und dann zum Altstadtring, hoffentlich nicht durch den Tunnel, übers Isartor, das waren gefährliche Verkehrsknotenpunkte.

Kein Flipper erwartete mich zu Hause. Ich schleppte mich in meine Wohnung. Wenn er verletzt war ... Wenn ihn versehentlich jemand eingesperrt hatte ... Wieso war er aus dem Auto gesprungen? Nein, das würde er nicht tun, und selbst wenn, dann würde er nicht weglaufen, sondern neben dem Auto auf mich warten.

»Dafür lege ich die Hand ins Feuer«, sagte ich am Telefon zu der Dame vom Tierheim.

»Natürlich«, erwiderte sie.

»Und jetzt?«, schluchzte ich.

»Bleiben Sie ganz ruhig. Rufen Sie morgen wieder an. Dann ist jemand von der Fundstelle da. Sie sind hier bei der Bereitschaft. Es ist ja schon Nacht.«

»Es ist noch hell!«, rief ich.

»Haben Sie die Polizei verständigt?«

»Nein! Daran habe ich überhaupt nicht gedacht! Ich bin doch selbst schuld, ich habe mein Auto nicht abgesperrt!«

»Sie sollten das anzeigen. Und dann versuchen Sie sich zu beruhigen. Jetzt können Sie gar nichts tun, außer zu warten. Deshalb sollten Sie auch unbedingt mit der Polizei sprechen. Wenn die ihn findet, liefert sie ihn hier ab. Die Polizei hat einen eigenen Schlüssel und kann immer rein. Er wird dann auf die Quarantänestation gebracht und morgen regulär aufgenommen.«

Irgendwie klang das alles so, als wäre Flipper schon da. Als würde er in irgendeinem Zug oder Flieger sitzen, der morgen früh im Tierheim landen würde.

»Ist denn das sicher, ich meine … Kommen alle vermissten Hunde zu Ihnen?«

»So gut wie alle«, tröstete mich die Dame. »Früher oder später tauchen sie schon auf.«

»Ich gebe es an die Kollegen weiter«, sagte der Schwabinger Polizeibeamte. »Schwarz sagen Sie und groß. Und hoffentlich nicht bissig? Flipper. Wie Flipper. Lustiger Name. Gut, Frau Fischer. Ein blaues, ein braunes Auge. Ist notiert. Wir rufen Sie an, wenn wir ihn haben. Und morgen kommen Sie zu uns aufs Revier. Weit kann er ja nicht sein, wenn er so brav ist, wie Sie sagen.«

»Er folgt aufs Wort.«

»Vielleicht hat ihn eine Hundedame becirct, und er ist bei einem Rendezvous im Englischen Garten. Ist ja eine schöne laue Nacht.«

»Bitte können Sie es auch den anderen Polizeistationen melden«, bat ich.

»Also eine Fahndung kann ich nicht rausgeben«, sagte der Polizist, »aber ich leite es weiter. Bestimmt finden Sie Ihren Flipper bald im Tierheim. Wir bringen alle aufgefundenen Hunde und Katzen dorthin.«

»Ich glaube, die Polizei unternimmt gar nichts«, weinte ich weit nach Mitternacht in Andreas Ohr.

»Er kommt sicher zurück. Oder jemand gibt ihn im Tierheim ab«, tröstete sie mich. »Er ist doch so ein lieber Kerl, das merkt man auf Anhieb, den traut man sich anzuleinen und abzuliefern, der knurrt nicht, wenn man auf ihn zugeht.«

»So ein lieber Kerl«, schluchzte ich.

»Ja«, sagte Andrea sanft.

»Er ist gechipt und bei Tasso gemeldet, und zusätzlich trägt er eine Kapsel mit meiner Adresse und Telefonnummer, wenn ihn jemand zurückbringen will, dann ist das ganz einfach!«

»Vielleicht hat ihn noch niemand gefunden. Vielleicht ist er wirklich abgehauen.«

»Das hat er noch nie gemacht!«

»Irgendwann ist immer ein erstes Mal.«

»Ich habe mich wenig um ihn gekümmert in den letzten zwei Wochen.«

»Vielleicht braucht er mehr Aufmerksamkeit? Vielleicht ist dieser Ausbruch ein Symptom ...«

»Andrea! Jetzt hör auf! Du willst doch wohl nicht an Flipper herumtherapieren!«

»Morgen ist er wieder da. Bei dir oder im Tierheim. Bestimmt. Versuch jetzt zu schlafen.«

»Ja, mach ich«, sagte ich. Aber ich wusste, dass ich nicht schlafen würde. Wie denn? Ohne ihn. Die Wohnung fühlte sich kalt an. Einsam. Wo ich hinschaute, schrien mich seine Hinterlassenschaften an. Sein Korb. Seine Decke. Sein Kauknochen. Das angeknabberte Stuhlbein, der einzige Fauxpas, den er sich in seiner Welpenzeit geleistet hatte. Der Wassernapf, den ich ihm zum zweiten Findeltag geschenkt hatte, die Leine, der Ball. Seit drei Jahren Tag und Nacht an meiner Seite. Miteinander verwachsen. Glück war so simpel. Einfach mit Flipper zusammen sein. Ihm beim Schlafen zusehen. Wie seine Pfoten zuckten, und manchmal, wenn seine Rute über das Parkett wischte. Dann träumte er vielleicht von mir.

Als ich aufwachte, lag ich neben seinem Korb, den Kopf auf sein Kissen gebettet. Fünf Uhr, graues Licht. Niemand, der mich schwanzwedelnd begrüßte. Niemand, der mir sein Halsband brachte. Kein Tock, Tock, Tock. Gar nichts. Stille. Irgendwo das Rauschen einer Toilettenspülung. Und Vogelstimmen. Und wenn er vor dem Tor auf mich wartete? Ich schnappte mir meinen Schlüssel und lief ins Freie. Ein roter Streifen am Himmel. Wenig Verkehr. Ein Kaminkehrer auf dem Fahrrad. *Bringt Glück*, schoss es mir durch den Kopf. Ich pfiff meinen schrillsten Flipperpfiff. Ich rannte zur Isar. Dort traute ich mich hemmungslos zu rufen; ich würde höchstens die Obdachlosen unter der Brücke wecken. »Flipper!« Ich rief, bis ich heiser war. Die Stadt war so groß. Und ich so allein. Ich war viel zu allein für die Stadt. Allmählich setzte der Berufsverkehr ein. Alle wollten irgendwohin. Für die anderen war dies ein normaler Dienstagmorgen. Für mich ein Alptraum.

Ich lief zurück zu meiner Wohnung. Kein Flipper. Ich lief wieder zur Isar, weil das Warten dort leichter war. Ich sprach sie alle an, die Hundebesitzer, die Jogger; ich stellte mich Radfahrern in den Weg und fragte immer das Gleiche: »Haben Sie einen großen schwarzen Hund gesehen?« und wusste, dass das unsinnig war, wenn er in der Nähe wäre, würde er nach Hause finden, doch irgendwie tat es gut. Immer mehr Hunde bevölkerten die Isarauen, es gab auch viele schwarze, doch sie waren alle kleiner als Flipper oder anders. Keiner war Flipper.

»Ja grüß Gott, Frau Fischer!«, begrüßte Frau Haimerl mich. Monster kläffte meine Wade an.

»Haben Sie Flipper gesehen?«

Frau Haimerl dachte nach. »Monster, haben wir den Flipper gesehen?« Dann schüttelte sie den Kopf. »Ist denn jemand läufig?«

Das muss es sein, dachte ich, hoffte ich, beschwor ich den Himmel. *Er kann nichts dafür, wenn er das tut. Er ist triebgesteuert. Er kann dann nicht mehr klar denken.*

»Vielleicht die Luna?«, überlegte Frau Haimerl. »Die mag

er ja besonders gern. Wie mein Monster. Die hat so was Keckes, finden Sie nicht auch?«

»Ja sicher«, murmelte ich. Luna? Dieser frisbeesüchtige Apportierjunkie?

»Also ich halte die Augen offen und erkundige mich.«

»Danke.«

»Der kommt schon wieder, Frau Fischer. Der ist doch immer wiedergekommen.«

»Er ist noch nie weggelaufen!«

»Irgendwann ist immer das erste Mal.«

Um acht Uhr, in das Glockengeläut der Mariahilfkirche, meldete ich mich in drei Sportstudios krank. »Nein, ich habe keine Vertretung organisiert, mir geht es beschissen.«

»Was fehlt dir denn, Franza?«

Mein Herz ist gebrochen, dachte ich. »Mir ist kotzübel«, sagte ich. »Irgend so ein Darmvirus.«

»Kurier dich gut aus und komm bitte erst, wenn du wirklich fit bist.«

Ich fragte im Blumenladen und im Zeitungsladen, in der Eckkneipe, wo schon um diese Uhrzeit die ersten Biere und Schnäpse auf dem Tresen standen, und beim Tengelmann. Beim Bäcker kaufte ich eine Breze und gab mich für ein paar Sekunden der Illusion hin, alles sei normal. Doch vor der Bäckerei wartete kein schwarzer Riese.

Ich trank zwei Tassen Cappuccino und tröstete mich mit all den Geschichten, die ich irgendwann mal gehört hatte von Hunden, die Tausende von Kilometern nach Hause gelaufen waren oder bei ihren toten Frauchen und Herrchen ausgeharrt hatten, von Hunden, die Leben retteten, und überhaupt war Flipper viel zu groß, um überfahren zu werden. Monster wurden überfahren, aber keine Flipper.

Ich rief beim Tierheim an. »Leider negativ. Aber das sagt gar nichts. Sie müssen noch ein bisschen Geduld haben.«

Ich radelte nach Schwabing und blieb eine Stunde in der Gegend, wo mein Auto geparkt war. Ich hatte mal gelesen, ein Hund würde immer dorthin zurückkehren, wo er seine Bezugsperson zum letzten Mal gesehen hatte. Ich rief erneut beim Tierheim an und ging persönlich zur Polizei am Englischen Garten. Immerhin, sie hatten meinen Anruf ordnungsgemäß aufgenommen und wussten Bescheid. »Wir rufen Sie an, wenn wir den Hund finden.«

»Flipper.«

»Ja, das ist vermerkt, Frau Fischer. Ein blaues, ein braunes Auge.«

Ich radelte nach Hause, trug Frau Feigl auf, Ausschau zu halten, und radelte wieder in die Franzstraße. Ich klingelte an allen Häusern, bat die Mieter, mich in ihre Keller zu lassen und kontrollierte Garagen. Seltsamerweise waren alle sehr nett zu mir. Als ich mich zufällig in einem Garderobenspiegel sah, konnte ich mir schon vorstellen, warum. Ich schaute erbärmlich aus. Es war mir gar nicht aufgefallen, wie viel ich geweint haben musste. Ich bot ein Bild des Elends. Irgendeine nette Frau riet mir, Öffentlichkeit herzustellen. Sie kochte mir Kamillentee, weil der ein hohes Trostpotenzial habe, und drückte mir die Telefonbücher in die Hand. Ich rief bei sämtlichen Radiosendern Münchens an und flehte, sie möchten eine Suchmeldung durchgeben. Ich rief auch bei TV München an und beim Bayerischen Fernsehen und wurde wie eine Idiotin abgewimmelt. Niemand glaubte mir, wenn ich behauptete, mein Hund würde nicht weglaufen.

»Kann er denn gestohlen worden sein?«, fragte ich beim Tierheim, wo sie mich nun schon an der Stimme erkannten.

»So etwas ist nur bei Katzen bekannt«, erfuhr ich.

Gegen sechs abends kam ich nach Hause. Kein Flipper lag vor der Terrassentür, freundlich hechelnd. *Na Chefin, auch mal wieder da? Mach mir mal ne Dose auf!*

Ich leerte meinen Briefkasten, Telefonrechnung, Werbung, ein braunes Kuvert ohne Briefmarke. Mechanisch riss ich es auf.

»Ein Erpresserbrief!«, schrie ich Felix Tixel ins Ohr. »Aus Zeitungsbuchstaben!«

»Frau Fischer, bitte beruhigen Sie sich!«

»Wie denn! Flipper ist weg!«

»Ja, das habe ich verstanden, bitte Frau Fischer, Sie haben also einen Erpresserbrief mit Zeitungsbuchstaben.«

»Ja! Wie im Fernsehen!«

Im Hintergrund hörte ich eine Frau lachen. Moppelchen, wer denn sonst. Er telefonierte über Lautsprecher! Jetzt hörte ich es auch an seiner Stimme.

»Frau Fischer, Entschuldigung, aber ich glaube, da erlaubt sich jemand einen Scherz mit Ihnen!«

»Der Brief ist echt!«

»Ich habe in meinem ganzen Leben keinen solchen Brief gesehen.«

»Und weil Sie noch keinen gesehen haben, gibt es das auch nicht?«

Ich drückte den roten Knopf. Ich hatte verstanden. Flipper war nicht wichtig. Flipper war nur ein Hund. Es dauerte keine Minute, da rief er zurück.

Diesmal rief er ohne Verstärkung an. »Frau Fischer, ich kann in zwei Stunden bei Ihnen sein, dann habe ich Dienstende.

»Sie kommen also erst nach Dienstende. Es ist ja nur ein Hund, oder? Und sagen Sie nicht dauernd Frau Fischer. Was ist das denn, wenn mein Flipper tot ist? Sachbeschädigung?«

»Ich komme, so schnell ich kann«, versprach er und legte auf.

Felix Tixel klingelte um halb neun, begrüßte mich knapp und starrte dann sehr lange auf den Brief, den ich auf den Küchentisch gelegt hatte. Sein Gesicht, das bei der Begrüßung noch nach Feierabend ausgesehen hatte, wurde dienstlich und ernst.

Bleib daheim, Schlambe. Wenn du mir giebst, was mir gehört, kriegst du deinen Kötter wieder. Instruckzionen folgen.

»Erstens«, sagte der Kommissar, »Flipper lebt. Das ist jetzt am wichtigsten, Franza. Er lebt!«

Ich stieß einen Schrei aus, der sich wie ein Jaulen anhörte. Dass er das aussprach. Das, was mir am meisten Angst machte. Dass Flipper nicht mehr da sein könnte. Ich schlug die Hände vors Gesicht und weinte hemmungslos.

Felix zog mich an seine breite Brust, die mir schnurzegal war. Es war mir auch egal, dass er nun *Franza* und *du* sagte und vor seinen Kollegen im Büro *Frau Fischer*. Mir war alles egal außer Flipper, und ich weinte einen großen Fleck an Felix' schwarzes T-Shirt. Felix führte mich zum Sofa.

»Er ist mein bester Freund.«

»Ich weiß.«

»Es ist so ... leer ohne ihn.«

»Ja.«

»Ich muss ihn wieder finden, ich muss!«

»Ja, Franza. Bestimmt finden wir ihn.« Felix' Stimme klang zuversichtlich. Und er hatte *wir* gesagt.

»Soll ich mal Kaffee machen?«, fragte er. »Und dann würde ich gerne mit Ihnen sprechen. Sie haben mir doch gesagt, dass ...«

»Können wir uns duzen? Dein Hemd vollheulen und Sie sagen. Das passt irgendwie nicht.«

»Gerne, Franza.«

»Ich habe gestern Abend noch bei der Polizei angerufen und war heute persönlich dort. Das Tierheim hat mir das geraten. Die wissen also Bescheid.«

»Welche Dienststelle?«

»In Schwabing. Die waren sehr nett. Das wird als Diebstahl behandelt, oder?«

»Wenn der Hund aus deinem Auto entwendet wurde«, sagte Felix bedächtig, »ja, das ist Diebstahl.«

»Aber das stimmt nicht! Es ist eine Entführung!«

Felix fuhr sich mit der Hand über das Gesicht. Er sah angespannt aus. »Als Entführung werde ich es nicht verfolgen können, nun, man könnte natürlich auch sagen, dass einem ein Hunderteuroschein entführt wurde. Aber zweifellos«, er sprach als gelte es, sein Team zu überzeugen, »gehört diese

Geschichte in die aktuellen Ermittlungen, also gehört sie auch nicht zu den Kollegen vom Diebstahl, sondern zu uns ins K1 ...«

»Zu Klaus Hase?«, staunte ich. Daran hatte ich überhaupt nicht gedacht.

»Für mich liegt das auf der Hand«, erwiderte Felix, »wenn ich auch noch keinen blassen Schimmer habe, wie das alles zusammenhängt.«

»Aber das würde ja bedeuten, dass sein Mörder ... Dass er weiß, dass ich ...«

»Dass du was?«

»Dass ich ihn gefunden habe und ... nein, dass Flipper ihn gefunden hat und dass ich ...«

»... zu oft in der Gegend unterwegs war«, stellte Felix mit einer Spur Genugtuung fest, was ihn mir fast ein wenig unsympathisch machte. Schnell wurde er wieder sachlich: »Als du die aufgespießte Krähe an deinem Auto gefunden hast, da stand doch auch etwas auf deiner Motorhaube?«

»Ja. Mit Hundescheiße: *Hau ab.*«

»Rechtschreibfehler?«

»Sind ja nur fünf Buchstaben!«

Felix massierte seine Stirn. »Irgendjemand möchte, dass du dich von dieser Gegend fernhältst ... aber warum? Was soll dadurch verhindert werden? Inwiefern kannst du irgendjemandem gefährlich werden?« Er seufzte. »Mir hat nie gefallen, dass du dich ständig dort rumtreibst.«

»Ja, ja!«, rief ich ungeduldig. »Aber damals war Flipper noch bei mir! Jetzt ist es ernst, richtig ernst! Ich habe so Angst um ihn.« Ich biss mir auf die Unterlippe, um nicht erneut loszuheulen.

»Das ist der Sinn dieses Briefes.«

»Ich weiß nicht, was die von mir wollen! Oder der!«

»In deinem Besitz befindet sich nichts, was ihm gehört haben könnte?«

»Ich heiße doch nicht Simon«, versuchte ich einen Scherz.

»Warst du in der Wohnung des Toten?«

»Ja.«

»Wer weiß das?«

»Die Widmanns.«

»Wer noch?«

»Du!«

Er schwieg.

»Außer den Widmanns war niemand da. Später kam eine Mutter mit ihrer Tochter, aber da bist du mit deiner Kollegin in den Hof gefahren. Ich saß mit den Widmanns bei Kaffee und Kuchen im Garten.«

»Ich weiß.«

»Du hast mich erkannt.«

»Ja. Aber ich habe erst im Wald begriffen, dass du das warst.«

»Ich wünschte, ich wäre nie auf diese idiotische Idee mit dem Haus gekommen. Es war sowieso alles umsonst, ich krieg das Haus nicht. Ohne das Haus wäre ich niemals so oft in der Gegend gewesen! Ich bin keine Hobbydetektivin! Okay, ich schau gern Krimis an im Fernsehen, aber ich würde doch nicht im Traum auf die Idee kommen, selbst irgendwas zu ermitteln.«

»Und Yvonne Paulus?«, fragte Felix scheinbar gelangweilt, doch ich hörte ein Lauern in seinem Tonfall.

»Das war ein Zufall.«

»Du hast sie an der Haustür befragt.«

»Ja und?«

»Du hast dich als Polizistin ausgegeben!«

»Sie hat mich für eine gehalten.«

»Das ist Haarspalterei.«

»Nein, die Wahrheit.«

»Ist das etwa keine Privatermittlung?«

»Wenn es verboten wäre, hättest du mich wohl schon längst verhaftet?«

»Frau Paulus hat mir das ..., nun«, er räusperte sich, »privat erzählt.«

Ich starrte ihn an. Privat erzählt? Was bedeutete das? Und was bedeutete es, dass mir das egal war? Offenbar interessierte ich mich nicht mehr für Felix. Alles, was ich wollte, war Flipper.

»Ich habe mir das so erklärt, dass diese, wie soll ich sagen, Erkundigungen, dir dabei helfen, das Geschehen zu verarbeiten«, erklärte Felix. »Manche Menschen reagieren so. Es hilft ihnen, wenn sie so viele Informationen wie möglich sammeln. Andere wollen gar nichts wissen.«

Wahrscheinlich hätte ich mich jetzt bei ihm bedanken sollen. »Lernt man so was im psychologischen Unterricht?«, ranzte ich ihn stattdessen an.

Felix schaute genervt aus dem Fenster.

»Entschuldigung«, sagte ich. Es fiel mir relativ leicht. Ich war zu schwach zum Streiten. »Ich will mich nie, nie, nie mehr einmischen!«, versprach ich. »Ich kann doch nichts dafür, dass mir die Wohnung gekündigt wurde. Alles, was ich will, ist ... meinen Flipper«, schluchzte ich. Ich konnte es nicht unterdrücken. Seit gestern hatte ich mehrere tränenfreie Jahre nachgeholt und würde, wenn das so weiterging, wohl weit in meine Zukunft vorweinen.

Nach zwei Espresso und einem Telefonat mit Moppelchen, wozu Felix nach draußen ging, begann er mit seiner Befragung. Ich erzählte alles haarklein. Dann zog Felix eine Plastiktüte aus seiner Hosentasche und verpackte den Brief mitsamt Kuvert. »Ich bring das gleich noch weg. Der Brief ist persönlich eingeworfen. Das ist gut für uns. Morgen ruf ich dich an. Wenn Flipper vorher auftaucht ...«

»Melde ich mich.«

»Brauchst du eigentlich meine Fingerabdrücke?«, fragte ich. »Ich habe den Brief und das Kuvert schließlich angefasst.«

»Das machen meine Kollegen vom K3. Am besten, du kommst morgen früh zur Spurensicherung. Ich schreib dir eine Telefonnummer auf.«

Abends um halb elf klingelte es. Ich rannte zur Tür. Felix! Ohne Flipper. Mit zwei Pizzakartons.

»Du hast bestimmt noch nichts gegessen?«

»Ich hab überhaupt keinen Hunger.«

Wir saßen auf dem Boden neben Flippers Korb, und ich erzählte von dem Fiepen im Gebüsch und wie das kleine schwarze Flaumbündel mir mit seiner heißen Zunge die Hände abgeschleckt hatte. Und ich erzählte ihm, dass Flipper seinen Namen von meiner besten Freundin Lara bekommen hatte. Die zu den Delfinen wollte nach Amerika und mit kranken Kindern arbeiten. Mit dünnen vor allem. Mit so dünnen Kindern, wie sie selbst eins war. Es war toll, dünn zu sein. Und Lara war die Allertollste. Ich erzählte Felix nicht, dass ich mit Lara um die Wette gehungert hatte. Ich erzählte ihm nur von Laras Sieg. Sie gewann so hoch, dass ich sie nie mehr würde einholen können. Sie gewann mit einunddreißig Kilo. Und ich wollte nie wieder eine Freundin.

»Ich will nie wieder einen Hund«, sagte Felix.

»Ich habe es gespürt«, sagte ich. »Als du das Halsband im Tierladen in der Hand hattest. Flipper hat es auch gemerkt. Eigentlich hat er es vor mir gemerkt. Dann habe ich es gesehen.«

»Du bist sehr aufmerksam, Franza.«

»Du auch«, erwiderte ich, und da fiel mir der Opa ein und das, warum ich den Kommissar gestern Abend nach dem Unterricht hatte anrufen wollen.

»Ich habe noch eine Neuigkeit!«, rief ich. »Aber ich habe nicht geschnüffelt.«

»Bitte nicht«, stöhnte Felix. »Was kommt jetzt?«

»Ich war gestern bei dem Opa von Sarah.«

»Nach dessen Adresse du mich gefragt hast?«

»Ja! Ich wollte mit ihm reden, weil ich glaubte, er hätte etwas gegen Flipper. In Wirklichkeit hat er wohl selbst einen Nachmieter vorgeschlagen, und da er mit den Widmanns befreundet ist, hat dieser Nachmieter den Zuschlag bekommen. Und weißt du was?«

Felix schüttelte den Kopf.

»Irgendwie erleichtert mich das auch. Eigentlich habe ich dort nie hingewollt. Ich bin ein Stadtkind mit einer Sehnsucht nach dem Land, und es ist schön, wenn man sich seine Sehnsüchte bewahrt, denn nur dann bleiben sie so wunderbar, wie sie sind.«

»O wie wahr«, grinste Felix, und da fiel mir auf, was ich gesagt hatte. Ich dachte kurz nach. Ja, das stimmte. In jeder Beziehung.

»Jedenfalls habe ich bei dem Opa in der Hecke, nein, nicht ich«, wieder stieg ein Schwall Tränen hoch, »Flipper, es war Flipper. Er hat einen solchen Käfig aufgespürt, wie ich damals einen im Wald gefunden habe, bevor Klaus Hase gestorben ist, der mit dem Vogel drin, den ich freigelassen habe.«

Felix stieß einen Pfiff aus. »Ein Fangkorb!«

»Glaubst du, da besteht ein Zusammenhang?«, fragte ich zögernd.

»Es wimmelt nur so von Vögeln in diesem Fall.«

Das hatte er schon einmal gesagt. »Sarahs Opa ist als Tauben-Rudi bekannt«, fügte ich hinzu.

»Das passt ins Bild. Viele Taubenzüchter stellen illegal Fallen auf. Sie wollen ihre Zucht schützen. Auch wenn es verboten ist. Aber ich gebe den Hinweis gerne weiter an die Kollegen, die sich in dieser Szene einen Überblick verschafft haben. Wie heißt dieser Mann genau und wo wohnt er? Vielleicht haben ihn die Kollegen bereits überprüft.«

Ich beschrieb Felix den Weg zum Riedhof, und danach verabschiedete er sich von mir.

»Ich muss los, Franza.«

»Wohin?«, fragte ich.

»Heim.«

Ich glaubte ihm nicht und nickte. Er ging zur Tür, drehte sich um, lehnte im Türrahmen. Der pure Sex. Ich schämte mich, weil mir das auffiel.

»Hast du eigentlich irgendwelche Feinde?«, fragte er.

»Feinde?«

»Gib mir zurück, was mir gehört«, zitierte er aus dem Erpresserbrief. »Ich muss das jetzt fragen, Franza. Wie sieht es in deinem Privatleben aus? Hast du vielleicht zufälligerweise, ich meine, so etwas kommt häufig vor, das ist gar nichts Besonderes, ein Verhältnis mit einem verheirateten Mann? Gibt es irgendwo einen Verehrer, den du – vielleicht ohne es zu merken«, er räusperte sich erneut, »zurückgewiesen hast?«

»Ich bin Single!«, rief ich empört.

»Natürlich«, sagte Felix schnell.

»Und das will ich auch bleiben.«

»Daran habe ich keinen Zweifel. Bitte überlege trotzdem einmal. Gibt es einen ... Kandidaten, den du vielleicht übersehen hast? In deinen Yogakursen begegnen dir doch sicher viele Männer und ...«

»Fast nur Frauen ...«, unterbrach ich.

»Aber du unterrichtest nicht nur Yoga, wie ich weiß ...«

Auf einmal fühlte ich mich schrecklich. Was wusste er alles über mich? Inwieweit hatte er seine Position ausgenutzt, um Erkundigungen über mich einzuholen? Meine Steuererklärung, meine Strafzettelstatistik, damals diese Sache mit dem Auto ... Was wusste er?

Felix hob abwehrend die Hände. »Ich frage dich das nicht aus persönlichem Interesse oder Neugier. Es geht um Flipper. Ja, es könnte sehr gut sein, dass sein Verschwinden etwas mit dem Tod von Klaus Hase zu tun hat. Es könnte aber genauso gut sein, dass das eine falsche Spur ist und wir die Lösung in deinem Privatleben finden, und ...«

»... für mein Privatleben bist du nicht zuständig.«

»Genau. Für dein Privatleben bin ich nicht zuständig«, wiederholte er.

Ich nickte. Das war ganz in meinem Sinn. Reinen Tisch machen.

»Gibt es denn Verehrer?«, ließ er nicht locker.

Ich wollte scherzen. Doch mein »Dutzende« hörte sich jämmerlich an.

»Hast du eigentlich Feinde?«, fragte ich, so freundlich es mir möglich war.

Felix musterte mich einen Moment irritiert, dann prustete er los und lachte viel lauter, als ich das für angebracht hielt. Er hatte wohl ziemlich Druck aufgebaut. »Die Liste ist, schätze ich, länger als die deiner Verehrer.«

Ich ignorierte diese Anspielung. »Ich will alle deine Fragen beantworten«, sagte ich und schüttete einen Eimer Honig über meine Stimmbänder. Es kamen nur drei Tropfen an, der Rest versickerte irgendwo. »Ich kann mir nicht vorstellen, dass mich jemand so hasst, dass er mir Flipper wegnehmen würde. Ich weiß allerdings, dass mich viele um Flipper beneiden. So etwas höre ich oft: Ach, den täte ich sofort mitnehmen. Aber so wie du das meinst? Nein. Nein, da fällt mir nichts ein. Sicher, es gibt manchmal komische Schülerinnen, die mich nicht ausstehen können oder auch Konkurrenz mit anderen Trainerinnen, die ist enorm in meinem Job, und dann habe ich mal einen Privatkunden gehabt, für den ich jetzt ein rotes Tuch bin.«

»Du? Das kann ich mir gar nicht vorstellen!« Felix schmunzelte. Auch das ignorierte ich.

»Ich habe ihm einfach die Wahrheit gesagt: dass er fett ist. Ich wollte ihn anspornen. Klappte leider nicht.«

»Hundehasser?«, fragte Felix erleichtert. Wir waren wieder auf neutralem Boden.

»Ich räume alle Häufchen weg. Ich habe immer Plastiktüten einstecken. Wie du.«

»Und du bist sicher, dass Flipper von Fremden kein Futter annimmt?«

»Ich bin sicher, dass er in meiner Gegenwart nichts annimmt.«

Felix nickte nachdenklich. »Einen so großen Hund zu kidnappen – das bleibt nicht unbemerkt. Er muss freiwillig mitgegangen sein – oder sie haben ihn betäubt. Wir müssen uns bei einem Veterinär erkundigen, welche Möglichkeiten es diesbezüglich gibt.«

»Und was mach ich jetzt bis morgen?«

»Schlafen.«

»Und morgen?«

»Daheim bleiben!«

»Und auf Instruktionen warten?«

»Genau.«

»Ruft er mich an? In Flippers Kapsel sind meine Telefonnummern.«

»Vielleicht kriegst du noch mal Post.«

»Und was mache ich, wenn?«

»Sofort bei uns anrufen«, sagte er. Uns sagte er. Nicht: bei mir. »Jetzt kümmern wir uns darum. Du informierst uns bei jedem noch so geringen Anlass. Auch Kleinigkeiten können wichtig sein. Vielleicht kapierst du das jetzt endlich mal, wo du selbst betroffen bist.«

Was hätte ich darauf sagen sollen? Die Wahrheit – dass ich manches nicht gleich weitergegeben hatte, weil ich ihn privat anrufen wollte? Aber jetzt war ja geklärt, dass für mein Privatleben der Kommissar nicht zuständig war, also brauchte ich ihn auch nicht privat anzurufen. Unser Verhältnis war rein dienstlich. Franza Fischer hatte kapiert.

»Ich will Flipper heil zurückhaben, und wenn ihn deine Aktionen gefährden, lege ich keinen Wert auf eure Unterstützung. Bei Entführungsfällen heißt es doch immer: keine Polizei!«

»Glaubst du, es wäre möglich, dass du mir vertraust? So viel?«, fragte Felix und zeigte einen Zentimeter an zwischen Daumen und Zeigefinger.

»Das Schreckliche für mich ist«, wich ich aus, »dass ich nicht weiß, was er will. Ich würde alles tun. Ich würde ihm alles geben. Nur meinen Flipper will ich zurück.«

»Es scheint sich um etwas Kleines zu handeln, wenn man bedenkt, wie das Haus von Klaus Hase durchsucht wurde. Das hast du ja selbst gesehen.«

Ich nickte.

Felix kniff die Augen zusammen. »Moment!«, rief er. »Der Laptop! Wir vermissen nach wie vor den Laptop!«

»Der hätte in keinen ausgestopften Vogel gepasst.«

»Schade«, sagte Felix.

»Vielleicht ist der Täter kein Hundehasser, sondern ein Vogelhasser?«, dachte ich laut. »So wie es in dem Haus aussah. All die aufgeschlitzten, zerfetzten Vögel.«

»Jemand hat gezielt etwas gesucht, was er jetzt bei dir vermutet. Es muss etwas Kleines sein. Eine CD?«, überlegte Felix und verwarf es gleich wieder. »Zu groß. Eher ein USB-Stick.«

»Du meinst ... Daten?«, fragte ich. Klar! Das war es! Es hatte also doch etwas mit dem Patentamt zu tun. Auf keinen

Fall durfte Felix wissen, dass ich davon wusste. »Wer hasst schon Vögel?«, fragte ich leichthin.

»Ich!«, rief Felix. »Die Tauben! Dieses Gurren macht mich wahnsinnig, wenn ich nach einer Nachtschicht tagsüber schlafen will.«

»Früher habe ich auf sie geschossen«, brüstete ich mich.

»Mit der Steinschleuder?«

»Mit U-Hakerln.«

»Franza, jetzt hast du fast gelächelt.«

Er strich mir über die Wange und ging, und ich heulte bis zum Morgengrauen.

22

Am Mittwochmorgen liefen ein Mann und eine Frau einige Male an meinen Fenstern vorbei. Sie sahen verdächtig unverdächtig aus. Beide in Jeans, beide Mitte dreißig und mit Gesichtern, wie sie im ZDF vor den Neunzehnuhrnachrichten beispielsweise für Tiefkühlkost werben. Sie klingelten bei meinen Nachbarn. Und mein Telefon klingelte.

»Guten Morgen, Frau Fischer«, sagte Felix. »Wie geht es dir?«

»Geht so.«

»Demnächst solltest du dein Telefon mit Vorsicht genießen«, warnte er mich.

»Keine Waffen, keine Drogen?«

»In etwa. Vorausgesetzt, du unterschreibst eine Genehmigung zur Telefonüberwachung.«

»Ach, da hat man ein Mitspracherecht?«, staunte ich.

»Du bist ja nicht verdächtig, also brauche ich die Telekommunikationsüberwachung auch nicht mit dem zuständigen Staatsanwalt beziehungsweise Ermittlungsrichter zu klären.«

Um halb zehn klingelte es an meiner Tür. Moppelchen!

»Hallo, Frau Fischer! Kann ich kurz reinkommen?«

»Bitte.«

Moppelchen schaute sich neugierig in meinem Flur um. »Hübsch.« An der Tür zum Schlafzimmer blieb ihr Blick förmlich kleben.

»Ja?«, fragte ich.

Waren Sie wegen Ihrer Fingerabdrücke schon bei den Kollegen von der Spurensicherung?«

Ich schüttelte den Kopf.

»Wir führen unter den Nachbarn eine Befragung durch, ob wer was gesehen hat. Irgendwie muss das Kuvert ja in Ihren Kasten gekommen sein, nicht wahr. Bislang leider negativ. Wie geht es Ihnen denn?«

»Beschissen.«

»Ja. Schon eine saublöde Sache. So was haben wir noch nie gehabt. Hundekidnapping! Auch die älteren Kollegen können sich nicht erinnern. Also, wenn das stimmt! Mein Chef schwört ja Stein und Bein auf seinen Instinkt. Ich bin mal gespannt.«

»Worauf?«

»Ob er Recht hat.« Claudia ging ein paar Schritte Richtung Wohnzimmer. »Er hängt sich weit aus dem Fenster für Sie«, ließ sie mich wissen. »Wenn das eine falsche Spur ist mit dem Hund, dann wird's eng.«

»Was meinen Sie damit?«

Konzentriert musterte Moppelchen meinen Garderobenständer. »Ach ja, und das sollen Sie unterschreiben. Sie wissen wohl Bescheid.«

Claudia legte ein Formular auf den Tisch.

»Sie haben einen sehr rücksichtsvollen Chef«, sagte ich, während ich die von Felix angekündigte Einwilligungserklärung unterschrieb.

»Ja, das kann er auch sein, hin und wieder an handverlesenen Feiertagen«, grinste Claudia. »Wenn er nicht gerade wieder mal ein paar Herzen bricht.« Sie tippte sich an die nicht vorhandene Mütze, und weg war sie.

Ich drehte mich um zu Flippers Korb und wollte wissen: Was hat die denn mit *Herzen brechen* gemeint? Doch da war niemand, der mir das hätte beantworten können. Ich schloss die Augen und versuchte, Kontakt mit ihm aufzunehmen. So was ist im Prinzip möglich, ich hatte einige Bücher darüber gelesen. Es gibt einen Wissenschaftler namens Rupert Sheldrake, der über morphische Felder forscht. Von Andrea wusste ich, dass auch die Familienaufsteller mit diesem Netz arbeiten. Nach Sheldrakes Theorie hinterlegen Lebewesen alles, was sie machen und denken in morphischen Feldern. Diese Felder können genutzt werden als Medium, denn durch sie steht alles miteinander in Verbindung.

Flipper, wo bist du? Viele, viele Bilder fuhren in meinem Kopf Karussell, ehe sich meine Gedanken beruhigten. Auf einmal überkam mich ein Gefühl großer Wärme. Da wusste ich mit einer fast unheimlichen Sicherheit, dass er am Leben war. Ich rollte mich zu einer Flipperkugel zusammen und heulte eine Runde. Dann duschte ich heiß und kalt, zog mir Jeans und ein T-Shirt über und machte mich im Zwölfuhrläuten der Mariahilfkirche auf den Weg nach Starnberg.

Warum?

Nur so ein Gefühl.

Ich parkte dort, wo die aufgespießte Krähe mich erwartet hatte und ich nie mehr hatte parken wollen, und lief den altbekannten Weg entlang. Flippers Leine hing locker über meiner Schulter. Seit seinem Verschwinden trug ich sie ständig mit mir herum. Mit Flipper zusammen hatte ich sie meistens vergessen. Zum ersten Mal, seit ich Klaus Hase vor nun zwei Wochen gefunden hatte, näherte ich mich dem Hochsitz ohne Nervosität, als wäre durch Flippers Verschwinden alles andere nicht mehr wichtig. Ich blieb eine Weile neben dem Hochsitz stehen, rief zweimal: »Flipper!«, ohne Hoffnung, dass er mir antwortete, dennoch tat es gut. Und dann ging ich weiter, so wie ich damals mit Felix gegangen war, und rief immer wieder: »Flipper!« in den Wald und über die Wiesen. »Flipper!« Ich rief es, als würde er irgendwo durchs Unterholz stöbern, die Nase am Boden, das Hinterteil nach oben gereckt und wild wedelnd. Ich rief, so laut ich konnte, und als könnte es gelingen, Zuversicht herbeizubefehlen.

Den Mann sah ich erst, als er vor mir stand. Ich erschrak fürchterlich. Hatte er hinter einem Baum gelauert, oder hatte ich selbst mich im Wald meiner Gedanken verirrt? Der Mann lächelte mir freundlich zu. Er war kaum älter als ich, groß, schlank, und in seinem runden, gutmütigen Gesicht prangte ein breiter Schnauzer. Er trug eine grüne Hose, Stiefel, eine dünne Schimanskijacke ... Und an seiner Schulter baumelte ein Gewehr. Nicht schon wieder!

»Grüß Gott«, sagte er. »Suchen Sie Ihren Hund?«

»Ja!«

»Was ist das denn für einer?«, fragte der Jäger.

»Der beste«, entfuhr es mir.

Er lachte. »Ja freilich.« Dann kniff er die Augen zusammen. »So ein großer Schwarzer?«

»Ja! Ja! Haben Sie ihn gesehen?«

»Ich hab Sie schon ein paarmal laufen sehen. Mit dem Hund.«

»Ich habe Sie noch nie gesehen!«

»Mich sieht man auch nicht so leicht«, schmunzelte er und deutete auf das Fernglas vor seiner Brust.

Ob dieser Jäger irgendetwas wusste? »Mein Hund ist weg, schon seit vorgestern.«

»Ich habe ihn nicht gesehen.«

»Wenn Sie ihn sehen«, ich schluckte, »bitte erschießen Sie ihn nicht. Er ...«

»Ja, holla!«, rief der Jäger. »Wo samma denn da!«

»Er ist nicht an der Leine!«

»Hunde müssen nicht angeleint sein, wenn man sie unter Kontrolle hat. Die meisten Leute haben ihre Hunde leider nicht unter Kontrolle, und das gibt Probleme. Aber Ihr Hund, der folgt wirklich, das habe ich gesehen. Sie sind doch die, die den Stock wirft und den Hund dann mitten im Trieb auf halber Strecke in Sitz oder Platz kommandiert?«

»Ja«, sagte ich stolz. Ja, das konnte er. Es hatte mich viel Mühe gekostet, aber wenn es sein musste, ließ er sich auch im vollen Galopp fallen.

»Reschpekt! So wenn alle wären! Und wo ist er jetzt, Ihr Hund?«

»Weg«, schluchzte ich, riss mich zusammen. »Ich weiß nicht, wo er ist. Also habe ich ihn auch nicht unter Kontrolle. Und deshalb wollte ich Sie bitten, dass Sie mich anrufen, wenn Sie ihn sehen. Und nicht erschießen.« Meine Stimme brach. »Bitte nicht erschießen.« Ich meinte gar nicht den Jäger damit, sondern meinen unbekannten Feind, aber natürlich fühlte sich der Jäger getroffen.

Abwehrend hob er die Hände. »Moment mal, wer hat Ihnen denn so etwas erzählt? Ohne Grund wird doch kein Hund erschossen. Da muss schon was vorliegen! Wenn ein Hund frei herumläuft, werden zuerst die Leute angesprochen, denen er gehört.«

»Aber wenn ich doch nicht da bin!«

»Wo ist er denn weggelaufen, der Hund?«

»In München.«

»Und wie soll er dann hierherkommen?«

»Nur so ein Gefühl«, murmelte ich.

»Wenn keine Leute da sind, denen der Hund gehört, dann würde ich das melden. Hunde werden nur erschossen, wenn sie jagen. Das Hetzen von Wild ist in Deutschland verboten.«

Und wenn er Hunger hat, dachte ich.

»Entschuldigung. Ich glaubte, Jäger würden auf alles schießen«, sagte ich leise.

»Ja, die Leute denken alles Mögliche über uns. Es kostet mich eine Menge Zeit und Geld und Umsicht, mich um die Viecher hier draußen zu kümmern. Ich mag es nicht, wenn das in den Dreck gezogen wird.«

»Entschuldigung«, bat ich erneut. »Ich weiß nicht, wie ich auf diese Idee gekommen bin. Wahrscheinlich hat mir das irgendjemand erzählt.«

Der Mann nickte. »Deshalb ist es so wichtig, dass man mit den Leuten redet! Die wilden Tiere gehören niemandem. Sie brauchen jemand, der sich um sie kümmert. Ich vertrete ihre Interessen, indem ich einerseits versuche, ihnen einen Lebensraum zu verschaffen, in dem sie ungestört sind – deshalb sollten auch keine Hunde durchs Unterholz stöbern. Aber fast noch mehr Probleme macht derzeit das Stöckelwild.«

»Wer?«

»Die Nordic Walker. Aber auch Pilzsucher. Jogger. Mountainbiker. Geocasher. Das Wild hat kaum mehr Raum. Und es gibt so wenige Zeiten, wo es ungestört ist. Durch alle Waldstücke führen Straßen, die Forstarbeiter sind ständig unterwegs. Und jeder will irgendwas. Die einen wollen sich erholen und schreien rum, die anderen suchen Einsamkeit und machen alles platt.

Alle drei Jahre bekomme ich eine Vorgabe, wie viele Tiere ich schießen soll. Die muss ich erfüllen. Es gibt ja praktisch keine natürlichen Feinde für das Wild – außer Autos. Wir Jäger versuchen, die Natur zu ersetzen. Ich sag das jedem, der mich schief anschaut, und Sie sind kein Einzelfall. Wir sind keine Killer oder Lustmörder, sondern die Anwälte des Wildes. Und überhaupt aller Waldtiere und zwar zu jeder Jahreszeit. Im Winter gehört es zu unseren Pflichten, das Wild zu füttern.«

Alles, was der Mann sagte, klang aufrichtig. Er sagte das Gleiche wie die anderen, die schlecht über ihn sprachen. Es war wie so oft: Im Grunde wollten alle dasselbe, aber auf anderen Routen, und deshalb bekämpften sie sich.

»Kümmern Sie sich auch um Vögel?«, fragte ich.

»Selbstverständlich bin ich für die Vögel in meinem Revier zuständig. Es gibt Habichte, Bussarde, Falken, Raben und vielleicht ein Pärchen Rotmilane. Mein Vorgänger hat hier sogar mal einen Adler gesehen. Sagt er. Na ja. Vielleicht haben da aber auch die Augen nachgelassen.«

»Kannten Sie Klaus Hase?«

»Den tragischen Todesfall? Ja. Also nicht namentlich, aber vom Sehen. Vom Sehen kenne ich hier alle.«

»War das Ihr Hochsitz?«

»Nein, der gehört zum angrenzenden Revier.«

»Fahren Sie einen Geländewagen, dunkelgrün oder grau?«

»Ja. Wie mein Kollege vom angrenzenden Revier. Seiner ist grau, meiner grün.«

»Sie sind also die Staubwolke!«, staunte ich.

»Sind Sie von der Polizei?«

»Nein, nein, ich bin eine ganz normale Spaziergängerin.«

»Ach, jetzt weiß ich! Sie sind die Frau mit dem Hund, der ihn gefunden hat?«

»Ja, die bin ich.«

»Und der Hund ist weg?«

Ich nickte.

Der Jäger fuhr sich über seinen Schnauzer. »Ja, sagen Sie … Meinen Sie, da gibt es einen Zusammenhang?«

Ich zuckte mit den Schultern und reichte ihm meine Visitenkarte.

»Ich halte die Augen offen«, versprach er mir.

23

Simons Mutter war eine kleine, dünne Frau mit kastanienbraunem Pagenkopf, die astreines Hochdeutsch sprach. Ich schätzte sie auf Anfang vierzig, vielleicht war sie jünger, doch sie sah erschöpft aus. Dennoch begrüßte sie mich freundlich, noch ehe sie wusste, wer ich war und was ich wollte. Das beeindruckte mich. Ich selbst bin meistens unhöflich, wenn ein Fremder vor meiner Tür steht. Als ich mich vorgestellt hatte, bat sie mich herein. »Bis vor zwei Tagen waren Sie für mich eins der Phantome von Simon. Da weiß man nie, ob es die Leute gibt oder nicht, ob er sie wirklich kennt oder nicht, und ich denk mir immer, im Grunde ist das egal. Möchten Sie eine Tasse Kaffee?«

Ich lehnte ab. Herzklopfen hatte ich auch ohne Koffein genug. »Ein Glas Wasser nehm' ich gerne.«

Es war eng in der Wohnung. Von einem schmalen Flur zweigten drei Türen ab, eine führte in eine winzige Küche. Simons Mutter bat mich, Platz zu nehmen. »Ich muss umrühren, sonst brennt es an.«

Es roch nach Kartoffelsuppe. So hatte es auch manchmal bei meiner Oma gerochen, wenn ich von der Schule heimgekommen war. Simons Mutter lupfte den Topfdeckel, rührte um und drehte die Temperatur ab. Kein Herd, bloß zwei Kochplatten auf einer Anrichte. Sie reichte mir ein Glas

Wasser und setzte sich mir gegenüber an einen kleinen Campingtisch, dessen braune Plastikplatte von Messern kreuz und quer geritzt war. Wenn ich die Arme ausgestreckt hätte, wäre ich an die Dachschräge gestoßen. Normalerweise habe ich keine Probleme mit engen Räumen, doch das hier war auch für mich klaustrophobisch.

»Mein Mann schläft im Wohnzimmer. Er hat die ganze Nacht gearbeitet. Deshalb kann ich Ihnen kein Sofa anbieten.«

»Das passt schon!«

Simons Mutter lächelte. »Die Frau Fischer! Leibhaftig!«

»Ich wollte eigentlich zu Simon«, sagte ich.

»Der kommt um halb zwei mit dem Schulbus.«

»Sie haben einen ganz tollen Sohn!«, sagte ich.

»Ja, manchmal ein bisschen zu toll, oder?« Sie seufzte. »Uns hat ja fast der Schlag getroffen, als der Kommissar den Buben am Samstagabend heimgebracht hat. Wir haben gedacht, er schläft! Mein Mann befürchtet jetzt, Simon wäre schon öfter weggelaufen. Ich glaub das nicht. Einsperren bringt gar nichts, das hat mir die Schulpsychologin schon im letzten Jahr gesagt. Wir müssen ihm vertrauen. Eigentlich erzählt er alles. Das Problem ist eher, dass er zu viel erzählt. Man weiß nie, was stimmt, besser gesagt, welche Hälfte oder welches Achtel, Viertel, Sechzehntel.« Sie seufzte. »Man weiß bei Simon einfach nie, woran man ist. Der hört was von Autofahrern, die Kinder auf dem Schulweg vom Rad gestoßen haben, und erzählt, dass ihm genau das passiert ist. Der kriegt mit, dass jemand eine Knieoperation hatte, und schwupps hat sie am nächsten Tag sein Vater oder er selbst. Deshalb habe ich immer gedacht, es gibt Sie gar nicht. Ich habe schon gewusst, dass eine Frau mit Hund den Nachbarn gefunden hat, die Polizei war ja bei uns, bei allen aus dem Ort, aber ich habe nicht gewusst, dass Simon Sie wirklich kennengelernt hat. Was soll denn auch eine erwachsene Frau«, sie lächelte, »die aussieht wie Superwoman, mit einem Hund, so groß wie ein Pferd, mit meinem Simon zu tun haben!«

»Als Kind konnte ich fliegen«, vertraute ich Simons Mutter an.

»Ach Sie sind auch so eine!« Sie lächelte wieder ihr sehr charmantes Lächeln, das sie um Jahrzehnte verjüngte. »Meine Schwester hatte auch so viel Fantasie. Heute ist sie Abteilungsleiterin in einer Bank. Ich sage immer zu meinem Mann: Das verwächst sich noch. Ideenreichtum kann nicht schaden. Aber mein Mann ist nicht so geduldig wie ich. Ich wollte mich bei Ihnen melden, aber ich habe es einfach nicht geschafft. Wir haben sehr viele Buffetbestellungen zur Zeit.«

»Hoffentlich bekommen Sie jetzt keine Schwierigkeiten wegen des Polizeieinsatzes?«, fragte ich ein wenig zerknirscht.

»Als Sie geklingelt haben, dachte ich, es ist die Dame vom Jugendamt. Das ist uns angekündigt worden. Aber eigentlich mit Terminvereinbarung.«

»Dachte mir schon, dass das Folgen hat.«

»Der Kommissar hat gesagt, er müsse das weitergeben. Aber er meinte auch, dass das vielleicht gar nicht schlecht für uns wäre. Vielleicht kriegen wir irgendeinen Zuschuss für Simon, eine Förderung, wissen Sie. Ich habe ja selbst ein schlechtes Gewissen, weil wir ständig arbeiten. Ich schreibe

Ihnen zur Sicherheit meine Handynummer auf – falls so was noch mal passiert. Ein Festnetz haben wir nicht.« Sie griff nach einem Block mit gelben Notizzetteln und einem Kugelschreiber. »Von Ihren Käsebroten schwärmt er übrigens pausenlos – oder hat es gar keine gegeben?«

»Doch, doch!«

»Was war das denn für ein Käse?« Sie reichte mir eine Telefonnummer.

»Ich kann ja mal einen vorbeibringen«, sagte ich und stellte fest, dass ich gar nicht neben Simon wohnen musste. Ich konnte ihn auch von München aus besuchen!

»Ach, das würde den Simon freuen«, strahlte seine Mutter.

»Wo ist eigentlich Ihr Hund? Oder haben Sie gar keinen? Nein, das kann nicht sein, das hat uns der Kommissar ja gesagt, dass es wegen des Hundes ist. Der Simon wünscht sich so dringend einen Hund, aber wir dürfen hier keinen halten.«

»Ich kann den Simon gern mal zum Gassi abholen«, sagte ich, als würde Flipper im Auto warten.

»Das wäre eine Wucht. Wenn er das hört, der Simon, dann springt er an die Decke vor Freude! Rufen Sie mich einfach an, Frau Fischer, und wir verabreden etwas. Und nochmals vielen Dank für alles.«

»Vielen Dank für alles!« Simons Mutter und ich fuhren herum. Wir hatten ihn beide nicht gehört. Simons Vater lehnte an der Tür, ich sah es auf den ersten Blick, denn ich hatte seine Bekanntschaft gemacht in Simons Gesicht, und das waren nicht die angenehmsten Impressionen gewesen. Seltsam, dass Simon seiner Mutter kaum ähnelte, wahrscheinlich nur im Inneren. Außen dominierte sein Vater.

»Christian, bitte!«, sagte seine Frau und stand auf.

Christian blockierte den Ausgang. Es wurde noch enger in der Küche. Und auch dunkel. »Vergelt's Gott, dass Sie uns so an Scheißdreck einbrockt ham!«

»Bitte, Christian!«

»Wegen Eana ham mia jetzt die Bolizei am Hals und des Jugendamt und wer woaß, wos do no nachkimmt. Als tät's uns ned scho a so glanga.«

»Die Frau Fischer hat das doch nicht mit Absicht gemacht. Im Gegenteil! Ohne sie wäre der Simon weiß Gott wo gelandet!«

»Sei doch staad!«

Ich stand auf. Zwischen *Sei doch staad* und *Hoits Mai Oide* bestand nicht viel Unterschied, und vielleicht war Ersteres nur die salonfähige Variante, die Besucher zu hören bekamen.

Ich war zwei Köpfe kleiner als dieser semmelblonde Hüne mit den blauen Augen und den weißlichen Wimpern, doch das wäre kein Problem, wie ich an seiner fehlenden Körperspannung ablesen konnte. Viel Bier, viel Fett, viel Kanapee. Ich würde höchstens aufpassen müssen, nicht abzuglitschen.

»Mein Mann meint das nicht so. Er ist immer ein bisschen grantig, wenn er aufwacht«, versuchte seine Frau zu vermitteln.

»Dei Mo moant des ganz genau a so!«, berichtigte er.

Was fanden diese beiden nur aneinander? Sie klein und dünn und dunkel und norddeutsch. Er groß und dick und von der Sorte Bayer, die wie ihre eigene Karikatur herumlief.

»Ich wollte sowieso gehen«, sagte ich.

»Sie brauchan Eana bei uns fei nimma blickn lassn, da legn mia koan Wert drauf, seit Sie do sand, homma bloß Schwierigkeiten!«

Ein Blickwechsel mit Simons Mutter bestätigte mir, dass unsere Übereinkunft weiterhin bestand. Ich würde einen Termin mit ihr ausmachen. Und selbst wenn Simon seinem Vater davon erzählen würde – woher wollte der wissen, ob das auch der Wahrheit entsprach ...

Simon war das einzige Kind, das in Wampertskirchen aus dem Schulbus stieg. Er sah mich, riss die Arme hoch in die Luft, schaute sich nach Flipper um, ließ sie sinken – und wusste alles.

»Wo ist Flipper?«, fragte er.

»Weg«, sagte ich.

»Wie, weg?«

»Entführt.«

Simon fing zu zittern an. Er schlotterte förmlich und seine Zähne schlugen aufeinander, obwohl es fast schon Badewetter war. Ich kniete mich vor ihn, und wir umarmten uns. Sehr fest. Sehr lang.

»Da bist du jetzt aber traurig?«

Ich nickte.

»Ich helf' dir beim Suchen.«

»Simon, du kannst mir mit etwas anderem helfen. Du hast doch das Fernglas von dem Klaus Hase aufgespürt, du Superdetektiv.«

Er presste die Lippen aufeinander.

»Ich finde das überhaupt nicht schlimm, weißt du. Und

bestimmt hast du der Polizei schon gesagt, wann und wo du es gefunden hast.«

Zögernd nickte er.

»Und du hast die Wahrheit gesagt?«

»Ja! Der war schon tot! Ich hab nichts gemacht! Das Fernglas habe ich gar nicht beim Hochsitz gefunden, sondern bei den drei Fichten, wo der Blitz eingeschlagen hat. Ich hab nichts angelangt! Ich hab nur das Fernglas genommen! Und der war so tot wie tot, also kann er auch nirgends herumgeistern, das geht gar nicht!«

»Ja klar. Das weiß doch jedes Baby, dass das nicht geht. Der ist mausetot, nicht bloß tot.«

Simon nickte ernst.

»Was ich jetzt von dir wissen will, Simon, ist: Ob du zufällig noch etwas von Klaus Hase hast. Vielleicht seinen Laptop?«

Simon riss sich los und rannte nach Hause.

Es dauerte eine Viertelstunde, bis ich entschieden hatte, Felix anzurufen. Ich wollte Simon nicht anschwärzen. Doch Flipper stand mir näher als Simon. Ich würde alles tun, um ihn wiederzubekommen.

»Alles«, sagte ich zu Felix. »Und deshalb bin ich auch zu Simon gefahren.«

»Franza!«, brüllte er. »Du sollst zu Hause bleiben! Du sollst höchstens zu uns ins K3 kommen für die Fingerabdrücke.«

»Tu doch nicht so, als wüsstest du das nicht! Du lässt mich doch bewachen.«

»Wie bitte?«

»Glaubst du, ich bin blöd? Ich habe das silberne Auto sehr wohl bemerkt, das mir nachgefahren ist. Ich habe es abgehängt. Auch das müsste dir bekannt sein – oder habt ihr mehrere Wagen im Einsatz?«

»Ich rufe dich gleich zurück.« Und weg war er. Und rief mich fünf Minuten später an. »Franza, komm sofort zu dir nach Hause. Es ist ein weiteres Kuvert in deinem Kasten. Ich möchte, dass du so tust, als wüsstest du das nicht. Ich möchte, dass du ganz normal fährst. Aber beobachte, ob dir jemand folgt. Von uns ist das kein Wagen. Wir sind das definitiv nicht. Und dann gehst du ganz normal von deinem Parkplatz zum Haus. Dreh dich nicht um, benimm dich wie immer, schaffst du das?«

»Was? Was soll ich? Was bedeutet das?«

»Wir haben dein Haus überwacht. Eigentlich konnte das nicht passieren. Meine Kollegin meint, er ist mit der Firma ins Haus gekommen, die heute saublöderweise eine Küche in den ersten Stock geliefert hat. Wir überprüfen das gerade. Jedenfalls steckt ein Kuvert in deinem Kasten, und da die Briefkästen von den Wohnungen auf der rechten Hofseite aus einzusehen sind, möchte ich kein Risiko eingehen.«

»Ich komme sofort!«, rief ich.

»Fahr vors…«, war das letzte, was ich von ihm hörte. So schnell hatte ich ihn weggedrückt.

Fünfunddreißig Minuten später parkte ich meinen Volvo quer auf dem Gehsteig, das mache ich, wenn ich es sehr eilig habe, das war also normal. Das braune Kuvert ragte zirka fünf Zentimeter aus meinem Briefkasten. Ich nahm es vorsichtig heraus und öffnete es in meiner Wohnung. Wieder Zeitungsbuchstaben. Ich rief den Kommissar an.

»Ich möchte, dass wir uns sofort treffen.«

»Ich will Flipper nicht in Gefahr bringen! Wenn ich beobachtet werde ... Nein!«

»Im Moment sind zwei Kollegen in deiner Nähe. Sie würden einen eventuellen Verfolger bemerken. Insofern wäre das nicht mal schlecht.«

»Vorhin bin ich verfolgt worden.«

»Nicht von uns«, wiederholte Felix. »Bildest du dir das vielleicht ein, Franza? Du bist überreizt. Da sieht man gern mal Gespenster.«

»Es war ein silbernes Auto, vielleicht.«

»Okay, ich geb das weiter. Bleib ganz ruhig, hörst du? Wir haben alles unter Kontrolle.«

»Wieso glaubst du, dass ich dir vertraue, wenn ihr nicht mal einen Briefkasten bewachen könnt? Ich will nicht, dass ihr weitermacht. Ich will das allein durchziehen. Ich will Flipper nicht gefährden!«

»Komm mit dem Fahrrad!«, befahl er mir. »Am sichersten fährst du quer durch den Englischen Garten.«

Ich schwieg.

»Franza, hast du mich verstanden?«

»Ja.«

»Schaffst du das?«

»Ja.«

Für Flipper: bis ans Ende der Welt.

Felix erwartete mich in einer Eisdiele. Ich hatte ständig das Gefühl, verfolgt zu werden. Aber da war niemand. Bedeutete dies, dass ich nun von Profis beschattet wurde, während das heute Morgen Einbildung oder ein Amateur war?

Lang starrte Felix auf den zweiten Erpresserbrief.

Leg es unter den Hochsitz. Dann lass ich den Kötter frei. Sonst wird er eine Mohrleiche.

Er bestellte »due Cappuccini« bei einer atemberaubenden zwanzigjährigen Sophia Loren, die mich ignorierte und ihn mit ihren Blicken wie ein Tartufo vernaschte, zückte sein Handy und las den Text irgendjemandem vor, der alles Nötige in die Wege leiten sollte. Dann verstaute er den Brief in einer Plastiktüte und rieb sich die Stirn. »Wir wissen jetzt, warum er den Brief unentdeckt einwerfen konnte. Einer der Männer der Küchenfirma ist von dem eventuellen Erpresser angesprochen worden. Er hat eine Geschichte erzählt von seiner Frau, die vielleicht einen Liebhaber empfängt, was er angeblich kontrollieren wollte. Jedenfalls hat er dem Mann zehn Euro gegeben, dafür hat dieser seinen grauen Kittel für zehn Minuten verliehen, und der Täter konnte mit den anderen zwei Kollegen ins Haus. Manchmal hast du alles gesichert, und dann passiert so ein Mist. Meine Mitarbeiter haben die Firma überprüft – aber danach haben sie wohl nur noch auf graue Kittel geachtet und nicht in die Gesichter geschaut. Shit happens.«

»Woher wollt ihr wissen, dass der Briefeinwerfer identisch mit dem Täter ist? Was ist, wenn er euch gesehen hat?« Ich packte Felix' Oberarm. »Das bringt Flipper vielleicht in Gefahr.«

»Ich kann nicht mehr tun als mich zu entschuldigen«, sagte Felix und schüttelte meine Hand ab.

»Dann tu das.«

»Hab ich schon.«

»Hab ich nicht gehört, ach Scheiße!«

»Franza, so ein Hickhack ist jetzt überflüssig wie ein Kropf. Lass uns keine Zeit verschwenden. Die Nerven liegen bei uns allen blank!«

»Dort draußen wurde früher mal Torf gestochen«, sagte ich nachdenklich.

»Torf?«, wiederholte er.

»Die Moorleichen! Simon hat mir das erzählt.«

»Moorleichen?«

»Ich weiß nicht, ob es so was dort wirklich gibt, aber in Simons Fantasie gibt es das bestimmt, er liest John Sinclair, und dazu gehören Moore, und Torf ist doch so was Ähnliches, dort draußen gibt es viele Matschlöcher, ist dir das nie aufgefallen?«

Felix dachte nach. »Doch! Jetzt, wo du es sagst! Bist du sicher, dass das Torf ist?«

»Ich habe die Info von Simon.«

»Simon! Simon! Der Bub erzählt so viel, da schwirrt dir der Schädel, und du hast keine Ahnung, was stimmt und was nicht!«

Ich schwieg.

»Okay, nehmen wir an, es stimmt. Das wäre mir persönlich sogar am liebsten.«

»Wieso?«

»Es würde bedeuten, dass der Fall Flipper eine Reaktion auf den Fall Hase ist. Es würde bedeuten, dass ich Recht habe mit meiner Vermutung.«

Felix griff nach seinem Handy. »Servus Sonja. Der Felix. Du, recherchier doch mal, ob in der Gegend von Wampertskirchen Torf gestochen wurde oder wird. Was? Nein, das ist kein Scherz. Beeil dich. Ruf mich sofort zurück. Und dann findest du heraus, ob man da Leichen verschwinden lassen kann. Ob es da Geschichten gibt von früher. Ob die Bauern was erzählen. Ob das überhaupt bekannt ist oder es nur Wenige wissen. Und welche Wenigen das sind. Ja, was weiß denn ich, wie du das rauskriegst! Dann frag die Laura. Keine Ahnung. Erkundige dich, wie die Böden dort draußen beschaffen sind, ruf beim Landwirtschaftsministerium an oder bei den Geologen, Landvermessern, im Landratsamt, sonst wo. Okay. Ja klar pressiert das! Nein, das andere lässt du liegen und machst zuerst das. Nein. Dann sagst du ihr, dass das eine Anweisung direkt von mir ist. Ja. Ja. Gut. Danke.«

Genervt drückte er den roten Knopf. »Fingerabdrücke am Briefkasten mehr als genug«, teilte er mir mit. »Also negativ. Damit können wir gar nichts anfangen ohne entsprechendes Vergleichsmaterial.«

»Habt ihr sie noch alle? Meinen Briefkasten öffentlich abpinseln? Und das ist nicht auffällig?!«

»Schrei mich nicht an!«

»Entschuldigung.«

Er legte seine Hand auf meinen Unterarm. »Franza. Wir haben alles unter Kontrolle. Das mit der Küchenbaufirma ist ein Anfängerfehler, das tut mir wirklich leid. Ich mag den Flipper doch auch. Sehr. Ich will ihn finden. Fast so unbedingt wie du. Glaubst du mir das?«

Meine Tränen tropften auf die Tischplatte.

»Magst ein Eis?«, fragte Felix.

Entgeistert starrte ich ihn an. »Eis?«

»Bei der Sinah hilft das immer.«

»Danke. Gut gemeint. Ich möchte nichts. Auch keinen Kaffee.« Ich schob die Tasse, die die Ragazza näher zu ihm denn zu mir gestellt hatte, weg.

»Dann trink ich beide«, sagte Felix. »Ich hatte heute noch nicht mal Zeit für ein Frühstück.«

»Was ist mit einer Personenbeschreibung?«, erkundigte ich mich. »Irgendjemand muss den doch gesehen haben!«

»Es haben ihn sogar drei Leute gesehen. Wir stellen gerade ein Phantombild her. Leider widersprechen sich die drei komplett. Der eine meint blond, der andere dunkel, der dritte behauptet, er hätte ein schwarzes Käppi getragen. Sicher sind sie sich nur beim Alter: zwischen dreißig und fünfzig.«

»Na super!«

»Das ist leider oft so. Sobald ich das Bild habe, zeige ich es dir.«

»Habt ihr mit dem Jäger gesprochen?«

»Wir haben alle Jäger im Umkreis des Tatorts gesprochen. Glaubst du, wir drehen Däumchen?« Er funkelte mich an. »Seit zwei Wochen arbeiten wir rund um die Uhr! Was schätzt du, wie vielen Spuren wir nachgegangen sind!«

Beschwichtigend hob ich die Hände. »Ich habe das nicht so gemeint, ich wollte dir nur einen Hinweis geben.«

»Ich habe genug von deinen Hinweisen, Franza! Warum bleibst du nicht einfach daheim? Ist das denn so schwer zu verstehen? Ich hab keine Zeit, mich ständig um dich zu kümmern! Und ich hab keine Lust, dich tot aus dem Moor zu fischen – Frau Fischer!«

»Dann tu endlich was!«

»Ich mach mehr für dich, als du dir träumen lässt! Dieser

ganze Aufwand für einen Hund! Was glaubst du, was die anderen hinter meinem Rücken reden! Die sind nicht so sicher wie du und ich, dass das mit unserem Fall zusammenhängt.«

»Ich auch nicht!«, warf ich ein.

»Aha. Dankeschön für diesen Beistand. Baut mich wirklich auf. Merci!« Wieso sah er wütend noch besser aus? Wieso fiel mir das auf. Hinter der Bar lehnte Sophia L. und verschlang ihn mit ihrem Raubtierlächeln. Ob es stimmte, dass sie sich nachts die Haut um die Augen mit Pflaster nach oben klebte für ihren Katzenblick?

»Felix, was soll ich machen? Was soll ich unter den Hochsitz legen? Hast du irgendeine Idee? Was will der Erpresser von mir?«

Sein Handy klingelte. »Tixel. Servus. Ja. Ja. Ja, so sieht es aus. Ich glaube, wir haben da in ein Wespennest gestochen, beziehungsweise in ein Vogelnest«, sagte Felix nach der Begrüßung. Meine Ohren wuchsen. Wusste er etwas von Flipper, was er mir nicht sagte? Felix stand auf, nickte mir kurz zu und zog sich in die Herrentoilette zurück. Ich nutzte die Gelegenheit und ging zu dem Symbol mit dem kleinen Mädchen. Da gab es ein Fenster zum Hof und es stand offen. Als leises Murmeln hörte ich die Stimme von Felix. Ich schob den Edelstahleimer für die Papiertaschentücher zum Fenster, stellte ihn auf den Kopf, kletterte vorsichtig nach oben und lüftete meine Ohren im Hinterhof.

»Ich habe da mal ein wenig recherchieren lassen. Nein, das mit den Vogelpräparatoren ist eine kalte Spur. Der Verdacht hat sich nicht erhärtet. Allerdings haben die Kollegen bei einer Razzia zehn Habichte in einer Gefriertruhe entdeckt. Das nur nebenbei. Ja. Ja. Ja. Nein. Ja, das ist richtig. Ein Hundeführer hat einen Fangkorb gefunden. Leider ist er ihm nicht zuzuordnen. Nein, negativ. Keine Fingerabdrücke. Aber jede Menge Motive. Ja, komisch. Erst so wenig, dann alles auf einmal. Na, das kennt man ja. Finde ich auch. Aha. Das ist ja interessant. Sieh an, der Staatsanwalt. Ja. Ja. Okay, mach ich. Ja, das meine ich. Motive klären. In dieser Szene wimmelt es von Gruppierungen, die sich gegenseitig bekriegen. Jäger gegen Bauern, Naturschützer gegen sich selber und den Rest, Taubenzüchter gegen Falkner, Vogelfreunde gegen Taubenzüchter, alle gegen alle. Das mit den Tauben scheint mir interessant zu sein, wir haben mehrere Anzeigen und Vorfälle, zum Beispiel Giftköder – an denen übrigens auch Hunde verendet sind. In einem Fall wurden Gifteier durch einen Bach in eine Ortschaft geschwemmt und von Kindern entdeckt, zum Glück ist nichts weiter passiert, nun ja, außer acht toten Hunden. Bert hat einige Fälle von Tierquälerei ausgegraben. Greifvögel mit in den Hals gesteckten Kondomen zum Beispiel. Oder mit abgehackten Flügeln. Sehr scheußlich. Er hat mir zugesagt, das bis fünfzehn Uhr fertig zu dokumentieren. Er schickt es dann rüber. Wir haben Material aus ganz Bayern. Die Frage ist bloß: Gehört unser Opfer zu den Aktivisten? Und auf welcher Seite steht er? Hans-Peter hat heute Morgen mit einer Falknerin gesprochen, die hat haarsträubende Geschichten erzählt – aber als sie eine Aussage unterschreiben sollte, hat sie einen Rückzieher gemacht. Sie hätte sich getäuscht. Sozusagen privat hat sie Hans-Peter dann anvertraut, das würde sie nicht überleben. Was sagst du? Ich hör dich ganz schlecht. Okay. Mach ich. Ich leite dir die Mail später weiter. Das weiß ich, dass die Untere Jagdbehörde nichts weiß, da hab ich nämlich selber angerufen und erfahren, dass das bei uns kein Problem ist. Aber das glaub ich jetzt nicht mehr. Es sieht so aus, als sollten wir noch mal zu unserer allerersten Spur zurückkehren. Weiß ich selber, dass wir das gemeinsam entschieden haben. Ja sicher. Es sah ja auch ganz vielversprechend aus. Ja. Ja. Ja. Nein. Nein, das sollten wir auf keinen Fall tun. Es ist auch wegen des Hundes der Auffinderin. Es ist gerade ein neuer Brief eingetroffen. Ja. Nein. Das nehme ich auf meine Kappe. Gut. Claudia weiß Bescheid, ja. Der Laptop ist nach wie vor verschwunden. Wir könnten ihn mit einem Sender ausstatten. Ja, sicher. Nein, das macht Laura. Sie ist dabei, Tötungsfälle zu recherchieren. Wir haben einen Taubenzüchter, der von einem Falkner mit dem Spaten erschlagen wurde, und das Gleiche haben wir auch andersrum, nur war es da zuerst ein angeblicher Unfall, und der Taubenzüchter hat geschossen. Quatsch, Serienmord! Nein, ich glaub nicht, dass du das einbringen kannst. Ja. Nein, der Patentanwalt hat sich noch nicht gemeldet. Ja. Gut. Mach ich. Um drei? Nein. In München. Ja, das glaube ich auch. Okay. Nein, das passt nicht zusammen. Gut. Ja. Mach ich. Okay.«

Ich hätte viel dafür gegeben, den ganzen Text zu hören. Sehr viel. An Felix' Stimme konnte ich erkennen, dass das Gespräch sich dem Ende zuneigte. Ich sprang auf den Boden, schob den Eimer neben das Waschbecken und setzte mich auf meinen Platz.

Kurz nach mir kam Felix.

»Das war mein Chef«, entschuldigte er sich. »Er ist erst gestern von einer Fortbildung zurückgekommen.«

»Und wie geht es jetzt weiter?«, wollte ich wissen.

»Du fährst nach Hause und bleibst da. Ich bringe den Brief zu den Kollegen von der Spurensicherung, und dann fahre ich zu Simon. Vielleicht weiß er wirklich noch etwas, und zu mir hat er hoffentlich mehr Vertrauen als zu der Kollegin, die mit ihm geredet hat.«

»Und was soll ich unter den Hochsitz legen?«

Felix schlug mit der flachen Hand auf den Tisch. »Verdammt noch mal, gar nichts! Weil du gar nicht dort bist. Weil du daheim bist. Weil du höchstens bei uns auf der Dienststelle bist, um endlich deine Fingerabdrücke abzugeben. Wieso hast du das nicht längst getan? Du wirst nicht in die sogenannte Verbrecherkartei aufgenommen und es interessiert mich nicht, was du jemals angestellt haben könntest, das sind lediglich Vergleichsabdrücke, die nur für diesen einen Fall verwendet werden und die kannst du mit nach Hause nehmen, wir archivieren die nicht.«

»Das ist mir egal, was ihr damit macht«, log ich.

»Ja dann tu's doch endlich! Und danach gehst du nach Hause und bleibst da.«

»Du kannst mir nicht vorschreiben, wo ich mich aufhalte! Oder willst du mich einsperren, Herr Hauptkommissar?«

»Mein Chef meint, wir sollen einen Laptop unter den Hochsitz legen. Wenn er den Laptop holt«, Felix klatschte in die Hände, »schnappen wir ihn!«

»Der ist doch nicht blöd! Der wird sich doch absichern!«

»Wir sind mehr! Und besser!«

»Ja, das habe ich gesehen!«

»Wie oft soll ich dir noch erklären, dass das ein einmaliger Ausrutscher war?«, fragte Felix, genervt bis zum Anschlag.

»Mir gefällt das nicht«, versuchte ich ihn zu besänftigen.

Ich brauchte Felix. Ich hatte doch nur ihn. »Wie willst du unauffällig das Gelände überwachen? Außerdem taugt die These deines Chefs überhaupt nichts. Denn wenn der Laptop im Haus fehlt, heißt das doch, dass er bei dem Einbruch gestohlen wurde, also könnt ihr ihn gar nicht gegen Flipper eintauschen, das fliegt doch sofort auf. Ich will das nicht! Ihr legt einen Laptop hin, den der Entführer schon hat oder nicht erwartet, und was macht er dann? Alles, was jetzt schiefläuft, schadet Flipper, kapierst du das nicht? Ich habe nur eine Chance! Ich werde selbst zum Hochsitz gehen und einen Brief hinterlassen. Ich schreibe, dass ich alles tun werde, dass ich aber leider nicht weiß, was genau von mir verlangt wird. Alles andere ist mir zu riskant!«

»Natürlich wirst du hingehen. Aber erst, wenn wir das sagen.«

»Du kannst mir gar nichts befehlen!«

»Franza! Fahr jetzt nach Hause! Ich bringe den zweiten Erpresserbrief weg, danach bin ich bei Simon, und dann melde ich mich bei dir.«

Felix signalisierte der Kellnerin, dass er zahlen wollte.

»Si, si«, gurrte sie und schwang ihre Hüften genüsslich an unseren Tisch. Felix ließ einige Münzen in ihre Hand gleiten. Ihr Blick hielt ihn fest. Er grinste.

Das Grinsen glühte noch in seinem Gesicht, als er sich wieder mir zuwandte. »Mach dir keine Sorgen, Franza. Einer unserer Leute ist in der Nähe deines Hauses und passt auf dich auf.«

»Und der meldet dir, ob ich schön brav bin?«

»Was anderes will ich nicht hören.«

Ich war ganz brav und ließ meine eventuellen Beschatter ausruhen. Ich blieb zu Hause und googelte *Greifvögel* und *Greifvögelfallen* und *Jäger*. Anscheinend war nicht jeder Jäger so nett wie der, den ich getroffen hatte. Auch nicht jeder Vogelschützer war so nett wie Herr Holzinger. Von Leuten las ich, die schwer bewaffnet durch die Gegend rannten und Vögel abknallten. Das Bedürfnis, mit jemandem darüber zu sprechen, zerriss mich fast. Ich suchte die Nummer von Waldschrat Professor Ludwig Metzger heraus und überschüttete ihn mit abgehackten Greifvögelfüßen, geköpften Krähen, in der Mitte zerrissenen Habichten und verdursteten Lockvögeln. Als ich endlich tief Luft holte, sagte er: »Ja. Das ist alles richtig.«

»Mein Hund ist auch weg«, sagte ich. »So hat alles angefangen.«

»Der war doch recht brav.«

»Er ist entführt worden, und ich glaube, es hat was mit den Vögeln zu tun.«

»Ich kenne einen Papageienzüchter, dem wurden mal alle Vögel geklaut.«

»Hat Klaus Hase Feinde gehabt?«, rief ich aufs Geratewohl, denn seine Feinde waren nun auch meine Feinde, was sie von ihm wollten, sollte ich ihnen geben.

»Alle Greifvogelfreunde haben Feinde.«

»Ja?«, rief ich. Mein Herz schlug bis in den Hals.

»Ich dachte, Sie haben sich schlaugemacht.«

»Ich bin dabei.«

»Bauern mit Hühnern und Brieftaubenzüchter«, sagte der Waldschrat knapp.

Vor meinem geistigen Auge erschien Flipper, entspannt

auf dem Hof der Widmanns liegend – umgeben von gackerndem Federvieh.

»Es ist ein Geben und Nehmen«, sagte der Waldschrat. »Wer Hühner hält, sollte sich nicht darüber aufregen, wenn er seinen Zehnten abgibt. So war das schon immer. Man muss das vom Ende her denken. Das hängt alles zusammen.«

»Angeblich sollen Falkner stets ein Bündel Zehneuroscheine in der Jackentasche haben und sie den Besitzern in die Hand drücken für die geschlagenen Hühner und Tauben.«

»Zehn Euro! Damit kommen Sie bei einer Preistaube nicht weit. Da zahlen Sie auch fünfstellige Beträge.«

»Fünfstellig!«

»Freilich. Aber so was lässt man nicht mehr fliegen. Die verwendet man zur Zucht.«

»Für Tauben!«

»Ich habe gedacht, Sie haben recherchiert?«

»Ich habe doch gerade erst angefangen! Ich bin bei den Greifvögeln hängengeblieben.«

»Zu Recht. Die sind auch relevant für das Ökosystem. Die Taubenzucht hingegen, und das ist gerichtlich festgelegt, ist als Hobby zu bewerten. Insofern haben die Halter die Verluste hinzunehmen, die beim Freiflug ihrer Tiere entstehen.«

»Das ist Neuland für mich. Ich habe einen Hund, keinen Vogel!«, verteidigte ich mich.

»Allein zwischen 1935 und 1939 wurden von der deutschen Jägerschaft an die 550 000 Greifvögel als abgeschossen gemeldet. Das hat die wenigsten interessiert. Damals nicht und heute nicht. Wer kein Geld hat, hat keine Stimme. So ist der Kapitalismus gebaut.«

Auf meinem Fensterbrett saß eine Taube. Legte den Kopf schief und musterte mich. Dort hatte noch nie eine Taube gesessen. Sie steckte ihr Köpflein unter einen Flügel, ruckte hin und her.

»Greifvögelfreunde haben nichts gegen Taubenzüchter. Sie haben etwas gegen die Kurzsichtigkeit der Leute. Greifvögelfreunde wissen, dass auch Kampagnen gegen Tauben geführt werden, worunter besonders die alten Damen leiden, die sie füttern. Für viele ist das die einzige Freude in ihrem Leben. Aber ständig beschweren sich die Leute über die Tauben. Tauben seien dreckig und würden Krankheiten übertragen – nur die Friedenstaube nicht. Niemand kümmert sich um die Ursachen, und dazu gehören beispielsweise auch die vielen Brieftauben, die nicht mehr heimfinden. Die sind müde. Erschöpft nach einem Flug über Hunderte von Kilometern. Und warum nicht auch: verzweifelt. Schließlich will das Geschöpf doch bloß heim zu seinem Partner oder den Jungen. Klug ausgedacht, deshalb aber nicht weniger verabscheuungswürdig: Die Taubenzüchter beuten eine soziale Eigenschaft des Vogels schamlos aus für ihren persönlichen Gewinn.«

»Wie das?«

»Indem sie zwei Tauben miteinander turteln lassen – und dann trennen sie sie. Oder reißen sie aus dem Nest, wo sie ihre Jungen haben. Das wird Motivation genannt. Liebe als Motivation. Gar nicht mal dumm. Und es funktioniert. Nur ist das für mich keine Motivation, sondern Folter. Das Konzept geht auf, weil die Tauben treue Partner sind und vorbildliche Eltern. Die Taube gibt alles, gibt ihr Letztes, um wieder in ihren Schlag zu kommen. Dem Taubenzüchter bringt sie dadurch eventuell eine hübsche Summe Preisgeld ein. Aber nicht alle schaffen es. Das Wetter. Die Umstände. Und eben: die Greifvögel. So schafft sie es vielleicht doch nicht. Wenn Sie so eine halb verhungerte Taube aufgreifen und dem Züchter zurückbringen – eine Brieftaube zum Beispiel trägt einen Ring –, will der sie vielleicht gar nicht mehr, diese Versagerin. Die hat ja nicht nach Hause gefunden. Die leistet ja nichts. Nein, sie ist nur Hunderte von Kilometern geflogen. Taubenzüchter nennen das übrigens Selektion.«

»Aber das ist ja furchtbar!«

»Ja, Frau Fischer. So ist das mit den Tauben. Und dann regt man sich darüber auf, weil sie alles zuscheißen, und die alten Frauen, die sie füttern, werden beschimpft als hätten sie diese Krankheitenüberträger persönlich in die Welt gesetzt. Die Tauben und die alten Frauen, sie sind lästig. Und keiner fragt, warum das so ist. Was dahintersteckt. Nein, das will man gar nicht wissen. Nicht wissen, obwohl man wissen könnte, das ist ein Zeichen von Dekadenz. Das ist der Beginn vom Ende der Menschheit, wenn die Natur als lästig aufgefasst wird.«

»Und was haben die Taubenzüchter gegen die Greifvögel? Das sind doch auch Vögel! Wer Tauben hält, muss doch die anderen Vögel auch mögen? Wenn das alles zusammengehört. Es gehört doch alles zusammen?«

»Leben und sterben, fressen und gefressen werden, Frau Fischer. Manche Menschen fressen Singvögel. Und löffeln das Gehirn atmender Affen und schneiden Fischen die Flossen ab und so weiter und so weiter. Wo ist das Bewusstsein für das Leben an sich, wenn das Leben wie tote Materie behandelt wird, was sagt uns das über die Spezies Mensch und die Zukunft, der wir entgegengehen? Wo ist das Bewusstsein für die Natur als Ganzes? Das kann kein technischer Fortschritt wettmachen. Wenn das weg ist, ist das genauso, als würde eine Gattung aussterben. Und ich weiß nicht, was danach kommen soll.«

Danach kamen die Tauben. Ich hörte sie überall. Sie gurrten im Hof, und sie gurrten in meinem Kopf, alles voller Tauben, überall Tauben. Die mich riefen.

24

Wie lautete die korrekte Anrede in einem Erpresserbrief? Sehr geehrter Herr Erpresser? Hallo du Schwein, ich brech dir jeden Knochen einzeln? Sehr geehrte Damen und Herren Erpresser. Oder: Sehr geehrte Erpresserinnen und Erpresser?

Nachdem ich eine halbe Stunde vor einem Blatt Papier gesessen und keinen Anfang gefunden hatte für den wichtigsten Brief meines Lebens, nachdem der Küchenboden mit Papierkugeln übersät war, die keine Flipperschnauze unter das Buffet schoss, nachdem ich eine Packung Tempotaschentücher aufgeweicht und auch meinen letzten Versuch zusammengeknüllt hatte, googelte ich eher aus Verzweiflung denn mit Hoffnung *Anrede in Erpresserbriefen* und staunte nicht schlecht. Mehrere Treffer. Ein Artikel in einer Zeitschrift für Germanistische Linguistik, den ich käuflich erwerben konnte. Ferner ein Bericht über das Archiv für Erpresserbriefe des Bundeskriminalamts. Als ich den gelesen hatte, entschuldigte ich mich gedanklich bei meinem Kommissar. Auch in dem polizeilichen Archiv, in dem rund fünftausend Schreiben hinterlegt waren, gab es lediglich eine Handvoll solcher in Bastelarbeit hergestellter Exemplare, wie ich eines erhalten hatte. Kein Wunder: Sie trugen die meisten Spuren, und die führten zum Absender, was normalerweise nicht im Sinne des Erpressers liegt. Der erste Erpresserbrief einer Serie, so erfuhr ich, würde oft höflich gehalten, mit korrektem Betreff: *Erpressung*! Auch die korrekte Bezeichnung der Anlage zum Brief fehlte nicht: *Ein Giftpaket*. Nachfolgende Erpresserschreiben ließen häufig an Höflichkeit zu wünschen übrig. Für Antwortbriefe an Erpresser fand ich keine Vorschläge und entschied mich schließlich für Druckbuchstaben, als würde ich ein Formular ausfüllen:

Ich tue alles, was Sie wollen. Bitte geben Sie mir meinen Hund zurück. Bitte melden Sie sich schnell. Ich bin zu allem bereit. Leider weiß ich nicht, was Sie suchen oder brauchen. Ich gebe Ihnen alles, was ich kann. Bitte sagen Sie mir genau, was Sie möchten oder vermissen oder suchen. Ich werde es beschaffen. Das Leben meines Hundes steht für mich an erster Stelle. Ich bin leider nicht reich. Bitte geben Sie meinem Hund genug zu trinken und auch zu essen. Bitte. Ich erwarte Ihre Instruckzionen. Gerne auch am Telefon. Das Handy ist immer an. Der Hund kann überhaupt nichts dafür. Er ist völlig schuldlos an allem, was Ihnen widerfahren sein mag. Bitte tun Sie einem unschuldigen Lebewesen nichts. Bitte lassen Sie ihn frei. Danke.

Viel zu lang! Und zu kompliziert. Und das mit den falsch geschriebenen *Instruckzionen* gefiel mir auch nicht. Er könnte sich verarscht fühlen, wenn er den Fehler absichtlich eingebaut hatte. Ich schrieb den Brief noch mal und legte ihn probeweise in die Tupperbox mit dem blauen Deckel. Am Hochsitz würde ich das Behältnis mit einem Stein beschweren, für den Fall, dass Wind aufkäme. Ich rief Andrea an und bat dringend um Rückruf. Später würde ich meinen

Brief mit ihrer Hilfe vervollkommnen. Bestimmt konnte sie mir helfen, das Wesentliche herauszuarbeiten, das Herz des Entführers zu erweichen, damit er Flipper freiließ.

Um 18 Uhr rief ich Felix an. An seiner Stimme hörte ich, dass er keine Zeit hatte.

»Gibt's was Neues?«, fragte er.

»Taubenzüchter und Bauern, die Hühner halten! Das sind die Feinde der Greifvogelfreunde.«

»Das ist doch Schnee von gestern. Glaubst du, das hätten wir nicht längst überprüft?«

»Warum ist dann nichts passiert? Warum habt ihr den Waldschrat nicht selbst gefunden und …«

»Wen? Wer ist das schon wieder? Was läuft da?«

»Den Professor Metzger! Warum ermittelt ihr dauernd im Patentamt?«

»Augenblick«, sagte er und »Entschuldigung«, und ich ahnte, dass das nicht für mich bestimmt war. Es raschelte, dann hörte ich eine Tür knallen, und dann knallte er mir eine. Symbolisch. Immerhin zeigte er am Ende seines Anschisses Verständnis für meine Situation. »Du bist völlig durch den Wind wegen Flipper.«

»Aber das stimmt doch, oder, dass ihr euch auf das Patentamt konzentriert habt?«

»Ja. Und das war auch richtig so, weil die Kollegen von der Wirtschaftskriminalität jetzt eine Tonne Akten zur Durchsicht beschlagnahmt haben. Wir sind da durch Zufall einer Riesensache auf die Spur gekommen, mit der Klaus Hase allerdings nichts zu tun hatte, wie sich nun final herausgestellt hat. Mich würde jetzt aber mal interessieren, woher du davon weißt. Da steht doch noch nichts in der Zeitung? Schon gar nicht der Zusammenhang!«

»Also habt ihr was gefunden, aber nicht das, was ihr gesucht habt und jede Menge Zeit verschwendet und das, was ihr suchen sollt, findet ihr nicht: meinen Flipper.«

»Franza ...«, begann er.

Ich drückte ihn weg.

Ich füllte Flippers Napf mit frischem Wasser und googelte durch die weite Welt. Hauptsache, Zeit verging. Ein schwarzes kurzes Haar landete auf meiner Tastatur; mit einer Träne versenkte ich es zwischen G und H – und landete auf einer Brieftaubenseite, wo ich von einem Star der Flugszene las, der in einer Rekordgeschwindigkeit von 133 km/h bei einem Weitstreckenflug von 1178 Kilometern gegen 25 807 Mitstreiter gewonnen hatte, was ein sensationelles Angebot aus Asien zur Folge hatte: 300 000 Euro wurden für diese Taube geboten.

... Und wenn Felix und sein Chef sich irrten? Wenn es nicht um Hardware ging, sondern um Software. Taube statt Laptop. 300 000 Euro! Dafür lohnte sich eine Entführung. Ich wusste sofort, wen ich diesbezüglich befragen wollte, und wenn er sich weigerte, würde ich ihn anzeigen, weil er mit einem Gewehr auf mich gezielt hatte. Der Beweis dafür befand sich in meinem Handy.

Der rote Kangoo preschte die Kiesstraße, die zu Tauben-Rudi führte, mit hohem Tempo entlang und bremste abrupt, als ich von der kleinen Landstraße abbog. Rudis Tochter winkte. Freundlich. Und gestikulierte mir, ich solle anhalten. Kaum stand der Kangoo neben meinem Volvo, öffnete sich die Tür, Sarah sprang aus dem Wagen und spurtete los. Weg von mir. Zurück zum Gehöft von Rudi.

»Sarah!«, rief ihre Mutter. »Sarah komm sofort zurück!« Dann fluchte sie »Verdammter Mist«, entschuldigte sich bei mir und fragte mich. »Können Sie vielleicht Ihren Wunderhund mal bellen lassen? Dann kommt sie bestimmt. Aber lassen Sie die Tür zu, um Himmels willen die Tür zulassen!«

Sarah kam auch ohne Flippers tiefe kräftige Stimme, als sie realisierte, dass ich zu diesem Volvo gehörte – das Frauchen von dem lieben Hund.

Durch den schmalen Fensterschlitz keuchte ihre Mutter mit atemknapper Stimme: »Ich wollte mich noch bei Ihnen entschuldigen für meinen Vater neulich. Wegen dem Gewehr. Sie haben ihn gefilmt? Aber das hat er nicht so gemeint. Das war ganz harmlos. Der will uns immer nur beschützen, und er hat viel mitmachen müssen mit mir und den Hunden, weil das doch passiert ist, als ich ein Kind war und seitdem habe ich diese Panik.«

»Das ist bestimmt nicht leicht«, erwiderte ich.

»Nein. Bei schwarzen Hunden ist es ganz schlimm. Da kriege ich manchmal keine Luft mehr, und es dauert ewig, bis ich mich beruhige. Ich weiß, dass Ihr Hund mir nichts tut, aber eben nur im Kopf, und wenn er jetzt gleich rausspringt, schließe ich das Fenster, in Ordnung?« Und schon war der Fensterspalt, durch den nicht mal eine Flipperpfote gepasst hätte, dicht.

»Ich bin ohne Hund«, sagte ich.

»Was?«, fragte sie und öffnete den Spalt erneut.

»Wo ist er denn?«, fragte Sarah.

»Sicher?«, fragte ihre Mutter, als könnte ich mich täuschen.

»Er ist daheim«, sagte ich. Es war ganz einfach. Daheim. Alles gut. Ich brauchte es bloß auszusprechen.

Sarah machte auf dem Absatz kehrt und ging wieder los Richtung Opa-Haus.

»Sarah! Sarah, bleib da!«

»Was hat sie denn?«, fragte ich.

»Diese Scheißtauben!«, schimpfte Sarahs Mutter. »Jedes Mal das gleiche Gschiss. Sie kriegt eine von ihrem Opa, lässt sie fliegen, die Taube kommt nicht zurück – und die Katastrophe ist da. Sarah! Jetzt steig ein!«

»Ich will aber auf die Polly warten! Bestimmt kommt sie noch zurück. Alle anderen sind gekommen. Nur die Polly nicht!«, die Kinderstimme wurde dünn.

»Wenn du jetzt nicht gleich einsteigst, gibt es die ganze Woche kein Fernsehen.«

Auch das war ein Grund, warum ich kein Kind wollte. Man wurde automatisch zur Erpresserin.

»Ich will mit dem Opa auf die Polly warten!«

»Das ist meine letzte Aufforderung. Du steigst jetzt sofort ein!«

Als würde ein bockendes Pferd in ihr toben, kam Sarah näher, wich zurück, verzog das Gesicht, ballte die Fäuste, heulte.

»Marsch, Marsch, junge Dame!«, rief ihre Mutter und wandte sich an mich: »Sie wollen zu meinem Vater?«

Ich nickte und überlegte, warum. Es gab keinen Grund. Nur dieses vage Gefühl.

»Ich glaube, das ist keine gute Idee. Wenn Sie etwas von

ihm wollen, sollten Sie vielleicht besser ein andermal wiederkommen, wir haben nämlich gestritten.«

»Wegen der Tauben?«

»Ja. Weil das nicht geht, dass das Mädel nur noch die Vögel im Kopf hat und immer die Vögel und sich für nichts interessiert.«

»Das stimmt gar nicht!«, widersprach Sarah und stieg mit einem Gesicht, das meine Oma »eine Lätschn zum Drauftreten« genannt hätte, ein.

Ich parkte ein Stück vom Haus entfernt, am Wiesenrand in der Deckung der Gebäude. Nur so ein Gefühl. Es roch nach frisch gemähten Wiesen, nach Sommerabend und so, wie Glück früher einmal gerochen hatte. Ohne Flipper war der Sommer nicht schön. Allein würde ich nie in den Sonnenuntergang rennen, höchstens in den Untergang. Der schlammfarbene Mercedes parkte nicht im Hof. Aber es gab ja eine große Garage und die Scheunen. Das Grundstück sah verlassen aus, doch die Haustür stand offen, und der Schlüssel steckte.

»Hallo?«, rief ich.

»Sarah!«, antwortete mir der Opa.

Ich folgte seiner Stimme. Wir begegneten uns an der Küchentür, wo er – graue Hose, blau-weiß kariertes Hemd, das an den Seiten aus der Hose zipfelte, dunkelblaue Hosenträger – mir hoffnungsvoll entgegensah. Eine Haarsträhne hing ihm in die Stirn.

»Sie?«, fragte er und schaute hinter mich, als verstecke ich seine Enkelin im Windschatten.

»Sie muss zum Reiten«, sagte ich.

»Scheißreiterei«, sagte er und setzte sich an den Küchentisch, ohne mich zu beachten. Auf der braun- und ockerfarbenen Wachstuchtischdecke mit Herbstmotiven – Birnen, Trauben, Laub, Holzteller – stand eine Flasche ohne Etikett mit durchsichtiger Flüssigkeit. Selbst gebranntes Wasser. Der Opa bot mir keinen Platz an, er schickte mich aber auch nicht fort.

»A Stamperl?«, fragte er endlich.

»Mein Hund ist weg«, sagte ich.

Er griff hinter sich zum Küchenbuffet, holte ein Schnapsglas heraus, füllte es und schob es mir zu. Ich setzte mich, hob das Glas.

»Prost«, sagte er.

»Prost«, sagte ich und schüttete die Glut in meinen Rachen.

Es war ungefähr hundert Jahre her, seit ich Schnaps getrunken hatte und genauso benahm sich meine Kehle, mein Magen. Der Opa schenkte uns nach.

»Ich bin mit dem Auto da«, versuchte ich mich zu retten.

»Prost«, sagte er.

»Haben Sie meinen Hund gesehen?«

»Eana geht der Hund ab. Mia geht die Sarah ab«, fasste er zusammen. »Und die Sarah geht mia ab, weil ihr die Polly abgeht.«

»Die Polly ist eine Taube?«

»Freilich.«

»Eine teure Taube?«

»Freilich. Fünf bis zehn Euro.« Er lachte. Es klang hohl. »Der Vogel ist noch z'jung. Der muas sich noch bewähren. Aba des interessiert die Kloa ned. Die sucht sich ihre Vegel selber aus. Und jetzt ist die Polly ihre Nummer eins. Imma kommen ein paar Vegel ned zruck. Aba dass des ausgerechnet die von der Sarah sein müssn. Imma die von dem Deandl. So ein Kind, des hängt sei Herz doch an des Viech. So ein Kind, des verkraftet des ned so leicht. Bsondas, wenn's a Madl is. Die sand sensibl.«

»Ja«, sagte ich. Meine Backen glühten. Ich war auch ein Madl. Und sensibel.

»Ma derf sei Herz ned an a Viecherl hänga. Da verlierst du imma.«

»Ich hab mein Herz an meinen Hund ghängt.«

»Des ist wurscht. Viech is Viech. Wenn du was mit Viecha machst, muasst du damit rechnen, dass die weg bleim. Imma. Des is bei olle Lebewesen so. Auf oamoi sand's weg. Und wenn du des vorher ned wissen wuist, nachad trifft's di später um so schlimma. Des lernt ma, wenn ma älter werd. Für so a Deandl is des ned leicht. Deswegn soit ma sei Herz an nix hänga. An goar nix.«

»Aba Sie haben Ihr Herz doch an was gehängt«, widersprach ich. »An die Sarah.«

»Ja mei«, er zuckte mit den Schultern. »I bin ned perfekt.«

»Perfekt wär, wenn man sein Herz an nix hängen tät?«, vergewisserte ich mich.

»Freilich«, nickte er.

Einen Erleuchteten hatte ich mir anders vorgestellt. Ohne Hosenträger zum Beispiel. Auch die Buddhisten predigen, dass jede Art der Anhaftung zu Leid führt.

»Und wie ist es mit den Tauben?«, fragte ich. »Hängen Sie an denen?«

»Na. Doch. Na. Is hoit vui Arbeit. Du muasst scho drei

bis vier Stundn jeden Dog investiern. Die Schläge saubermachen. Herrichten für die Flüge. Des ist scho Arbeit.«

»Und man kann viel Geld damit machen?«

Der Opa leerte sein Stamperl. »Für mi is des a Hobby.«

»Ich hab im Internet gesehen, dass es Tauben gibt, die werden für fünfstellige Beträge verkauft.«

Der Opa schenkte nach. »Ja mei. Da kennan mia ned mithalten. Des sand die Stars. So schnell sand unsere ned. Für uns is des a Hobby. Mia fliagn a ned so weit. Nach Belgien oder in d'Niederlande fliagn mia, aba koane 1600 Kilometta wia d'Russn.«

»Und von einer Entführung ist Ihnen nix bekannt?«

»Mei Dochta hot mei Enkelin entführt, sonst woaß i nix. Prost!«

Warum ging ich nicht? Was hielt mich bei diesem alten Mann, der den Schnaps wie Wasser in sich hineinschüttete?

»Des Haus, des is scho vamiet. Wenn Sie deswegn do sand! Do geht nix!«

»Transportieren Ihre Brieftauben auch Briefe?«, fragte ich gestelzt, weil ich nicht wusste, wie ich mein Bleiben erklären sollte. Warum nur hatte ich das Gefühl, ganz nah zu sein – und woran?

»Schmarrn. Frühers beim Millitär, ja, ja, da sand die Briafdaum ois Kuriere gnutzt woan. Die ham fahrbare Schläge ghabt. Vegel, die siegst du ned am Radar.«

»Warum fliegen die Tauben überhaupt so weit?«

Der Opa hob das Stamperl. »Zwengs der Liebe«, und kippte es. »Mia im Verein machan Witwenschaft. Mia kanntn a die Kloana von die Großn wegsperren. Aba des machma ned, dass mia Eltern von eanam Nachwuchs trennen. Vor am Flug trenn ma die Paare. Da gibt's nix. Koan Sex. Bevor dann des Lastauto kimmt und es auf die Reise nach Belgien geht, derfan sie sich kurz abbusseln. Und dann kemmans auseinanda und ham Sehnsucht. Wenn die dann freilassen wern, wollen's ganz schnell heim zum Gschpusi.«

»Das heißt, Sie nutzen ein Verhalten von der Taube aus für Ihre Zwecke!« Es war genauso, wie der Waldschrat es mir erklärt hatte. Tierquälerei!

»Sie machan doch des gleiche mit Eanam Hund. Der beschützt Sie, weil des sei Verhalten is. Der bringt Eana an Steckan, weil er denkt, des is a Beute. Do sand Sie ned anders ois wia mia.«

»Des stimmt«, gab ich verblüfft zu.

»In dem Schwarm, der wo dann hoam fliagt, ist ja meistens der Gschpusi dabei. Mia lassn mehrere dausend Daum aufsteign. Des sand so vui, dass die sie ned finden. Wia im richtigen Leben. Do is ma manchmoi a ganz nah beinand und find sich ned.«

»O wie wahr.«

Er zwinkerte mir zu. »Lesbische hamma a. Die gehn auf kein' Vogel mehr. Do muass ma oane wegsperrn, damit's wieda an Tauberer wui.«

»Und wie lang sind die Tauben unterwegs?«

»Mia fliagn höchstens achthundert Kilometer am Tag. Es kimmt auf den Gegenwind an, aufs Wetter, auf ois. Da ko vui schiaf geh. Und deshalb derf ma sei Herz nicht an ein Viecherl hängen.«

»Aber was ist dann des Schöne dran, wenn man sein Herz nicht hinhängt?«

»Wenn sie aufsteigen. Wenn's dann losgeht. Und dahoam des Warten am Schlag, wann die Erste kommt. Im Verein is es auch ein Zusammenhalt. Der Nachwuchs fehlt halt bei uns. Im Ruhrgebiet is vui mehra los. Da ham die Daum imma dazua gheart zu die Bergwerke. *Der Adler des kleinen Mannes*, hot ma des g'heißen.«

»Und wie finden die jetzt zrück, die Tauben?«, wollte ich wissen.

»Des woaß koaner so genau. Da is bis jetzt no neamdi drauf kemma. Vielleicht zwengs der Sonna. Aba in letzta Zeit homma Brobleme. Do is des schönste Wetter und die Daum ziagn ned ob, die kreisen über dem Auflassplatz ewig umanand, und es gäht ned voran, weil's ned wissen, wohi! Die finden ihr Richtung ned. Mia glaum, dass des von dera Strahlung kimmt. Die Handys. Die Satelitten. Des ganze Glump, wos do oben am Himmi hängt. Des is a bei die Bienen a Broblem. Zuvui Glump in der Luft.«

Ich nickte und leerte das Stamperl, das mir der Opa irgendwann aufgefüllt hatte.

»Mei Dochta moant, dass ma des Madl verschonen muas. Mei Dochta wui ois fernhalten von ihr. Weil's a schlechts Gwissn hot. Weil des Deandl koan Vatta hot. Aba i ko nix dafür, dass der da Mo weggrennt ist.«

»Lohnt sich Ihr Hobby?«

»Schmarrn.«

»Aber der Sieger kriegt doch ein Preisgeld!«

»I hob erst einmal einen richtigen Sieger ghabt, der war für hundat Mak guad. Des is schon lang her. Und an dera Daum hob i a koa Freid ghabt, weil's nämlich ned zruck kemma is. Des is eben des Gefährliche an unserm Sport. Die

Siegestaube, die schnellste, die fliegt vornweg. Die is ned im Pulk. Des is a gfundnes Fressn fürn Greif. Oder der schlagt sie in die Flucht, und in der Panik verliert sie ihren Kurs. Und dann landet's irgendwo, und wenn'ma a Glück hot, meldet sich jemand. Oft aba a ned. Und dann is wieda oane weg. Grad die Jungen, die wo no koa Erfahrung ham. So wia die Polly, die uns heit abgeht. So ist ois umarasunst gwesen. Die ganze Arbeit. Die Leit wissen oft ned, dass sie uns anrufen soin, wenn sie a Briafdaum finden, die erkennt ma am Ring. Mia ham extrig an Zugeflogenendienst. Man möcht doch wissen, wo seine Vegel sand.«

»Und die nehmen Sie dann auch wieder auf?«

»Ja freilich! Sand doch unsre Daum.«

»Ham die alle Namen?«

»Ich vergeb keine Namen nicht. Die ham Nummern.«

»Aber die Sarah schon.«

»Ja freilich. A Deandl mecht für alles an Namen.«

»Und Ihr Frau?«, fragte ich.

»Weg«, sagte er knapp, was alles bedeuten konnte: durchgebrannt, ausgeflogen, Himmel und Hölle.

»Alles weg«, sagte ich und kippte mein Stamperl.

»Schwoam'mas obi«, nickte er. »Und ma soi sei Herz an nix hänga, a ned an an Hund.«

»Oder gut aufpassn. Damit er ned entführt wird!«

»Bei die Greifvegl kennan'S ned aufpassen. Die fliagn bei mir nei und naus, als wär des ein McDonalds. Der Habicht. Der lauert oben im Woid, und dann schlogt er zu. Der Habicht, der ghört ganz weg. Der frisst die Daum bei lebendigem Leib. Wenn der oane in seine Fäng hot und die sich nimma rührt, glaubt er, die ist dod und hackt nei. Dann bewegt die sich wieder. So gäht des hin und her. Bei lebendigem Leib frisst der Sauvogl sein Opfa!«

»Und was machen Sie dagegen?«, fragte ich. Jetzt wurde es spannend. Tellereisen, Fangkörbe, Schusswaffen – wie sah seine Verteidigung aus?

»Nix«, erwiderte der Opa. »Man derf ja nix machen. Weil die Greifvögel immer Recht haben. Mia Taubenzüchter ham koa Recht, und die Bauern mit ihre Hühner ham koa Recht, und die Jäger mit ihrem Niederwild ham koa Recht. Nur der Greif hat ein Recht.«

»Also müssen Sie sich das gefallen lassen?«, provozierte ich ihn.

»Freilich. Ein Brieftaubenzüchter hat keinen Anspruch auf Erteilung einer Erlaubnis für den Fang eines Habichts. Ein Herr Jäger schon eher. Des is des Gesetz.« Er zwinkerte nicht mal, obwohl ich absolut sicher war, dass er log. Tauben-Rudi und sein Gewehr hatten nicht den Anschein erweckt, sie würden als McDonalds für den Habicht herhalten, wenn schon harmlose Hunde und Spaziergängerinnen mit der Waffe bedroht wurden.

»Darf ich Ihre Tauben mal sehen?«

Der Opa zog sich an der Tischkante hoch, ließ sich wieder fallen.

»Heut ist schlecht. Und bald is' auch finster.«

»Ham Sie Schmerzen?«

»Meine Knia. Die wern nimma. Frisch oberiert und koa Unterschied zu vorher. Da Doktor sagt: Geduld. Aba mit Geduld konn i meine Viecha ned versorgn.«

»Und wer hilft Eana dann?«

»Die Sarah.«

»Und wenn die nimma darf?«

Der Opa fuhr sich mit dem Handrücken über die Stirn und goss noch ein Stamperl ein.

»Hängens Eana Herz an nix.«

Nur an Flipper, dachte ich.

Es dämmerte schon, als ich zu meinem Auto ging. Ich tastete nach meinem Handy. Felix hätte sich längst melden sollen. Mein Herzschlag beschleunigte sich. Wo war das Handy ..., im Auto? Wahrscheinlich war es mir aus der Jackentasche gerutscht, als ich mich zum Fenster beugte, um mit Sarahs Mutter zu sprechen. Wenn es hier überhaupt ein Netz gab. Ich musste Felix sofort anrufen. Er glaubte, der Einbrecher in Klaus Hases Haus hätte etwas Kleines gesucht, weil er die ausgestopften Vögel aufgeschlitzt hatte. Aber es ging nicht um den Ort, es ging um die Sache. Die präparierten Vögel waren ausschließlich Greifvögel gewesen. Der Täter musste ein Greifvogelhasser sein. Vogel war nicht gleich Vogel. Das musste Felix berücksichtigen. Somit konnte das, was Flippers Entführer von mir wollte, doch ein Laptop sein. Es musste nichts Kleines sein ... Warum war Simon weggerannt, als ich ihn nach dem Laptop gefragt hatte? Warum hatte ich das zugelassen? War das ein Fehler gewesen? Hätte ich Simon härter angehen sollen? Wenn er nun nicht nur das Fernglas, sondern auch den Laptop von Klaus Hase hatte? Felix musste diesen Opa kontrollieren. Sie sollten die Scheunen durchsuchen. Ich war mir absolut sicher, dass Tauben-Rudi Greifvögel hasste, auch wenn er sich nichts anmerken ließ. Bestimmt gab es viele von seiner Sorte. Felix musste den ganzen Verein vernehmen. Und auch alle Bauern, die Hühner hielten. Und die Jäger, die immer viel zu gut wegkamen. Und ich musste unbedingt etwas essen. Mir war flau und schummrig zumute.

Ich beschleunigte meine Schritte. Ich war sehr nervös. Das mit dem Handy hätte nicht passieren dürfen. Der Entführer konnte mich angerufen haben. Ich schloss die Beifahrertür auf und ging in die Hocke, um nach dem Handy zu suchen, das bestimmt zwischen die Sitze gerutscht war. Ja, da war es. Fünf Nachrichten auf der Mailbox. Drei SMS. Ich drückte zur ersten. Von Felix. *Wir haben einen Zeugen gefunden, der gesehen hat, wie Flipper* ... Da sah ich die Turnschuhe. Turnschuhe? Das Sehen und mich Wundern war eins. Ich hörte ein Zischen und spürte einen grellen Blitz im Kopf. Etwas Stechendes explodierte in meiner Nase. Dann kippte ich in die Finsternis.

24

Ruckedigu. Ruckedigu. Blut ist im Schuh. Von weit her kamen die Geräusche. Sie erreichten mich als Erstes. Schwappten an Land wie in einem Traum. Dann kam der Schmerz. Und war kein Traum. Mein Kopf mit Nägeln gespickt. Mein Mund ausgedörrt, mein Hals eine Wüste. Alles weh und wund. Jeder Zentimeter meines Körpers. Innen und außen. Ich wollte mich bewegen. Konnte nicht. Verschnürt. Gestank. Kälte. Dunkelheit. Mein Gesicht auf einem harten Bretterboden. Staub. Zugig. Meine Beine straff aneinandergebunden, die Hände auf dem Rücken, die Schultern überdehnt. Viel zu wenig Luft. Nur durch das linke Nasenloch. Nicht genug. Ich versuchte tiefer zu atmen. Herzklopfen. Panik stieg in mir hoch. Ruhig. Ganz ruhig. Ich bin ganz ruhig. Ich atme ruhig. Aus und ein. Ich dachte den Text aus meiner Yogaentspannung wie ein Gebet. Stinkende Klebestreifen verschlossen mir Mund und Augen. Von weit her, so schien mir, hörte ich Schritte ... irgendwo unter mir. Wahrscheinlich war ich deshalb aufgewacht. Wo? Was war geschehen? Ich hob den Kopf und ließ ihn gleich wieder sinken. Tausende von Reißnägeln bohrten sich in meine Hirnhaut und ich fiel, fiel noch tiefer in einen weichen wattigen Nebel. Ruckedigu, Ruckedigu.

Minuten?, Stunden?, Tage später wurde mir die Haut vom Gesicht gefetzt. Ich riss den Mund weit auf, japste. Luft, Luft! Endlich wieder Luft! Verletzlich wie nie zuvor in meinem Leben, mit offenem Mund in feindlicher Finsternis.

»Wo is es?«, flüsterte eine Stimme.

Ich wollte etwas sagen, unbedingt meinen guten Willen zeigen, doch ich brachte kein Wort heraus, nur ein jämmerliches Krächzen, und irgendwo in meinem Hals platzte eine Wunde auf. Zu Tode erschrocken kreischte ich, als mich der kalte Wasserstrahl traf, öffnete die Lippen weit und verzweifelt, weil ich abhängig war von dem, der mir das antat, und weil ich mich ihm durstig darbot. Verschnürt. Ausgeliefert. Omaseelenallein.

»Wo is es?«, flüsterte die Stimme erneut. Wieso flüsterte er? Konnte er nicht sprechen? Nein, ich sollte die Stimme nicht erkennen. Immerhin: mein Verstand arbeitete.

»Was?«, krächzte ich.

»Handy!«

»Mein Handy?« Ich überlegte. »Im Auto? Am Auto? Ich habe es in der Hand gehabt, als ...«

»Das andere.«

Das andere Handy? Welches andere? Ich schluckte und räusperte mich, Staub im Mund und Fussel, und hustete mich frei. »Bitte! Ich weiß nicht, was Sie wollen. Ich habe Ihnen einen Brief geschrieben.«

»Halt's Maul!«

Schritte. Hin und her. Zu mir. Blieben vor meinem Kopf stehen, direkt vor meinem Kopf ... Schwere schwarze Stiefel.

»Ich will den Film.«

»Bitte, welcher Film?«, stieß ich verzweifelt hervor.

»Stell dich nicht blöd, Schlampe!«

Ich entglitt mir. Irgendwo in meinem Inneren brach etwas entzwei. Ein Schluchzen schüttelte mich. »Ich weiß nicht, was Sie von mir wollen. Ich habe den Toten zufällig gefunden.«

»Ja ja, und kennst ihn wohl auch nicht?«

Dieses Flüstern. Unheimlich.

»Nein! Ich kenne ihn nicht. Ich habe überhaupt nichts mit dieser Sache zu tun. Ich weiß nicht, worum es geht. Das ist ein Irrtum! Ein Zufall! Oder eine Verwechslung! Bitte lesen Sie den Brief! Er liegt in meinem Auto in einer Schachtel mit blauem Deckel.«

»Nein, bist völlig unschuldig. Keine Ahnung, worum es geht, hä? Mein Name ist Hase, hä?«

»Wo ist mein Hund?«

»Maul halten!«

Wieder die Schritte. Auf und ab und nah, viel zu nah an meinem Kopf.

»Ich geb dir eine halbe Stunde.« Brutal wurde ich an den Haaren gepackt. »Danach schneid ich dem Hund ein Ohr ab. Dann das zweite. Dann den Schwanz. Dann die Pfoten.«

»Ich weiß doch gar nicht, ob er noch lebt! Flipper!«

»Kannst dabei zuschauen.«

Grob wurde ein neuer Klebestreifen auf meinen Mund gedrückt. Ich schnappte nach Luft. Ein erbärmliches Schluchzen packte mich. Meine Nase drohte zu verstopfen. Heulen konnte ich mir nicht erlauben. Außer ich wollte ersticken.

Schmerzhaft wurde mein Kopf nach oben gerissen. »Brauchst mir nix vormachen. Ich weiß, dass du weißt, worum es geht. Und dass du den kennst. Warst bei den Widmanns und am Hochsitz. Hast mit Leuten geredet, die dich einen Dreck angehen. Hast dem blöden Bubn nachgestellt. Die Polizei aufgehetzt. Und jetzt noch Rudi. Aber wenn du glaubst, du kannst den Scheißkerl rächen, dann hast dich geschnitten. Kannst dich noch so ranwanzen und bei ihm einziehen wollen. Kannst noch so oft mit deinem Sauköter hier rumlaufen und schnüffeln. Glaubst, das seh ich nicht? Glaubst, ich weiß nicht, was du planst, Dreckschlampe!«

»Hm hmhm hm«, keuchte ich.

Ich hörte ihn atmen. Weit oben. Er musste riesig sein. Und schwer. Es machte mich wahnsinnig, dass ich nichts erwidern konnte, dass ich ihm nicht begreiflich machen konnte, dass ich keine Ahnung hatte, wovon er sprach. Die Schritte entfernten sich. Eine Tür. Eine Treppe. Knarzen. Finsternis. Und Kälte. Um mich Gurren. Flattern. Wo war ich? Bei Opa im Taubenschlag? Wie war ich hierhergekommen? Wieso tat mir alles weh? Was meinte er mit Film, welcher Film? Wenn er mein Handy hatte, wusste er, dass ich den Opa mit dem Gewehr gefilmt hatte und sonst nichts, sonst verdammt noch mal nichts. Außer Flipper beim Schwimmen, beim Buddeln, beim Apportieren.

Er glaubte, ich würde Klaus Hase kennen. Er glaubte, ich hätte irgendetwas mit der Sache zu tun – mit welcher Sache? Er glaubte, meine Spaziergänge in der Gegend hätten ein Ziel. Was für ein Ziel? Ich kannte ihn nicht. Ich wusste nicht, worum es ihm ging, und es machte mich verrückt, dass er das nicht kapierte. Obwohl ich ganz unten war, ganz tief unten, versetzte es mir einen Stich, dass Felix Recht hatte. Es war gefährlich für mich am Tatort. *Wenn ich hier rauskomme,* dachte ich inbrünstig. *Mit Flipper. Dann werde ich immer auf Felix hören. Immer.*

Konnte die Polizei mein Handy orten? War es noch eingeschaltet? Reichte der Akku? Hatte er das Handy? Bestimmt hatte er es mir weggenommen. Ich konnte mich an nichts erinnern. Nur an diesen grellen Blitz. Wo war ich? Wie hatte er mich hierhergebracht? Konnte man ein Handy orten, wenn es sich im Funkloch befand und ausgeschaltet war? Aber wieso sollten sie das tun? Franza Fischer hielt sich mal wieder nicht an die Regeln. Das war nichts Neues, das war überhaupt kein Grund zur Besorgnis. Ich musste pinkeln! Und wenn das alles gar nicht wahr war? Wenn ich träumte? Den längsten Traum meines Lebens, der vor zwei Wochen begonnen hatte? Wenn dies das Ende war, und gleich würde ich aufwachen. Ich glitt in die Watte und das Gurren geleitete mich in den Nebel.

Die Schritte kamen zurück ... und etwas anderes ... Nein, das konnte nicht sein, das wünschte ich mir bloß ... Eine Tür wurde aufgestoßen ..., sang knarzend ein Lied und plötzlich etwas Warmes an meinem Gesicht, während die Schritte sich entfernten und die Tür erneut knarzte.

»Flipper«, versuchte ich zu rufen, »Flipper«, und »hm-hm, hm-hm« kam durch meinen verklebten Mund. Flippers Rute schlug, aber seltsam, verhalten, er lief hin und her. Seine Pfoten hörten sich komisch an, er stolperte, strauchelte, winselte. War er verletzt? Flipper! »Hm-hm!«

Er hörte gar nicht mehr auf mich abzuschlecken, aber seltsam ungeschickt, langsam und schwerfällig, und knickte ein und fiel auf meine Schulter, der Schmerz gellte wie Phosphor durch meinen Körper, rappelte sich auf, winselte. Herzzerreißend. Flipper! Ich war glücklich. Ihn zu spüren, ihn zu hören. Flipper. Am Leben. Aber so große Angst um ihn. »Hm-hm, Hm-hm!« Flipper, was ist mit dir? Was fehlt dir? Warum hörst du dich so komisch an? Er machte noch mehr Wind und schleckte meine Ohren ab und drehte ein paar Runden in dem Raum mit diesem seltsamen Schritt wie betrunken. Mühsam drehte ich mich auf den Bauch. Gleich würden meine Schultern abreißen. Die Nägel im Kopf steigerten ihr infernalisches Stakkato.

»Hm-hm«, tönte ich. »Hm-hm hmhmhm hmhm« und meinte: Flipper: Kuck mal, was da ist. Da, auf meinem Rücken. Schau mal, ein Strick. Schnapp ihn dir. Beiß ihn durch.

Ich sagte ihm das alles ohne Wörter, aber im entsprechenden Singsang, und ich stellte mir die Fessel an meinen Händen vor und wie Flipper sie durchbiss. Flipper jaulte. Und kippte um. Schwer schlug sein Leib auf den Boden. Es zerriss mich fast vor Sorge. Blutete er? So ein Hund ist schnell leer, hatte die Tierärztin bei dem Erste-Hilfe-Kurs gewarnt. Da ist nicht viel drin.

»Hm-hm! Hm-hm!«

Er rappelte sich hoch. Ich ruckte meine Arme nach oben.

»Hmmm«, machte ich für *pscht*. Er stürzte erneut. Ich ließ die Arme sinken. Abgrundtief verzweifelt. Er tapste in meine Richtung. Leckte meine Hand. Ja, ja! »Hm-hm!« Unter grässlichen Schmerzen in den Schultern hob ich die Arme ein wenig an, ähnlich der Heuschrecke beim Yoga. Endlich erregten sie Flippers Aufmerksamkeit. Ich spürte seine warme Schnauze an meinen Händen. Warm und trocken. Nicht gut. Gar nicht gut. Kalt und feucht ist die gesunde

Hundeschnauze. Mit »hmhm« ermutigte ich ihn und hob die Arme höher. Tränen schossen mir in die Augen. Flipper knabberte ein bisschen, schleckte meine Hände nass. Ich bestärkte ihn. Er machte weiter. Wurde munterer. Knabberte konzentrierter. Ruckte an einem Ende des Seils. Es fühlte sich an, als würde er mir die linke Hand abreißen, er zog die Fessel noch enger, knurrte wie im Spiel, knabberte und biss, wahrscheinlich waren meine Finger längst violett. Ich ließ ihn machen und brummte Lob und stellte mir vor, wie er den Strick zerbiss. Auf einmal waren meine Hände frei. Was nicht bedeutete, dass ich sie bewegen konnte. Der Schmerz von der Schulter schoss durch meine Arme in die Handgelenke. Mir wurde schwarz vor Augen. Ich versuchte die Finger zu bewegen, dann die Hände, dann riss ich mir das Klebeband vom Mund und japste und tastete nach dem Tuch um meine Augen, das mit Klebeband fixiert war.

»Flipper!« Ich blinzelte. Meine Augen brannten. Ich sah nur Schemen. Erst allmählich erkannte ich etwas im fahlen Mondlicht, das von oben rechts in den Raum fiel. Auf den ersten Blick sah Flipper unversehrt aus. Prüfend nahm ich seinen Kopf zwischen meine Hände. Seine Augen schauten mich verhangen an. Nervös tastete ich ihn ab. Keine Verletzung. Kein Blut. ... Vielleicht hatte er eine Spritze bekommen. Als wollte er das bestätigen, gähnte er, lief wie ein Betrunkener ein paar Schritte zickzack und ließ sich auf die Seite fallen. Ein tiefer Seufzer, dann war er eingeschlafen.

»Flipper?«, flüsterte ich.

Keine Reaktion. Ich musste ihn sofort zu einem Tierarzt bringen. Ich riss und biss meine Fußfessel ab, wobei mir meine Beweglichkeit in der Kopf-Knie-Stellung behilflich war, und massierte meine tauben Beine. Vorsichtig untersuchte ich meinen Körper und dann den Raum. Das Atmen fiel mir schwer. Vielleicht eine Rippe geprellt. Keine Ahnung, wie das passiert war. Ich befand mich in einem kleinen Zimmer eines Dachbodens. Kein Fenster, eine Tür. Staubig, kühl, schmutzig. Keine Geräusche von draußen. Nur das Gurren um mich herum wie in einem Taubenschlag.

Ich setzte mich zu Flipper. Meine Hand auf seinem Bauch. Spürte sein Herz. Es schlug langsam und kräftig. Flipper lebte. Wir waren zusammen. Ich sammelte Spucke in meinem Mund, um die Halsschmerzen zu lindern. Ich durchsuchte den Raum nach einer Waffe. Eine Axt, eine Stange, ein Spaten, egal, was. Nichts. Ich pinkelte in eine Ecke. So verging die Zeit. Oder auch nicht.

Als ich die Schritte hörte, stellte ich mich neben die Tür. Flipper bemühte sich hochzukommen, ein wankender Greis. Auf ihn würde ich mich nicht verlassen können. Er gähnte ohne Unterlass, als wollte er sich jeden Moment zu einem Schläfchen zusammenrollen. Ich presste mich eng an die Wand. Ich dachte nichts. Später würde ich feststellen, dass das einer der wenigen Momente des absoluten Jetzt gewesen war. Als ich nichts dachte. Nur da war. Absolut präsent. Die Tür öffnete sich. Ich hatte damit gerechnet, dass er groß war, jedoch nicht so groß. Ich sprang in die Luft und drosch meinen Ellenbogen in die Maske. Ein knirschendes Schaben. Hoffentlich das Jochbein. Ein Wutschrei. Etwas fiel zu Boden, rollte polternd weg. Und dann standen wir uns gegenüber. Er, an die einsneunzig und mit viel Masse, und ich. David und Goliath. Er trug eine Faschingsmaske. Ein grinsendes Gesicht, das mich irritierte, weil ich nichts ablesen konnte. Hochgezogene dicke schwarze Augenbrauen, ein breiter roter Mund bis zu den Backen, auf denen zwei grüne Punkte prangten. Am Hals des Clowns erschien eine dünne Blutspur. Er war sehr wütend. Das war mein Vorteil – Wut macht blind, und mein Nachteil – Wut macht stark. Keuchend stürmte er auf mich zu mit gespreizten Fingern. Ich ließ ihn nahe kommen, drehte ab, zog meinen rechten Fuß an und stieß einen Kick seitlich in seine Nieren. Leider nur in die Gegend. Ein unheimliches Geheule schwallte aus der Maske. Ich war zu langsam. Franza Mehlsack. Schwerfällig, tapsig – wie Flipper. Und spürte meine Rippen brennen. Und die Beine. Er packte mich am Hals. Ich zog die Schultern hoch. Setzte mit meinen Händen den Hebel an, sprengte seinen Griff und schlug mit der flachen Hand auf seine Nase. Ächzend ging er in die Knie. Er musste eine Tonne wiegen. *Eric*, dachte ich und platzierte einen Handkantenschlag an seine Schläfe. Er kippte seitlich weg. Mein Kampfschrei hallte von den Wänden in Flippers Bellen.

»Raus! Schnell!«, rief ich ihm zu und riss die Tür auf. Gegen eine Tonne Masse hatte ich keine Chance, nur schnelle Beine konnten mich retten. Doch das war kein Ausgang. Hunderte von Tauben flatterten aufgeschreckt durch den Raum, durch das Dach, alles voller Tauben, flogen mir ins Gesicht, an den Körper, klatschten an die Holzwände, stürzten ab. Der blanke Horror. Flipper, statt sich zu retten, schnappte nur träge nach den Flügeln und bellte mit heiserer, müder Stimme. Ein Fangeisen um meine Fessel. Nein, eine Hand wie ein Schraubstock. Zog mich weg. »Flipper raus! Lauf!«

Ich knallte mit dem Knie und dann mit der Brust, dem Kinn auf den Boden. Zwei Fußtritte in meine rechte Niere ließen mich mit einem dumpfen Laut zusammensacken. Eine blutige Hand ohrfeigte mich und riss mich an den Haaren hoch. Im Reflex schützte ich mein Gesicht und zog das Knie an. Er wich zurück. Die Maske war verrutscht. Ich sah eine Hälfte seines blutenden Gesichts. Ich kannte den Mann nicht. Ein paar Sekunden sahen wir uns in die Augen, mitten in dem Pulk der Tauben. Da sah ich es aufblitzen. Die Klinge war mindestens dreißig Zentimeter lang. *Messerkampf*, schoss es mir durch den Kopf. Sehr gefährlich. Zu gefährlich in meinem Zustand. Ich war verletzt. Das konnte ich nicht riskieren. Messerkampf sollte man überhaupt nie riskieren. Ich musste auf eine günstige Gelegenheit warten. Ich musste nachdenken. Ihn hinhalten. Er kam einen Schritt auf mich zu. Zermatschte eine Taube.

Ich hob die Arme.

»Umdrehen!«, keuchte er.

Mit dem Gesicht stand ich an der Holzwand. Neben meinem Fuß der zuckende Brei. Um mich flatterte und staubte es. Ich hustete und kippte im Reflex nach vorne. Da drückte er mir das Messer in die rechte Seite. Viel zu tief. Ich spürte, wie es eindrang und wunderte mich. Wie leicht es in meinen Körper glitt, als hätte der keine Grenzen. Ich spürte etwas Warmes über meine Taille rinnen. Aber keinen Schmerz. Gar keinen Schmerz mehr. Eher Verwunderung. Dass es so leicht ging. Und so schnell. Auch die Rippen waren scheinbar wieder heil. War das mein Ende? Würde ich nun sterben, weil ich nichts mehr spürte? Befand ich mich in diesem Stadium kurz vor dem Tod, in dem das Schmerzempfinden ausgeschaltet ist? Würde mich jetzt das schöne, helle Licht überfluten, und wo war der Tunnel, an dessen Ende meine Oma mich erwartete?

»Blöde Schlampe«, zischte er. »Dein Hund ist weg. Aber dich hab ich!«

In meinem Kopf schlug es geradezu Funken vor Anstrengung. Zu behaupten, ich hätte keine Ahnung, was er wollte, würde mir nichts helfen. Ich musste mich in ihn hineinversetzen. Das war meine einzige Chance.

»Es kann schon sein, dass ich das habe, was Sie suchen. Aber nicht mit Absicht. Es ist ein Zufall.«

»Du bist die Freundin von dem. Das ist kein Zufall. Also hast du es auch. Außerdem hat er mir das selber gesagt, dass seine Freundin es gefilmt hat, wie ich den Habicht rausgezogen hab. Ich weiß, dass das stimmt, weil dein Sauköter den Fangkorb gefunden hat. Ich lass mich nicht verarschen. Nicht von ihm, nicht von dir. Also, wo ist das Handy?«

Fieberhaft versuchte ich diese Informationen zu verarbeiten. Auf Klaus Hases Handy musste sich eine Filmsequenz befinden, die ihm aus welchen Gründen auch immer gefährlich werden konnte. Aber wieso wollte er nur das Handy? Der Film konnte längst auf einem Laptop sein, auf einem USB-Stick, bei youtube. Das musste ihm doch klar sein. Er konnte mich nicht laufen lassen. Ich hatte verloren.

Irgendwo draußen hörte ich Flipper bellen. Der Mann packte mich im Nacken und schleifte mich aus dem Raum in einen Flur mit Fenster. Von hier gingen zwei Türen ab, wahrscheinlich zu den Taubenschlägen. Wenn er nicht bewaffnet gewesen wäre, hätte ich jetzt eine Chance gehabt. So wäre es Selbstmord gewesen. Die Tauben, die sich gerade ein wenig beruhigt hatten, flatterten erneut panisch hin und her. Auf meiner Stirn landete ein feuchter Klecks. Auch meine Hände waren vollgeschissen, und im Gesicht meines Feindes mischten sich Blut und Taubenkot.

Ich presste meine Hand an die rechte Körperseite. Kein Schmerz. Aber Flüssigkeit. Warm. Es hörte nicht auf zu bluten. So fest ich auch presste, Blut rann mir durch die Finger. Doch meine Stimme klang klar und kräftig.

»Er hat also gesagt, dass ich Sie dabei gefilmt habe, wie Sie einen Habicht gefangen haben? Mit seinem Handy? Diesen Film haben Sie gesucht in seinem Haus? Woher wollen Sie wissen, dass der Film nur auf dem Handy existiert? Wenn es Kopien gibt?«

»Du gibst mir einfach alles.«

»Woher wollen Sie wissen, was *alles* ist?«

»Weil ich sonst deinen Hund hole. Oder dich.«

Hatte ich doch eine Chance? Glaubte er wirklich, er käme davon mit seinen Drohungen?

Er verstärkte seinen Griff. Unwillkürlich zog ich die Schultern hoch. So ein Kehlkopf ist schnell eingedrückt. Flipper bellte ohne Unterlass. Das stresste den Mann. Ein gestresster Täter war doppelt gefährlich. Das Messer blitzte auf im kalten Mondlicht.

»Flipper, weg! Hau ab!«, brüllte ich und stellte ihn mir über eine Wiese galoppierend vor, mit weiten Sprüngen und waagrecht in der Luft stehender Rute, mit fliegenden Ohren und heraushängender Zunge.

Ich hatte wenig Hoffnung, dass er das tun würde. Es war bestimmt ein Jahr her, seit ich diesen Befehl zum letzten Mal mit ihm trainiert hatte. Er hatte ihn nie zufriedenstellend befolgt, sodass ich irgendwann aufgegeben hatte, ihm beibringen zu wollen, sich vor mir zu verstecken, so wie ich mich manchmal vor ihm versteckte. Doch ich hatte noch nie so gebrüllt wie eben. Das Bellen entfernte sich. Wurde leiser. Der Würgegriff kehrte zurück, und er riss mich an den Haaren nach hinten. Ich bebte vor Zorn und Hass und Empörung. Aber das genügte nicht, um die Tonne in meinem Rücken wegzustoßen. Er blutete ebenfalls stark. Es tropfte auf meine Wange. Vielleicht hatte ich ihn an der Augenbraue erwischt. Er schlug mir mit dem Handrücken ins Gesicht. Ich sackte zusammen. Fast ein wenig andächtig.

Wie es sich anfühlte, wenn es ernst war ... Wenn es kein Training war, wenn ich ohne Safetys einstecken musste. Er zog mich wieder hoch und schleifte mich durch das Geschwirr der Tauben in den ersten Raum, wo er mich auf den Boden schleuderte. Er war völlig planlos. Irgendetwas war schiefgelaufen. Er wusste nicht, was er mit mir tun sollte. Das konnte eine Chance sein. Oder mein Untergang. Mit einem Mal wurde mir bewusst, dass es das jetzt gewesen sein könnte. Dass er nur ein einziges Mal in die richtige Stelle zu stoßen brauchte. Und dann wäre ich weg. Wo ich noch so viel vorhatte. Im Sommer wollte ich nach Italien, und ein Motorrad wollte ich mir kaufen und ... wer würde sich um Flipper kümmern?

»Hör auf zu flennen! Das macht den auch nicht mehr lebendig. Außerdem war es ein Unfall. Ich hab dir deinen Tauberer nicht weggenommen, da ist der schon selber schuld.«

Das war ein Geständnis! Es sah nicht gut aus für mich. Ich stand dem Mörder gegenüber. Andrea wüsste, was sie jetzt sagen müsste. Aber ich! Mir fiel nichts ein. Der Mann war nicht einzuschätzen. Er reagierte im Affekt. Es war Wahnsinn, mich hier einzusperren. Das konnte er nicht geplant haben. Das brachte ihn doch erst recht in Gefahr.

»Ob ich jetzt wegen einem in den Knast geh oder wegen zweien, das macht keinen Unterschied.«

»Wenn es ein Unfall war, kommen Sie nicht ins Gefängnis«, gab ich mein Bestes. »Dann war es doch keine Absicht. Und das stimmt, das hat mir die Polizei auch erzählt, es war ein Unfall.«

»Maul halten!«

Ich zuckte zurück.

»Du und die Polizei. Als hättest nicht selber genug Dreck am Stecken. Von wegen nix gewusst. Sich bei den Widmanns eingeschleimt! Wie hast dir das vorgestellt? Wie viel wolltest rausschlagen? Ich hab dich gewarnt. Aber nein, du wolltest ja nicht hören. Ich hab …«

»Sie haben die Krähe auf mein Auto gespießt!«

»Du musst ja immer weitermachen. Davon wird der auch nicht lebendig. Und jetzt tust so, als hättest ihn nicht mal gekannt. Scheißweiber.«

»Ich habe ihn nicht gekannt, verdammt, ich habe ihn nicht gekannt!«, schrie ich, und endlich war ich mir sicher. Absolut sicher.

»Hoit's Mai!«, brüllte er zum ersten Mal mit seiner richtigen Stimme. Die passte gar nicht zu seiner Leibesfülle. Die war viel zu hoch. Hysterisch fast. Und da wusste ich, woher ich ihn kannte. Es war bei den Widmanns gewesen. Als ich erfuhr, dass ich das Haus nicht bekommen würde. Als Frau Widmann mir zum Abschied die Rohrnudel in die Hand gedrückt hatte. Da hatte ich ihn im Hof gesehen.

»Was hätte ich davon, wenn ich das gewusst hätte und nicht zur Polizei gegangen wäre? Was hätte ich davon?«, schrie ich weiter.

Grob riss er meinen Kopf an den Haaren nach hinten. Vor meinen Augen tanzten Sterne.

»Wos rausschlagn. Aber ich hätt dem nix doa. Nur a bissal Angst gmacht. Er hot ned aufgehört. Er hot mia gedroht, dass er zur Bolizei gäht, zwengs die Fangkörb. Als ob's nicht genug Habicht gebn tät. Provoziert hot er mi. Do is mir a Sicherung durchbrennt. Dass der dann wegrennt und do nauf, des is doch ned mei Problem. Ich wollt dem nix. Bloß Angst macha. Damit er uns in Ruah lasst. Der hot sich dauernd eigmischt. Kimmt von irgendwoher und reißt des Maul auf. I ko nix dafür, dass der auf den Hochsitz klettert und obi foit.«

Warum beichtete er mir das alles? Und noch dazu mit seiner richtigen Stimme! Das konnte nur bedeuten, dass er mich töten wollte. Sonst würde er mir das doch nicht erzählen? Damit legte er ein Geständnis ab. Er benutzte mich dazu, sein Gewissen zu erleichtern – und dann? Den Tauben zum Fraß?

»Ich will das alles gar nicht wissen«, sagte ich. »Ich will damit nichts zu tun haben. Können wir das nicht vergessen?«

Er lachte. Es hörte sich an wie ein Schluckauf. Hysterisch und panisch, und das machte ihn noch gefährlicher.

»Also, wo ist das Handy?«, flüsterte er. »Ich frag jetzt zum letzten Mal. Ich brauch deinen Hund nicht. Du hast auch Ohren. Okay, keinen Schwanz, aber dann schneid ich dir eben was anderes ab.«

»Wenn ich doch nichts weiß!«, schrie ich und erschrak, weil das vielleicht ein Fehler war. Ich sollte vorgeben, ich wüsste etwas. Das Handy liegt in einem Schließfach, in meinem Kellerabteil, bei meiner Freundin in der Wohnung. Wir mussten hier raus. Dann hätte ich eine Chance. Aber war er wirklich so blöd? Das Handy half ihm doch gar nichts! Kapierte er nicht, dass ein Film kopiert werden konnte? Er fuchtelte mit dem Messer vor mir herum.

»Fotze!«, spuckte er mir ins Gesicht.

Ich hätte ihn töten können. Ohne nachzudenken. Einfach so. Wenn ich die Gelegenheit gehabt hätte. Die Folgen wären mir scheißegal gewesen. Ich hasste ihn. Mit jeder Faser meines Körpers. Blanker Hass, wie ich ihn mir nicht zugetraut hätte. Ich kannte mich nicht mehr.

Er versetzte mir einen Stoß und griff zu der Rolle mit dem Klebeband. Er brauchte beide Hände, um einen Streifen abzureißen. Ich sprang zurück, drehte mich, schleuderte mein Bein weit nach oben, bis fast in den Spagat und donnerte ihm meinen Fuß auf das Kinn. Es knirschte. Er ging zu Boden. Ich jagte ihm mein Knie in den Unterleib. Im Fallen packte er meine Knöchel, bekam sie nicht zu fassen, rutschte ab, brüllte wie ein Tier. Ich sprang zurück und versetzte ihm mehrere Fußkicks. Leider traf ich nicht punktgenau. Tritte wie Fliegenschiss. Schlecht, Franza, ganz schlecht. Ich rannte zur Tür durch die panisch flatternden Tauben und rannte mitten hinein in den Opa. Ein Gewehr im Anschlag blockierte er den Ausgang.

»Was is hier los?«, fragte er.

Der Mann rappelte sich auf. »Rudi?«, entfuhr es ihm. In seiner Stimme blubberte Blut.

»Wos hier los is? Wos macht die Frau do?«

Bedrohlich kam der Opa auf mich zu. Ich wich zurück.

»Rudi!«, stammelte der Mann.

»Wieso host du die Frau gschlogn?«

»I hob's für di gmacht. Zwengs da Sarah.«

»Lass die Sarah ausm Spui. I wui wissn, wos do los is!«

Der Mann riss sich die Maske vom Gesicht, eine blutverschmierte Masse. Ich erschrak. Auch Opa erschrak. Wütend funkelte er mich an. Wieso war er schon wieder nüchtern? Wie viel Zeit war vergangen? Drang da ein Schimmer Morgenlicht in den Dachstuhl, oder bildete ich mir das ein?

Der Mann rappelte sich hoch und kam auf mich zu, ballte die Faust.

»Lass' in Ruah!«, befahl der Opa. Er wandte sich mir zu. »Sie ham Eanan Hund gsuacht? Der liegt vorn auf der Landstraß. Der is bloß no Matsch.«

Ich würgte und kippte um. Als der Mann mit seinen blutigen Händen an meinem Gesicht herumfummelte, wollte ich tot sein. Er verklebte mir den Mund und fesselte mich.

»Die Daum miassn in Schlog«, befahl der Opa. »So a Unruhe, des is doch nix. Wia schaugt's denn do aus! Und dann mecht i wissen, wos do los is.«

»I vazähl dia ois. Glei.«

Der Mann schleifte mich in eine Ecke und ließ mich fallen. Ich hörte die Schritte der beiden auf der Treppe und dann nichts mehr. Nur das Gurren und Flattern. Und Flipper war tot. Als er Hilfe holen wollte. Wie Lassie. Lassie hatte immer Hilfe geholt, obwohl Hunde eigentlich bei ihrem Rudel bleiben. Lassie war Lassie. Und Flipper war Flipper. Er hatte es versucht. Sich irgendwie durchgeschlagen. Für mich. Ich würgte, und es schüttelte mich und ich weinte gotterbärmlich und war ganz allein, und Flipper war tot, und ich wollte auch tot sein. Ich hatte ihn weggeschickt, ich war schuld – an allem. Ich war immer wieder zum Hochsitz gefahren, ich hatte in das Haus von Klaus Hase einziehen wollen, Flipper wollte das alles nie, das hatte er mir von Anfang an deutlich gezeigt, aber ich hatte nicht auf ihn gehört, dennoch war er immer mitgefahren, mitgegangen, treu an meiner Seite, bis zum Schluss. Leben ohne Flipper? Das war kein Leben. Es war mir egal, wenn ich erstickte an meinem Rotz, alles war mir egal. Ich hatte Flipper weggeschickt, und er hatte alles versucht, alles gegeben, aber er war vielleicht zu erschöpft für diese große Aufgabe. Und er war doch bloß ein Flipper. Keine Lassie.

Er hätte zum Hochsitz laufen müssen. Keine Ahnung, wie weit entfernt das war. Am Hochsitz hätte er bestimmt Polizei getroffen. Die ihn hoffentlich nicht für einen wildernden Hund hielt. Die Polizisten hatten sich als Jäger verkleidet und hockten mit Ferngläsern vor den Augen in den Bäumen.

»Hey! Was ist denn da? Kuck mal, der Hund.«

»Der schaut genauso aus wie der Hund von der Auffinderin, erinnerst du dich an den, so ein großer Schwarzer?«

»Funk den Kommissar an.«

»Nicht schießen!«, würde Felix rufen. »Ich bin gleich da!« Und er käme angaloppiert auf einem prachtvollen schwarzen Hengst mit wehendem Schweif.

»Flipper! Wo ist Franza?«, würde Felix fragen, und Flipper würde losrennen, die Rute auf *work in progress*.

»Dem Hund nach!«, würde Felix befehlen.

»So ein Quatsch«, würde Moppelchen sich beschweren.

»Schnauze!«, würde Felix bellen und Flipper hinterherspurten, wie alle anderen auch.

Die ganze Polizei von Bayern hinter Flipper, der das Heer anführte. Durch den Wald und über die Wiesen, und das fänden auch die Vögel interessant, neugierig würden sie sich aus ihren Nestern beugen, sich aufplustern und die Köpfchen nach oben und unten ruckten und dann mitfliegen, alle Vögel fliegen hoch in den Sonnenaufgang hinein. Habichte, Bussarde, Falken, Tauben, Spatzen, Amseln, Drosseln, Finken und Stare und die ganze Vogelschar – ein einziger großer Schwarm, hinter Flipper her. Mein Freund ist Flipper, Flipper, gleich wird er kommen.

25

Und dann war es auf einmal doch wie im Fernsehen. Als wäre ich auf dem Sofa eingeschlafen. Ich wachte auf von Getrampel und Rufen und dem Flattern der Tauben. Es war hell, und ich blinzelte, und plötzlich sprang die Tür auf, und ich sah Felix, den ich zuerst nicht erkannte, weil er gefährlich wirkte inmitten der schwarz gekleideten, behelmten Männer, die mit ausgestreckten Armen Waffen im Anschlag hielten. Mit zackigen Bewegungen nahmen sie den Raum in Besitz. »Gesichert!«, brüllte einer, und dann brüllte Felix. »Franza!« Zwei Sprünge später kniete er an meiner Seite. Er legte seine Waffe weg und hob meinen Kopf an, riss das Klebeband von meinem Mund und löste meine Fessel mit einem Messer, das ihm einer der schwarz Gekleideten reichte.

»Bist du verletzt? Hast du Schmerzen?«

»Flipper«, weinte ich.

»Basti!«, rief Felix. »Basti! Der Hundeführer soll den Hund loslassen. Sofort. Schickt den Hund hoch!«

»Aber wir müssen doch ...«

»Verdammt, schickt den Hund hoch! Und den Arzt! Schnell!«

»Flipper?«, fragte ich.

»Wir haben ihn am Hochsitz gefunden. Dein Handy haben wir auch geortet, über den Funkmast, wo es zuletzt eingeloggt war. Nicht reden, Franza. Der Arzt kommt sofort. Nicht bewegen.«

»Am Hochsitz?«, fragte ich. »In echt?« Da hörte ich ihn die Treppe emporstürmen. Mit einem begeisterten Jaulen stürzte er sich auf mich und schleckte mir übers Gesicht. Ein schreckliches Weinen stieg in mir auf, es schüttelte mich, und meine Zähne schlugen aufeinander, und ich konnte überhaupt nicht mehr aufhören zu weinen. Am Rand meines Bewusstseins hörte ich Felix nach dem Arzt rufen und spürte, dass mich jemand abtastete und dass irgendetwas nicht in Ordnung zu sein schien. »Stichverletzung. Vielleicht die Leber. Sie muss sofort zur Laparotomie.«

Stimmen und Geräusche verwandelten sich in Schiffe, die einen Hafen verlassen hatten, ich nahm sie nur noch leise war, immer leiser, immer kleiner wurden sie am Horizont meines Bewusstseins.

Ich spürte einen Pieks an meinem Arm und dass ich auf eine Bahre geschnallt wurde und eine steile Treppe hinuntergetragen, und auf einmal war alles weich und leicht und wunderbar.

»Franza, hörst du mich? Die Sanitäter bringen dich jetzt ins Starnberger Krankenhaus.«

»Nicht ins Tierheim!«

»Ich nehme Flipper mit. Ist dir das recht?«

Ich war grenzenlos müde. So weit weg trieb ich schon auf meinem Schiff. Ich musste mich sehr anstrengen, um noch etwas an Land zu rufen und wusste nicht, ob Felix mich hören konnte. »Ich dachte, du wolltest nie mehr einen Hund?«

»Das ist ja kein Hund in dem Sinn. Das ist ja eher ... ein Delfin.«

»Wo ist er? Wo ist Flipper? Flipper!« Ich versuchte mich hochzurappeln.

»Nicht aufregen, Franza.« Felix' Hand an meiner Wange.

»Die Frau muas liegn bleim!«, sagte eine fremde Stimme.

»Flipper ist bei einem Hundeführer. Der hat ihn an die lange Leine genommen, als er uns zu dir führte. Und jetzt noch mal, weil er in den Notarztwagen springen wollte.«

»Des wär ja no scheener«, sagte die Stimme. »A Hund do herinn.«

»Ja, das wäre schön«, erwiderte Felix und beugte sich zu meinem Ohr. Ich spürte seinen Atem wie Wellen. Sie trugen mich fort.

»Er hat sich ein bisschen verliebt, glaube ich. In eine Starspürnase«, rauschte Felix.

»Verliebt?«, fragte ich, viel zu schwach zum Ankern.

»Und wie«, sagte Felix.

»Ist gefährlich«, sagte ich und legte endgültig ab.

»Sie haben ein wahnsinniges Glück gehabt, Frau Fischer«, sagte eine Ärztin mit smaragdgrünen Augen zu mir. »Es ist keine größere Arterie verletzt, sodass die Blutung in der Leber von alleine zum Stillstand gekommen ist.«

»Ich habe überhaupt nichts gespürt!«

»Das ist eine typische Schockreaktion bei Stichverletzungen. Außerdem merken Sie an der Leber nichts. Wenn man die Leber spürt, ist es immer zu spät. Aber wie gesagt, Sie haben großes Glück gehabt, kein Gefäß wurde verletzt, und es wird nichts zurückbleiben. Ihre vielen anderen Verletzungen sehen alle schlimmer aus als sie sind. Diverse Prellungen, Quetschungen, Schürfwunden, die Gehirnerschütterung. Am besten, Sie schauen ein paar Tage nicht in den Spiegel. Je nach Verlauf können Sie in ein bis zwei Wochen nach Hause, und dann schonen Sie sich noch ein wenig, und bald leben Sie genauso wie vorher, ohne jegliche Einschränkung.«

»Kann ich bitte einen Spiegel haben?«

Dreimal wurde an die Tür geklopft.

»Das ist die Polizei«, sagte die Ärztin. »War auch gestern und vorgestern da. Heute habe ich einem Gespräch zugestimmt. Aber nur kurz.«

»Ich dachte, mir fehlt nichts? Ich dachte, ich wäre einen Tag hier, nicht zwei!«

»Sie haben lange geschlafen und brauchen Ruhe, Frau Fischer.«

»Bis auf die Kopfschmerzen fühle ich mich ganz gut.«

»Das freut mich«, lächelte die Ärztin und rief »Ja bitte« zur Tür.

Ein riesiger schwarzer Hund schoss in das Krankenzimmer.

»Sind Sie verrückt?«, rief die Ärztin Felix zu. Ich starrte auf das Geschirr an Flippers Rücken. Ein rotes Kreuz auf weißem Grund.

Felix' Gesicht sah ernst aus. »Ich muss eine Gegenüberstellung durchführen«, erklärte er der Ärztin.

»Aber Sie können doch keinen Hund ins Krankenhaus bringen! Auch nicht, wenn Sie Polizist sind.«

»Das ist kein Hund. Das ist ein Kollege.«

»Raus!«, rief die Ärztin.

Felix schloss die Tür. »Genau genommen ist das eine Chefarztvisite«, behauptete Felix und deutete auf das rote Kreuz.

»Wo gibt's denn so was!«, rief die Ärztin.

»Fünf Minuten!«, forderte Felix.

Der Ärztinnenarm wies Richtung Tür.

»Drei!«, bat Felix.

»Raus!«

»Zwei?« Er klang bittend.

»Eine! Und ich werde das kontrollieren!«

Als die Ärztin draußen war, löste Felix die Leine. Mit einem Satz war Flipper an meinem Bett und begrüßte mich, als hätten wir uns Jahre nicht gesehen. Er hatte Recht. Vielleicht waren es sogar Jahrzehnte. Felix lehnte ein wenig befangen neben der Tür. Er war gar kein Kommissar mehr. Er war einfach der Felix. Der beste Schifferlbua vom Starnberger See. Und grinsen konnte der bis zu den Ohren.

»Kannst du aufstehen?«, fragte er mich.

»Klar«, sagte ich und setzte mich hoch und versuchte das Schwindelgefühl zu überspielen. Einen kleinen Moment lang kamen mir meine nackten am Bettrand baumelnden Beine falsch vor. Ich kannte Felix doch gar nicht. Aber das stimmte nicht. Wenn man so etwas erlebt hatte, dann kannte man sich von jetzt auf gleich, dann musste man sich nicht erst kennenlernen. Verbrechen waren Abkürzungen. »Soll ich dir helfen?«, fragte Felix.

Flipper war schneller. Ich stützte mich auf meinen Rettungshund und ging ins Bad. Zum ersten Mal schaltete ich dort das Licht ein. Ich war einige Male hier gewesen, doch wegen der Kopfschmerzen hatte ich nie in den Spiegel geschaut. Irgendetwas stimmte mit diesem Spiegel nicht. Er hatte anscheinend das Bildnis einer ehemaligen Patientin gespeichert. Ich jedenfalls konnte das nicht sein. Die Frau im Spiegel sah aus, als wäre sie zwischen die Brüder Klitschko geraten.

»Ich kann nicht raus!«, sagte ich durch die geschlossene Tür zu Felix. »Ich sehe furchtbar aus! Außerdem habe ich keine Klamotten. Ich brauche mein Handy, dann kann ich meine Freundin anrufen, damit sie mir was vorbeibringt. Ich habe nur das Zeug, das sie mir hier gegeben haben.«

»Ich bring Flipper ins Auto und organisiere was«, sagte Felix.

Eine Viertelstunde später steckte ich in einem übergroßen Trainingsanzug mit einem Polizeisportlogo. Ich war viel schwächer, als ich angenommen hatte, schon am Fahrstuhl zitterten meine Beine.

»Wart' mal kurz«, bat Felix mich und kehrte mit einem Rollstuhl zurück. »Ich wollt schon immer mal einen schieben«, behauptete er.

Dankbar setzte ich mich hinein und ließ mich ins Freie chauffieren. Es hatte den ganzen Tag geregnet und sah nicht einladend aus, dennoch atmete ich auf an der frischen Luft.

»Da drüben ist der Krankenhauspark«, sagte Felix. »Ich hole Flipper aus dem Auto.«

Ich deutete auf das Verbotsschild.

»Schade«, bedauerte Felix.

»Wie läuft es denn mit dir und Flipper?«, fragte ich das, was mich am meisten interessierte.

»Ich werde ihn natürlich behalten«, erwiderte Felix ernst. »Ein Leben ohne Hund ist einfach kein Leben.«

»Ja. So ist es.«

»Ich habe allerdings eine Hilfe«, fuhr er fort.

»Was für eine Hilfe?«, fragte ich. Mir schwante Schlimmstes. Seine Frau?

»In meiner Nähe wohnt ein Hundeführer. Mein Kollege hat einen großen Garten, und er hat Flipper sehr gern bei sich aufgenommen. Da geht es ihm besser als bei mir im Büro. Das ist dir doch recht?«

»Ja. Danke.«

Felix schob mich zu seinem Auto, wo er Flipper befreite, der mich erneut begrüßte, als hätten wir uns Jahre nicht gesehen. Ich umarmte meinen großen schwarzen Freund und flüsterte ihm ins Ohr, dass ich ihn liebte und wir bald wieder zu Hause wären, und bedankte mich, weil er die Veränderungen so unkompliziert meisterte. Hunde hassen Veränderungen. Eine kleine Abweichung von der Gewohnheit konnte da sofort auf die Verdauung schlagen. Oder aufs Gemüt. Manche Hunde werden depressiv vor Heimweh.

Felix befestigte Gurte an meinem Rollstuhl und Flippers Geschirr und lief dann voraus. Der Kommissar war komplett von ihm abgefallen. Er sah aus wie ein frecher übermütiger Junge. »Flipper, zieh an!«

Flipper drehte sich zu mir, als wollte er eine Erlaubnis einholen und lief dann los. Der Rotkreuzhund mit der Rollstuhlfahrerin.

Felix steigerte sein Tempo. Flipper galoppierte an. An die Bordsteinkante dachte niemand. Der Rollstuhl lud mich ab wie eine Ladung Krankenhausmüll.

»Scheiße!«, fluchte Felix, hob den Rollstuhl auf und dann mich.

»Du bist aber stark«, staunte ich.

»Ich trainiere täglich«, grinste er. »Für die Yogastunde, die du mir angedroht hast. Schließlich will ich nicht aussehen wie Walter Hartl. Hast du dir wehgetan, Franza?«

Ich schüttelte den Kopf.

»Das war dumm von mir. Ich bring dich jetzt zurück. Entschuldige. Ich habe mich einfach so gefreut, dass du ... wieder da bist. Ich hatte mir wahnsinnige Sorgen gemacht. Und Vorwürfe.«

»Vorwürfe?«

»Schließlich bin ich dir noch ein Essen schuldig. Im Undosa«, grinste er.

Ich hätte das gern erwidert, doch mein ganzes Gesicht tat mir weh.

»Vielleicht können wir oben in deinem Zimmer noch ein offizielles Gespräch führen? Das ist der ...«, er räusperte sich, »... Grund meines Besuches. Ich hätte noch einige Fragen. Bist du dazu bereit?«

Felix setzte Flipper in sein Auto. Der kurze Ausflug hatte mich müde gemacht, was ich mir nicht anmerken lassen wollte. Im Fahrstuhl fragte ich ihn. »Hast du Flipper untersuchen lassen? Er kam mir komisch vor.«

»Ich habe ihn zu einem Veterinär gebracht. Es ist alles bestens. Ein kerngesunder Hund mit einem Sportlerherz. Es ist allerdings wahrscheinlich, dass er nach dem Äther ziemlich gekotzt hat.«

»Woher weißt du, dass es Äther war?«

»Der Täter hat alles, was mit dir zusammenhängt, gestanden. Sehr bereitwillig sogar. Du hast ihn übrigens ganz schön zugerichtet. Also, wenn das stimmt, was er uns erzählt hat … Darüber müssen wir noch einmal gesondert sprechen. Aber die Nase von Flippers Entführer – der Zivi hat mir gesagt, die ist praktisch geschrottet. Eine Flasche mit Äther haben wir auch in dem Raum gefunden, in dem er dich gefangen gehalten hat. Vielleicht wollte er dich damit betäuben.«

»Oder noch mal Flipper! Ich habe mich gewundert, dass er ihn überhaupt zu mir lässt, aber das hat er wahrscheinlich gemacht, um noch mehr Druck aufzubauen. Flipper war total benommen. Er wankte wie ein Betrunkener. Der konnte ihm nicht gefährlich werden. Er wollte ihm die Ohren abschneiden! Und die Pfoten.« Auf einmal war das Grauen wieder bei mir. Ich atmete schwer.

»Sollen wir ein andermal sprechen, Franza? Ich möchte dich nicht zu sehr anstrengen, aber ich muss genau wissen, was geschehen ist. Wenn du dich heute noch nicht dazu in der Lage fühlst …«

»Bringen wir es hinter uns.«

Felix wollte, dass ich mich ins Bett legte, ich bestand darauf, mit ihm am Tisch zu sitzen. Jetzt war er ganz Kommissar. In der Mitte des Tisches stand sein Aufnahmegerät. Das kleine silberne Teil gab mir Sicherheit. Ich musste mir keine Gedanken über mein Aussehen machen. Ich war einfach eine Zeugin und erzählte von dem Moment an, als ich das letzte Mal mit ihm telefoniert hatte.

»Das deckt sich in den allermeisten Punkten mit unseren Ergebnissen«, stellte Felix fest, als mir nichts mehr einfiel.

»Wo war ich eigentlich?«, fragte ich. »Ich hatte immer das Gefühl, ich wäre bei diesem Tauben-Rudi auf dem Hof, aber ich glaube, das stimmt nicht. Es sah dort anders aus.«

»Du warst rund sieben Kilometer entfernt, in der Nähe der Bundesstraße, bei Walter Hartl. Er war es, der dich an deinem Auto k. o. geschlagen hat.«

»Wo ist mein Auto?«

»Wir haben es in einem Waldstück in der Nähe sichergestellt.«

»Walter Hartl?«, fragte ich. »Kenne ich nicht. Moment! Walter ... ist das der, der bei den Widmanns einziehen wollte?«

»Ja. Walter Hartl glaubte, du wüsstest, dass er schuld am Tod von Klaus Hase ist. Wobei er diese Tat abstreitet. Seiner Version nach hat er das nicht gewollt, es sei ein Unfall gewesen. Er sagt, er habe zuerst im Guten mit dir reden wollen. Aber dann hättest du durch gewisse Aktivitäten den Eindruck erweckt, du würdest ihn mit einem Film erpressen wollen. Da habe er keine andere Wahl gehabt. Als du allerdings auch nach der Entführung deines Hundes noch nicht aufgegeben hättest und sogar zu seinem besten Freund gefahren seist, habe er in Panik reagiert. Er habe dir kein Haar krümmen wollen. Du hättest angefangen, im Speicher auf ihn einzuschlagen.«

»Ha! Ich war total verschnürt!«, rief ich und sah die Situation noch einmal vor mir. Schade, dass ich meinem Trainer Eric nicht mehr davon erzählen konnte. Er wäre stolz auf mich gewesen, denn das war immer die große Frage, die ich seit vielen Jahren auch in meinen eigenen Kursen stellte: *Auch wenn ihr geschult im Zweikampftraining seid: Ihr wisst nicht, wie ihr in einem Ernstfall reagieren werdet. Ihr wisst nicht, ob ihr die trainierten Techniken anwenden könnt. Doch je öfter ihr sie trainiert, desto routinierter werden die Abläufe und desto größer ist eure Chance, dass ihr sie dann auch einsetzt, dass ihr also mit Verteidigung, statt mit äußerlicher oder innerlicher Flucht – wegrennen oder erstarren – reagiert.* Ich war nicht erstarrt und wegrennen konnte ich nicht. Im Grunde genommen war ich sehr zufrieden mit mir.

»Wir glauben Walter Hartl natürlich nicht«, sagte Felix, »und die Beweise, die wir gefunden haben, sprechen eine deutliche Sprache. Es ist wie immer: Er will seinen Kopf aus der Schlinge ziehen. Er glaubt, du wüsstest, dass er etwas mit dem Tod von Klaus Hase zu tun hat.«

»Er hält mich für die Freundin von Klaus Hase, das weiß ich. Aber wie kann das sein?«

»Ich fasse mal für dich zusammen«, kündigte Felix an. »Rudi Ringmaier und Walter Hartl sind befreundet. Beide sind Taubenzüchter, wobei Rudi ein bisschen als Vaterfigur für den fünfundzwanzig Jahre jüngeren Walter herhält, dessen Vater bei einem Autounfall ums Leben gekommen ist. Rudi wiederum hat sich immer einen Sohn gewünscht, aber er hat nur eine Tochter. Die Frau von Rudi ist früh an Krebs gestorben, seitdem ist sein Ein und Alles seine Enkelin.«

»Sarah! Sie hat ihr Pferd bei den Widmanns stehen!«

»Ja. Rudi und Walter sind auch mit Herrn Widmann befreundet. Das Haus, in dem Walter wohnt und in dem du auch festgehalten wurdest, wird in acht Wochen abgerissen. Eigentlich sollte er schon seit einem Jahr dort ausgezogen sein.«

»Aber deswegen entführt man doch keine Hunde und Menschen! Dafür kann ich doch nichts!«

Der Druck in meinem Kopf erhöhte sich. Ich begriff nicht, worum es hier ging und rieb mir die Stirn. »Ich verstehe nicht, wie das mit dem Film zusammenhängt, den dieser Walter von mir wollte.«

»Alles begann damit, dass die Widmanns das Haus an Klaus Hase vermietet haben. Irgendein Vater eines reitenden Mädchens, der auch im Patentamt arbeitete, hatte ein gutes Wort für ihn eingelegt. Klaus Hase hat dann auf dem Hof der Widmanns Fallen gefunden, die Walter und Rudi dort gelagert haben. Dazu musst du wissen, dass der Verkauf und das Lagern nicht strafbar sind, nur das Aufstellen. Walter Hartl hat vor sechs Jahren wegen eines Habichtfangkorbes eine Anzeige bekommen. Jetzt haben wir übrigens nichts gefunden. Überhaupt sind die Taubenzüchter allgemein sehr vorsichtig. Und im Übrigen gibt es unter ihnen wirklich nette Leute. Alle haben sie irgendwie Recht, und bei jedem klingt es plausibel. Das ist immer so bei Ermittlungen innerhalb verschiedener Interessensgruppen. Wir haben uns in den letzten zwei Tagen auf Taubenzüchter konzentriert. Nach außen hin tun viele so, als hätten sie sich mit der Situation abgefunden. Untereinander prahlen sie schon mal mit Zahlen, wie viele Habichte und Falken sie aus dem Verkehr gezogen haben. Und man kann sie ja auch ein bisschen verstehen«, meinte Felix. »Sie investieren viel Zeit und Liebe in ihr Hobby, und dann werden ihnen ständig ihre Tauben geschlagen.«

»Wie Fische vom Kormoran.«

»Ja. Da greift man schon mal zur Selbsthilfe. Die Herren

Ringmaier und Hartl behaupten unisono, dass eine halbe Million Tauben jährlich von Greifvögeln getötet wird. Für sie ist jede Taube, die nicht heimkommt, ein Opfer vom Greifvogel. Bei Herrn Ringmaier haben wir diverse Schusswaffen gefunden. Ein Waffenschein ist nicht vorhanden. Summa summarum sieht es so aus, dass Klaus Hase ein paar Beweise zusammengetragen und sie Walter Hartl präsentiert hat. Er wollte ihn nicht anzeigen, er wollte, dass er aufhört, Fangkörbe und Tellereisen auszulegen. So viel wir wissen, war Klaus Hase ein verträglicher Typ. Er wollte in Ruhe gelassen werden und hat nicht sehr viel Kontakt zu Menschen gehabt, schon gar nicht zu Einheimischen, was unsere Ermittlungen erschwert hat. Wir vermuten, dass Klaus Hase sich wohl auch bewusst darüber war, dass eine Anzeige wahrscheinlich im Sande verlaufen würde. Irgendwann hat Klaus Hase den Walter wieder erwischt, als er einen ausgelegten Fangkorb von Rudi eingesammelt hat. Klaus und Walter gerieten in Streit. Klaus Hase konnte wohl – dafür gibt es mehrere Aussagen – sehr gut reden. Er hat Hartl provoziert. Und jetzt kommst du ins Spiel.«

»Ich?«

»Klaus Hase behauptete vor Walter Hartl, er hätte eine Freundin mit einem Hund, der alle Fangkörbe aufspüren würde, und die Freundin hätte mit seinem Handy auch einen Film von Walter aufgenommen, auf dem deutlich zu sehen sei, wie er einen Habicht töte. Fakt ist, dass Klaus Hase bei einem Falknerkurs tatsächlich eine Frau mit Hund kennengelernt hat, die ihm wohl auch recht gut gefallen hat. Hier im Umkreis kannte er unseres Wissens keine solche Frau. Als Klaus Hase dann tot war, befürchtete Walter Hartl, du würdest ihn hochgehen lassen. Da das nicht passierte, glaubte er, du würdest etwas gegen ihn planen. Dem ist er zuvorgekommen. In den wesentlichen Punkten ist er geständig.«

»Und wie ist Klaus Hase gestorben?«

»Walter Hartl hat ihm mit dem Ast, den Flipper gefunden hat, auf den Kopf geschlagen. Im Affekt, sagt sein Anwalt, sie hätten gestritten. Klaus Hase ergriff die Flucht. Verfolgt habe Walter Hartl ihn nicht, sagte er im Beisein seines Anwalts aus, während er vorher behauptet hatte, Hase sei von allein runtergefallen. Wir glauben, dass Hartl ihn bis auf den Hochsitz verfolgt hat und ihn runterschüttelte oder -zog. Unsere Aufgabe ist es nun, den wahren Tathergang zu rekonstruieren. Wahrscheinlich würde Klaus Hase noch leben, wenn der Täter nach dem Sturz sofort Hilfe geholt hätte. Wie er leben würde – inwieweit er beeinträchtigt wäre – das wissen wir natürlich nicht. Alle Verletzungen an der Leiche lassen sich mit einem Sturzgeschehen vereinbaren, durch den Sturz kam es wie gesagt auch zu den Einblutungen am Gehirn, die todesursächlich waren. Die Kopfplatzwunde an der sogenannten Hutkrempe ist ganz typisch für eine Sturzverletzung. Sonst waren am Körper der Leiche keine weiteren mechanischen Gewalteinwirkungen vorhanden. Wir haben keine Haltegriffverletzungen oder Hämatome. Im Scheitelbereich haben wir allerdings die Schlagverletzung. Das hat Walter Hartl ja gestanden. Diese Verletzung in der Scheitelregion passt eben nicht zu einem Sturz, vor allem nicht, wenn man versucht, das am Hochsitz zu rekonstruieren. Sie passt eher zu einem Hinterhalt – wie gesagt, Spuren eines Kampfgeschehens an der Leiche fehlen. Klaus Hase kann also durch die Schläge auf seinen Kopf stark beeinträchtigt gewesen sein. Es müssen mindestens zwei Schläge gewesen sein, denn nur so erklären sich die Spuren an dem Ast, den Flipper gefunden hat. Erst bei einem zweiten Schlag benetzt sich der Gegenstand mit dem Blut, das bei einem ersten Schlag entstanden ist. Er kann auch beim nach oben Klettern gestürzt sein. Vielleicht konnte er sich nicht mehr halten, nicht mehr wehren, ihm wurde schwindlig, er fiel. Herzprobleme, die zum Sturz führten, können wir nach der Autopsie ausschließen. Wenn die Harnblase voll ist, spricht das immer für eine längere Sterbephase. Aber derzeit können wir noch nicht abgrenzen zwischen Tötung und Unfall. Also sprechen wir hier vielleicht von Körperverletzung mit Todesfolge.«

»Und nach der Tat – wie auch immer sie geschehen sein mag – ist dieser Walter Hartl in Klaus Hases Wohnung eingebrochen – warum hat er das Handy nicht gefunden? Wo war das Handy?«, fragte ich.

»Das Handy«, Felix räusperte sich, »hat Simon in einem Matschloch versenkt. Er hat es mit dem Fernglas zusammen gefunden. Das muss in der Gegend gewesen sein, wo Walter Hartl sein Opfer niedergeschlagen hat. Simon hat das Fernglas und das Handy zuerst in einem hohlen Baum versteckt. Als die Leiche dann gefunden wurde, hat er sich beides geholt. Dabei hat zufälligerweise das Handy geklingelt – ein Werbeanruf seines Anbieters, wie wir recherchiert haben. Das Klingeln hat Simon so erschreckt ...«

»Die Geister ...«, nickte ich.

»... dass er es sofort loswerden musste, und das ist ihm beeindruckend gut gelungen. Unsere Psychologin sagt, er hatte das tatsächlich vergessen, also verdrängt. Wir haben das Handy noch nicht gefunden, da es in der Gegend sehr viele Matschlöcher gibt und Simon sich nicht erinnert, in welches er es geworfen hat.«

»Und der verschwundene Laptop?«

Felix kreuzte seine Arme hinter dem Kopf. »Ja, der Laptop! Der hat uns beschäftigt. Wenn wir den gehabt hätten, dann hätten wir auch Walter Hartl sofort gehabt. Den Laptop hat Simons Vater mitgehen lassen.«

Ich riss die Augen auf. »Was?«

»Walter Hartl behauptet, er habe sich bei Klaus Hase für seinen Ausraster entschuldigen wollen und sei nachts zu dessen Haus gefahren. Zufälligerweise waren die Widmanns wie jeden zweiten Donnerstag beim Kegeln. Walter Hartl behauptet, er habe sich Sorgen um Klaus Hase gemacht und sei deswegen in das Haus eingedrungen, das nicht zugesperrt gewesen sei. Dabei ist er von Simons Vater beobachtet worden. Die Widmanns kamen früher als gewöhnlich zurück. Walter hatte sein Auto im Hof geparkt. Er sei davon ausgegangen, Klaus Hase anzutreffen. Dieser Punkt ist der Einzige, der für ihn spricht – sonst hätte er den Wagen versteckt geparkt. Oder er ist wirklich so bescheuert … Also musste er unter einem Vorwand zu den Widmanns, die ja nicht wissen sollten, dass er ihren Mieter aufsuchte. Diese Zeit nutzte Simons Vater, der wiederum konkret nach einem Beamer suchte, von dem er annahm, Klaus Hase hätte ihn aus seiner Garage gestohlen, was ich für eine Lüge halte. Jedenfalls nahm er bei dieser Gelegenheit den Laptop und eine Kamera mit – natürlich gehört auch er zu den Guten. Er hat nach dem Rechten sehen wollen, und dabei ist ihm aus Versehen die Beute in die Tasche gerutscht.«

»Unfassbar.«

»Ja, im Märchen erzählen sind viele unserer Kandidaten große Klasse.«

»Habt ihr den Film gefunden?«

»Nein. Vielleicht gibt es den gar nicht. Unsere Experten sind derzeit mit dem Laptop beschäftigt. Der hat sich als Fundgrube herausgestellt. Klaus Hase hat Protokoll geführt über alle seine Spaziergänge und Erkundigungen. Dies wird wohl einiges an Taubendreck aufwirbeln.«

»Hat er denn kein Update gemacht?«

»Doch. Am Laptop hing eine externe Festplatte. Die hat Simons Vater natürlich auch mitgenommen.«

»Wie habt ihr das alles rausgefunden?«

»Wir sind nicht so untätig, wie du uns unterstellst.«

»Aber ihr habt so lange gebraucht! Ihr wusstet doch, dass Klaus Hase ein Greifvogelfreund war.«

»Ja. Aber davon gibt es viele. Das ist noch kein Motiv. Vogelkundler sind meistens nette, harmlose Leute. Manche von ihnen, ja, das stimmt, haben wirklich einen Vogel, aber das ist kein Grund, sie umzubringen. Dennoch: Es war unsere erste Spur. Dann haben wir die Sache auf dem Patentamt entdeckt, und es sah so aus, als wäre Klaus Hase dort in etwas verwickelt. Wir sind in die falsche Richtung gelaufen – allerdings letztlich doch nicht, denn wir haben dort sehr erfolgreich ermittelt –, ohne diesen Zufall würde bis heute niemand ahnen, was da hinter den Kulissen abläuft. So ist es manchmal. Du denkst zu kompliziert. Oder durch einen Zufall wendet sich das Blatt.«

»Zufall«, sagte ich leise. Ich musste das alles erst verarbeiten.

»Du siehst erschöpft aus«, stellte Felix fest und streckte sich, wie man es häufig macht, ehe man sich verabschiedet.

»Dann ist das alles nur eine Verwechslung gewesen?«, dachte ich laut. »Die Geschichte hat lange vor mir und Flipper begonnen. Sie hat begonnen, als Klaus Hase auf dem Falknerkurs eine Frau mit Hund toll fand. Und ich ... Ich bin in diese Rolle hineingewachsen, als hätte er mich gerufen, damit ich ihn finde, als hätte er mich gekannt. Ich war im Schock, nachdem ich ihn gefunden habe, aber es war mir immer so, als würde ich ihn vielleicht doch kennen. Er war mir irgendwie so nah. Und auch wieder nicht. Ich habe ihn nicht aus dem Kopf gebracht. Ich war geradezu davon besessen, ihn kennen zu wollen, ich wäre sogar in seine Wohnung eingezogen, dabei hatte er dieses Kennen begonnen, indem er die andere mit dem Hund kennenlernte, ich war sozusagen in dem morphogenen Feld dieses Falls.«

»Wo warst du?«, fragte Felix.

Ich war zu müde, ihm das zu erklären. Vielleicht ein andermal. »Vergiss es. Aber bitte sag mir, bevor du gehst: Wie haben sie Flipper entführt? Seltsam, oder? Meine wichtigste Frage ist jetzt total nebensächlich, wo er wieder da ist.«

»Nicht sie. Er. Tauben-Rudi weiß von nichts, und das glauben wir bislang auch. Walter Hartl hat von Frau Widmann gehört, dass Flipper besonders kinderlieb ist. Er hat einem Jungen zehn Euro gegeben, der hat Flipper mit Wiener Würstchen rausgelockt, dann hat er ihn mit Äther betäubt, in einen geliehenen VW-Bus geladen und ist abgehauen. Er vermutete, du würdest ihm den Film geben. Er hat nicht daran gedacht, dass du damit erst auf ihn aufmerksam werden könntest. Er hat überhaupt nicht sehr weit gedacht.«

»Bist du dir da wirklich sicher?«, fragte ich. Es gefiel mir nicht, dass dieses Monster, das mir ein Messer in die Leber gejagt hatte, so harmlos dargestellt wurde. »Wie er sich in mein Haus geschlichen hat mit dem Kittel der Küchenfirma – das ist doch nicht blöd, das ist ausgebufft.«

Felix legte seine Hand auf meinen Unterarm. »Wir werden die Wahrheit herausfinden, Franza. Verlass dich darauf. Walter Hartl wird verurteilt werden. Ob für Mord oder Totschlag, allein das ist noch offen. Dennoch will ich nicht ausschließen, dass er sich wirklich bei Klaus Hase entschuldigen wollte, als er nachts in seinem Haus auftauchte. Er könnte ihn sogar vom Hochsitz gezogen und sich trotzdem entschuldigen haben wollen. Er könnte aber auch zu Klaus Hase gefahren sein, um ihn endgültig zu töten. Man lernt so viele Leute kennen, die so schräg drauf sind, Franza. Du hörst Geschichten, die könntest du dir nicht ausdenken. Den Erpresserbrief hat er sich von der Enkelin von Rudi Ringmaier, deinem Tauben-Rudi, zusammenkleben lassen. Er hat ihr das als lustiges Spiel verkauft. Ansonsten ist seine Fantasie eher bescheiden. Er selbst besitzt keinen Computer und hat keinen Zugang zum Internet – wahrscheinlich hat er noch nie was von youtube gehört.«

»Und warum stehen sich die beiden so nah? Als der Opa auftauchte, sagte Walter Hartl, er habe das wegen der Sarah gemacht.«

»Wie schon erwähnt, scheint Tauben-Rudi eine Art Vaterfigur für Walter Hartl zu sein. Er wollte vielleicht alles richtig machen. Dazu gehört, dass er verhindern wollte, dass immer die Tauben von dem Mädl gefressen werden. Das ist Irrsinn, das hätte er nie verhindern können. Aber dem Opa ist das so zu Herzen gegangen, weil das Mädl sein Augenstern ist.«

»Man soll sein Herz an nix hängen!«, flüsterte ich.

»Wie?«

»Weiter«, bat ich ihn.

»Walter Hartl wollte Rudi dabei helfen, dass die Sarah weiterhin zu den Tauben darf. Denn die Mutter ist ja strikt dagegen. Für die hat Walter übrigens eine Schwäche. Sie dagegen findet ihn asozial.« Felix stand auf. »So. Jetzt lasse ich dich aber mal in Ruhe.«

»Was denkst du über Klaus Hase?«, fragte ich ihn.

Langsam setzte Felix sich wieder. »Wir haben sein Bestimmungsbuch gefunden«, sagte er leise.

»Was ist das?«

»Da schreiben Vogelkundler rein, was sie gesehen haben. So nach dem Motto: Braunkehlchenmännchen mit Futter sitzt lange Zeit auf einer höheren Pflanze, füttert nicht, während Krähen in der Nähe sind.«

»Ach so was. Ja, davon habe ich gehört. Ich glaube, Ludwig Metzger hat mir davon erzählt.«

»Mit dem werden wir uns auch noch einmal unterhalten«, entfuhr es Felix. Er sah grimmig aus.

»Wieso?«

Felix reagierte nicht auf meine Frage. »Dieses Bestimmungsbuch«, fuhr er fort, »das ist so friedlich, so freundlich, da konnte ich mir vorstellen, was er für ein Typ war ...«, er zögerte.

»Was?«, fragte ich.

»Und er war ein Poet. Warte mal ...« Felix kramte in seiner Jackentasche, zog ein kleines blaues Notizheft heraus, blätterte. »Ich habe mir da mal was abgeschrieben, das war ganz am Anfang des Falls, als wir noch völlig im Dunkeln tappten. Manchmal nehme ich dann irgendwas Persönliches mit. Das hilft mir.«

Ich nickte. So verschaffte Felix sich Zutritt zum morphogenen Feld. Deshalb war er ein guter Kommissar. Eine Spürnase, die mit Intuition ermittelte.

Draußen sein. Ganz früh. Noch ehe der erste Vogel beginnt. Wobei – wer ist schon der erste. Oft fangen sie alle gleichzeitig an. Als würde ein Dirigent vor ihnen stehen. Und ich habe es heute gerade noch geschafft, Platz zu nehmen, schon hebt es an, das Orchester. Versteckt in den Bäumen. Sehen will ich es gar nicht. Nur lauschen. Ein Ohrenrauschen, Das sich gegen die Nacht stemmt und einen Fetzen Dämmerung herausreißt und noch einen und einen Weg bricht in das Licht des Tages, und ich versuche unsichtbar zu werden und mich aufzulösen und alles zu verstehen. Ich versuche …

»Hör auf«, bat ich. »Das geht mir jetzt zu nah. Er ist tot, und ich will ihn nicht mehr kennenlernen. Ich habe ihn ja schon kennengelernt. Irgendwie. Vielleicht schon, bevor ich überhaupt wusste, dass es ihn gibt.«

»Eigentlich wolltest du niemanden kennenlernen«, erinnerte Felix mich an unsere erste Begegnung, »weil du ja angeblich nicht mal mit denen zurechtkommst, die du ohnehin kennst.«

Ich zuckte mit den Schultern. »Wen kennt man schon? Ich habe diesen Walter Hartl gehasst, wie ich das nicht für möglich gehalten hätte. Ich hätte ihn umbringen können. Wenn ich gekonnt hätte, hätte ich ihn umgebracht.«

»Notwehr«, warf Felix ein.

»Also – wen kennt man schon, wenn man nicht mal sich selber kennt.«

»Willst du vielleicht mit einer Psychologin sprechen?«, fragte er mich.

»Zurück auf Start? Nein danke! Ich komm schon klar«, erwiderte ich, und auf einmal war alles so förmlich. Wie beim ersten Mal am Hochsitz.

Der Kommissar stand auf. »Oh, das Band läuft noch!«, stellte er fest. »Da werde ich wohl einiges löschen müssen. Ich habe ja geredet wie ein Buch.« Ein halber Mond ging auf. Er griff nach dem Gerät, sagte das heutige Datum und »Franziska Fischer. Ende.«

»Franza«, sagte ich und dachte: Anfang.

»Franzi«, sagte er.

Seit dem Tod meiner Oma hatte mich niemand mehr so genannt.

Danksagung

Ohne euch wäre diese erfundene Geschichte niemals so wahr geworden.

Ich bedanke mich herzlich bei:

Landesbund für Vogelschutz in Bayern e.V. LBV
Bund Naturschutz NABU
dem Kriminalhauptkommissar aus Fürstenfeldbruck
dem Polizeihundeführer aus Nürnberg
der Frau Professor vom Institut für Rechtsmedizin in München
der Greifvogelauffangstation in Freising
dem Vertrauensmann vom Taubenzüchterverein
dem Vogelkundler aus Schondorf
der Fischerin vom Starnberger See
der Jägerin aus Isny
der Falknerin vom Deich
dem Schwarzgürtler aus Gilching
der Psychotherapeutin auf Kreta
dem fantasiebegabten Hundesitter aus Schöffelding
der besten Freundin H2
dem Cheflektor H1
meinen Testleserinnen und Testlesern

... Und der wahren Auffinderin dieser Geschichte: Meiner Flipperine, die mir das alles auf langen Spaziergängen eingeflüstert hat ...

Sobo Swobodnik

Da fliegt die Kuh

Nach Jahrzehnten kehrt Paul Plotek zurück in seine alte Heimat auf die Schwäbische Alb – sein Vater ist gestorben. Man fand ihn tot im Häcksler. Plotek verspricht sich eine fette Erbschaft, aber stattdessen gibt es erst mal allerhand Tote. Zerstückelte Leichen im Dorfteich, eine vermisste Magd und Plotek mittendrin im Schlamassel. Die so harmlos scheinende provinzielle Idylle wird durcheinandergewirbelt, nicht zuletzt, weil Plotek zusammen mit seinem beinamputierten Kumpel Vinzi auf eigene Faust ermittelt.

978-3-453-40711-4

Swobodnik schreibt witziger als Harald Schmidt erzählt, und seine Fälle sind wahnsinnig spannend!«
Alex Dengler, Bild am Sonntag

Leseprobe unter: **www.heyne.de**

HEYNE